Brygida Helbig

Kleine Himmel

Aus dem Polnischen
von Natalie Buschhorn

unter Mitwirkung
der Autorin

KLAK

Es war [einmal] ein Ort, wo man froh und zu Hause war.
Heinrich Wolf

Ab nach Berlin

2014, also heute

Willi sammelt Osterhasen. Er bewohnt ein bescheidenes Reihenhäuschen in Polen, genau genommen in Stettin, heute Tsch …tsch … tsch … tschetschin, das er in den achtziger Jahren eigenhändig und aufopferungsvoll erbaut hat. Nebenan ist vor ein paar Jahren das überdimensionale Einkaufszentrum »Real« wie ein Pilz aus dem Boden geschossen, und obendrein noch der Baumarkt »Castorama«, der die Anreisenden aus Deutschland bereits wenige Kilometer hinter der Grenze mit dem alles überragenden Slogan „Du baust, du renovierst, du richtest dich ein" zukunftsfroh begrüßt. In diesem Haus, auf einem Holzregal im Esszimmer, baut der dreiundachtzigjährige Willi seine Osterhasen auf, fein in Reih und Glied, vom kleinsten bis zum größten. Das Arrangement sieht aus, als wollten die Hasen geradewegs im Gänsemarsch losziehen, ins Gelobte Osterland. Am besten gefallen Willi die »Lindt«-Osterhasen im goldenen Gewand, mit dem kleinen Glöckchen und der roten Schleife um den Hals, die er sich gerne schenken lässt oder im angrenzenden Pasewalk selbst besorgt. Kein Mensch darf sie anfassen, und essen schon mal gar nicht.

– HALT! Finger weg von den Hasen!!!

– Schon gut, schon gut, Willi. Niemand hat die Absicht, sich an deinen Hasen zu vergreifen.

Nun kommt Basia, lies *Baschja,* ins Spiel, Willis Frau. Basia, neunundsiebzig, ist immer in Eile. Sie stolpert, balanciert schwankend am Abgrund des Tages, fällt manchmal fast über die Türschwellen. Weder ihre Wirbelsäule hält sie aufrecht, noch gibt ihr die Erde den nötigen Halt. Manchmal denke ich, dass sie allein durch das bloße Antippen mit dem Finger zu Staub zerfallen müsste. Sie kann schlecht atmen, bekommt keine Luft. Kopfschmerzen machen ihr zu schaffen.

Andauernd brennt ihr etwas an. Weil sie immerzu am Rennen ist, ständig auf der Flucht. Wenn ihre Kinder zu Besuch kommen, holt sie ihre berühmt berüchtigten Vitamintabletten »Vitaral« aus der Schublade und schiebt sie ihnen in den Mund. Wenigstens die Kinder will sie retten. „Das ist Mamas *Wunderwaffe*", erlaubt sich Sohn Edek einen Scherz und lacht etwas verlegen, bevor er wieder verstummt und dann doch unwillig, aber folgsam die blutroten Tabletten runterschluckt, eine nach der anderen. An ihre Wirkung glaubt er nicht wirklich. Doch bringt er es nicht übers Herz, seiner Mutter zu widersprechen. Auch Tochter Zuzanna schluckt, stopft Nahrung und Nahrungsergänzungsmittel in sich hinein - und wie! Bis es ihr zu den Ohren herauskommt, obwohl sie eigentlich gern selbst entscheiden würde, was sie braucht. Doch auch sie möchte Basia nicht verletzen. Mutterliebe geht halt manchmal seltsame Wege.

Januar 1945

Willi ist vierzehn, das Jahr 1945 ist noch jung. Er glaubt nicht, dass er unversehrt davon kommen wird. Schaut besorgt zum Himmel hinauf.

Sie sind wie lästige Mückenschwärme, die sich nicht verscheuchen lassen. Bomber der deutschen Luftwaffe – sogenannte Stukas, Sturzkampfflugzeuge, Junkers 87. Sie sind überall, kommen von allen Seiten. Flink und tänzelnd tauchen sie im Sturzflug herab, verwüsten die Straßen, beschießen heldenmutig die sowjetischen Panzer und Laster – Monster, Ufos, Kolosse, Elefanten, die unaufhaltsam Richtung Westen ziehen, im Großen Vaterländischen Krieg. Wehe den Spätzündern unter den Deutschen, die sich erst kurz zuvor zur Flucht aufgerafft und ihre Pferde vor die Fuhrwerke gespannt haben! Wehe den Soldaten der Roten Armee, jungen Burschen mit exotischen Gesichtern, die auf ihren Panzern hocken und die Läufe ihrer Maschinengewehre wie zum Gebet erhoben halten. Schusssalven krachen. Menschen brüllen. Bomber dröhnen. Panzer gehen in Flammen auf. Der liebe Gott versteckt sich hinter einer Rauchwolke. Ja.

Aus den Panzern kullert ein Verletzter nach dem anderen. Doch die Riesenraupen kriechen unbeirrt weiter, wie Roboter. *Soldaty wpieriod*! Vorwärts, Kameraden! Die Jungs sterben wie die Fliegen, drängen dennoch unermüdlich vorwärts, nach Berlin, für das Vaterland, für Stalin, *za rodinu, za Stalina*, sie wissen längst selbst nicht mehr, wofür. Pechschwarz von Staub und Dreck, mit Ölfässern an Bord, halb bewusstlos vom Alkohol, benommen wie im Drogenrausch, in Trance, in einem miesen, dreckigen Traum. Sie fluchen: *job, mat, bljad*. Scheiße. Die Russen.

Den Pferdewagen von Willis Mutter werden sie in Niechanów, Neudorf bei Gnesen erwischen. Willi wird sich diesen Ortsnamen genau merken. Und dann spielt sich alles wie im Film ab. Der Junge folgt einem Impuls: Weg hier, runter vom überladenen Pferdewagen, von dem gleich nur noch Staub und Asche übrig bleiben werden. Er springt zur Seite, in eine Furche oder einen Graben, wie er das bei der Hitlerjugend gelernt hat. Seine Mutter mit dem kleinen Hans und ihrem Knecht Kowalczyk versuchen auf der anderen Straßenseite ihr Glück. Willi sieht es wie auf einer Leinwand, im Zeitlupentempo: Wie die drei auf die andere Seite springen, hinter einem Sandhaufen kauern und dem Tod ins Auge sehen.

Plötzlich klatscht etwas Braunes, Großes und Schweres auf Willi herunter, irgendein riesiges Stück Fleisch, eine absurd schwere Decke, ein monströser Fladen. Es erschlägt ihn fast, erdrückt ihn, es wird feucht und dunkel. Willi bekommt keine Luft mehr. Doch dann umhüllt ihn auf einmal bei fünfundzwanzig Grad Kälte eine behagliche und wohltuende Wärme.

Jahrzehnte später wird ihn Zuzanna fragen: *Papi, erzählst du mir, wie das war?*

Wunderwaffe

Heute

Ach, Papi.

Zuzanna schließt die Augen und öffnet den Laptop, diesen Zauberkasten, ihren Hexenkessel, den sie mit edlen Zutaten füttert. Das Rezept ist einfach: Alles, was ihr auf der Seele liegt, in einen Topf werfen, umrühren, sich bekreuzigen, drei Mal spucken und dann mal schauen, was für ein Trank dabei herauskommt und ob er die Kraft hat, jemanden zu heilen oder wenigstens zur Ruhe zu bringen.

Als eine der Ersten in ihrem Freundes- und Bekanntenkreis hatte sie in den 90ern die Vorzüge eines Laptops entdeckt. Hach, wie sie damals ihren Stettiner Bekannten imponierte, was die für Augen gemacht haben. Dieses Wunder hatte sie zum ersten Mal bei Freunden in Berlin gesehen und wusste gleich, dass sie auch so etwas haben muss, obwohl ihr alle davon abrieten. Der Bildschirm sei zu mickrig, die Tastatur mikroskopisch klein, sodass sie sich die Augen verderben, die Finger brechen würde und so weiter und so fort...

Aber sie hatte da ihre ganz eigene Meinung. Der Laptop wurde sofort zu ihrem besten Freund und Begleiter, und sie tat keinen Schritt mehr ohne ihn. Er ersetzte ihr den Kater, der schon lange nicht mehr lebte, den Hund, den sie immer haben wollte, und den Hamster, der sich – als sie noch klein war – irgendwann aus dem Staub gemacht hatte, plötzlich bei den Nachbarn aufkreuzte und dort für immer verschwand. Sie füttert ihn mit Gedanken, Gefühlen, Ahnungen, die sich zu Buchstaben und Sätzen verdichten. Und irgendwann bekommt sie etwas zurück – einen Text, und wenn sie Glück hat, eine Geschichte, und wenn sie ganz viel Glück hat, einen Sinn.

*

Gut, also *los geht´s, dawaj, dawaj, come on,* lasst uns beginnen. Zuzanna schließt die Augen und öffnet den Laptop.

*

Noch bevor sie zu schreiben anfängt, erscheint ihr das Grab ihrer Großmutter, Babcia Krystyna, auf dem Bildschirm.

„Krystyna Kowalczyk, geboren im Jahr Soundso, gestorben im Jahr Soundso, möge sie in Frieden ruhen", steht in goldenen Lettern auf einem schwarzen, schlichten Grabstein auf dem Zentralfriedhof von Stettin geschrieben. Sonst nichts. Nicht einmal der Geburtsname? Warum fehlt er hier eigentlich?

Zuzanna sieht sich als junges Mädchen auf dem Friedhof. Sie weiß nicht so recht, was sie am Grab machen soll, stellt sich erst mal etwas unbeholfen an. Dann fällt es ihr wieder ein, sie bekreuzigt sich und setzt zum Gebet an: *O Herr, gib ihr und allen Verstorbenen die ewige Ruhe. Und das ewige Licht leuchte ihr. Lass sie ruhen in Frieden. Amen.* Und das alles dreimal. Und damit das Gebet nicht ganz so dürftig daherkommt, fügt sie noch das *Vaterunser, Gegrüßet seist Du Maria, voll der Gnade,* und *Heiliger Schutzengel (aber nicht mein, sondern Omas)* hinzu. Denn auch im Himmel kann ein Schutzengel nicht schaden.

Sie nimmt eine Gießkanne und schlurft Schritt für Schritt zum Brunnen, um Wasser zu holen und die Blumen zu gießen.

Die letzten Worte der Großmutter flammen wieder in ihr auf: „Danke für das Gemüse, herzlichen Dank." Und dann sieht sie noch den Teller mit den kugelrunden Fleischklößchen, bei deren Zubereitung Babcia Krystyna der Tod ereilte.

Babcia starb zu früh und konnte Zuzanna nicht allzu viel erzählen. Genau genommen, gar nichts. Sie hatte es gerade noch geschafft, sie ein wenig auf den Knien zu schaukeln, mit gefüllten Doppelkeksen zu füttern und in der Zinkwanne plantschen zu lassen. Zuzanna wiederum schaffte es noch, ihre Kartoffel-Krautwickel zu kosten, die es nur in Galizien gibt, ihre grauen, zu einem Dutt gebundenen Haare zu streicheln und die tiefen Stoßseufzer aufzusaugen, die sich zusammen mit einer bodenlosen Traurigkeit auch in ihre eigene Seele eingegraben haben. In Wahrheit hieß Krystyna Kowalczyk früher ganz anders.

Zuzanna erfuhr davon erst viel später.

Eins, zwei, drei

60er Jahre und heute

„Papi, woher kommt eigentlich dein komischer Nachname?“, fragte immer wieder Zuzanna, bohrte zuweilen Edek. „Meine Güte! Was ihr immer für Fragen stellt, woher wohl!“ Willi zuckte mit den Achseln. „Ganz normal, von irgendwelchen Vorfahren, aber Leute, wann war das schon! Womöglich waren einige meiner Vorfahren Österreicher, was weiß denn ich? Lasst mich in Ruhe, und ab an die Hausaufgaben! Und wenn wir schon beim Thema Aufgaben sind, wer ist heute eigentlich dran, den Müll rauszubringen?“

Selbstverständlich niemand. Und der kleine Edek schon mal gar nicht, das war klar.

Aber Zuzanna gab keine Ruhe und forschte hartnäckig weiter: „Papi, woher kannst du denn Deutsch?“

„Himmelherrgott nochmal, was du immer für Fragen stellst, woher wohl! Ich hatte es in der Schule.“

„Aber ich, Papi“, Zuzanna stampfte mit dem Fuß auf, „ich werde dieses germanische Gebelle niemals lernen, *Halt und Hände hoch*!“

Und als Willi einmal unvorsichtig die Möglichkeit einer Auswanderung in die Bundesrepublik in Erwägung zog, brüllte die Dreizehnjährige derart los, dass die dünnen Wände der winzigen Küche ihrer sozialistischen Dreiraumwohnung erbebten. „Ohne mich! Das könnt ihr, verdammt nochmal, ohne mich machen! Fahrt doch alleine! Ich gehe nirgendwo hin! Ich hasse dieses Kauderwelsch! Ich bleibe hier, hier ist meine Heimat. Zu den Nazis gehe ich NIEMALS. Das könnt ihr echt vergessen.“

*

Soso.

Willi, später Waldek, der eigentlich Bauer und Zimmermann wie sein Vater und Großvater hätte werden, Hilda oder Susanne Bischoff, Börstler oder Koch heiraten und seinen Sohn auf den Namen Heinrich oder Rudolf taufen lassen sollen, blieb im sozialistischen Volkspolen hängen, heiratete die hübsche Basia und nannte seine Kinder Zuzanna und Edek. Schnell erklomm er die Stufen der militärischen Karriereleiter. Es fehlte nicht viel, und er wäre Major oder sogar General geworden – wenn die Vergangenheit seine Pläne nicht durchkreuzt, wenn sich das Verdrängte und Vergessene nicht eines Tages gewaltsam an die Oberfläche gedrängt und ihn unwiderruflich, wenn auch schweren Herzens, zur Rückgabe seiner mit vier Sternen auf den Schulterstücken geschmückten Hauptmannsuniform der polnischen Volksarmee gezwungen hätte. Bis dahin wurde die Uniform sorgfältig in den Untiefen des weiß gestrichenen Einbauschranks in der Nische im Flur aufbewahrt, in den sich sein Töchterchen ab und zu heimlich und verstohlen hineinschlich, wobei die Türen verräterisch quietschten.

*

Waldek tat es ein wenig weh, derartige Sprüche von seiner Tochter zu hören: *Ich gehe niemals zu den Nazis, zu den Deutschen.*

Denn früher - als Waldek noch Willi hieß - war er selbst mal so etwas wie ein Deutscher gewesen. Falls es so etwas wie einen Deutschen überhaupt gibt.

Inzwischen weiß Waldek nicht mehr, ob er Deutscher oder Pole ist. Im Grunde könnte man ihn für einen Polen halten, wäre da nicht der Umstand, dass sein Herz bei Fußballspielen zwischen Deutschland und Polen unwillkürlich stärker für die Deutschen schlägt und Waldek unruhig in seinem ausgedienten, von langen nächtlichen Fernsehsitzungen beanspruchten Lieblingssessel zu zappeln anfängt.

In seinem langen Leben war Waldek notgedrungen mal das eine, mal das andere. Er wechselte die Haut, zuerst um sich durchzukämpfen, um Schlägen und Tritten oder gar dem Tod zu entgehen, und später, um etwas zu erreichen, Rang und Ansehen zu erlangen und die Familie durchzubringen.

„Ach woher denn, die Haut gewechselt", widerspricht er und zuckt mit den Achseln. „Ich war eigentlich immer derselbe."

Was auch immer das bedeuten mag.

Er war ein Kind, als der Krieg ausbrach, als Flugzeuge der deutschen Luftwaffe über der Kolonie Steinfels kreisten und es hell wurde wie am Tag des Jüngsten Gerichts. Er war noch keine neun Jahre alt. Aufmerksam beobachtete er die Erwachsenen und alles, was um ihn herum geschah. Er war ein aufgeweckter Junge, ein ganz schlauer.

Ja. Die kleine Zuzanna bewahrte die Sternchen von den Schulterstücken ihres Vaters in einer Streichholzschachtel auf. Von Zeit zu Zeit kontrollierte sie, ob noch alle drin waren, zählte sie immer wieder durch: *Raz, dwa, trzy, cztery*. Auf Deutsch konnte sie nicht zählen. Höchstens bis drei – das hatte sie auf dem Hof gelernt: „Eins, zwei, drei *wypieprzaj*". Ins Deutsche übersetzt hieß das „eins, zwei drei, verpiss dich dabei". Das reimte sich so schön! Und noch etwas konnte sie sagen: „Guten Morgen, *butem w mordę*", was so viel bedeutete, wie „Guten Morgen, Schuh aufs Maul und keine Sorgen."

Kolonie Steinfels

1783–1939

Steinfels in der Nähe von Bandrow.

Als eines Tages, an einem wunderschönen Sommernachmittag in den dreißiger Jahren des vergangenen Jahrhunderts ein gewisser Otto Mack aus Lemberg, Mitglied des deutschen Nationalrats, hier zu Besuch eintraf, soll er vor Entzücken ausgerufen haben: „Das ist der schönste Platz auf Erden, mit Wasser, Wäldern und Sonne, ein wahrer Kurort!"

Von diesem wunderschönen Fleckchen Erde, aus einem kleinen Dorf in Bieszczady, den Waldkarpaten, von dem kein Stein übrig geblieben ist, kommt eigentlich *Papi* her, also *Tatuś,* lies *Tatusch.* Die wenigen Spuren von Steinfels, die es noch gibt, verlieren sich im Niemandsland, dicht am Grenzstreifen zwischen Polen und der Ukraine. Hüfthoch wächst dort mittlerweile das Gras. Vielmehr Unkraut. Willi wurde also im Auenland der Hobbits geboren, das sich malerisch entlang eines reißenden Baches erstreckte. Der Stebnik rauschte lebhaft in den Fluss Strywihor, und mit ihm weiter bis zum Dnister Richtung Osten. Es war ein sonderbares Dorf und zudem an einem ungewöhnlichen Ort gelegen, sehr weit weg von dem Balkon, auf dem Zuzanna gerade energisch Buchstaben in die abgenutzte Tastatur hämmert, als ob sie das Schuldgefühl übertönen wollte, Zeit für solch einen Humbug wie Romane-Schreiben zu vergeuden, anstatt endlich ordentlich Kohle zu machen. Vor ihren Augen verdichten sich die Schriftzeichen in Windeseile, brausen wie Meeresfluten auf, werden zu Feuersäulen, meterhohen Türmen, um sich dann wieder zu beruhigen, zu ordnen, in Absätze zu formatieren und zu einem Bild zusammenzufügen.

Unweit des unberührten Hochwaldes, in einem stillen Tal mit Blick auf die reich mit Laub- und Nadelbäumen bewachsenen Hänge, flossen die Bäche Nanówka und Królówka schwungvoll plätschernd in den Stebnik. So stellt Zuzanna sich das vor. Wie ein Heiligenbild. So schildern es die Galiziendeutschen in ihren Memoiren. Eine regelrechte Idylle, sagen sie, auch wenn sie sich ein bisschen für dieses Wort schämen. Herrje, und wie viele Forellen, Krebse und einzigartige Fische dort herumtollten. Sogar Gründlinge kamen hin und wieder mal vor.

Ein buntes Schachbrett aus Feldern mit Getreide jeglicher Art. Direkt daneben das ukrainische Dorf Stebnik, von wo aus herzzerreißende Lieder bis nach Steinfels drangen. Ach, Stebnik und die Ukrainerinnen in ihren weiten, bunten Röcken, unter denen sich die ganze Welt verkriechen konnte ...

Das waren noch Zeiten!

Heute haben dort vor allem Kühe und Pferde einen Kurort – das geht jedenfalls aus den Reiseführern hervor. Zuzanna hat die Gegend noch nie gesehen. Bis jetzt hat sie sich in ihrem Leben mit ganz anderen Sachen beschäftigt.

*

Denn wir beschäftigen uns im Leben meist mit *anderen* Sachen.

Sie weiß nicht, ob sie die Trägheit überwinden wird, um irgendwann dort hinzufahren.

Eigentlich ist sie inzwischen alt genug, um nur das zu tun, was wichtig ist. „Tu, was nötig ist. Und nichts anderes!", las sie letztens in einem Buch und fand das ganz treffend.

Doch etwas richtig zu finden und etwas zu tun, sind zwei Paar Stiefel.

*

Willi ist keineswegs in Westpolen geboren, d.h. in den deutschen Ostgebieten, die nach dem Krieg der Republik Polen gewissermaßen als Entschädigung für verlorene Landstriche im fernen Osten zugesprochen wurden. Er ist weder in Danzig noch in Stettin geboren, auch nicht in Breslau. Dass er Deutscher ist, steht jedoch außer Zweifel. Die Nazis haben das gewissenhaft untersucht, und die Bundesrepublik glaubt ihnen aufs Wort, denn wer hätte das gründlicher erledigen können? Sie vermaßen 1940 den Umfang seines Schädels, untersuchten eingehend die Form seiner Nase, nahmen seine Herkunft und Rassenzugehörigkeit genau unter die Lupe, bestätigten amtlich sein Volksdeutschtum und stellten ihm ein entsprechendes Einbürgerungsdokument aus, auf dessen Grundlage seine Kinder Zuzanna und Edek Jahrzehnte später den Status deutscher Spätaussiedler bekommen sollten – die Eintrittskarte ins Paradies, *das* Sonderangebot ihres Lebens! Heute werden sie von Erika Steinbach, einer schicken, vorbildlichen Blondine und dem Schrecken manch polnischer Patrioten, zur Gemeinschaft deutscher Vertriebener gezählt und treiben deren Zahl in die Höhe. Aber vertrieben hat sie eigentlich niemand. Jedenfalls nicht, dass sie es wüssten.

Und blond sind die beiden Geschwister schon mal gar nicht!

Willi ist also nicht in Deutschland geboren, und seine Nächsten hielten von den sogenannten Reichsdeutschen nicht allzu viel. Er erblickte im mythischen Galizien das Licht der Welt, an einem Ort, an den 1783 seine Ahnen aus dem Rheinland mit einigen Dutzend Fuhrwerken angerollt kamen, auf der Suche nach Speis und Trank. Deutsche Siedler. Es war vor allem der Hunger, der sie in dieses ferne Land trieb. Aber auch der Kaiser des Heiligen Römischen Reiches, seine Majestät Joseph der Zweite, lockte sie dorthin, indem er ihnen Steuervergünstigungen und allerlei Erleichterungen und Vorteile, quasi das Blaue vom Himmel versprach. Es waren ihrer zwölf. Zwölf Siedler, die sich als Erste in den Osten trauten, wie die zwölf Apostel eines unbekannten Gottes. Unter anderem Emmel,

Götz und Börstler. In der neuen Heimat blühte ihnen zunächst einmal harte Arbeit. Der Schweiß lief in Strömen, der Wald musste gerodet, der Natur Platz zum Leben und Beackern abgerungen werden. Altes musste weichen, damit Neues entstehen konnte. So jedenfalls die Legende.

Später kamen dann noch Helbig, Bischoff, Wolf, Volz und Keller aus dem angrenzenden Makowa dazu und heirateten nach Steinfels ein, denn Haus und Hof wurden hier den Töchtern vererbt. Die Söhne lernten dafür ein Handwerk, einen Beruf - denn ein „Handwerk hat goldenen Boden" und von der Landwirtschaft allein konnte man hier nicht leben. Die ganze Aktion nennt sich »Josephinische Kolonisation«.

Polen verschwand damals schrittweise von der Landkarte, und ab 1795 hörte der polnische Staat auf zu existieren. Er wurde bereitwillig unter Russland, Preußen und Österreich aufgeteilt und führte von nun an ein Schatten-Dasein, war ein kollektiver Kraftakt, eine Vision, ein Phantom, das Opfer forderte, ein permanentes Stechen in den Herzen. Teile des heutigen Polens und der Ukraine fielen der Habsburger Monarchie zu und wurden zum östlichsten und größten Kronland, zum Königreich Galizien und Lodomerien zusammengefasst. Die Siedler kamen vorwiegend aus Süddeutschland und stammten in der Regel aus ärmeren Bauernfamilien, die in ihrer Heimat keine Zukunft sahen. Sie vertrauten Joseph II., wanderten nach Galizien aus, gründeten dort, sofern sie sich nicht aus Verzweiflung umbrachten oder kehrtmachten, Reihendörfer, siedelten dicht beieinander als deutschsprachige Gemeinschaften und wurden so zu Galiziendeutschen.

Sie gelobten, ihr geliebtes deutsches Vaterland niemals zu vergessen und die Traditionen und Gebräuche ihrer Väter für immer und ewig hochzuhalten.

Diese hielten sie noch höher, als 150 Jahre später noch aus der Ferne, aber längst überdeutlich das Echo der Nazipropaganda ihre Dörfer erreichte, die an ihre urdeutschen glorreichen Eigenschaften appellierte:

Ordnungsliebe, Ehrlichkeit und Fleiß. Eigenschaften, die sie mit Stolz erfüllten.

Willis Vorfahren – Bauern, Zimmermänner und Bierbrauer – brachten also ihre Fuhrwerke nach wochenlanger und beschwerlicher Wanderung irgendwo im Südosten des heutigen Polens zum Stehen; von Stettin aus einmal quer runter, siebzig Kilometer von Lemberg und fünfzig Kilometer von Drohobycz entfernt, östlich von Ustrzyki Dolne, südlich von Krościenko, gerade noch wenige Kilometer von der heutigen Grenze zur Ukraine, vielleicht sogar direkt auf der Grenzlinie. Brrrrrr! Sie hielten ihre Pferdewagen im schönsten Schlupfwinkel der Welt an, in der sogenannten Heimat. Da, wo heute nicht einmal eine Grabplatte von ihnen existiert. Na ja, vielleicht bis auf ein paar wenige. Wo nicht einmal Hunde jaulen. Ihre sterblichen Überreste, niemandem nütze, verschmelzen mit der Erde, unweit von den Gebeinen der dort später erschossenen Juden.

Die Kolonisten erbauten eine Siedlung nach dem Vorbild deutscher Waldhufendörfer. Zur einen Seite der Straße, an einem leichten Hang, hinter Holzhäuschen mit Ziegel gedeckten Dächern hatte jeder einen Garten, der als Weide diente. Auf der anderen Seite der Straße befand sich ein zweiter Garten. Eine Kette nahezu identischer Häuser krümmte sich in der Mitte des Dorfes zu einem rechten Winkel und durchzog unbekümmert die Landschaft.

Seit jener Zeit rollten mehrfach Armutswellen über das Land, Missernten, Kriegsfronten, alles Mögliche. Heute ist es dort ganz still. Nur ab und zu hält hier für ein paar Stunden irgendein Reisebus aus der Gegend von Wolfsburg und schüttet eine Gruppe sehr alter, sehr sauberer und hell gekleideter Deutscher aus, Mitglieder des Vereins der Galiziendeutschen.

Sie behaupten zumindest, dass sie dort irgendwo schon einmal waren.

Gut möglich.

*

Bis dato wurde Willi jedoch nicht unter ihnen gesichtet. Er würde da schon gern einmal hinfahren, aber so gern, dass er es in die Tat umsetzen würde, dann auch wieder nicht. Würde ihn jemand in ein Auto stecken und hin kutschieren, hätte er sicherlich keine Einwände. Aber auf eigene Faust? Das macht er nicht, denn dazu fehlt es ihm an der nötigen Entschlossenheit. Außerdem ist er nicht mehr der Jüngste, obwohl er stolz und nachdrücklich unterstreicht, dass er noch keinen Gehstock braucht und auch nicht die Absicht hat, einen solchen in absehbarer Zeit einzusetzen. Im Garten klettert er notfalls sogar noch selbst auf Bäume, wenn diese beschnitten werden müssen. Da erwartet er keine Hilfe, weder von den Kindern noch vom Schwiegersohn, der ihn ohnehin nie von sich überzeugen konnte. Sein ganzes Leben lang ist Willi allein zurechtgekommen – mit Demütigungen und Gewalt. Er strebte vorwärts, kletterte die Stufen der Karriereleiter empor, der einzig möglichen, die ihm die Volksrepublik Polen anzubieten hatte, das Land, wohin es ihn unter der Maske eines Polen, die fest mit seinem Gesicht verwachsen war, verschlagen hatte.

„Das war gar keine Maske! Ich habe mich schon damals als Pole gefühlt. Ich habe gar nicht groß über meine Abstammung nachgedacht. Ich bin doch in Polen geboren. Das ist doch alles Quatsch mit Soße."

Na gut, belassen wir es dabei.

Denn was bedeutet eigentlich Deutscher? Was bedeutet Pole? Was bedeutet deutsches Blut? Kann mir das bitteschön mal jemand erklären?

Als Jugendlicher überstand er die schmachvolle Niederlage Deutschlands, den missglückten Fluchtversuch ins Deutsche Reich, die Verschleppung zur Zwangsarbeit in die Sowjetunion, Schläge und Erniedrigungen, und später dann den Wiederaufbau des in Trümmern liegenden Landes, die Minenräumung, die er unter Lebensgefahr auf den Gebieten des befreiten Polens durchführte, damit die nachfolgenden Generationen ohne Angst auf dieser Erde wandeln können. Er sah haarsträubende Unfälle, abgerissene Beine, zerfetzte Körper und abgetrennte Nasen, die man dem Verletzten ins Gesicht pressen und ihn dann zügig ins Krankenhaus befördern musste. Für seine vorbildlichen sportlichen Verdienste als Gewichtheber und die militärischen als Pontonier des Pionierbataillons wurde er mit unzähligen Medaillen ausgezeichnet, obendrein mit dem Goldenen Verdienstkreuz und dem Ritterkreuz des Ordens der Wiedergeburt Polens. Letztere Dekoration sollte ihm fünfundzwanzig Prozent zusätzlich zur Rente sichern, aber wie es das Schicksal wollte, kam es nicht dazu. Systemwechsel. Pech gehabt. Dumm gelaufen.

Er überstand es, dass seine Heldentaten nunmehr vergebliche Liebesmüh waren - alles für die Katz - und es sogar eher angebracht war, darüber zu schweigen.

Nichts kann ihn mehr verwundern, überraschen. Willi ist abgehärtet und diese Härte fordert er ebenso den Anderen ab. Jammern bringt nichts. Da beißt die Maus keinen Faden ab. Es gibt keinen Grund, morgens stundenlang im Badezimmer Wurzeln zu schlagen – insbesondere als Mann. Und schon gar nicht, sich exzessiv mit irgendwelchen Düften einzunebeln. Zack, zack und die Sache ist erledigt! Ein Mann sollte schnell, gewandt und zielgerichtet sein. Er sollte sich keine langen Haare wachsen lassen, keine Hosen tragen, die in den Kniekehlen hängen und auch keine Kapuze über den Kopf ziehen, wie ein Henker vor der Exekution. Nein, so etwas sollte ein Mann nicht tun ... die Liste ist lang.

Zum Glück ist Zuzanna kein Mann.

Obwohl sie einer hätte werden sollen! Das Schicksal spielte jedoch Willi in alter Gewohnheit einen Streich. Es sparte nicht mit beklagenswerten Überraschungen.

Willi verlor seinen Vater sehr früh, vielleicht wünschte er sich deshalb so sehnlichst einen Sohn.

Einen Vater suchte er sein ganzes Leben lang. Er suchte ihn in Männervereinen, dort, wo er sich immer wieder die Anerkennung der höchsten Autoritäten erkämpfen konnte. Er war der Beste, der Ehrgeizigste, immer der Erste. Überall die Nummer Eins, der Primus unter den Primussen. In der polnischen Volksarmee hob er sich in kürzester Zeit stark vom Durchschnitt ab. Man kann durchaus sagen, dass er glänzte. Wenn da nur nicht seine Vergangenheit wäre, die ihn immer wieder einholte, die Tränen der Mutter, das bedenkliche Schicksal des Bruders, der alarmierende Familienname … – dann hätte er heute die Rente eines Generals.

Vielleicht.

Es hätte aber auch ganz anders enden können.

Karawane

Die Osterhasen aus Pasewalk sitzen schon seit Jahren auf Willis Regalen, das Verfallsdatum ist längst überschritten. Er entfernt sie nur vorübergehend, während der Weihnachtszeit, ersetzt sie aber nicht durch Weihnachtsmänner. Diese hauen ihn nämlich nicht vom Hocker.

*

30er Jahre

Johann, Willis Vater, war Bauer, so wie alle anderen auch, obwohl die Familie nur wenig Ackerland besaß, gerade mal vier Hektar, nahe eines abgeschiedenen Waldstücks – Kartoffeln, Roggen und etwas Weizen. Außerdem noch Gemüse im Garten. Zum Beackern und Pflügen des Bodens und zur Aussaat borgte er sich jedes Mal ein Pferd von den vermögenderen Nachbarn. Die Kellers hatten nur drei Kühe und ein Kalb. Aber eben kein Pferd. Johann oder *Hannjekopp*, wie man ihn in Steinfels nannte, war auch Zimmermann und Spengler. Er wurde von seinem Vater, ebenfalls einem Johann, angelernt. Beide fertigten Räder für Pferdewagen an – runde Holzräder, die später auf den Wegen Galiziens rollten und dort tiefe Furchen hinterließen. Johann war bettelarm. Dennoch hält Willi unbeirrt daran fest, dass sich sein Vater trotz des ganzen Elends ganz gut zu helfen wusste.

Er verdiente sich etwas dazu, wo und wann immer er nur konnte.

Nächtelang stand er sowohl auf dem eigenen als auch auf den Feldern der Nachbarn Wache und beschützte sie vor Wildschweinen. Wer es sich leisten konnte, sicherte seine Felder mit Stacheldrahtzäunen oder Wassergräben. Johann gehörte allerdings nicht dazu. Deshalb wachte er abwechselnd mit den anderen ärmeren Dorfbewohnern zu jeder Jahreszeit und bei jedem Wetter über die Felder. Stundenlang patrouillierte er wie ein Automat entlang des Streifens zwischen Feld und Wald. Denn so war sie - die Welt.

Und niemand fragte, warum.

Oder er kauerte sich in der erbarmungslosen Dunkelheit der Nacht in einer Holzhütte zusammen, die ihn vor Wind und Regen schützen sollte. Wann immer er ein Geräusch hörte, sprang er heraus - wie der Kuckuck aus der Kuckucksuhr.

Kuckuck!

Die Wölfe kamen selten dicht heran, und wenn doch, dann galt ihr Interesse eher dem Vieh als den Menschen. Das heißt, wenn das Vieh in Reichweite war. Häufiger als mit Wölfen hatte man es allerdings mit Wildschweinen zu tun. Es galt, sie von den Kartoffeln fern zu halten. Ohne Kartoffeln, die in Steinfels *Krumpel* hießen, hätte hier keiner überlebt. Das war die Existenzgrundlage. Mit etwas Phantasie, Kohl und Waldpilzen ließen sich aus ihnen viele deftige Speisen zaubern, an die sich Willi wehmütig erinnert. Einige Gerichte bereitet er sogar heute noch zu. Vor allem Heiligabend. Für die Alltagsküche ist (natürlich!) Basia zuständig.

Er macht aber dafür den Abwasch – immerhin.

Zur Suppe aus getrockneten Steinpilzen, einer tiefbraunen, klaren, kräftigen und säuerlichen Essenz, serviert Willi einmal im Jahr Krautrouladen aus Kartoffeln, die in Kohlblätter gewickelt werden – die *Holobtjer*. Dafür wird nur ein kleiner Teil der Kartoffeln gekocht, der größere Teil bleibt vorerst roh. Im Idealfall sollten die Kohlblätter vorher eingelegt sein, so wie es in Steinfels Sitte war. Zuzanna ist sich ganz sicher – es gibt nichts Köstlicheres auf der Welt. „In Steinfels", erzählt Willi, „haben wir ganze Kohlköpfe in Fässern eingelegt. Einen Teil der Kohlköpfe schnitt Mutter jedoch klein, und dann stampften wir mit bloßen Füßen das geschnittene Kraut in den Fässern. Aus den eingelegten Blättern wickelte Mutter irgendwann Rouladen. Aber das war einmal. Heute ist alles anders. Wer legt denn heute noch ganze Kohlköpfe ein?" Willi hatte mal einen Versuch gewagt, aber wohin mit einem Fass in einer sozialistischen Miniwohnung? Wie hätte man das bewerkstelligen sollen? Völlig unpraktikabel! Wie sollte man jene andere Welt in eine Behausung in der dritten Etage eines Plattenbaus, die offensichtlich für Zwerge konstruiert war, zwängen? Und selbst heute. Etwa in dieses kompakte Reihenhäuschen in der Stettiner Vorstadt, neben dem Einkaufszentrum »Real«? Also vermengt er heute die kochenden Kohlrouladen mit gekauftem Sauerkraut, wodurch sie etwas Säure aufnehmen. Tomatenmark ist dabei auch ganz hilfreich. Es sollte nicht vergessen werden!

Mit einem *Wihajster* (eine polnische Sprachschöpfung, die dem deutschen „Wie-heißt-er" entlehnt ist), so einem speziellen Dingsbums eben, aus Holz, machte Johann einen Heidenlärm, um die Horde anrückender Wildschweine zu verscheuchen.

Ein Wolf, in Steinfels *de Grimme* genannt, hat sich nur ein einziges Mal an ihn herangepirscht, als Johann sich auf den Heimweg machen wollte, an sein warmes Bett dachte und davon träumte, sich wenigstens für einen kurzen Augenblick neben die warme Christina - seine *Chrischtje* - zu legen, unter die Bettdecke aus Gänsefedern zu kriechen und in einen tiefen Schlaf zu fallen. Er stieß die Tür des Wachhäuschens auf, wo das arme Tier bereits auf ihn und sein Schicksal wartete, ihn mit traurigen Augen fixierte.

Das war Johanns große Stunde, obwohl sie nur einen Moment dauerte. Er spürte eine übernatürliche Kraft in sich, die wie aus dem Nichts kam. Als würde jemand just in dieser Sekunde für ihn beten, als würde jemand stärkend hinter seinem Rücken stehen.

Und siehe da. Nach einem kurzen Kampf drückte er mit einer entschlossenen Bewegung dem Wolf mit der Tür die Luft ab. Auf diese Weise verlängerte er ein wenig sein eigenes Leben, dessen Tage sowieso schon gezählt waren. Die Zeitbombe tickte schon.

Diese Geschichte erzählte *Hannjekopp* seinen kleinen Söhnen wieder und wieder. Willi malte sich mit Vorliebe aus, wie sein Vater den Wolf an der Kehle packt und mit ihm bis in die frühen Morgenstunden ringt, egal, ob diese Episode stimmte, oder nicht. Sein Vater hatte doch vor nichts und niemandem Angst. Willi war ebenfalls kein Angsthase, aber vor Wölfen, großen Hunden und dem Kartoffeldieb, der mit einem scharfspitzigen Stab bewaffnet sein Unwesen im Dorf trieb, hatte er dann doch etwas Respekt. Wozu er sich aber vor dem älteren Bruder niemals bekennen würde. „Und vor dem Vetter Börstler schon mal gar nicht!", wirft Basia beiläufig ein und kann sich ein schelmisches Schmunzeln nicht verkneifen.

Nie im Leben!

*

In einer anderen Nacht wurde Johann von einem weiteren Gast heimgesucht. Ein Hirsch war mit seinem Geweih in der Umzäunung, die den Acker vom Wald trennte, stecken geblieben – eine edle Beute, fast zu schade zum Töten, aber man hatte keine Wahl. Vogel, friss oder stirb. Johann betäubte ihn und tat, was getan werden musste. Lange dachten sie an dieses Festmahl zurück, das ihnen *de Hersch* beschert hatte, an das Wildfleisch, das sie räucherten, damit es länger haltbar blieb. Fleisch aßen sie sonst nur alle Jubeljahre – ein Stückchen Huhn oder Kalbsfleisch aus eigener Schlachtung. Manchmal auch ein gepökeltes oder gut geräuchertes Schweinchen. „Man konnte davon lange zehren", schwärmt Willi. „Man belegte das Brot mit hauchdünnen Scheiben, und das auch nur an Sonn- und Feiertagen." Immerhin hatte er im sozialistischen Polen trotz Mangelwirtschaft deutlich mehr Fleisch gegessen. Er kannte einen guten Lieferanten in der nahegelegen Kleinstadt Gryfino, der ihm das Fleisch beschaffte – natürlich ganz legal, auf Lebensmittelkarten, aber ohne, dass Willi oder vielmehr Basia dafür stundenlang anstehen mussten. Die Länge der Warteschlangen brach damals bekanntlich alle Rekorde. Dieses Fleisch hatte Willi immer sehr geschätzt. Auch Wurst schnitt er in feine Scheibchen, er ergötzte sich an ihr. Was auch immer es war, er duldete keine Verschwendung. Dennoch hatte Willi die Angewohnheit, schnell zu essen, hastig zu schlingen, als ob man ihm die Beute sofort wieder entreißen wollte. Hektisch kippte er heiße Gurken-, Tomaten- und Rote-Beete-Suppen in sich hinein, verbrühte sich damit den Hals und die Speiseröhre, verdarb sich den Magen. Und trotzdem war er niemals richtig satt.

Und die Kinder … Sie sollten stark und gesund sein. Deshalb zwang Willi täglich jeweils einen Löffel Lebertran und ein Glas heißer Milch in sie hinein, das Zuzanna in Windeseile leerte und sich dabei die Zunge und den gesamten Magen-Darm-Trakt verbrühte. Und das nur, damit sich auf der Milch keine schrumpelige Haut, diese ekelige Schicht aus geronnener, schleimiger Sahne, bilden konnte. Tja, was tut man nicht alles für die Gesundheit … Möge Gott sie vor so einer teuer erkauften Gesundheit bewahren! Mit verbrühten Lippen und Gaumen schüttete und stopfte sie tapfer alles, was man ihr gab, in sich hinein. Ganz anders ihr Brüderchen. „Du isst ja wie ein Spatz. Hör auf, auf deinem Teller herumzupicken!", drängte Willi den kleinen Edek, der tapfer versuchte, sich der ganzen Prozedur zu entziehen. „Stimmt doch gar nicht. Ich picke überhaupt nicht!", widersetzte sich der Junge resolut und blickte dabei hilfesuchend zur Mutter. Er hatte keine Lust, sich wie Zuzanna die Zunge zu verbrühen, wofür auch. Und auch beileibe nicht die Absicht, dem vorbildlichen Verhalten seiner Schwester zu folgen, die alles in sich hinein schaufelte, nur weil es dem Vater gefiel. Schließlich war er kein Schwein. Ja, genau! Schluss, Punkt, Finito.

Prost! Auf die Gesundheit!

*

Eine richtig fiese Krankheit – so eine Lungenentzündung.

Am Ende bekam Johann die Quittung für seine nächtlichen Abenteuer, am Ende hat er sich den Tod geholt. Nach den langen Wachschichten in den vielen Nächten, die in jenem Herbst bitterkalt waren, begann er plötzlich Blut und Galle zu spucken. Christina brachte ihn ins Krankenhaus, der Schwiegervater fuhr beide mit seinem Pferdewagen hin. Sieben lange Fahrtkilometer. Da sie Not litten, konnte der Erkrankte jedoch nicht lang genug in Behandlung bleiben. Das Geld ging ihnen aus und so brachten sie ihn nach wenigen Wochen wieder nach Hause. Christina war ohnehin schon beim Doktor verschuldet. Das Krankenhaus stellte weitere Rechnungen, eine Besserung war derweil nicht in Sicht.

Also betteten sie ihn in der winzigen Kammer neben der Küche, damit er dort sein Leben vollenden oder auch wiederauferstehen konnte. Denn Wunder sollte man niemals ausschließen. Die Kammer hatte keine Tür, nur einen Vorhang, hinter dem der Vater in den letzten Zügen lag. In unmittelbarer Nähe dieses Vorhangs musste man auf Zehenspitzen laufen. Wenn die Jungs daran vorbeirannten und sich gegenseitig schubsten, legte die Mutter mit strenger Miene den Finger auf die Lippen. *Psst … Kee Laut …* Am Ende konnte er sich nicht einmal mehr bewegen. Nach und nach breitete sich die Lähmung über den ganzen Körper aus, bis Johann weder sprechen noch laufen konnte. Er wurde steif wie eine Leiche. Er vermochte nur noch ganz leicht die Hand und die Finger zu rühren, gerade mal so viel, um ein paar Worte auf ein Blatt Papier zu kritzeln. Wie: Wasser. Oder: Auf die andere Seite drehen. Manchmal: Was gibt´s auf dem Acker? Hilft dir jemand? Oder, kurz vor seinem Tod: Zigaretten, *Tremmcher.*

Daran erinnert sich Willi ganz genau.

Es scheiterte also am Geld. Niemand rettete zu jener Zeit ein Leben um jeden Preis. Niemand war in der Lage, jeden Preis zu bezahlen. Jedenfalls nicht in Steinfels.

Sie waren sich dessen bewusst, wer sie sind und wer sie niemals sein würden, wie viel ihr Leben wert und wo ihr Platz war.

Nur Willi war mit dem ihm zugewiesenen Platz nicht einverstanden. Er wollte sich damit partout nicht anfreunden. Irgendetwas kämpfte in ihm, zerriss ihn innerlich. Als würde es ihm nicht genügen, dass der Pastor ihnen jeden Sonntag ewigen Lohn versprach und dabei nach Spenden äugte, sie sogar von den Ärmsten nahm.

„*Tremmcher!*" – wiederholte Christina und zog den Sechsjährigen am Ärmel. „*Heersch net? Hol' em Tremmcher. Tummel dich, Seeche, laaf, Willi, laaf!*"

Sie drückte ihm ein Geldstück in das Händchen. Ein polnisches, denn 1918 befand sich Steinfels auf dem Gebiet des zurückeroberten, wiederauferstandenen Polens, der Zweiten Polnischen Republik. Willi wurde nicht wie seine Großeltern und Eltern in Österreich-Ungarn geboren, sondern in Polen. Trotz der neuen Verwaltung und der Veränderungen kam es kaum einem der Galiziendeutschen in den Sinn, das liebgewonnene Fleckchen Erde zu verlassen. Viel mehr als die Zugehörigkeit zu einem Staat zählte der eigene Grund und Boden – wie wenig es auch war. Die kleine Heimat. Außerdem verjagte sie auch niemand von dort. Sie mussten sich einzig und allein mit der Polonisierung arrangieren, kamen aber offenbar ganz gut damit zurecht. Manchmal half beim Regeln eines Anliegens, wenn es zum Beispiel darum ging, den Siedlern ihre deutsche Schule und ihr evangelisches Pfarramt zu lassen, eine ordentliche Flasche Wodka.

Ja, und Willi rannte los. Flitzte davon.

Flitzzzzz-te davon! Ließ eine riesige Staubwolke und ein paar lautstark kläffende Straßenköter hinter sich. Hier hatte jeder einen Hund, der dem Kartoffeldieb (und natürlich auch anderen Schurken und Ganoven) auflauern und ihn gegebenenfalls in die Flucht schlagen sollte – diesen ewig ausgehungerten Landstreicher, der mit einer Riesenstange die kostbaren *Krumpel* aus den dunklen Kellern fischte. Für Johann und Christina war jede Kartoffelknolle Gold wert. Wenn also Fin, ihr Wachhund, auch nur anfing Alarm zu schlagen, jagte Christina in die Küche, schnappte sich einen Topf mit kochendem Wasser und kippte es dem Unglücksraben über den Kopf. Zwei Mal hat sie ihn so auf frischer Tat ertappt und mit einer heißen Erfrischung bestraft.

Lauf Willi, lauf. Dieser Lauf ist wichtiger als du denkst.

Willi rannte also mutterseelenallein in der anbrechenden Dunkelheit los. Keine Ahnung, warum die Mutter nicht den älteren Bruder geschickt hatte. „Vielleicht hat er sich einfach herausgeredet, vielleicht hatte er Angst", spekuliert Basia, „vielleicht war er gerade nicht greifbar gewesen?"

Lauf Junge, lauf. Vier Kilometer durch das ganze Dorf, zum Lädchen von Mendel Wenig, den Willi gut kannte und mochte.

*

Der Tod war in Steinfels keine große Sache, denke ich.

Die Frauen wussten, wie sie mit ihm umzugehen hatten. Sie taten, was getan werden musste, gestatteten sich kein Zögern und kein Zweifeln. Sie unterstützten sich gegenseitig bei den Geburten und beim Herrichten der Verstorbenen für die Bestattung – bei der Waschung, der Totenwache, den Gebeten und Gesängen. An langen Winterabenden rupften sie gemeinsam Gänse für Federdecken, erzählten einander gruselige Geschichten über die Seelen der Toten, die unter ihnen geisterten. Es starben so viele junge Menschen, so viele Kinder, dass man sie gar nicht alle sofort ins Jenseits entlassen und die Tür vor ihnen verriegeln konnte. Es wäre herzlos gewesen. Man musste mit ihnen noch eine Weile zusammenleben. Letztendlich möchte doch jeder, dass später ähnlich mit ihm umgegangen wird - einfühlsam. Und der Tod liegt bekanntlich nicht auf der faulen Haut. Also erlaubte man den Toten, einige Zeit in der warmen Stube unter den Lebenden zu verweilen und ließ sie zwischen den Welten herumgeistern, damit sie sich an das Nichtsein gewöhnen konnten. Die Frauen trösteten und besänftigten die Verstorbenen, überbrachten den Hinterbliebenen Botschaften, zähmten den Tod, boten ihm am Tisch einen Platz und ein leeres Gedeck an.

Die Geschichten, die sich die Frauen erzählten, waren besser als Horrormärchen. Fernseher gab es ja nicht, nur ein einziges Rundfunkgerät im ganzen Dorf. Und wenn wir schon bei technischen Errungenschaften sind – in den zwanziger Jahren wurde in Steinfels auch ein Automobil gesichtet, und das nicht nur einmal! Fast das ganze Dorf war ihm jedes Mal hinterher gejagt, zum Glück nicht mit Heugabeln. Der feine Herr Ingenieur Simon aus Aschersleben in Sachsen, ein Spezialist für Ölförderung (es gab einige Ölquellen in der Umgebung) düste damit ab und zu durchs Dorf. Denn nur er konnte sich so eine Karre leisten. Der Rest hatte, wenn überhaupt, bestenfalls einen Karren.

Nun rannte aber der sechsjährige Papi mit hundert Pferdestärken diesen Weg entlang.

*

Ja, die Hunde... Sie setzten ihm am meisten zu. Bellten sich die Seele aus dem Leib, so wie einige Jahre später Adolfo aus dem Radioempfänger. Sie zerrten an den Hosenbeinen, diese kleinen Teufel, stahlen kostbare Zeit, taten alles, um seine Mission zu vereiteln. Zum Henker mit ihnen. Die Hunde bellen, die Karawane zieht weiter. Und Willi lief weiter, auch wenn ihm angst und bange war, denn er hatte neulich irgendetwas über Tollwut aufgeschnappt und wollte ums Verrecken nicht tollwütig werden und Schaum vor den Mund bekommen. Ein paar Mal wurde er schon von Hunden gebissen, und über Impfungen hätten sich damals sogar die Hühner totgelacht.

Wäre der Vater nicht so krank, würde sich Willi freuen, dass er zum Lädchen des gewitzten Juden laufen darf, obwohl sich die Leute ja alles

Mögliche über die Juden erzählten, zum Beispiel, dass sie reich sein würden. Und dass sie Schlitzohren seien, ganz schön gerissen! Willi rannte durch das Dorf und ein Stück durch den Wald. Mit dem Lädchen verband er gute Gefühle. Ab und zu gelang es ihm, sich für ein mitgebrachtes frisches Hühnerei oder für fünfzig polnische Groschen, die die geliebte Großmutter Anne aus ihrer abgrundtiefen, bestickten Schürzentasche für ihn hervorzauberte, ein paar Karamellbonbons, ein Stückchen Schokolade oder eine warme Semmel, *ee Bredche,* zu kaufen. Zu Hause aßen sie gewöhnlich keine Brötchen. So etwas gab es nicht. Nichts auf der Welt schmeckte Willi so sehr wie ein Brötchen mit Butter, das auf der Zunge zerging. Heute leidet Willi an Diabetes, und mit Butter soll er sparsam sein. Er gönnt sich Diätmargarine ohne Cholesterin, auf Kuchen verzichtet er allerdings nicht. Erst der Kuchen, dann die Tabletten. Man lebt nur einmal.

„Wenn das Doktor Blumenstock hören würde, würde er ihn zur Sau machen!", gibt Basia ihren Senf dazu.

Willi rannte an den Häusern der Nachbarn vorbei, den Häusern von Wolf, Börstler, Bischoff, Keller und von Volz, von Miketa, Wowczak, Sandak, Mural und Hawerelko, die mit Vornamen Iwan, Nikolai, Michail und Wasyl hießen. Die Vornamen der Frauen - unbekannt. Er ließ die Häuser von Moses Feld, Józef Korzonek und den Nachfahren des Italieners Adam de Grignis hinter sich. Seine Kehle war wie zugeschnürt, sein Brustkorb brannte, erdrückte ihn, lähmte seinen Atem. Er weinte nicht, dachte an Nichts. Sein Vater wollte vor dem Tod noch einmal eine paffen. Den Rauch noch einmal in seiner Lunge spüren. Dem Rauch noch einmal dabei zusehen, wie er sich in der Kammer verflüchtigt. Ja.

*

Wie gut, dass Willi rennt, ja beinahe fliegt.
Ich sehe ihn wie in Zeitlupe vor mir.
Seine unsichtbaren Flügel.

Johann ist gerade mal vierunddreißig Jahre jung. Während Christina schluchzend an seinem Krankenlager unermüdlich das *Vaterunser* betet, zieht vermutlich vor seinen graugrünen Augen sein ganzes Leben vorbei, die vielen großen und kleinen Momente, die darüber entschieden, wer er war. Fast wie ein biographischer Film. So stelle ich mir das zumindest vor.

Johann sieht den Tanzabend bei den Börstlers. Er bittet die blutjunge, damals fünfzehnjährige und acht Jahre jüngere Christina zu feurigen Rhythmen der ukrainischen Kapelle, die es ordentlich krachen ließ, zum Tanz. Die Steinfelser liebten das Vergnügen. Klar, sie arbeiteten hart, pflegten aber auch freudvolle Rituale, um dem Jahr eine sinnvolle Ordnung zu geben, damit alles seinen Raum und seine Zeit hatte. Später, als erwachsener Mann, war diese Sorglosigkeit und Freude Willi ein wenig abhanden gekommen, um es milde auszudrücken. So auch seinen Nachkommen. Mühsam versuchten sie, die vergessene Kunst des Feierns wiederzubeleben.

Hannjekopp und *Chrischtje* fanden Gefallen aneinander. Sie kannten sich schon eine Weile. Jeder kannte hier jeden. Die Auswahl war nicht sehr groß, daher fiel die Wahl auch nicht besonders schwer. Schließlich sind wir hier nicht im »KaDeWe« oder bei *Wünsch dir was*. Es hatte keinen Sinn, allzu lange Ausschau zu halten. Johann kehrte gerade vom Dienst aus der Polnischen Armee zurück, in einer schneidigen Uniform – der beste Moment, um zu heiraten und ein selbstständiges Leben zu beginnen.

*

Die Tochter des Schwarzen Heinrichs gefiel ihm. Sie war fröhlich, heißblütig, wild.

Noch vor dem Tanzabend bei den Börstlers hatte sie ihn beim Osterfest gezielt dafür auserwählt, ihm ein *Oschteraj* zu schenken, in das sie eigenhändig die Verzierungen eingeritzt hatte. Denn das war in Steinfels Tradition. Dazu spießte man das metallene Endstück eines Schnürsenkels, eine sogenannte Pinke, auf einen Bleistift oder ein Stöckchen und kratzte damit die typischen Muster in die bunt gefärbten Eier. Dieses bescheidene Geschenk des Mädchens für den jungen Mann, der ihr gefiel, war ein diskreter Wink, dass er ihr den Hof machen darf.

Ob Christina so früh heiraten wollte, ist nicht bekannt. Wen interessiert´s? Womöglich hatte sie sogar nichts dagegen, aus dem überfüllten Elternhaus, wo es immer enger wurde, auszubrechen. Selbst für Erinnerungen an die verstorbene Mutter, Karoline, war hier schon seit langer Zeit kein Platz mehr. Christina hatte eine Stiefmutter, fünf leibliche Geschwister und noch viel mehr Stiefbrüder und -schwestern. Im Ganzen waren sie sechzehn Hausgenossen. In der Reihenfolge war sie die Zweitälteste nach Jakob, der dann später, 1945, auf den Straßen von Berlin-Spandau fiel. Ihrem strengen, aufbrausenden Vater, der vor Energie strotzte, hatte man den Spitznamen Schwarzer Heinrich, *de schwoarz Hinrich*, verpasst – das ganze Dorf zitterte vor ihm. Er hätte sich auch Iwan der Schreckliche nennen können. Wenn nötig, verprügelte er großzügig Jungen wie Mädchen. Der Gerechtigkeit halber. Wenn er in Rage geriet. Wenn er aber betrunken war, konnte er lustig und anschmiegsam wie ein Kater sein. Dann trommelte er alle Kinder zusammen, zählte sie durch, verkündete, dass er sie über alles lieben würde, und hinderte sie vor Rührung daran, zu Bett zu gehen. Einer seiner Söhne wurde später Polizist, ein übereifriger Nazi. Kurz nach dem Krieg starb er dafür einen unschönen Tod. Durch einen Akt polnischer Lynchjustiz.

Die anderen Kinder wurden indes Opfer der Verbrechen, die von den eigenen Anführern an ihnen begangen wurden.

*

Christina war harte Arbeit gewöhnt, sie drückte sich nicht davor. Sie hatte keine Ahnung davon, wie sonst ihr Leben hätte aussehen können. Fast keiner von ihnen hatte jemals Steinfels verlassen. Sie kamen dort zur Welt und starben hier. In der Zwischenzeit taten sie ihre Pflicht. Ihren Kindern gaben sie die Vornamen der Großeltern und Urgroßeltern, der Großmütter und Urgroßmütter – Heinrich, Adam, Johann, Peter, Rudolf, Karl und Wilhelm oder Anna, Christina, Mathilda, Frieda, Susanne, Hilde, Käthe. Auf diese Weise erlangten sie Unsterblichkeit. So gab es immer jemanden, der Heinrich Keller oder Susi Börstler hieß, oder auf den Namen Fin hörte, obwohl das Sterben hier ein Kinderspiel war. Dieser Kreislauf sollte sich eigentlich niemals schließen.

Christina war tüchtig, anständig und gefühlvoll. Und natürlich glaubte sie an Gott. Nebenbei bemerkt, wer würde denn in Steinfels nicht an ihn glauben oder sich wenigstens vormachen, gläubig zu sein. Sie hatte dicke, kräftige Zöpfe, kohlrabenschwarze Augenbrauen, war robust und kräftig, lachte laut, aufrichtig und aus tiefstem Herzen. Sie machte den besten Hefekuchen im ganzen Dorf – in Rekordzeit, zack zack und fertig. Basia war sich darüber im Klaren, dass sie in diesem Punkt ihrer Schwiegermutter niemals das Wasser reichen würde.

Als sie Johann heiratete, war Christina sechzehn oder siebzehn. Eine Zwanzigjährige war in Steinfels eine alte Jungfer. Eine Nachbarin hatte die beiden verkuppelt, und die Eltern, die wichtigsten Entscheidungsträger, feilschten untereinander ihre Interessen aus, wer wie viel Land, wer wie viel polnische Złoty bekommen sollte. Wenn man auf Eltern, Vorfahren, Gott und Nachbarn keine Rücksicht hätte nehmen müssen, hätte so manch Deutscher eine Polin zur Frau genommen, und so manche Deutsche einem Ukrainer das Jawort gegeben. Das wurde jedoch nicht gern gesehen, obwohl, wie Heinrich Wolf in seinen unveröffentlichten Memoiren *Steinfels. Ein deutsches Dorf in Galizien* betont, *wir uns alle gegenseitig mochten und respektierten.* Erwartet wurde die Bewahrung der eigenen Kultur und ihrer Eigenart. Das durfte man nicht verspielen. Obwohl Ausnahmen durchaus denkbar waren. Oder vielmehr Ausrutscher, die nicht folgenlos blieben und meist sorgfältig verhüllt wurden. Es lebten ja dort nicht ausschließlich blonde Zeitgenossen mit arischen Gesichtszügen.

Aber das ist nicht unser Thema.

Könnte der Schwarze Heinrich nicht die Frucht eines Fehltritts sein? Neben polnischen und ukrainischen lebten in der Gegend auch jüdische Familien, und sogar eine italienische – Nachkommen des wohlbekannten Adam de Grignis. Meist suchte man sich jedoch einen Landsmann, jemand aus den eigenen Reihen oder wenn überhaupt, dann aus dem Nachbardorf. Es kam sogar öfter vor, dass die Mädchen nach der Heirat nicht einmal ihren Nachnamen ändern mussten. Genauso verhielt es sich im Falle von Christina. Sie hieß schon immer Keller, so wie ihr Mann Johann.

Vom Schwarzen Heinrich, der zwar viel Boden besaß, aber auch recht viele Kinder, bekam Christina vier Hektar Land und seinen Segen mit auf den Weg. Das war ihre ganze Mitgift. Seien wir doch ehrlich, eine Gräfin war sie nicht.

Johann bekam von seinen Eltern ein wenig Bargeld und eine Ausbildung zum Zimmermann.

Aus der Perspektive des Sterbebettes bekommen die Lebensbilder eine eindringliche Klarheit. Johann sieht vor seinem geistigen Auge Christinas schelmisches, warmes Lächeln. Hört ihr lautes, herzliches, hemmungsloses Lachen, sieht ihre energischen, sprunghaften Bewegungen. Und ihre Wutausbrüche. Denn sie konnte impulsiv sein, und er höllisch eifersüchtig, manchmal auch boshaft, fies. Einmal verpasste sie ihm während des Mittagessens, erzürnt über seine Eifersucht, mit dem Holzlöffel einen Hieb auf den Mund und schlug ihm ein Stück vom Zahn ab. Vielleicht ging es auch gar nicht um Eifersucht, vielleicht hatte er irgendeine böse Andeutung über den Schwarzen Heinrich gemacht. Das hatte sie bestimmt tief getroffen. Und sie dachte: HALT! Finger weg vom Vater!

Nach Johanns Tod wird sich Christina ihr Leben lang an diesen Zahn erinnern und sich mit Schuldgefühlen herumschlagen. Die Zähne werden ihr ständig weh tun. Sie wird sie vor allem dann spüren, wenn sich alles um sie herum in Schweigen hüllt. Der reinste Albtraum.

*

60er, 70er Jahre

Die Enkel hatten nicht die leiseste Ahnung, warum Oma Krystyna manchmal *ja, ja* seufzte, und was das eigentlich bedeutete, zumal sie ja nicht über Hühner- oder Ostereier redete, die im Polnischen »jaja« heißen. Wie gemütlich war es doch auf ihrem Schoß, die Enkelin auf dem einen Knie, der Enkel auf dem anderen, der Gerechtigkeit halber. Zuzanna hasst es, dass die Oma so früh gestorben ist, dass sie überhaupt gestorben ist. Sie hasst es, dass sie in einem so jungen Alter von ihnen gegangen, oder wie manche sagen, *eingeschlafen* ist, mit ihrem langen, grauen Zopf. Von Haare färben konnte für sie damals keine Rede sein, dabei verjüngt uns eine Haarfarbe um mindestens zehn Jahre! Eingesperrt in einer kleinen Erdgeschosswohnung in Stettin, eingepfercht in zwei winzigen Zimmern ohne Bad, schaute sie, die doch an weite Räume und endlose Wälder und Felder gewöhnt war, stundenlang aus dem Fenster auf die Straße, als hätte sie jemand in einen Holzrahmen gesteckt und darin zu einem traurigen Bildnis erstarren lassen. Die Wohnung lag in einem Stadtteil mit dem schönen Namen »Pogodno«, was so viel wie »Wolkenlos« bedeutet, in einer dieser kleinen Arbeitersiedlungen mit Gärten, die in den 30er Jahren von den Deutschen errichtet wurden.

Nur einmal, als sie das Mittagessen für ihren zweiten Mann Staszek zubereitete, öffnete sie nicht das Fenster, sondern stand lange in den Dunstschwaden am Küchenherd. Keine so gute Idee, in einem so stickigen Raum zu brutzeln. Solche Aktionen sollte man sich lieber verkneifen.

Zuzanna hatte davor nicht einmal etwas Besonderes geträumt, nur von einem Teller, auf dem es von Wespen wimmelte.

In der schmalen, verrauchten Küche, in der ein grün gestrichener Holztisch mit Besteckschublade stand, hinterließ die Oma auf einem großen Teller um die zwanzig runde Fleischklopse, die Kinder und Enkel dann beim Leichenschmaus unter Tränen herunterschluckten. Zuzanna schaut sich die Fotos von der Beerdigung an. Der Leichenzug schreitet gemächlich über die Alleen des Stettiner Zentralfriedhofs. Sie sieht sich selbst als elfjähriges Mädchen, mit von der Mutter straff geflochtenen Zöpfen und einem mit Spucke glattgestrichenen Pony neben ihrem kleinen Bruder im weißen Hemd und V-Ausschnitt-Pullover. Sie betrachtet dieses Mädchen – in seinem kurzen, von einer Schneiderin genähten, bescheidenen Kleidchen, wie es mit gesenktem Kopf lange Schritte macht, wie es hinter dem Sarg, Opa Staszek, Onkel Heniek und Onkel Jacek herläuft. In der kalten Kapelle treten die Familienangehörigen einer nach dem anderen an den Sarg, um der Verstorbenen die Hand zu küssen. Genau dort hat Zuzanna das erste Mal den Tod gesehen.

Und die Tränen in den Augen des Vaters.

Das war das Allerschlimmste.

Vor kurzem hat sie noch gedacht, der Vater wäre allmächtig. Edek auch. „Papi, mach, dass es Sonntag ist!“, quälten sie ihn, wenn sie montags keine Lust hatten, in den Kindergarten zu trippeln. Denn der Kindergarten war damals kein Zuckerschlecken. Als wäre es nicht schlimm genug, dass die Kindergartentanten den Kindern das Mittagessen in den Mund stopften, sie packten sie obendrein mittags noch ins Bett. Und so lag man dann gefangen da, zappelte und wand sich als hätte man Hummeln im Hintern.

Den Sonntag konnten sich die Kinder jedenfalls abschminken.

Denn Waldek konnte keinen Sonntag machen und ebenso wenig Tote wiederauferstehen lassen.

*

30er Jahre

Der kleine Willi rannte blindlings durch das Dorf. Er war ganz außer Atem.

Währenddessen zog Johann auf dem Sterbebett Bilanz seiner Fehltritte und Erfolge. Zu den Letzteren gehörte eindeutig die Veranda, *de Hausdeel*. Am Anfang, gleich nach der Hochzeit, wohnten er und Christina zusammengedrängt bei seinen Eltern, in einer kleinen Kammer. Kurz darauf baute er jedoch ein schickes Häuschen aus Holz und Lehm mit besagter Veranda, die im Dorf eine Neuheit war, eine Sensation. Es gab kaum jemanden, der sich mit so etwas rühmen konnte.

Das Haus baute Johann mit eigenen Händen, zusammen mit seinem Vater und dem jüngeren Bruder. Beim Hausbau halfen sich die Dorfbewohner gegenseitig. Mit vereinten Kräften hievten sie die schweren Balken hoch. Johann schonte sich nicht. Wenn er baute, dann mit Leib und Seele, rund um die Uhr. Er schlief nur ein bis zwei Stunden, malochte wie ein Ochse. Oh, welch unverwüstliche Kräfte, welch zähe Ausdauer und Hartnäckigkeit in den Galiziendeutschen doch steckten!

Ein himmlischer Platz wurde der jungen Familie zuteil. Hundert Meter vom Wald entfernt, direkt an einem kleinen Hügel, wie ein Motiv aus einem Feng-Shui-Ratgeber. Etwas tiefer war ein kleiner, etwa drei Meter breiter Bach, dessen reißende Strömung den darüber führenden Steg glucksend umspülte und ihn sanft hin und her wiegte. Die Jungs plantschten und badeten dort. Oben der Wald, unten der Bach.

Um zu Johanns Eltern zu gelangen, musste man nur über eine kleine Brücke laufen, weshalb Christina und Johann sie auch *Zamostyki*, also Hinterbrückenwäldler, nannten.

Als sie in das Haus zogen, war Willi zweieinhalb Jahre, Georg vier und Hans gerade mal ein paar Monate alt. Das Haus beeindruckte Willi. Es roch so gut. Und nicht zu vergessen - die Veranda ...

In Zukunft wird Willi selbst große Häuser bauen, Häuser so hoch wie Kathedralen, und er wird das Gefühl haben, dass die Hand des Vaters ihn lenkt. Er wird sich irgendwann, viele Jahre später, an der Fachhochschule für Bauwesen einschreiben, als seine militärische Karriere einen Knick bekommt.

Willi überschritt damals als Erster die Schwelle – an Vaters Hand. Es folgten: Mutter, Brüder, ein Kälbchen, ein paar Hühner, Enten und Gänse. Und noch drei Kühe zogen in den Stall. Es fehlte nur ein Pferd.

Johann kann all das auf seinem Sterbebett gut sehen. Die Dielen des nagelneuen Bodens knarren unter seinen Füßen, zum ersten Mal lodert das Feuer im Ofen. Als wäre die Welt neu erschaffen worden. Dazu der Duft frischen Holzes und frischgebackenen Brotes ... Strahlende, erwartungsvolle Gesichter der Jungs. Glück.

Ja, das ist Glück.

Das Brot in Steinfels war heilig. Wenn ein Stück davon zu Boden fiel, hob man es auf, küsste es und nahm es dann andächtig in den Mund. Vor der jährlichen Aussaat vergrub man eine dicke, in ein Tuch gewickelte Brotscheibe in die erste Erdfurche, damit Gott den Acker segnen und eine reiche Ernte gedeihen lassen möge. Nach der Zeremonie grub man das Brot allerdings wieder aus und verzehrte es, um es nicht zu verschwenden.

Ein merkwürdiger Brauch. Das ist so, als würde man ein Opfertier kurz vor der Schlachtung vom Altar nehmen, als würde man A, aber nicht B sagen. Aber so waren nun mal die Menschen in Steinfels, pragmatische Protestanten. Sie übertrieben es nicht mit dem Mystizismus.

Johann lässt sich noch einmal in Gedanken Christinas Leckerbissen schmecken, *Holobtjer*, Kartoffelbrötchen, *Stampes und Kraut*, russische Piroggen und die berühmte Pilzsuppe. Lecker! Und erst die Kartoffelpuffer! Jedes Kind bekam drei Stück davon, auf einem Blech gebacken, ohne Fett. Und nur einen einzigen, der in Butter gebraten wurde. So als Bonus.

*

Johann sieht, wie sie mit der ganzen Familie nachts durch das Dorf vom Tanzabend heimgehen, mit einer großen Tafel Schokolade in den Händen – ein Geschenk. Er sieht, wie sie sich umarmen, viel zu laut lachen, in den mit Sternen übersäten, klaren Nachthimmel schauen, und für einen Augenblick keinen Kummer fühlen. Obschon es aus der heutigen Sicht den Anschein hat, als hätten hauptsächlich Sorgen ihr Leben bestimmt. „Was ist das für ein Leben", fragt sich Zuzanna, „wenn dein Zahnarzt ein Schmied ist?"

„Mir hat es aber gefallen", erwidert Willi trotzig und beharrt auf seinem Standpunkt.

Eines Nachts, als sie gerade auf dem Heimweg waren, wurden sie von Wölfen bedroht. Ganz still und unbemerkt hatte sich das Rudel herangeschlichen. Johann wurde als Erster ihrer in der Dunkelheit funkelnden Augen gewahr. Er stand gebannt da und schaute, während die Kinder zu Salzsäulen erstarrten. Natürlich ist nichts passiert, denn Johann war vorbereitet. Christina auch. Jeder hatte etwas Stroh bei sich, das in Harz getränkt und auf einen Holzstock gewickelt war, eine

Art Fackel, die Johann ganz vorsichtig mit einem Streichholz entzündete. Es brannte ein wenig in den Augen, es qualmte, sie husteten.

Rauch und stechende Wolfsaugen sieht Johann vor sich auf dem Sterbebett. Der Wolfsblick trifft ihn bis ins Mark. Zigarettenqualm, der nach und nach mit dem Sterbenden zu verschmelzen scheint, begleitet von den monotonen Betgesängen Christinas, die sich mit einem Geschirrtuch die Tränen trocknet. *Vater unser, der du bist im Himmel, geheiligt werde dein Name, dein Reich komme, dein Wille geschehe, wie im Himmel so auf Erden.*

Das Feuer erlischt, die Wölfe nähern sich. Der große Georg und der kleine Hans klammern sich ängstlich an der Hand der Mutter fest.

Der Mittlere, Willi, weicht Johann nicht von der Seite. Später, daheim, steht er noch lange auf dem Dachboden, starrt angsterfüllt und zugleich gefesselt auf die nicht klein beigebende Wolfsmeute aus dem Fenster, lässt sie nicht aus den Augen. Dreißig Jahre später wird er seiner kleinen Tochter davon erzählen.

Etwas, das sie nie vergessen wird.

*

Oschtere, das berühmte *Oschterfescht!* Die Jungs durchstöbern den Garten auf der Suche nach den bordeauxbraunen *Oschterajern*, die Christina sorgfältig bemalt, genauer gesagt erst in Zwiebelschalen gekocht und dann mit einer Pinke in die harte Schale meisterhaft Muster geritzt hatte. Sie steckte in diese Arbeit viel Herz, hatte ein Talent dafür.

Sie wusste, wie sehr es die Kinder erfreuen würde, und allmählich beginnt Zuzanna, das zu verstehen. Ihre Tochter lächelt auch heute noch unwillkürlich, wenn sie am Ostersamstag in der Küche die bunten, in Schnapsgläsern aufgereihten, mit irgendwelchen künstlichen Tabletten eingefärbten und dann mit Olivenöl eingeriebenen Eier vorfindet. Dann ist ihre Welt in Ordnung, ergibt einen Sinn, das Strahlen stiehlt sich ganz von selbst in ihre Augen. Und Zuzanna weiß, sie hat alles richtig gemacht, auch wenn sie mal wieder keine große Lust dazu hatte.

Schade, dass in Deutschland keine Ostereier geweiht werden! Zuzanna liebt solche Rituale. Als Zwölfjährige kam sie mal am Ostersamstag zu spät in die Kirche, der Pfarrer war bereits fort. Da tauchte sie kurzentschlossen ihre Hand in das heilige Wasser, und platsch, weihte sie die Eier selbst. Edek staunte Bauklötzer.

Die Jungs sind also dabei, die prachtvollen, duftenden *Oschterhaase* mit den ganz langen Ohren im Garten zu suchen, die *Mamme* für sie gebacken hatte. Sie sind außer sich vor freudiger Erwartung.

Ja, da haben wir sie – Willis Hasen. Etwas, was *er* nie vergessen wird.

Mit einem Osterkorb unter dem Arm rennen alle auf die Wiese, Johann tobt mit den Jungs im Gras, sie werfen und bewerfen einander mit Ostereiern, als wären es Bälle. Welch fröhliches Gelächter, Jauchzen und Gekreisch. Gut, eigentlich vielmehr Gebrüll. Fliegende Eier, krachende Eierschalen, Freude pur!

Johann sieht auch den kleinen Hans, der nur so kurz unter ihnen weilte. Er kommt ihm immer näher, jeden Moment wird er ihn an der kleinen Hand nehmen und mit ihm gemeinsam weiterziehen, hoffentlich an einen guten, freundlichen Ort. Möge es, so Gott will, so etwas wie einen Himmel geben. Wenigstens einen kleinen? Sie riefen damals einen alten Feldscher zu sich. Dieser verordnete, dem Kleinen ein feuerfestes Tuch auf die Brust und darauf dann glühende Kohle zu legen. Der Junge hustete heftig, bekam es in den falschen Hals und hauchte sein Leben aus.

Aber wie konnte es überhaupt dazu kommen? Er, Johann, hätte damals den zweijährigen Wildfang nicht mit den Jungs allein lassen dürfen, aber was hätte er tun sollen? Die Jungs sollten den Kleinen hüten, waren jedoch selbst kaum den Kinderschuhen entwachsen! Und Hans riss sich ständig von ihnen los, rannte auf die Straße oder zum Bach. Sie dachten wohl, dass er im Schuppen sicherer wäre. Ach was, gar nichts haben sie sich dabei gedacht! Sie hatten einfach keinen Bock, auf ihn aufzupassen, hatten eine Menge Flausen im Kopf und Wichtigeres zu tun. Seit dem vierten oder fünften Lebensjahr hüteten sie Kühe. Also schlossen sie den Kleinen im Schuppen ein, obwohl er rumnörgelte. Und dort muss er sich wohl auf dem kalten Lehmboden erkältet haben. Johann konnte sich das nicht verzeihen. Auch wenn es normal war, dass Kinder krank wurden, starben … und trotzdem. Ihm zu Ehren taufte er seinen nächsten Sohn auch auf den Namen Hans – nach dem Urgroßvater. Seiner Meinung nach war das ein sehr guter und anständiger Name.

*

Genau.

Johann sieht, wie Christina sich mit der Nachbarin, einer Ukrainerin, in die Haare kriegt. Mal geht es um das Huhn, das durch den Zaun hindurch geschlüpft war und Nachbars Acker, Beete und Rabatten verwüstete, ein anderes Mal um die Kuh, die Schaden anrichtete. Einmal, als sich eines der Hühner der Ukrainerin seinen Weg ins Gehöft der Kellers gebahnt hatte, drehte ihm Christina kurzerhand den Hals um und warf das tote Tier über den Zaun. „*Du Ausgeburt der Hell!*“, rief sie ihm hinterher. Was die Weiber nicht alles in ihrem Zorn anstellten. Sie hoben die Kleider hoch, zeigten sich gegenseitig ihre nackten Hintern und fluchten dazu abwechselnd auf Deutsch und Ukrainisch. Diese Episode gefiel der kleinen Zuzanna besonders gut, auch wenn sie sich nicht ganz sicher war, ob Papi die Geschichte nicht zu sehr ausgeschmückt hatte, oder es nicht sogar eine seiner Räuberpistolen war. Er hatte durchaus literarisches Talent, erfreute sich an der Wirkungskraft seiner Geschichten, erschuf mit Vorliebe Wortwelten, deren Klang und Bedeutsamkeit er viel deutlicher und stärker wahrnahm als andere.

Außer Atem stürzte er zum Ruhelager des Vaters und streckte ihm sein Händchen mit der Zigarette darin entgegen. Vielleicht war es die Erfüllung dieser Mission, das Meistern dieser Prüfung, die Willi die innere Stärke verlieh, welche er seit diesem Moment in sich spürte und nie wieder verlor. Die Überzeugung, dass er erwachsen ist. Dass er sich ganz allein um die Mutter und die Brüder kümmern wird, wenn der Vater stirbt, auch wenn er nicht der Älteste, sondern nur der dazwischen, der Mittlere war. Dass er niemals ein Schwächling sein und bald das Ruder übernehmen wird.

Aber vorerst röchelte der Vater noch. Nachdem er den Glimmstängel aufgeraucht hatte, bat er noch ein Mal um ein Stück Papier. Es war das Jahr 1936. Johann war vierunddreißig Jahre jung, acht Jahre älter als seine Ehefrau. Noch ehe seine hingekritzelten Worte Christina gänzlich bewusst wurden, nickte sie wie ferngesteuert mit dem Kopf. Und dann glitt ihr der Zettel aus der Hand.

Es entging ihrer Aufmerksamkeit, dass sich der aufgeweckte Willi das Stück Papier in die Hosentasche steckte. Er konnte zwar noch nicht lesen, sammelte aber alles, was Vater ihnen schrieb. Irgendwann wird ihn doch die Mutter hoffentlich in die Schule schicken. Irgendwann wird er das Lesen lernen. Ja, gewiss.

*

Er verbuddelte die Botschaft. Vergrub die bedeutungsschwere Nachricht!

Noch in derselben Nacht nahm Johann Abschied von der Welt, wie wir sie kennen. Es stellte sich heraus, dass der Tod gar nicht so schlimm wie sein Ruf war. Als er Johann Keller bei der Hand nahm und ans andere Ufer überführte, fühlte es sich ganz gut, sogar wohlig an. Für eine Weile haftete Johann noch an ihm wie ein Metallstück an einem Magneten, wie ein Ertrinkender an einem Strohhalm, bevor er sich auf den Weg ins Jenseits machte.

Der Kreis schloss sich. Alles war gut.

Christina kniete lange an seinem Totenbett. Unermüdlich flehte sie Gott in seinem Königreich um das tägliche Brot an. Und dass er uns unsere Schuld vergeben möge. Wie auch wir *nicht* vergeben. Jedenfalls nicht allzu oft.

Noch am selben Tag kamen die Verwandten und Bekannten in ihr Haus. Sogar der Ukrainer schaute vorbei, mit dem sie sich sonst wie Hund und Katze zankten. Sie kamen abwechselnd, um drei Nächte hintereinander bei dem Verstorbenen zu wachen. Johann, nun friedlich und mit allem im Reinen, lag bis zum Tag der Bestattung in der Kammer. Niemand verbannte ihn von dort in die Leichenhalle. Im Angesicht des Todes konnte man auf die Solidarität aller bauen. Bei spärlichem, flackerndem Kerzenschein sangen sie Lieder, beteten, waren da. Johann Keller war nicht allein. Er musste sich nicht fürchten.

Sich zu fürchten, wäre übrigens auch wenig hilfreich.

Nach der Beerdigung wurde es aber erst einmal richtig gruslig. Die Jungs waren zu klein, um Christina eine Stütze zu sein, und sie hatte schwache Nerven und eine ungezügelte Vorstellungskraft. Ein ganzes Rudel Dämonen lauerte ihr dicht auf den Fersen auf und wartete nur auf ein Zeichen. Aber auch hier war Abhilfe in Sicht. Als sie verzweifelt über ihre Angst klagte, allein im Haus zu nächtigen, ließ sich ihr Vater, der Schwarze Heinrich, erweichen und schickte Jakob, ihren Halbbruder, für einige Nächte zu ihr rüber. Ein herzlicher, sympathischer, junger Scherzbold, der mit Willi gern herumtobte und später durch eine sowjetische Kugel in Spandau ums Leben kam. „Das war mein Lieblingsonkel", seufzt Willi. „Er hat immer mit uns gespielt."

Was soll ich sagen?

Jeden Abend kam er zu ihnen und verließ sie wieder früh am Morgen – so etwa einen ganzen Monat lang. Irgendwie kamen sie so zurecht. Wofür hat man schließlich einen Bruder?

Man hatte Johann auf einem kleinen evangelischen Friedhof begraben und ein Holzkreuz aufgestellt.

Zuzanna hat sein Grab nie gesehen.

Sieht sie es noch, oder nicht. Sieht sie es, oder nicht? Dreimal darfst du raten.

Wir werden sehen.

Für Willi war es jedenfalls das Ende der Welt.

Aber derer wird es noch so viele geben, dass diese Phrase vom Ende der Welt schnell an Bedeutung verlieren wird und wir sie nicht mehr leichtfertig in den Mund nehmen werden.

Mit dem täglichen Brot sollte es von heute an schlimmer werden. Christina blieb ohne jeglichen Lebensunterhalt, dafür aber mit drei Lausbuben zurück, von denen einer lebhafter und übermütiger war als der andere. Sie hatte mit ihnen alle Hände voll zu tun. Ein Sack Flöhe zu hüten, wäre hundert Mal leichter gewesen! Willi erzählte Zuzanna davon, abends, wenn sie tief in seine Stimme versunken durch die Welten seiner Geschichten glitt.

Ach, wie oft hatte ihnen die Mutter den Hintern versohlt! Und das nicht bloß mit einem Gürtel oder Lineal, so wie man später Kinder züchtigte, Kinder wie Zuzanna oder Edek. Nichts dergleichen! Sondern ganz normal mit einem Stück Holz. Nur gut, dass es kein Feuerhaken war. Willi beteuert allerdings, dass ihm das überhaupt nicht geschadet hat, ganz im Gegenteil! Schließlich sei aus ihm ganz offensichtlich etwas geworden. Was sonst hätte die Großmutter auch machen können angesichts dessen, was die Bengels so anstellten. Sie musste sich doch irgendwie zu helfen wissen.

Ja, das betont Willi in aller Deutlichkeit. Schließlich geht es um seine Mutter.

Nach Johanns Tod machte sich Christina mit doppelter Tatkraft an die Arbeit. Sie verarmte völlig, es fehlten die starken Männerarme für die Hofarbeiten, für die Fertigung der Räder, die Abschreckung der Wölfe, die Bewachung der Felder. Jeden Złoty mussten sie mehrfach umdrehen, jedes Zündholz dritteln, bestenfalls halbieren, damit es länger reichte. Von nun an ackerte sie allein auf dem eigenen Feld und auch auf fremden Feldern, verdingte sich dazu noch als Wäscherin bei den betuchteren Nachbarn. Sie wusch im Fluss – bearbeitete die Wäschestücke mit einem Klopfer auf einem flachen Stein. Viel Geld hat sie allerdings mit dieser Klopferei nicht rausgeschlagen.

Aber zu Hause warteten drei hungrige Mäuler, die gestopft werden wollten.

Um überhaupt ihrer Arbeit nachgehen zu können, musste sie zunächst einmal ihre Söhne außer Gefecht setzen, die offenbar Pfeffer im Hintern hatten. Bevor sie also früh morgens zu den Feldern aufbrach, band sie die älteren Buben mit einem dicken Strick an den Tisch, damit sie keinen Unfug anstellen konnten. In Tischnähe ließ sie etwas Brot. „Was wir an dem Tisch gemacht haben? Wir saßen und lümmelten rum, mampften, schliefen, schubsten uns gegenseitig, zappelten. Der eine heulte, der andere plapperte vor sich hin, so wuselten wir umeinander herum, wir zwei, Georg und ich. Denn anderenfalls hätten wir ihr das Haus zerlegt!"

Zuzanna hat großes Mitgefühl für ihren Vater, er braucht ihr Mitgefühl aber nicht. Denn es ging ihm doch gar nicht schlecht! Na also.

Den Jüngsten, den kleinen Hans, nahm Christina in einem Weidenkorb mit zur Arbeit. Zum Beispiel zur Kartoffelernte. Übrigens hatte sie das auch mit Willi und Georg so gemacht, als sie noch ganz klein waren. „Manchmal hatten wir aus Versehen etwas Erde verschluckt, wenn der Korb umgekippt war, weil wir ja noch nicht aus eigenen Kräften aufstehen konnten. Ungeziefer krabbelte auf uns herum, allerlei Kriechtiere und Insekten, Spinnen. Und du schreist heute nach einem Mückennetz", spottet Willi. „Hans quengelte sich selbst überlassen neben mir, krabbelte auf allen Vieren und fraß Schlamm. Wir haben so Einiges erlebt. Grässliche Dinge, die das Blut in den Adern gefrieren lassen! Einmal, als ich zwei, zweieinhalb oder vielleicht auch drei war, weiß der Teufel, ich konnte schon lange laufen, rannte ein recht großes Kalb auf mich zu und schubste mich mit den Hörnern, sodass ich zu Boden stürzte. Und während ich da so lag und plärrte, schnappte es mich am Hemdzipfel und zog mich über das Feld hinter sich her. Ich brüllte aus Leibeskräften!"

„Papi", meldet sich Zuzanna, „bitte tue diesem Käfer bloß nichts zuleide!"

„Gütiger Himmel, was heißt hier, nichts zuleide tun? Das Ungeziefer ist lang genug auf mir rumgekrochen, als ich klein war."

Aber Zuzanna gibt nicht klein bei: „Papi, dann wirf ihn jetzt wenigstens in die Toilette!"

„Zum Kuckuck nochmal, was kümmert es euch, ich will ihn doch nicht essen", wehrt sich Willi.

*

Bis zum vierten, fünften Lebensjahr, vielleicht auch länger, trugen sie keine Hosen, sondern nur Hemden, liefen ohne Unterhosen und barfüßig rum. So wie es auch später, nach dem Krieg, in der Polnischen Volksarmee beim morgendlichen Frühsport gang und gäbe war.

Man nutzte jede Gelegenheit zum Pinkeln und erleichterte sich überall, wo man nur konnte. Manchmal ging das auch in die Hose.

Seit seinem fünften Lebensjahr hütete Willi mit einem Stöckchen drei Kühe und achtete darauf, dass sie keinen Schaden anrichten. Er schämte sich zutiefst für diese Arbeit, schlich daher möglichst unauffällig ein gutes Stück hinter dem Vieh her. Täuschte vor, dass die Horde nichts mit ihm zu tun hatte. Im Übrigen machte das fast jeder so. Keine Ahnung, warum es als Schmach betrachtet wurde, auf Kühe aufzupassen. Es war jedenfalls das komplette Gegenteil von dem, was man heute als *cool* bezeichnet.

Die tüchtigen Brüder machten zwar Ärger, doch sie halfen auch ihrer Mutter wo sie nur konnten. Sie wetteiferten nahezu miteinander, obwohl Georg und Hans für gewöhnlich keine Chance hatten. Am Wichtigsten war das Brennholz, *des Klafterholz*. Sie holten es aus dem

Wald, wo die Mutter ein ihr zugewiesenes Kontingent hatte. Und wenn das Hochwasser kam, machten sie aus dem Unglück das Beste. Von den niedergerissenen Brücken am Stebnik schleppte Willi zusätzlich Holz nach Hause, so viel wie sein Rücken zu tragen vermochte. Oder er beförderte es zusammen mit Georg in einem klapprigen Handwagen. Sie flitzten hin und her. Manchmal stibitzte Willi aus dem Wald kleine Zweige. Dann fühlte er sich wie ein Held, als Versorger der Familie.

Der polnische Förster drückte immer wieder ein Auge zu, wahrscheinlich hatte er Mitleid mit ihnen. Es lohnte sich, einen guten Draht zu ihm zu haben. Es kam gelegentlich auch vor, dass sich irgendeiner aus der Familie ihrer erbarmte und ihnen etwas Holz vorbei brachte, weil ihm das Gewissen keine Ruhe ließ – zum Beispiel der Schwarze Heinrich, der Vater von Christina, oder Johanns Vater. Keine schlechte Erfindung so ein Gewissen!

An langen Herbstabenden sägten Willi, Georg und Christina dieses Holz, manchmal bis tief in die Nacht hinein, im Mondschein. Sie trugen eine Petroleumlampe auf den Hof hinaus, damit es heller war. Neben ihnen zerrte Fin an seiner Kette.

Sie legten Holzvorräte für den Winter an.

Doch einmal, als Willi und Georg ganz allein versuchen wollten, ihre Kräfte auszutesten, geschah dabei etwas sehr Dummes.

Für gewöhnlich schnitt Christina gemeinsam mit dem älteren Georg das Holz, das auf zwei Holzböcken lag, mit einer Quersäge, während Willi die abgesägten Stücke nur zur Seite schob. Irgendwann ließen sich die Jungs jedoch dazu hinreißen, selbst zur Säge zu greifen, die sich jedoch verhakte. Georg wollte den Schnitt mit einer Axt spreizen, der siebenjährige Willi riet jedoch zu einem Keil. Doch seit wann hört man auf jüngere Brüder. Es kam, wie es kommen musste. Versehentlich ließ Georg die Axt auf die Hand des Bruders fallen. Mit aller Kraft unterdrückte Willi die Tränen, um sich keine Blöße zu geben.

Eine Narbe ist ihm bis heute geblieben, selbst nach knapp achtzig

Lebensjahren noch gut sichtbar. Ein Garant der Kontinuität, ein Beweis für Waldeks und Willis Identität. Sie bezeugt auch, dass es mal jemanden wie Georg gab.

Diesen Schlawiner.

Mutter legte angesäuertes Brot auf die Wunde und verband diese mit einem Lappen. Georg bekam eine Tracht Prügel, was sonst.

Willi suchte zudem nach anderen Möglichkeiten, seiner Mamme unter die Arme zu greifen. Er machte das konspirativ mit Großmutter Anne, die ihm öfters ein paar Groschen für Bonbons zusteckte. Mit ihrer Hilfe stibitzte er Äpfel bei den Zamostyki, den Hinterbrückenwäldlern. „*Bring morje ee Tasch mit, Buuche, un nemm der ee poar Äppel. Ich gebb acht uff de Hund*", ermunterte sie ihn. „Sie hat mich gemocht", prahlt Willi, „weil ich dem Vater so ähnlich sah." Wenn die jungen Leute, d.h. Tante und Onkel, aufs Feld hinausgingen, und der Großvater an einem weiteren Wagenrad in der Werkstatt herumbastelte, kam Willi, durch die Großmutter bereits im Bilde, auf einen Sprung in deren Garten vorbei, holte schnurstracks eine Frucht nach der anderen vom Apfelbaum herunter und packte sie in seinen Sack. Anna köchelte währenddessen in der Küche ein Süppchen, behielt den Hund im Auge und warf dem Enkel erheitert verstohlene Blicke zu. Mit ihrer bedingungslosen Liebe rettete sie ihn, machte ihm ein unzerstörbares Geschenk. Egal, was Willi noch widerfahren wird, egal wie viel Leid und Grauen ihm begegnen werden, diese Bonbons, diese Äpfel, diese Liebe hat er bereits tief in seiner Seele verbuddelt.

Und niemand kann sie ihm nehmen.

Danach galoppierte er mit der Beute, stolz und strahlend wie ein Kater mit einer Maus im Maul, zur Mamme, die sogleich einen richtigen Apfelkuchen buk, eine lockere, duftende *Scharlotka*.

Sie streichelte dem Kleinen den Kopf.

Für so einen Augenblick lohnte es sich, zu leben.

Und auch fremde Gärten auszuplündern.

60er, 70er Jahre und heute

Ja. Zuzanna wurde nur selten gestreichelt.

Dafür bekam sie Geschichten geschenkt.

„Tatuś, erzähl mir davon, als du klein warst", quälte sie ihn Abend für Abend. Leider hatte Waldek selten so viel Muße, so viel Zeit und Lust. Lange bevor sie das Licht der Welt erblickte, und selbst Jahre später, vereinnahmten ihn der Wiederaufbau der polnischen Städte aus den Trümmern, die Minenräumaktionen im ganzen Land, die Armee, der Aufbau des Sozialismus. Er errichtete Hochhäuser für die Bewohner Stettins, entlang breiter Straßen auf der westlichen Seite der Oder, und in den umliegenden Städten Stargard, Arnswalde, Gollnow, Greifenhagen, die nun Stargard Szczeciński, Choszczno, Goleniów und Gryfino hießen.

Das alles tat er in Rekordzeit, mit überdurchschnittlicher Normerfüllung, mit galizischer Hingabe und in höchster Qualität. „Ich bin müde", redete er sich heraus, „ich erzähle ein anderes Mal davon."

Manchmal warf Basia ihm das vor. Dass sein ganzes Leben nur aus Arbeit bestehen würde. Übrigens reibt sie ihm das heute noch unter die Nase. Gnadenlos.

Und dennoch kam es vor, dass er erzählte. Zuzanna liebte es.

So wie sie auch die seltenen Augenblicke liebte, in denen die erschöpfte Mama abends herbeigeeilt kam, um sie in ihrem Bett zu wärmen und sich dann gleich wieder zum Waschen, Bügeln, Aufräumen, Kochen oder auch nur für ihre Fernsehserie - *Die sechs Ehefrauen des Henry VIII* – losriss.

So wie sie die Schokoladentafeln liebte, die ihr Basia mitbrachte, wenn sie von den Elternabenden zurückkehrte.

Oder die Schmalzkringel, die Basia in Öl ausbuk und dann mit Puderzucker bestreute, und die Zuzanna dann hastig, einen nach dem anderen verschlang, besonders dann, wenn es ihr elendig ging.

Oder den Silberschmuck, den ihr Basia ein Leben lang kaufte – Ringe, Armbänder, Halskettchen, Anhänger, Ohrringe. Amulette, denen

Zuzanna mehr Glauben als den Worten ihrer Mutter schenkte. Oder die Abende, an denen Waldek, als sie noch ganz klein war, ihr erlaubte, sein kräftiges, leicht lockiges Haar zu frisieren. Er saß völlig fertig im Sessel, hörte Radio, das auf Hochglanz poliert war, große gelbe Drehknöpfe hatte und das halbe Zimmer füllte, während sie mit einem kleinen Kästchen voller Frisierutensilien ihrer Mama angelaufen kam. „Papi, darf ich dich kämmen?“, rief sie ihm von weitem freudestrahlend zu.

Sie durfte. Zum Glück durfte sie.

Die Welt wurde für einen Moment sicher. Die Monster flüchteten. Die Angst war vergessen, die demütigende Suche nach dem Gürtel oder dem Lineal, mit denen der Vater ab und zu beherzt Andenken verpasste. Die Beschuldigungen, Beschämungen. Der tägliche Terror.

Ja, er wusste es wohl nicht besser – wie es auch seine Mutter nicht wusste. Zuzanna ist ihm nicht mehr böse. Sie ruft sich lieber ins Gedächtnis, dass er sie als Baby auf dem Rücken durch die Wohnung trug, damit sie einschlafen konnte, obwohl ihn ihre Geburt in weiblicher Gestalt zunächst so enttäuscht hatte. Zu Hause konnten ihn die Nachbarn ja nicht sehen. Sonst wäre es ihm zu peinlich gewesen, als erwachsener Mann ein Baby umsorgen zu müssen.

In solchen Augenblicken versteckten sich die Monster unter der Wanne. Wir werden sie hier nicht detaillierter beschreiben.

Gern erinnert sich Zuzanna auch daran, wie ihr der Papa einmal eine große Puppe mit blonden Haaren aus Italien mitbrachte, als sie vier war. Die Puppe konnte laufen und »Mama« sagen. Sie nannte sie Brygidka, also Brigittchen, angelehnt an Brigitte Bardot.

Und daran, wie er einmal mit ihr und Edek in den Park zum Schlittenfahren ging und mit ihnen wild herumtobte – die Betonung liegt dabei auf „einmal“. Basia brachte sie im Winter fast täglich mit dem Schlitten in den Kindergarten, aber gerade weil es so alltäglich war, fiel es nicht ins Gewicht, war nicht der Rede wert.

Oder daran, wie er eines Morgens mit Basia auf dem Balkon stand, hinterher blickte, wie Zuzanna zur Schule ging und, wie Mama erzählt, fast zärtlich sagte: „Schau nur, unser Rattenschwänzchen." Zuzanna hatte einen energischen, rhythmischen Gang. Mit ihrem Ranzen auf dem Rücken muss sie wie ein Soldat ausgesehen haben. Und das Pferdeschwänzchen, das mit einem schwarzen Gummi aus einem Fahrradschlauch zusammengebunden war, schlenkerte heftig mal nach links, mal nach rechts, hin und her.

Er war stolz auf sie, befahl ihr zu marschieren, zu salutieren, so zu tun, als wäre sie ein Soldat. Und er bestand darauf, dass sie ihm ähnelte.

Ja, und sie erinnert sich auch daran - mal mehr und mal weniger gern -, wie er ihr, als sie bereits zwölf war, das Fahrradfahren im Park beibrachte und sie dabei aus den Abfalleimern fischen musste, in die sie in den Kurven immer wieder mit Schwung hineinfiel. Müllkörbe zogen sie nämlich ebenso wie Füße von Menschen, die sich auf Parkbänken ausruhten, magisch an.

Den kleinen Edek hatte er weniger trainiert. Edek spielte die zweite Geige.

Und daran, wie er mit seinem russischen Lada nach Hause umkehrte, als sie nicht zu ihrem Ballettauftritt wollte, weil sie das untrügliche Gefühl hatte, so graziös wie hundert Elefanten zu tanzen.

Daran, wie er ein Auge zudrückte, als sie ein süßes Kätzchen aufgelesen, es heimlich ins Auto, und dann in die Wohnung geschmuggelt hatte.

Und daran, wie er ihre Koffer packte, als sie für immer nach Deutschland ging.

Sie reiste Anfang der achtziger Jahre ihrem Freund hinterher, der plötzlich und unerwartet, wie Tausende andere damals auch, die polnische Heimat verließ. Sie folgte ihm, ohne sich für den Westen, geschweige denn für Deutschland, zu interessieren. Hauptsache weit weg von der Vergangenheit, von der Badewanne mit den Löwenfüßchen und der Finsternis darunter, vom Elternhaus, von den Eltern. Weg von sich selbst.

Sie flüchtete. Aber sie liebte ihn auch.

*

Tatuś konnte übrigens sehr schön packen!

Die Eltern haben von Zuzanna immer viel erwartet und gefordert – natürlich in bester Absicht, damit sie es später einmal besser haben würde. Schon bald stellte sie diese Erwartungen und Forderungen an sich selbst, gab ihr Bestes, ging wie ihr Vater an die Grenzen. Sie erreichte mehr als möglich war – nur stellte es leider niemanden zufrieden, weder die anderen noch sie selbst. Und jetzt … Morgens gelingt es ihr nur mit Mühe, sich den Gravitationskräften zu widersetzen, aufzustehen. Irgendwie kann sie nicht mehr.

Auf dem Tisch warten ungeöffnete Briefe, ungeordnete Papiere, dringende Angelegenheiten, die keinen Aufschub dulden. Denn Zuzanna hat keine Kraft. Seit Ewigkeiten hat sie das Gefühl, dass sie über ihr Leben nicht selbst verfügen kann. Es fehlt ihr der Mut, dieses Recht einzufordern. Kürzlich träumte sie, dass sie, wenn sie es nicht endlich tut, sterben wird. Wortwörtlich. Sie hat diese Worte, wie auf einer Tafel geschrieben, im Traum gesehen. Doch Mutter und Vater wollen ihr dieses Recht nicht einräumen. Sie soll leisten, darf aber nicht bestimmen. Sollte es jedenfalls nicht. Nicht einmal über ihr eigenes Leben.

Sie würde fallen, wären da nicht die Vibrationen des Fernsehers, die von unten aus der ersten Etage bis unter ihre Zimmerdecke emporsteigen, ihren Fußboden durchdringen … und ihr Halt geben. Seltsam.

Sie hofft, dass es schon irgendwie weitergehen wird mit dem Schreiben. Dass der Vater weitererzählen wird. Dass die Mutter ihr Schweigen bricht. Obwohl sie eigentlich lieber selbst ihr Leben zu Papier bringen würde (aber ob das jemals geschehen wird?). Am besten würde ihr der Titel *Über Berge und Täler* gefallen - ein Zitat aus einem Lied über die Heilige Bernadette, das der Vater einst für sie sang.

Zuzannas Opa Jakub, Volkssänger und Hellseher.

*

30er Jahre

Willi brannte darauf, seiner Mamme eine Stütze zu sein, rivalisierte regelrecht mit dem Bruder. Er half auf dem Feld, beim Dreschen, und abends reinigte er die Petroleumlampen. Es heißt, dass er nie auf der faulen Haut lag, es sei denn, dass er gerade Unfug anstellte. Er war auch der Nachtwächter ihres Hauses, denn Einbrüche waren hier an der Tagesordnung. Christina sprach vor dem Schlaf nicht nur ihr allabendliches Gebet, sondern schaute sorgfältig in jeden Schlupfwinkel und unter jedes einzelne Bett. Zum Glück stieß sie dort nie auf Augen eines ausgehungerten, lauernden Bösewichts, die sie aus der Dunkelheit voller verzweifelter Entschlossenheit hätten anfunkeln können.

Wenn sie am späten Abend zu irgendeinem Nachbarn ging, um sich als Wäscherin etwas dazuzuverdienen, hütete Willi Haus und Hof. Er wurde als erster wach, wenn sich ein Dieb hereinschlich, hatte einen leichten Schlaf. So ist es allerdings heute noch. Seit über zwanzig Jahren schluckt er jede Nacht Schlaftabletten, ist stark abhängig, schlichtweg ein Junkie. Und dennoch findet er keine Ruhe, geistert stundenlang durch das Haus, geht nach unten, dann wieder nach oben, wieder nach unten, brüht sich einen Kaffee, schaltet irgendeinen Fernsehkanal ein, löst Kreuzworträtsel in der »Pani Domu« (in Deutschland als »Bild der Frau« bekannt), wobei er die Buchstaben mit energischer, markanter und sehr technischer Schrift in die leeren Felder setzt. Blättert abwechselnd in der »Fakt« (die genauso viele Fakten bietet wie ihr Pendant die »BILD«) und der »Wyborcza« (vergleichbar mit der »ZEIT«) - und denkt: „Wenn es doch von den beiden irgendein Zwischending geben würde!" Er würde seinen Geldbeutel schonen und die Umwelt nicht mit Bergen von Papier belasten, die sich in allen Ecken und Winkeln stapeln, denn irgendwie fällt es ihm immer schwerer, sich von irgendetwas zu trennen.

Willi weiß nicht, was er mit der Energie anstellen soll, die (auch jetzt noch unverwüstlich vorhanden, aber niemandem nütze) irgendwo, in ihm pulsiert und pocht, obwohl er schon achtzig Lenze auf dem Buckel hat.

Außerdem hütet er ja das Haus, geht von Zeit zu Zeit in den Keller, lauscht dem rätselvollen Rascheln, das er vom Dachboden vernimmt, schaut durch das Fenster auf den von Basia geschmackvoll arrangierten Garten, in dem sich eine Fülle roter Rosen an den Pergolen und Wänden entlang der Gartenlaube ranken. Dieses Gärtchen sollte man als Gast mit allen Sinnen wahrnehmen, es zu würdigen wissen, ihm die gebührende Beachtung schenken. Das erfreut Willis und Basias Herz. Manchmal zieht sich Willi die Jacke über und spaziert nachts durch den Laubengang. Er mag vielleicht nicht sehr breit und geräumig sein, bietet aber genügend Platz, um hin und zurück zu laufen, wie ein Tiger im Käfig. In derselben Weise durchstreift Basia die Veranda, wenn die nächste Migräne oder Atemnot im Anflug sind. Es gibt hier in der Nähe keinen anderen Ort, wo man richtig spazieren gehen könnte. Das hier ist weder Steinfels in Galizien, noch Mikulicze bei Nowogródek, heute Nawahradak in Weißrussland, früher Polen, wo Basia zur Welt kam.

Der Apfel fällt nicht weit vom Stamm. Das Reihenhäuschen in Stettin hat Willi, wie wir wissen, eigenhändig und im Schweiße seines Angesichts gebaut, genau wie Johann. Und genau wie Johann legte er besonderen Wert auf die Veranda. Als er damals baute, war er schon über fünfzig. So waren die Zeiten.

Heute sind solche Veranden aus der Mode gekommen.

Schon als Kind schlief Willi nachts nicht wirklich gut, wälzte sich im Bett neben Georg hin und her, fühlte sich verantwortlich für das ganze Haus. Sobald er auch nur ein undefinierbares Geräusch wahrnahm, versetzte er dem älteren Bruder einen kräftigen Hieb in die Seite. Nur dass Georg, vom Schlaf völlig benommen, anstatt den Dieb zu jagen, sich bei Willi mit einem Knuff revanchierte und selig weiterschnarchte. Daraufhin feuerte Willi mit voller Wucht einen robusten Trinkbecher auf den Boden, sodass der Dieb, wie vom Paukenschlag getroffen, die Flucht ergriff. Vom Lärm aus dem Schlaf gerissen murmelte dann Georg erbost: „Scheiße!"

*

Dunnerwedder, Kreiz-Kruzifx!

Am liebsten mochte Zuzanna wohl die Geschichte, in der Willi einer ukrainischen Nachbarsfamilie eine Fensterscheibe zerschlug und damit einen schlimmen Streit vom Zaun brach. Spitzbubenstreiche waren nun mal auch sein Ding. Er war zwar mitunter ein Held, aber zu den Unschuldsengeln zählte er nicht.

Hin und wieder hatte er von seiner Mutter zur Strafe ganz schön den Hintern versohlt bekommen. Er hatte großen Respekt vor ihr, aber das Leben eines Jungen auf dem Lande folgt dessen ungeachtet seinen eigenen Gesetzen. Einmal, er war acht Jahre alt, spielte er bei den Hinterbrückenwäldlern mit seinem Lieblingsvetter Rudi, der heute in der Gegend von Wolfsburg ein Rentnerdasein führt. Genau dort sind sie alle nach dem Krieg sesshaft geworden, verdienten ihren Lebensunterhalt bei Volkswagen, am östlichsten Rand des Westens. In den fünfziger Jahren, zu Zeiten des Wirtschaftswunders, erbaute Rudi dort ein kleines, aber ganz ordentliches Haus. Und erst vor kurzem überwand er seine Angst vor dem Wilden Osten und wagte es, sich in eines der Sanatorien in Kołobrzeg, also Kolberg, zu begeben – komme, was da wolle!

Nun denn, Willi tobte ausgelassen mit Rudi auf der kleinen Brücke über dem Bach, und irgendwie fielen ihnen die dicken Birnen ins Auge, die verlockend auf einem der Bäume im üppigen Garten der Ukrainer hingen. Sie verspürten einen großen Appetit, einen Wolfshunger. Also schritten sie zur Tat und ergriffen die nötigen Maßnahmen. Willi schlüpfte, ohne groß nachzudenken, durch den Zaun, Rudi wartete auf der Straße. Zuerst bewarf Willi die Birnen mit Stöckchen, um wenig Aufsehen zu erregen. Da dies nicht funktionierte, setzte er einen Stein in Bewegung. Er flog in einem riesigen, schönen Bogen durch die Luft, zerschlug die Fensterscheibe in tausend kleine Stücke, fiel dann mit einem Knall in die gute Stube und löste dort einen Schock aus. „Offenbar war er direkt in einem der Teller gelandet, denn just in diesem Moment, ich schwöre, Zuzanna, aß die Familie zu Mittag. Der Teller zersprang und die heiße Suppe verteilte sich in alle Himmelsrichtungen."

Zuzanna starrt ihren Vater etwas skeptisch an.

Ach, was hatte Willi da für eine Angst gekriegt! Am meisten fürchtete er natürlich Nachbars Hund. Er flitzte durch Wälder und Felder nach Hause - na ja, so weit war es eigentlich gar nicht - während die aufgelöste Ukrainerin seinen Vetter ausfragte, auf wessen Konto die Aktion ging. Als der blasse Täter atemlos ins Haus stürzte, beugte sich die Mamme fürsorglich über ihn, mit einem köstlichen Puffer aus geriebenen Kartoffeln, den sie gerade vom Blech nahm. „Ich sage dir, Zuzanna, das schmeckt! Ich würde liebend gern irgendwann nochmal so einen verspeisen". „*Willusch, wie siesch du dann aus? Hosch Ängschte, Buuche*?" fragte die Mutter und ermunterte ihn zum Essen. Doch an diesem Tag, das erste Mal in seinem Leben, schmeckten Willi Mutters Kartoffelpuffer nicht. Er spürte bereits den hastigen Atem der ukrainischen Nachbarin im Nacken. Mit dem Puffer in der Hand gab er Fersengeld, versteckte sich im Stall und beobachtete aus sicherer Entfernung, was nun vor sich ging. „Mutter hatte gerade den Boden der

Veranda mit der schönen Brüstung gewischt. Weißt du, wir haben dort immer gespielt. Und im Herbst lagen dort jede Menge Kohlköpfe, die darauf warteten, eingelegt zu werden."

Die zornige Bäuerin stürzte sich auf die Mutter und beschimpfte sie lautstark auf Ukrainisch. Doch Christina schüttete dem Drachen in altbewährter Gewohnheit kochendes Wasser über die Füße. Sie hatte Übung darin.

„*Loss es bleiwe! Nemm de Bratze vom Willusch!*"

Die Nachbarin trat schimpfend den Rückzug an und drohte damit, sich bei der Polizei, beim Gemeindevorsteher oder einem anderen Teufel zu beschweren.

Nachdem sie ihr Gehöft verlassen hatte, machte sich Christina schnurstracks auf die Suche nach dem Schuldigen. „*Loss dich nore weisse, Buuche, dann wersch verress und hosch kee Zäh mehr un kee Bee.*" Der Junge flüchtete Richtung Wald, und da sie ihn nicht einholen konnte, kehrte sie erst mal ins Haus zurück, während er im Roggen untertauchte. Erst am Abend schlich er sich vom Hunger getrieben in den Garten, in der Hoffnung, dass ihre Wut verflogen sei. Er zeigte sich aus sicherer Entfernung. „*Loss dich blicke, Willusch, diei Zäh loss ich der!*" lockte sie ihn. „*Un woas werscht mit mer mache?*", versuchte er zu ergründen. „*Mit dem Girtl wärr i der helfe!*" Kaum hatte er sich ihr jedoch genähert, griff sie beherzt nach dem Holzscheit. „Aber das machte nichts", erklärt Willi, „ich hatte es ja verdient." Die paar Beulen am Kopf ...

Für das zerbrochene Fensterglas zahlte Christina etwa fünf Złoty. Bevor sie jedoch das Geld übergab, hielt sie die Münze lange vor Willis Gesicht und befahl ihm, sich diese genau anzuschauen. „*Siesch des, ee großes Stick Geld. Des muss i jetzt gewwe, wege doaner Teifelei. Woas hätt mer davor kaafe kenne?*" Aus diesem Grund achtet Willi aufs Geld und mag es nicht, wenn es sinnlos zum Fenster hinausgeworfen wird. Und das nur, weil man einer lächerlichen Mode folgen muss, wie etwa das Lackieren von Nägeln. So wie seine Enkelinnen, diese albernen Zicken.

*

Na ja, er mag sie trotzdem.

Willi weiß also Münzen zu schätzen, geht vernünftig mit Geld um, aber ohne es zu übertreiben, denn wenn er etwas verabscheut, dann ist es Geiz. Er verurteilt Menschen, die zwar reichlich Geld besitzen, aber jeden Pfennig zehn Mal in der Brieftasche umdrehen, anderen und sich selbst nichts gönnen.

Willi: „Je mehr der Geizige hat, desto weniger wird er satt."

Basia: „Ja, mein Vater hat mich schon immer vor den Posenern gewarnt. Er hat ganz genau gewusst, wovon er sprach. Sie waren die Ersten, die gleich nach dem Krieg nach Stettin strömten und sich alles, was nicht niet- und nagelfest war, unter den Nagel rissen, diese Schlauberger. Was sie nicht alles an deutschen Klavieren weggeschafft und welche Unmengen an Porzellan-Services sie eingesackt haben. Als wir eintrafen, hatten sie bereits alles auseinandergenommen!"

Tja, Pech gehabt.

Willi ist natürlich kein Posener. Willi ist vielleicht ein Deutscher, falls es so etwas wie den Deutschen überhaupt gibt, aber einer von den sogenannten »Kresy«, den ehemaligen polnischen Ostgebieten, die nach dem Zweiten Weltkrieg von der Sowjetunion annektiert wurden, und das ist ein großer Unterschied. Die Verschwendungssucht der Menschen von dort, der sogenannten »Kresowiacy«, mag vielleicht nicht so toll sein, aber Geiz ist für Willi noch viel schlimmer. Es gibt noch ein paar andere Dinge, die er auf den Tod nicht ausstehen kann. Zum Beispiel, wenn ihm jemand eine Uhr schenkt - weil das immer ein schlechtes Omen ist. Ein Symbol für die Vergänglichkeit des Lebens. Er benutzt keine der geschenkten Uhren, selbst dann nicht, wenn sie einen Kuckuck oder irgendeinen anderen Schnickschnack haben, sondern bewahrt sie inmitten des anderen Gerümpels und Firlefanz in den unergründlichen Tiefen seines Kellers auf. Er mag es auch nicht, Blumentöpfe geschenkt zu bekommen. Warum das so ist, weiß er eigentlich selbst nicht so genau. Ein Ausdruck des Respekts sind seines Erachtens lediglich Schnittblumen. Und es gibt keinen Grund dafür, bei diesem Kostenpunkt zu sparen.

Zuzanna weiß: das, was Basia und Waldek als geizig empfinden, nennen andere wiederum „sparsam" und „wirtschaftlich". Und sie sind sogar stolz darauf.

Na ja. Der Vorfall mit der Ukrainerin endete recht glimpflich. Das multikulturelle Leben verlief mal so, mal so. Zwar ohne Gemetzel (vorerst nicht), aber von einer Idylle konnte auch nicht die Rede sein. Das Zusammenleben der Polen mit den Deutschen war gut, mit den Ukrainern alles in allem auch, obwohl sie wesentlich frustrierter waren. Denn ihrer Meinung nach war es *ihr* Land, das sich die Polen unrechtmäßig angeeignet hatten. Sie erinnerten sich noch gut an die blutigen Kämpfe von 1918/19. So erzählt es Willi, und bei Heinrich Wolf lese ich, dass die Ukrainer vor dem Zweiten Weltkrieg zumeist mit den Deutschen sympathisierten. Mit dem immer wahrscheinlicher werdenden Angriff Nazi-Deutschlands auf Polen verbanden sie die Hoffnung, ihre Gebiete wiederzuerlangen, mit deren Verlust sie sich nicht abfinden konnten.

*

Willi Keller mag den Keller sehr. Das ist der einzige Ort, an dem Basia ihm erlaubt, zu pfeifen, ganz nach dem alten Motto: Pfeif nicht im Haus, sonst verpfeifst du dein Geld. Ein Keller gehört für Basia offensichtlich nicht mehr zum Haus. Der Keller beherbergt alles, was wir nicht im Haus haben wollen. Auch Willis Pfeifen wurde aus dem Haus verbannt. Obwohl Willi sehr schöne Melodien trällert. Eigentlich erinnert sein Pfeifen eher an einen Gesang, wie der einer Amsel. Als er jung war, spielte er Mundharmonika. Und mit der Mundharmonika gelang es ihm, Basias Herz zu erobern, wahrscheinlich sogar mehr als mit seiner Uniform.

Wenn Zuzanna sein Pfeifen aus dem Keller hört, weiß sie, dass ihr Vater gut gelaunt ist. Und Willis Heiterkeit ist Gold wert.

Basia spielt hingegen Akkordeon nur noch auf dem Dachboden.

Seltsam. Wie konnte es dazu kommen ... dass das, was am schönsten ist, was Freude ins Haus hinein zaubert, nicht in seinem Herzen stattfindet, sondern an dessen Ränder verwiesen wird. Warum pfeift Willi im Keller, warum spielt Basia nur auf dem Dachboden die heiteren oder auch düsteren Volkslieder von ihren handschriftlichen Notenblättern aus den 50ern? Warum kann man denn nicht beides ins Zentrum rücken, und dafür den Sessel und den Fernseher in den Keller verfrachten?

*

Tja, warum?

Schon damals, als er die Kühe weidete, spielte Willi allerdings, wie der Held der rührenden polnischen Erzählung aus dem 19. Jahrhundert »Janko der Musikant«, auf dem Kamm.

Ja, und wie ging es weiter?

Ein Jahr nach dem Tod des Vaters ging Willi mit einer Schiefertafel unterm Arm zur evangelischen Schule, für deren Erhalt die Dorfbewohner von Steinfels, insbesondere nach 1918, ihre ganze Kraft aufbieten und alle Kosten tragen mussten – sowohl für die Räumlichkeiten als auch für den Lehrer. Zumal sie der Zufluchtsort des deutschen Patriotismus war. Und da das Lehrergehalt eher bescheiden ausfiel, beackerten sie mit vereinten Kräften zusätzlich sein Feld. Wenn sie für diese Schule nicht gekämpft, keine Petitionen eingereicht, hier und dort nicht mit einer ordentlichen Flasche Wodka Klinken geputzt hätten, wären ihre Kinder schon längst an der polnischen Schule in Stebnik gelandet, wo ihnen niemand ihre Muttersprache beigebracht hätte. Nach und nach würden sie dann aufhören, Deutsche zu sein. Denn es war sehr leicht, gibt Heinrich Wolf zu bedenken, damit aufzuhören, Deutscher zu sein.

Es genügte ein Moment der Unaufmerksamkeit.

In der Schule schnappte Willi etwas Polnisch auf. Täglich wurde eine Unterrichtsstunde für das Erlernen dieser dem Ukrainischen so verwandten, zischenden Sprache abgehalten, die er hier und dort schon gehört hatte, obwohl es in Steinfels eigentlich kaum Polen gab. (Willi hatte einen ukrainischen Freund, aber dieser blieb nicht lange seiner Muttersprache treu, sondern verfiel sehr schnell ins deutsche Kauderwelsch und diesen seltsamen schwäbischen Dialekt, in dem die Siedler und ihre Nachfahren rigoros und ungeniert die Infinitivendungen verschluckten: *laafe, mache, misse.*) Alle anderen Unterrichtsstunden fanden in deutscher Sprache statt. So wurden unermüdlich, dank des Dorfvorstehers, die Rechte der nationalen Minderheit durchgesetzt.

Für die Kinder waren das keine leichten Zeiten. Besonders für die Ärmsten unter ihnen. Sie hatten kaum Zeit zum Lernen, mussten in der Landwirtschaft mit anpacken. Auf dem Weg zur Schule schrieb Willi die Hausaufgaben von einem Kumpel ab. Karl zeigte ihm notgedrungen seine Tafel, andernfalls hätte er eins auf die Nase bekommen. Und Willi kritzelte in vollem Lauf, schielend, stolpernd die krakeligen Hieroglyphen nieder. Später lösten diese beim Lehrer laute Schreikrämpfe aus und führten dazu, dass er sich selbst, hauptsächlich aber Willi, büschelweise die Haare herausriss: „Was ist das für eine Schmiererei, du Schlingel!" Er hatte ihn auf dem Kieker.

Der Herr Lehrer, der selbst nicht sehr gebildet war und sich gerade mal mit einem Grundschulabschluss rühmen konnte, verschonte den Jungen nicht – für unerledigte Hausaufgaben gab es Strafen, aber auch für vieles andere. Zu seiner Verteidigung muss man jedoch sagen, dass es in der darauffolgenden Schule in Willis Leben, im sogenannten Warthegau, noch viel härter zugehen wird. Dort werden die Pauker über ein ganzes Repertoire an Bestrafungen und Züchtigungen verfügen, die darauf abzielen werden, körperliche und seelische Schmerzen zuzufügen, zu beschämen, zu vernichten. Neben Schlägen mit dem Lineal auf die ausgestreckte Hand oder mit dem Gürtel auf das Hinterteil werden das Strafe-Stehen in der „Eselsecke“ und das Knien auf einem Beutel mit Erbsen dazugehören.

Die körperlichen Schmerzen werden vergehen, die seelischen werden bleiben.

Willi bekam von allem eine Kostprobe. Er wusste jedoch, dass seine Mutter, ob in Steinfels oder später im Warthegau, im Notfall wie der Fels in der Brandung hinter ihm stehen würde. Er wusste: Übertreibt es der Lehrer, würde Christina sich sofort etwas überwerfen, zur Schule eilen und einen Riesenaufstand machen. Kein Fremder würde auf diese Weise mit ihrem Sohn umgehen. In diesen Angelegenheiten war Christina wie eine Wölfin, und Herr Grimm wagte es nicht, aufzumucken. Manchmal beorderte er die Mutter persönlich zur Schule, die nicht immer seiner Einladung folgte, schließlich hatte sie ihre Beine nicht im Lotto gewonnen. Sie hatte auch nicht immer ein frisches Ei für den Lehrer, geschweige denn ein Stückchen Speck, um ihn milder zu stimmen, denn sie litten bittere Not. Das machte keinen guten Eindruck. Manchmal gab Herr Grimm Willi einen Zettel für die Mutter mit, damit sie wusste, wie unerfreulich es um ihren Sohn stand. *„In de Schul taugsch nits“*, seufzte sie dann. Aber er erwiderte: *„Oach, Muckefuck, i bin net schlecht. Geh weida! Des pack i schoa!“*.

Der kleinen Zuzanna ließ Waldek später nichts durchgehen. Seit Beginn der ersten Klasse hatte sie die Beste zu sein. Er unterzog sie einem erbarmungslosen Training, kontrollierte jedes Schulheft, jeden Schritt, jede Abweichung von der hoch angesetzten Norm. Die Schläge von Lehrern und von Christina, auch die späteren Demütigungen verlangten danach, weiter gegeben zu werden. Scham und Schuld brannten wie Feuer.

Zuzanna sollte sich noch mehr Mühe geben. Sich noch mehr fürchten. Überzeugt werden, sich darüber im Klaren sein, dass sie böse ist, Strafe verdient und Buße zu tun hat. Punkt.

*

Unter der Wanne mit den Löwenfüssen krochen die Monster hervor. Sie stürzten sich auf das Kind.

Zum Glück gab es noch die Zwerge, die im Stamm einer großen Eiche in der Nähe wohnten, und mit denen Zuzanna ab und zu ins Gespräch kam.

Erquicklicher als die Auseinandersetzungen mit dem Lehrer waren die Schulmahlzeiten, die das Deutsche Rote Kreuz den Kindern spendierte. Denn zu Hause gab es meistens nichts, was man sich zwischen die Rippen hätte schieben können. Die Aussicht auf eine stärkende Mahlzeit versüßte die Gedanken an die Schule und den hinter dem Schreibtisch lauernden Herrn Grimm. Eine der Mütter hatte in den Mittagsstunden immer Pausenaufsicht in der Schule, goss schneeweiße Milch mit flauschiger Schaumkrone, manchmal sogar Kakao, in die Becher und schmierte Butterbrötchen. Für Willi war es ein Fest. Und ganz besonders mochte er es, wenn seine Mamme zur Schule kam. „Von der Mama kann man nie genug bekommen", stellt Basia fest.

Und ergänzt etwas bedrückt: „Ich aber habe mich geschämt, wenn meine Mama zur Pause in die Schule kam und mir Milch brachte."

Jetzt erscheint ihr die Mutter in den Träumen. Am schönsten sind jene Träume, in denen sie Basia zulächelt als würde sie noch leben. Und irgendwo muss sie ja auch sein. Denn warum sonst zerbrachen unmittelbar nach ihrem Tod in Basias Küche laut scheppernd Gläser oder Glühbirnen, die niemand angerührt hatte?

Die Kinder in Steinfels hatten keine Ahnung, dass diese Milch und Butter nicht aus Nächstenliebe für sie gedacht waren. Sie schluckten sie vertrauensvoll und in dem guten Glauben, dass dies ein Zeichen der Fürsorge aus der fernen deutschen Heimat sei. Der Verdacht, dass sie nicht aus reinem Altruismus gemästet wurden, dass Hitler sich hier Kanonenfutter züchtete, das bald seine Verwendung finden würde, kam ihnen nicht in den Sinn.

Die Jungen, die vor 1930 geboren wurden, hatten großes Pech, denn es war ihr Leben, das der Führer in Erwartung auf den Endsieg in die Waagschale geworfen hatte. Denn was interessierten ihn ihre Leben. Offen gestanden, waren sie ihm schnurzpiepegal.

*

Lieber Gott, möge Heinrich Wolf noch am Leben sein, betet Zuzanna beim Schreiben. (Sie schreibt bei glühender Hitze, fühlt sich wie in einem Hexenkessel.) Obwohl er über hundert Jahre alt sein müsste, falls er noch leben sollte. Eigentlich müsste sie sich noch bei ihm bedanken. Aber wie sie sich kennt ...

Er war es, der einst das Manuskript über Steinfels für die Nachwelt verfasste, obwohl er nie in den Genuss einer höheren Bildung kam. Über die Vorkriegszeit schrieb er folgendes: „Im allgemeinen lebten wir in guter Harmonie mit den Polen, Ukrainern und Juden. Obwohl das Zusammenleben im Dorf als gut bezeichnet werden kann, flaute das Vertrauen der Deutschen gegenüber der Behörde im Jahre 1938/39 ab. Schuld war der Zweite Weltkrieg. Wir Steinfelser konnten dennoch nicht klagen. Ein Polizeikommandant, ein harter Pole, gab und hielt auch sein Versprechen: ‚So lange ich hier bin, passiert den Deutschen aus Steinfels nichts!'" Die Behörden schätzten die Loyalität, Ehrlichkeit, den Fleiß und die Gewissenhaftigkeit ihrer Deutschen. Und dennoch.

„Überall hat man Verhaftungen vorgenommen, uns ließ man in Ruhe, obwohl der ganze Vorstand vom »Deutschen Volksverband in Polen« aus Steinfels auf der schwarzen Liste stand. Aber keiner wurde gesucht oder verhaftet. Oft war Kontrolle von der Polizei in unserem Vereinsraum. Wenn bei Versammlungen ein Mitglied ohne Ausweis angetroffen wurde, musste er 20 Złoty Strafe bezahlen."

Die meisten Vereinsmitglieder sollen zu ihrem Deutschtum, aber auch zum polnischen Staat gestanden haben.

„Im Dezember 1937 fuhr ich heimlich [...] nach Lemberg und nahm 3 Tage an einem politischen Unterricht teil", berichtet Heinrich Wolf weiter. „[...] Ich sage es ganz ehrlich, in diesen 3 Tagen fiel kein böses Wort über den polnischen Staat. Wir wurden lediglich darauf hingewiesen, Deutsche zu bleiben und unsere Pflichten dem Staat gegenüber zu erfüllen. In den Gemeinden sollten wir als Deutsche Ordnung halten und ehrlich bleiben, vor Inzucht und Mischehen wurde gewarnt. [...] Solche Fälle kamen bei uns in der Heimat nur selten vor [...]. Hatten die Eltern Sorgen um das Kind, dass sie es gut verheirateten und unterbrachten, so waren sie auch bestrebt, es keinen Andersgläubigen heiraten zu lassen. [...] Erst recht wollten sie keinen Polen oder Ukrainer. Obwohl das sehr nette und anständige Leute waren. Manche hätten vielleicht gern zugegriffen, aber man überlegte dann, was werden die Leute sagen. Auch den Eltern wäre es nicht einerlei gewesen. [...] Wer macht sich heute Gedanken, wen man heiraten kann oder darf?

Dies waren auch die Grundsätze des Volksverbandes. In Steinfels machte ich mit der Jugend den Anfang. Wir fanden uns zusammen, lasen deutsch-polnische Bücher, sangen Lieder und spielten Gesellschaftsspiele. Zuerst hatten wir einen Raum für diese Zusammenkünfte bei Karl Wolf, später bei W. Keller. Die Zeit wurde auch damit ausgefüllt, dass alte deutsche Geschichten vorgelesen und besprochen wurden. Dann gab es die Volksverbands-Zeitung, aus der manches entnommen werden konnte. Dadurch wurden wir im Deutschtum gefestigt und erfuhren, dass wir vom Mutterland nicht vergessen waren.

Um die Jahreswende 1938/39 erhielt ich ein Buch aus der Pfalz mit dem Titel »Landsleute drinnen und draußen«. Als ich an einem Heimatabend daraus vorlas, blieb kein Auge trocken. Jeder spürte die Verbundenheit mit den Vorfahren.

Obwohl nichts Böses vorlag, wenigstens in Steinfels nicht, wurden wir dabei von einer Polin und deren Kindern belauscht. Sie hatte vorher nie mit Deutschen zusammengelebt und kam erst durch Heirat nach Steinfels. Bei Kriegsausbruch drohte sie mit brutalen Worten, aber niemand nahm sie für voll und keiner wollte sich rächen, denn sie sprach aus Dummheit und nicht aus Überzeugung solche Worte. Keiner hat in dieser Zeit etwas Böses über die Deutschen gesagt. Man musste allerdings vorsichtig sein und lebte in Angst und Bange bei Tag und Nacht. [...] Im April 1939 war ich in Lemberg, um die Schwiegermutter von Lehrer Pelzer, die aus Luck zu Besuch kam, abzuholen. Ich hatte jedoch Angst, mit der alten Dame deutsch zu sprechen und polnisch verstand sie nicht, so dass wir 3 Stunden schweigend im Zug saßen. Noch hatten wir großen Schutz durch die Ukrainer, die ganz und gar zu Deutschland hielten."

Ja, jedoch nicht unbedingt aus Sympathie. Sie wollten ja ihr Land zurückgewinnen. Laut Heinrich Wolf sollen sie wohl eine Art Garantie dafür gewesen sein, dass die antideutschen Stimmungen der Polen (im Übrigen durchaus nachvollziehbar) nicht mit Ausschreitungen gegen die Deutschen endeten. Die Situation war zwar noch relativ ruhig, aber das konnte sich jederzeit ändern. Die Galiziendeutschen spürten immer deutlicher das heraufziehende Grauen, die Welt war in Aufruhr, es häuften sich düstere Gerüchte und Prognosen.

In seinen Memoiren spricht Heinrich Wolf oft von der „Welt" und von „Gott". „Ein Krieg ist für jedes Volk entsetzlich. Jede Strafe ist von Gott über die Menschen geschickt. Ein Krieg hat noch nie Gutes für die Menschen gebracht. Gott bewahre uns deshalb vor solchen Strafen." Der Chronist vermeidet es, schlecht über die Deutschen zu sprechen, denn sie, die Galiziendeutschen, liebten doch das Deutschtum auf Pump. Aber der deutsche Staat, *das Reich*, dem sie bereits einhundert sechsundfünfzig Jahre lang ihre Treue und Liebe bewiesen, den sie aus der Ferne mystifizierten, spannte sie nur vor seinen Karren, benutzte sie als billiges Werkzeug und führte sie an der Nase herum. Doch darüber kann der achtzigjährige Heinrich nicht schreiben. Er kann die

Ideale, die mit solch einer Hingabe von den Vätern und Großvätern, von den Müttern und Urgroßmüttern gepflegt worden waren, nicht in Frage stellen. Er findet keine Worte für das, was dann passierte.

Zwischen den Zeilen glaubt Zuzanna jedoch, seinen Schmerz zu erahnen. Einen Schmerz, der viel zu tief sitzt, um bis an die Oberfläche seiner Aufzeichnungen zu gelangen.

*

„Auch mit dem Volksverband ging es zu Ende. Am 3. Mai 1939 [...] waren wir zum letzten Mal versammelt. Man hatte uns die Versammlungen zwar noch nicht verboten, aber um kein böses Blut zu schaffen, wollten wir lieber von selbst damit aufhören.

Das Kriegsgeschrei wurde immer lauter. Im August wurden schon die ersten Reservisten, Lehrer Pelzer und Heinrich Helbig, eingezogen. Aus Steinfels waren Jakob Gerle und Karl Helbig die nächsten. Auch wurde das einzige Radio im Dorf, das Lehrer Pelzig gehörte, weggeholt, so dass keine Nachrichten mehr gehört werden konnten. Jeder ging weiter seiner Arbeit nach. Die Ernte war bis auf die Hackfrucht unter Dach und Fach, die ersten Arbeiten für die Herbstbestellung begannen, aber die Angst vor dem Krieg war unter uns. Von den vielen Verhaftungen wusste in Steinfels niemand etwas.

Die Nachricht, dass der Krieg zwischen Deutschland und Polen ausgebrochen sei, traf uns wie ein Schlag."

Kann man sich etwas Blöderes vorstellen?

*

Im Herbst 1939, während sich der polnische Schriftsteller Witold Gombrowicz in Argentinien vergnügte, nahm die Geschichte der Kolonie Steinfels eine Wendung ins Nichts. Geradewegs in den Abgrund. Auch wenn damals noch keiner ahnte, dass Koch, Helbig, Börstler,

Bischoff und Keller wirklich nie mehr wiederkommen, dass sie sich bald schon über die ganze sichtbare und unsichtbare Welt verteilen würden, als hätte man sie aus einem Leinensack geschüttelt, und der Hurrikan der Geschichte sie in alle Richtungen verweht. Im Laufe der vorausgegangenen Jahrzehnte mussten sie ihre Kolonie schon öfters verlassen, das war während des Ersten Weltkrieges so und auch während der polnisch-ukrainischen Kämpfe. Doch es hatte immer ein Zurück gegeben, auch wenn sie bei ihrer Heimkehr Häuser und Höfe geplündert und leergeräumt vorfanden.

Hier braute sich jedoch etwas ganz anderes zusammen.

Ein echter Exodus.

Die Lage war schon lange ziemlich heikel. Die Steinfelser Deutschen blieben von der nationalistischen Propaganda Hitler-Deutschlands nicht verschont. Dabei waren sie gleichzeitig auch Bürger Polens, dienten in der polnischen Armee. Viele von ihnen mussten 1939 für die polnische Seite in den Septemberfeldzug ziehen. So gerieten sie zwischen Hammer und Amboss.

Die ersten Nachrichten aus dem Krieg waren beunruhigend und irreführend. Die polnischen Truppen stünden schon fast vor Berlin, wären in Ostpreußen weit ins Landesinnere eingedrungen und deutsche Offiziere in polnische Gefangenschaft geraten. Bald jedoch, „wurde uns klar“, so Wolf, „dass die Lage anders war als wir bisher erfahren hatten. Am Abend des 10. September hörten wir aus Richtung Krościenko ein Brausen von Motoren und sahen Stichflammen zum Himmel emporlodern. Ein kurzes Geknatter und das Rauschen der Motoren ging weiter.“ Willi weiß heute noch, wie der Himmel über Steinfels tagelang in einem apokalyptischen Lichtstrahl erglühte. Wie Bomber über dem Dorf hingen, wie Granaten über die Dächer pfiffen und Feuerfahnen hinter sich herzogen, die die Kinder nicht angucken durften. Wenn sie ein Haus trafen, stand es augenblicklich in Flammen. Der Himmel war taghell von Raketen, Explosionen erschütterten die ganze Gegend. „Fast das ganze Dorf war auf den Beinen“, schreibt

Wolf, „man hielt, wenn auch ohne Waffen, an allen Ecken Wache und wartete auf den anderen Tag."

Willi versteckte sich mit seiner Mutter und den Brüdern in den Kellern. Ihm war angst und bange. Er war aber auch wie elektrisiert, nahm an etwas Großem teil, stand mitten in der Geschichte, im berstenden Mittelpunkt der Welt.

Am frühen Morgen kam ein fahnenflüchtiger Soldat der polnischen Armee aus dem nahe gelegenen Wald nach Steinfels gelaufen, Karl Licht aus Starzawa. Außer Atem und mit gemischten Gefühlen berichtete er, dass die Deutschen sich nicht mehr aufhalten ließen, dass sie herandrängten wie ein brausender Fluss. Er zog sich in Windeseile Zivilkleidung an, um den deutschen Truppen nicht in die Hände zu fallen.

Immer häufiger tauchten sie in den Wäldern auf, zogen in Scharen durch das Dorf – Deserteure, Flüchtlinge, Verzweifelte.

Die Deutschen griffen die zurückweichenden polnischen Truppen an, sprengten Brücken vor den Flüchtenden. Der Fluchtweg führte geradewegs durch Steinfels. Hier entlang nahmen polnische Soldaten Reißaus, von Westen nach Süden, nach Rumänien, nach Ungarn. Wohin auch immer.

Nur fünfzig Kilometer weiter, in der galizischen Stadt Drohobycz, dachte der bescheidene jüdische Zeichenlehrer Bruno Schulz, der aufsteigende Stern der polnischen Literatur, noch nicht an die Notwendigkeit einer Flucht. 1939 besetzen die Sowjets seine Stadt. 1941 kommen die Nazis. 1942 trifft ihn der tödliche Schuss.

Hitlers Vasallen nahmen sich indessen besorgt der Bewohner von Steinfels an. Erst einmal musste etwas mit ihnen geschehen, mussten sie von hier weggebracht, vor den Sowjets gerettet werden, damit man sie später schön auf den Mond schießen konnte. Fürs Erste hielten sich Deutschland und die Sowjetunion noch an den Nichtangriffspakt.

Ganz in alter Tradition teilten sie Polen unter sich auf. Steinfels fiel den Sowjets zu. Adolf bereitete jedoch schon einen Angriff auf Russland vor. Er sorgte dafür, dass „seine Leute" aus den gefährlichen Gebieten weggeschafft wurden und glaubte fest daran, in den Galiziendeutschen treue Anhänger zu finden, auf deren unbedingte Bereitschaft, ihr Leben zu geben, ihr Blut zu vergießen, er immer würde zählen können. Sie lebten zu weit weg vom Deutschen Reich, um genau zu wissen, was dort wirklich vor sich ging, oder? Sie hatten noch nie den Reichstag gesehen, hatten diesen Psychopathen nicht gewählt, hatten bis 1939 die polnische Staatsbürgerschaft, oder? Aber gerade deswegen war auch ihr Bestreben groß, ihr Deutschtum in der Fremde zu bewahren, es niemals zu verleugnen und zu beweisen, dass es ihnen zustand, dass sie es verdient hatten. Nicht umsonst floss doch deutsches Blut in ihren Adern.

Als ob es so etwas wie deutsches Blut geben würde.

Hitler wusste, was er tat, als er sie zwang, ihr Dorf, das in der sowjetischen Einflusszone lag, zu verlassen, und sie nach Westen trieb, *Heim ins Reich*, nach Großpolen, von wo er die Juden im Vernichtungslager Kulmhof, in der Nähe von Chełmno, ins Nichts beförderte und die Polen ins Generalgouvernement verpflanzte. Sie, die galizischen Deutschen, aber auch die Balten- und Wolhyniendeutschen, sollten diese, dem Reich neu einverleibten Gebiete germanisieren, auch wenn sie nichts von dieser Mission wussten. Nichts wissen mussten. Wissen war dazu nicht vonnöten.

Bloß nicht den Barbaren in die Hände fallen! Nach einiger Zeit, durch die sowjetische Bedrohung in Angst und Schrecken versetzt, waren sie dann tatsächlich zur Flucht aus Steinfels bereit – bereit, alles zurückzulassen, Haus, Inventar, die eigene Seele. Die Älteren zauderten, wollten nicht so recht, konnten sich das nicht vorstellen. Von diesem Ort wegzugehen hieß, zu sterben, ohne die Aussicht, wiedergeboren zu werden. Aber einen anderen Ausweg gab es nicht. Der Pastor war schon längst mit seiner Ehefrau über alle Berge, ließ seine treuen

Schäfchen zurück. „Macht, was ihr wollt", soll er noch zu Heinrich Wolf gesagt haben.

Willi fiel wieder ein, dass er drei Jahre zuvor das Zettelchen mit der letzten Botschaft seines Vaters im Garten vergraben hatte, also ging er hin, um danach zu suchen. Hektisch wühlte er in der Erde, buddelte die Glasscherbe hervor, unter der er das Stück Papier versteckt hatte, und schnitt sich dabei in den Finger. „Heirate nicht wieder. Den Jungs zuliebe", las er Johanns etwas krakeligen, mit schon fast gelähmter Hand hingekritzelten Worte. Ja, er konnte jetzt lesen. Er verstand. Er steckte den blutbefleckten Zettel zusammen mit ein paar Krumen der heiligen Muttererde in seine Hosentasche, schaute in den Himmel und wischte sich ganz schnell, mit fest geballter Faust, die Tränen aus dem Gesicht.

*

Donnerwetter nochmal.

Sie sollten ihr Zuhause nie wiedersehen. Willi würde gern einmal dorthin fahren, wenn ihn jemand ins Auto verfrachten würde. Allein bringt er die Willenskraft nicht auf. Und auch nicht die Entschlossenheit, zum Telefonhörer zu greifen und die Nummer einer nahestehenden Person zu wählen, die er seit über sechzig Jahren nicht gesehen hatte.

Als klar wurde, dass „unsere Deutschen" in der zweiten Septemberhälfte des Jahres 1939 fortgehen mussten, bekam Heinrich Wolf Besuch von zwei Juden – Israel Feld aus Stebnik und Moses Großmann aus Bandrow. „Sie meinten, uns aufhalten zu müssen, weinten um uns und bedauerten es sehr, dass wir wegzogen", berichtet er. „Mehrere Ukrainer kamen und brachten ihre Hoffnung zum Ausdruck, dass wir wieder zurückkommen würden. Sie hofften, von Deutschland ihre Selbständigkeit wieder zu erhalten. Viele junge Leute sind mit der deutschen Wehrmacht mitgegangen. [...] Gern denke ich an die

Ukrainer zurück, und manchem geht es ebenso wie mir. Die vielen Lieder, die von den Feldern der Ukrainer bis ins Dorf schallten. Sie haben viel gesungen, wenn man sie manches Mal nicht sah, aber hören konnte man sie immer."

Vielleicht haben gerade diese Lieder, die jahrzehntelang vom Ufer des ukrainischen Stebnik herüberklangen, den Galiziendeutschen etwas Slawisches, eine Gefühlstiefe, etwas Melancholie und den Hang zur Rührseligkeit vererbt. Aber das ist schon Zuzannas eigene Theorie. Sie mag alles, was Slawisch ist, und mag es nicht. Sie mag, was Deutsch ist, und mag es wiederum nicht.

„Ein Pole, der Dannhoffer hieß, hatte nichts von unserem Abzug erfahren", merkt Wolf an. „Der Befehl war plötzlich am Abend gekommen. Als er am nächsten Morgen erwachte, wurde ihm bange, weil alles anders war und er nicht wusste, wo wir geblieben waren. Nach einigen Monaten verließ er sein Hab und Gut, das Leben ohne uns gefiel ihm nicht mehr." Und auch Józio Korzonek konnte sich nicht damit abfinden, dass die gemeinsamen Jagdausflüge mit den Börstlers, den Wolfs und Miketa ein Ende haben sollten.

„Ob zu meiner Zeit oder Generationen zurück, ob im Dorf oder in der Stadt", fasst Heinrich Wolf zusammen, „überall wo man bekannte Polen, Ukrainer oder Juden traf, wurde man mit Handschlag und freundlichen Worten begrüßt und als Deutscher geachtet."

Am 4. September 1939 wird Heinrich Wolf zufällig dem polnischen Waldaufseher, Herrn Pruss, begegnen, der von der Wehrmacht rekrutiert wurde und nun in den Krieg zieht. Er wird kräftig seine Hand drücken, wird mit Tränen in den Augen Abschied nehmen.

*

Hin und her, hin und ..., verflixt nochmal, her.

Einen Schritt vor, einen zurück. So sah ihre Flucht aus.

Am 17. September marschierten die sowjetischen Truppen auf polnischem Gebiet ein, und einen Tag später schnitt sich der Schriftsteller Stanisław Ignacy Witkiewicz mit einer Klinge die Pulsadern auf. Kurz darauf ergriffen die Bewohner von Steinfels die Flucht. Am 25. und 26. September um drei Uhr morgens brachen die meisten Familien in Richtung Lesko-Sanok auf. Manche zweifelten jedoch unterwegs am Sinn ihres Vorhabens und kehrten wieder um, nach Hause – vor allem die Älteren, denen die Trennung am schwersten fiel. Sie lehnten sich gegen die Jüngeren, die fest Entschlossenen, auf, denen ihr Leben noch allzu teuer war, um es aufs Spiel zu setzen. Die Alten gingen zurück, doch noch bevor sie ihre Sachen wieder ganz auspacken konnten, kam ein Abgesandter der Wehrmacht und erteilte ihnen den Befehl, die Häuser binnen weniger Stunden zu räumen, da das Dorf von den Russen besetzt werden würde. Der Befehl betraf nur die Deutschen, alle anderen sollten bleiben. Was sollte man machen. Da war guter Rat teuer. Lang hatte sie nicht angehalten, die Wiedersehensfreude. Sie sammelten ihre Habseligkeiten wieder ein und strömten zurück auf die Straße, von der sie eben erst gekommen waren.

„Nun kamen furchtbare Tage. Als wir die Höhe bei Jałowa erreichten, schauten Johann Helbig und ich uns um und sahen, wie sich die Wagenkolonne langsam vorwärtsbewegte. Herr Helbig, der wusste was Krieg war, sagte: ‚Kinder, Kinder, was soll das noch werden. Wo wollen oder sollen wir hin. Der Winter steht vor der Tür, der Krieg ist noch nicht zu Ende, was soll aus uns werden?' Tränen rollten uns beiden über die Wangen. Zum letzten Mal sahen wir unsere Heimat. Es war und bleibt ein Bild, das ich nie vergessen werde. [...] Alles war dahin, als wäre es nur ein Traum gewesen. Alle Sitten und das Zusammenleben mit den dortigen war zu Ende, Hab und Gut und die Lieben auf dem Friedhof mussten wir verlassen."

Heinrich Wolf.

*

Trotz allem hatten sie noch Glück, wenigstens ging es nicht in die Gaskammer.

Gibt es diesen Friedhof noch? Ist irgendetwas von Steinfels noch geblieben? Der Krieg hatte seine Spuren hinterlassen. Laut Heinrich Wolf wurde die Siedlung im Herbst 1944 während eines Kampfes niedergebrannt. Aber das ist nur die halbe Wahrheit. „Grauenhafte Ereignisse hat Herr Józef Wójcik, ein Pole aus Stebnik, erzählt. Nach dem Kriege fand er mich nach langem Suchen und berichtete über Steinfels. Alles, was sich im Kriege 1914-1918 zugetragen habe, wäre kein Vergleich zu 1944. Der Kampf zwischen der deutschen Wehrmacht und den Partisanen war um 99% schlimmer. Ukrainer haben Polen lebendig verbrannt." Das, was vom Dorf noch übrig war, wurde später systematisch dem Boden gleich gemacht. Nach dem Krieg fiel das Gebiet der Sowjetunion zu, und es begann die Enteignung und Kollektivierung.

„Bilder aus dem Jahre 1961, die Herr J. Wójcik mir sandte, zeigen, dass fast kein Obstbaum und kein einziges Haus mehr steht. Auch der Friedhof ist ohne Zaun und ohne Kreuz, und Viehherden suchen sich dort ihre Nahrung. Von Steinfels ist nichts mehr zu sehen. Das Gebiet bildet heute die Grenze und ist ein Niemandsland zwischen Polen und Russland. Heute ist es noch so. Keiner weiß, wie lange noch. Ein Steinfels wie wir es kannten, wird es aber bestimmt nicht wieder. Es war ein Ort, wo man froh und zu Hause war."

*

Heute

Von einem Impuls geleitet geht Zuzanna auf die Seite *bieszczady.pl.* Erst findet sie dort Fotos von den Überresten des evangelischen Friedhofs in Bandrów, dann von drei Grabsteinen im nicht mehr existierenden Dorf Steinfels. Die Grabsteine sind in einem kümmerlichen

Zustand. Entziffern kann man auf ihnen nichts mehr. Im mannshohen Gras liegen sie verborgen. Der Reiseführer verrät, wie man den kleinen Friedhof zwischen den Viehweiden A, B und C findet. Zuzanna ruft ihren Vater an. „Wie jetzt?“, fragt Willi, der doch schon seit Jahren weiß, wie die Dinge liegen. „Von den Häusern ist nichts, gar nichts übrig geblieben? Unser Haus war doch neu! Mit glänzenden Dachziegeln. Und so einer hübschen Veranda mit Geländer.“

„Verwilderte Gärten sind noch da, Papa.

Vielleicht noch irgendwelche Fundamente.“

*

Wo ist Zuzannas Heimat? Das würde sie selbst gerne wissen. Sollte sie mal in Polen leben, würde sie sich für Szczecin entscheiden, ihre Geburtsstadt, die Stadt der Menschen mit den verworrenen Lebensläufen, gebrochenen Rückgraten oder ungeahnten Kräften, der Menschen, die von Gott wie Speere weit durch die Weltgeschichte geworfen worden waren – verletzt, verwundet, traurig, entwurzelt und tapfer, wirklich tapfer. Aber auch die Stadt dieser jungen, scheinbar vitalen Wölfe, dieser energisch und künstlich Aufgedrehten, die leere Worthülsen von sich geben und in einer trügerischen Seifenblase schweben.

Aber ist das ihre Heimat?

Keine Ahnung.

*

Galizierland, Du guter Hort, lass ruhen unsere Toten dort. Lebt wohl, ihr Toten, lebt wohl, Väter und Mütter, Großväter und Urgroßmütter! Gott sei mit euch. Ruhet in Frieden.

Flüsterten in Gedanken die Verbannten.

Der Nachbar

Heute

Alles hat ein Ende, nur die Wurst hat zwei.

Walther Lüdtke, fünfundsiebzig, ist Zuzannas Nachbar von unten und wohnt im ersten Stock. Es macht ihn wahnsinnig, wenn sie geräuschvoll durch ihre Wohnung schlurft. Irgendwann hatte er ihr gegenüber sogar den Verdacht geäußert, sie würde ihre *Straßenschuhe* in der Wohnung tragen! Das hörte sich wie ein großer Vorwurf an. Dabei sind das eigentlich *Hausschuhe*, nur mit etwas höheren Absätzen, zum Meckern gibt es wirklich keinen Grund. Und doch würde es Walther sehr begrüßen, wenn Zuzanna sie durch Filzlatschen ersetzen würde, solche, die sie mal anhatte, als sie vor vierzig Jahren mit ihrer Schulklasse das Schloss Kórnik bei Posen besichtigte. Zugegeben, ab und zu hat sie tatsächlich Stiefel oder sogar Stöckelschuhe in der Wohnung an, das kann man nicht ganz abstreiten. Doch das sind eher Ausnahmen, nicht die Regel! Walther hört sie meist dann, wenn sie sich zum Gehen fertigmacht. Falls ihr an dem Tag das Kunststück gelingt, sich aufzuraffen, aufzustehen und sich unter die Dusche zu schleppen. Das ist gar nicht so einfach wie es scheint. Der Kampf mit dem Boiler, der sie entweder verbrüht oder mit eiskaltem Strahl abhärtet, weil er es nicht drauf hat, kalt und warm ordentlich zu mischen, macht sie fertig. Eine perfide Erfindung, dieser *Durchlauferhitzer*, wie Walther das tückische Gerät nennt. Außerdem frisst das Ungeheuer reichlich Strom! In Polen sind solche Vorrichtungen längst überholt, aber in Berlin macht man sich nichts aus solchen Nebensächlichkeiten. Also lässt Zuzanna, statt unter die Dusche zu gehen, lieber die Badewanne mit heißem Wasser volllaufen, streckt sich behaglich darin aus, und weigert sich, das warme Nass wieder zu verlassen. Wenn es ihr jedoch an manchen Tagen gelingt, zu duschen und sie dann einen Energieschub verspürt, zieht sie sich als erstes schnell die Schuhe an. Die Schuhe sind am wichtigsten. Sie anzuhaben, bedeutet, dass der Tag stattfinden, dass sie aus dem Haus gehen, dass irgendwas passieren würde. Erst einmal läuft sie aber polternd in der Wohnung umher, wühlt in bunten Klamottenbergen, kramt hektisch in schmuddeligen Kulturtaschen.

Dann hört Walther sie. Schüttelt den Kopf, begreift nicht, warum sie auf diesen sechzig Quadratmetern wie eine Irre herum trampeln muss. Warum sie ständig mit Schimpfwörtern wie *szajs* (kommt übrigens von Scheiße), *fuck, cholera jasna, verdammt und zugenäht*, um sich schmeißt. Warum kracht ihr andauernd etwas auf den Boden?

In solchen Momenten schlägt Walther die Hände über dem Kopf zusammen und stellt sich laut Volksmusik oder Schlager an. *Alles hat ein Ende, nur die Wurst hat zwei, nur die Wurst hat zwei, nur die Wurst hat zwei.* Und dennoch hat er sie gern, die nervige Zuzanna. Wird immer etwas verlegen, wenn er ihr im Treppenhaus begegnet. Irgendwann war ihm bei einem unverbindlichen *Smalltalk* rausgerutscht, dass er polnische Großeltern hatte und sein Vater auf den Vornamen *Bolesław* getauft wurde. Bolesław wurde in Berlin geboren und mit der Wehrmacht in den Krieg geschickt. „Er war nachher nicht mehr derselbe“, sagt Walther.

*

Wenn Zuzanna auf die Straße geht, dann entweder überdurchschnittlich schick, frisch und fein oder zerzaust und schludrig gekleidet, mit grauen Haarsträhnen, die unter der schwarzen Plastikhaarklammer ungebändigt hervorkriechen, und fleckigen Hosen. Den Nachbarn gelingt es nicht, sie einzuschätzen: Wer ist diese Polin eigentlich? Was arbeitet sie? Arbeitet sie überhaupt?

Ja, sie arbeitet, allerdings. Nach der Scheidung bekam Zuzanna einen Job als Polnisch-Lehrerin an einer Volkshochschule und blieb dort mangels besserer Alternativen hängen, in dieser Stadt, die nicht gut tut, aber süchtig macht. Ihr Traumjob war das allerdings nicht.

Die Wände ihres Hauses sind sehr dünn. Jeder hört hier jeden. Aus Walthers Wohnung dringt nahezu rund um die Uhr das monotone Gebrabbel des Fernsehers, schon ab 10 Uhr morgens. Zuzanna braucht dieses Gebrabbel, und Walther braucht das Getrampel, das Klappern ihrer Schuhe, ihre Schimpfworttiraden, von denen er nur die Hälfte versteht, ihr grobes, manchmal etwas archaisch anmutendes Lachen. Und während sie eine Etage höher über seinem Kopf schimpft, trampelt oder plantscht, starrt er wie verhext auf den flimmernden Bildschirm. Stundenlang. Walther Lüdtke. Er kann sich noch an die Bombardierung Berlins erinnern, damals war er vielleicht zwei Jahre alt. Sie flohen zusammen mit seiner Mutter in den Keller, wo er darauf wartete, dass jeden Augenblick das ganze Haus über seinem Kopf einstürzt. Einmal erzählte er Zuzanna davon in dem engen, stickigen Flur ihres Hauses, dieser muffigen Mietskaserne aus den 30er Jahren in Berlin-Wilmersdorf, wo das Schicksal die beiden, mit welchen Hintergedanken auch immer, eines Tages zusammenführte.

Und als ihr einmal eine Tüte mit eben erst in Stettin besorgtem »Tyskie«-Bier auf den Boden knallte, als die Glassplitter sie am Fuß verletzten und der Blutstrom nicht zu stoppen war (vorher hatte sie nämlich ein paar Aspirin gegen Kopfschmerzen geschluckt), als sie ratlos zusah, wie sich um sie herum eine rote Pfütze ausbreitete, ein Meer aus Blut und Bier, kam Walther beunruhigt angelaufen, versorgte ihre Wunde, borgte ihr einen großen Badelatschen und brachte die Hinkende ins Krankenhaus, während seine Frau Heidi (fast schon wie eine Tatortreinigerin) die dunklen Flecken in ihrer Wohnung und im Treppenhaus wegwischte.

Einmal fragte Heidi Zuzanna, ob sie es sei, die nachts das Licht anlassen würde. Heidi. Eine freundliche Frau, die immer sehr laut am offenen Fenster telefoniert. Ab und zu hilft sie Zuzanna, ihr geparktes Auto wiederzufinden. Das Auto, an dessen verklebten Spiegeln sich seit Jahren kleine Spinnen oder merkwürdige Larven einnisten, die sich niemals in Schmetterlinge verwandeln würden. (Oder vielleicht doch? Woher wollte sie das wissen?). Morgens holt Heidi für ihren Mann die »Bild« aus dem Zeitungsladen um die Ecke, bei einem sympathischen, kettenrauchenden Paar, das hier seit Jahren sein kleines Geschäft betreibt und sich wacker hält. Dann hütet sie als Tagesmutter fremde Kinder. Und sie achtet auf Ordnung in diesem hellhörigen Haus, dass auch keiner vergisst, die Eingangstür zu schließen (wegen der Einbrecherplage!), den Müll irgendwo abstellt, wo er nicht hingehört, auf dem Flur keine Fahrrad-Sammlungen oder andere überschüssige Besitztümer deponiert, die Zigarettenkippen nicht aus dem Fenster schmeißt, die Blumen nicht zu üppig gießt und in den Geranien keine Würmer züchtet, die den Nachbarn auf den Kopf kriechen könnten. Ein bisschen kleinkariert, aber irgendwie auch sympathisch, oder?

Ja, Zuzanna lässt nachts das Licht an, das ist wirklich so. Sie schläft sogar, na gut, vielleicht nicht mit Straßenschuhen, aber in T-Shirt und Jogginghose, immer zur Flucht bereit. Nein, sie hat kein Vertrauen zum Leben. Sie versichert sich ihres Seins, indem sie ihren Namen auf kleinen Zetteln festhält und Morgens ganz schnell ihre Schuhe überstreift, damit diese sie tragen.

Allzu oft fühlt sie sich kraftlos. Ohnmächtig. Bodenlos. Wie sich halt Menschen fühlen, die in ihrem eigenen Leben nichts zu sagen haben. Die immer alles schlucken, weil sie denken: „Das geht schon". Bis sie es irgendwann nicht mehr verdauen können. Bis sie irgendwann platzen.

Ja, es ist nicht einfach, die alten Schuhe abzustreifen und erstmal barfuß loszulaufen …

Die Verbannung

30er und 40er Jahre

„Als ich klein war, bin ich am liebsten durch den Obstgarten gerannt", erzählt Basia. „Ich liebte es, herumzustromern, zu springen, mich hinter Bäumen vor meinen Geschwistern, meinen Eltern, vor meinem eigenen Schatten zu verstecken. Ich liebte es, meinem Vater auf die Knie zu springen, *hops*, vor allem dann, wenn mich jemand von meinen Geschwistern oder jemand aus dem Jenseits verfolgte. Auf seinem Schoß war ich am sichersten. Niemand würde es wagen, mir auch nur ein Haar zu krümmen. Und Prügel habe ich von meinem Vater nie bekommen. Der Platz auf seinen Knien war heilig, dort wurde man unantastbar.

Basia ist als Fünfjährige nicht wie Zuzanna mit einer Horde anderer Kinder um die Blocks herum gestrolcht, höchstens mal um Haus und Hof gerannt. Basias Kindheit scheint auf den ersten Blick idyllisch, fast himmlisch, war aber, wenn man genauer hinschaut, von einem dunklen Geheimnis überschattet und zudem frühzeitig brutal unterbrochen worden. Wurde ohne Vorwarnung in eine ganz andere Welt verfrachtet, tausende Kilometer weit weg, wo die Fröste und Eisstürme zum Alltag gehören, und die Temperaturen bis auf minus fünfzig Grad sinken.

Man kann allerdings nicht sagen, dass es Basia in Mikulicze bei Nowogródek schlecht ging. Anfangs deutete, wie so oft, nichts auf eine nahende Katastrophe hin. Da war nichts außer einer unterschwelligen Ungereimtheit, nichts außer einer drückenden, von Furcht und Schuld durchdrungenen Atmosphäre, nichts außer dem kaum spürbaren Gefühl der Bedrohung, das in allen Ecken lauerte.

Alles begann eigentlich ganz unschuldig, mit der Wiege von der Größe eines Bettes, die von der Decke herunterhing, in der Großvater Walery Drzewucki die kleine Basia bis zum Gehtnichtmehr schaukelte … Was hätte man sonst mit der Maus anfangen sollen? Das Beste war, sie so lange wie möglich in einem Trancezustand zu halten, damit sie niemandem zur Last fiel. Großmutter und Mama hatten genug Arbeit im Haus, also bekam der Großvater die Aufgabe aufs Auge gedrückt, die große Wiege in mehr oder weniger sanfte Schwingungen zu versetzen. Es machte ihm sogar Spaß. Ab und zu genehmigte er sich ein kleines Päuschen, ging auf die Veranda hinaus, rauchte eine Pfeife, schaute für eine Weile auf den blühenden Garten, in den schwebenden Himmel und sagte das Wetter voraus. Er ging jedoch nicht ohne Vorwarnung. Vor einer jeden Pause beugte er sich über Basia und schärfte ihr ein: „Warte, mein Enkeltöchterchen, ich komme gleich wieder, ich rauche nur schnell meine Pfeife auf."

Und dann erzählte er stolz herum: „Hört mal, sie versteht das, sie weint nicht, wartet ganz still, bis ich zurück bin!" Er muss wohl überzeugend gewesen sein.

Später erzählte man es Basia. Und Basia erzählte es Zuzanna.

Manchmal wurde Basia in diesem gigantischen Luftschiff auch von einem Studenten geschaukelt, der bei ihnen wohnte. Wenn keiner im Haus war, holte er allerdings das wehrlose Kind klammheimlich aus der Wiege, stieg selbst hinein und baumelte hin und her, bis er vor Glück weinte.

Nach Willis Ansicht erging es Basia viel besser als ihm, denn im Gegensatz zu ihr wurde er von keinem sanft gewiegt, sondern bestenfalls geschubst und gestoßen. Basias Kindheit war in seinen Augen ein regelrechtes Paradies.

Ja, ihr Vater hatte nie die Hand gegen sie erhoben. Nie im Leben. Zuzanna wäre heilfroh, wenn sie das von sich behaupten könnte. Doch sie möchte nicht lügen. Auch nicht in ihrem Buch. Allerdings auch nicht die ganze Wahrheit sagen. Höchstens diskrete Zeichen setzen. Die vielleicht unbemerkt bleiben. Und es ist gut so.

Aber auch er, Basias Vater, hatte nicht die Macht, sie vor dem Unglück zu schützen, das wie eine Gewitterwolke über der Familie hing, dunkel und schwer.

„Die Mutter hatte mir in der Küche höchstens mal eins mit dem Lappen verpasst", gesteht Basia, „wenn ich rumwuselte, zappelte, ihr auf die Nerven ging. Aber das zählt nicht, es war eher symbolisch, um mich ein wenig zu erschrecken. Es gab keinen besseren Menschen auf der Welt als meine Mama Anna. Obwohl ihr das Leben so zugesetzt hatte. Als Älteste unter den Schwestern hat sie den Eltern am meisten geholfen, kümmerte sich um alles, nahm den jüngeren Schwestern alles ab. Und am Ende waren es die anderen, die sich bildeten, ihre Abschlüsse machten, und nicht sie. Sie hatten ein erträgliches Leben, während Mama durch die Hölle ging.

Als sie starb (so früh!) brach eine Welt für mich zusammen."

Wenn Basia so redet, spürt Zuzanna, wie die Welt zusammenbricht und mit aller Wucht auf ihre Schultern fällt. Ihr wird schwarz vor Augen. Sie kann die Tränen nicht zurückhalten, wenngleich in der Familie viel zu viel geweint wird, und sie es eigentlich nicht möchte. Und dennoch ist sie eine Meisterin im Heulen, und das, obwohl sie sich seit Jahren auf der anderen Seite der Oder durchzuschlagen versucht, wo es vermeintlich rationaler zugeht - weit entfernt vom Bug, vom San, von der Memel, von ihren östlichen Wurzeln. Oder vielleicht gerade deshalb?

„Und weißt du, keiner hat jemals wieder nach dem Tod der Mama eines meiner neuen Kleider gelobt", seufzt Basia schwer. „Mein Vater nahm nicht einmal wahr, was ich anhatte, und eine Freundin ist niemals so ehrlich wie eine Mutter.

Nur Mama *sah* wirklich meine neuen Kleider.

Die Anderen schauten sie nur an, sahen sie aber nicht. Oder waren neidisch und schwiegen sie deshalb tot."

*

Ach, Gott …

Basia ist, wie wir wissen, immer in Eile. Sie ist ständig auf der Flucht, war es ihr Leben lang, kann nicht innehalten, nicht für einen Moment loslassen. Gesteht sich weder das Recht auf Muße noch auf irgendeine Art Erholung zu, mit Ausnahme der einen Stunde, die sie für eine TV-Serie entbehrt. Immer abgehetzt, erschöpft und müde. Die ersten Worte, die Zuzanna von ihrer Mama lernte, der Buchhalterin-Mama, die ihre Arbeit mit nach Hause brachte, nächtelang mit einem großen hölzernen Abakus Bilanzen prüfte, vorher noch geschwind putzte, wusch und bügelte, waren: „Ich habe keine Zeit." So plapperte es Zuzanna rund um die Uhr nach. Auch Mamas zweiten Spruch hatte sie gut verinnerlicht: „Was für Tohu-ba-wohu." Und alle schütteten sich vor Lachen aus.

Hektik und Chaos. Chaos und Hektik. Das und nichts anderes drücken diese Sätze doch aus. Etwas stimmt nicht mit der Zeit. Etwas stimmt nicht mit dem Raum. In diesem Klima wuchs Zuzanna auf, saugte es mit jeder Faser ihres Körpers auf, wenn auch nicht mit der Muttermilch, denn Mama hatte sie nie gestillt. Anfang der 60er Jahre legte man keinen allzu großen Wert darauf. Und in den Krankenhäusern trennte man die Mütter sorgfältig von den Säuglingen, so wie man heute unterschiedliche Sorten von Abfall trennt.

Und wie war es mit Zuzannas Tochter, mit Milena? Sie gewöhnte sich von ihrer Mama eine andere Redensart an. „Los, pflück dieses hübsche Blümchen", ermutigte Zuzanna die Anderthalbjährige im Garten von Oma und Opa. Und Milena darauf: „Lümchen? Ich habe keine Kraft."

Heute versucht sie mühsam, dieses Erbe hinter sich zu lassen.

*

Wenn das so weiter geht, wird Basia nie ans Werk gehen, niemals ihre Erinnerungen, die sie so gern niederschreiben würde, zu Papier bringen. Ständig hält sie irgendetwas davon ab. Vor allem fehlt ihr – wie immer – die Zeit. Vor allem muss das Chaos beseitigt, im Haus herum gewerkelt und der feindliche Raum gezähmt werden. Einen Titel für ihr Buch hätte sie aber bereits: *Zwei Reisen*. Oder: *Über Berge und Täler*.

Sie wird mit ihrer Reise nach Weißrussland in den 1970er Jahren beginnen, einer Reise zurück in die Kindheit. Sie machte sich da ganz alleine auf den Weg, wollte nochmal ihr Elternhaus sehen, wen wundert's. In einem beinahe leeren Zug, in dem ein Hauch von Metaphysik in der Luft hing, spielte jemand sehnsuchtsvoll Akkordeon. Im Gepäck hatte sie Geschenke für die Tanten, die in Mikulicze zurückgeblieben waren. Sie hatten sich nicht in den wilden Westen abschieben lassen, hatten notgedrungen zugestimmt, „Russinnen" zu werden. Um alles irgendwie durchzuschmuggeln, bestach Basia eine Schaffnerin mit polnischen Lippenstiften und Parfüms – die polnische Kosmetik stand dort hoch im Kurs. An der Grenze ließ man sie dann in Ruhe. Und plötzlich war sie in der Sowjetunion.

In der Siedlung Mikulicze in der Nähe von Rubieżewicze, wo nur eine Handvoll Häuser stand, gab es keine Bahnhofsstation, sondern nur einen Haltestopp auf Wunsch, den wohl kaum jemand in Anspruch nahm. Bei voller Fahrt des Zuges zog Basia mit heftigem Herzklopfen und aller Kraft den Bremshebel. Mit lautem Getöse stoppte das schwere, schwarze, blindlings dahin rasende Stahlross. Nur für sie! Der Bahnhofsvorsteher erlitt fast einen Schock, denn so etwas kam ja hier so gut wie nie vor. Er sprang aufgeschreckt aus dem Wartehäuschen: „Was ist denn hier los?"

Und die Schaffnerin schrie kurz zurück: „Nichts! Es ist nur diese Polin, die hier aussteigt!"

*

Ja, die Polin …

Die Tante, bei der sie dann wohnte, erzählte stolz herum, dass sie einen Gast „aus dem Ausland“ hat. Es war eigenartig, eine Ausländerin im eigenen Geburtsort zu sein.

Basia traf eine Freundin aus alten Zeiten, auf einem Pferdeschlitten.

Auf solch einem Schlitten könnte sie jetzt auch sitzen. Mit einem ganz anderen Mann, nicht unbedingt einem Offizier, nicht zwingend einem Galiziendeutschen aus Steinfels, der einst bei der Hilterjugend die Trommel schlug …

Derweil hatte sie keinen Pferdeschlitten, dafür aber eine Zweiraumwohnung in Stettin, in einem Neubaugebiet im Zentrum der ausgebombten Stadt, voller steinerner Felsblöcke und überall noch wild wuchernden Unkrauts.

Das war die Realität.

Schlittenfahren verband sie jetzt lediglich mit dem mühseligen Hinterherziehen der Kinder auf den Bürgersteigen der Stadt zum Kindergarten oder in die Schule. Der festgetretene, schmutzige, graugelbe, spärliche Schnee leistet Widerstand. Und überall Löcher, noch und nöcher, die Kufen ächzen und knirschen. Basia, der Packesel, zieht mit letzter Kraft, außer Atem am Seil. „Mama, schneller, schneller!“ Tja, und warum so ohne Enthusiasmus? Die Kinder wollen, dass Mama mit ihnen wild herumtobt, genauso wie der Papa das eine Mal im Park, dieses einzige Mal, als er den Schlitten mit der Kraft eines Elefanten und der Begeisterung eines Welpen über die Hügel und Täler des »Żeromski«-Parks hin- und herwarf, bis sie vor Freude quietschten. Zum ewigen Andenken.

Liegt darin nicht eine gewisse Ungerechtigkeit?

In ihrem Buch wird Basia zuerst von ihren Eindrücken dieser sentimentalen Reise nach Weißrussland in den siebziger Jahren berichten, über die Zusammenkünfte mit der Familie und den Nachbarn in Mikulicze, darüber, womit die Tanten sie verköstigt und womit sie ihren Durst gelöscht, was sie ihr erzählt und was sie ihr verheimlicht haben.

Zuzanna könnte ja mit ihrer Mutter heute nochmal dort hinfahren, aber erstens müsste man sich um ein Visum kümmern, und zweitens können sich die beiden nicht einigen, wann, wie und ob. Die eine hat keine Zeit, die andere keine Kraft.

*

Dann wird Basia die Chronologie ihrer Erzählung brechen und von dem Schlimmsten erzählen. Vom Abtransport aus Mikulicze in den Viehwaggons, von den dramatischen Ereignissen davor und dem Geist, der sich in ihre Familie geschlichen hatte.

Sie wird erzählen, wie ein paar Männer mit Schusswaffen gewaltsam ins Haus stürmen, sehr früh am Morgen, vor Sonnenaufgang, denn so wird´s nämlich gemacht. Sie wird das unheilvolle Hämmern der Gewehrkolben gegen die Tür beschreiben, das die Familie aus dem Schlaf reißt. Und die Schreie: „Mach die Tür auf!" Genau so, im Singular. Befremdlich. Rotarmisten, der »NKWD«, wer auch immer das war. Es ist der 13. April 1940. Der Dreizehnte! Das wird Basia in ihrer Erzählung unterstreichen. Wer weiß, ob es nicht sogar ein Freitag war. Basia wurde übrigens an einem Dreizehnten geboren und hält es für ein denkbar ungünstiges Datum. Am Dreizehnten plant sie nie etwas, vermeidet selbst das Einkaufen, ganz zu schweigen vom Reisen, verschanzt sich lieber im Haus. Ihren Geburtstag feiert sie so gut wie gar nicht. Der Zirkus, der um Geburtstage veranstaltet wird, ist sowieso stark übertrieben, davon ist sie überzeugt. Überlassen wir das den Deutschen. Sie wartet auf das Böse, das jeden Moment herannahen, mit dem Gewehr gegen die Tür hämmern und markerschütternd brüllen wird: „Mach die Tür auf!“. Besser, man ist vorbereitet.

Das ist bereits der zweite Transport aus ihrer Gegend. Der erste, mit politischen Widersachern, der noch sehr viel schlimmer gewesen sein soll, fand bereits im Februar 1940 statt, also zwei Monate zuvor.

Basia ist gerade sechs Jahre alt. Sie leben in einer bescheiden eingerichteten, geräumigen Stube, etwa vierzig Quadratmeter groß. Dazu gehört eine große, schöne Küche. In der Küche steht ein Brotbackofen, auf dem, vor allem im Winter, die Großeltern schlafen, denn alte Knochen und Gelenke müssen warmgehalten werden. (Die Posener brüsten sich allerdings damit, dass man in ihrer hoch zivilisierten Gegend, im so genannten Großpolen, nie auf Öfen zu schlafen pflegte. Man wärmte auf ihnen höchstens Kinder und Katzen, aber doch NIEMALS Menschen!). Am Ofen hängen Zwiebel- und Knoblauchzöpfe. In der Ecke steht ein Trog mit Kwass. Diese Art Kwass wird der kleinen Zuzanna ein paar Dekaden später in ihrem Elternhaus nachts aus explodierenden Limonadenflaschen entgegen sprudeln, denn Basia wird sich irgendwann nach dem Geschmack dieses Tranks aus ihrer Kindheit sehnen und sich seiner Produktion trotz ungünstiger Bedingungen verschreiben.

In Mikulicze schlafen alle in einem Raum - Großeltern, Mutter, Vater und Kinder. Als die Sowjets gegen ihre Tür ballern, liegen sie noch ahnungslos im Bett. Auf einmal stehen bewaffnete Soldaten im Haus, in Käppis, mit langen Karabinern und aufgesteckten Bajonetten. Mit dem Befehl der Deportation. Sie haben eine Liste bei sich, von der sie feierlich, mit stählerner Stimme, die einzelnen Namen verlesen: Drzewucki Walery, Drzewucka Katarzyna, Drzewucki Jakub, Drzewucka Anna. Und auch die beiden Töchter: die zehnjährige Irena und die sechsjährige Basia. Eine Person aus diesem Haushalt steht allerdings nicht auf der Liste – die älteste, vierzehnjährige Marusia. Weil das keine richtige Tochter ist, jedenfalls ist sie gewiss nicht Annas Tochter, und ob sie Jakubs Tochter ist, weiß der Kuckuck. Selbst Jakub ist davon nicht überzeugt, wird sich auch nie eindeutig dazu äußern.

Keine Ahnung, wer Marusia war.

Eins war sie mit Sicherheit - ein verkörpertes Schuldgefühl der Familie. Hinter ihrer Geburt verbarg sich eine böse Geschichte, ein Geheimnis. Und paradoxerweise wich das Mädchen dieser Familie nicht von der Seite, folgte den Drzewuckis auf Schritt und Tritt, wollte unbedingt zu ihnen gehören. Ein aus Schuld und Schmerz gestricktes Band ist stark. Marusia wird sich aus freien Stücken nach Kasachstan mitschleppen lassen. Obwohl niemand sie darum bitten wird.

Sie wird bei ihnen bleiben. Das, was wir nicht haben oder wahrhaben wollen, bleibt am längsten. So scheint es zu sein.

*

Sie bekommen zwei Stunden, um ein paar Sachen zusammenzusuchen, vielleicht auch nur eine, Basia weiß es nicht mehr genau. Was mitnehmen, was einpacken??? Großer Gott!

*

Irgendwann in den 90ern besucht Zuzanna eine ihrer Tanten in Łobez. Sie fragt nach Erinnerungsstücken des Großvaters Jakub, den sie heute in Gedanken darum bittet, ihr Wegweiser zu sein, ihr die Kraft zu geben, die sie braucht, um aufzustehen und ihr unterirdisches Dasein zu beenden. Die Tante führt sie auf den dunklen Dachboden und Zuzanna schaut sich leicht gebeugt, aufmerksam in dem Raum mit den tief hängenden Balken um, folgt schweigsam dem schwachen Lichtstrahl der Taschenlampe, die ihre Tante in den Händen hält. Neben einigen Sofas, einem Tisch und einem Ofen entdeckt sie eine alte Anrichte, noch aus ehemals deutschen Zeiten, das einzige Möbelstück des Großvaters, mit einer verglasten Vitrine und einem Wäschefach, in dem sie nur ein schwarzes, verblasstes Gebetbuch samt einiger Heiligenbildchen findet. Die erste Seite des Gebetbuches ist mit einem Stempel versehen: „Priesterliche Haussegnung Dreikönigsfest 1955. Römisch-Katholisches Pastorat der Heiligen Herz-Jesu-Kirche in Łobez. Gesegnet vom Herrn, Bischof Michał Klepacz."

Sie schaut sich hastig um, wie ein Dieb, lässt das Gebetbuch unauffällig in ihre Hosentasche gleiten und ihren Blick flüchtig über Schaukelpferde, hölzerne Schmetterlinge, alten Trödel, altmodische Kleidung und Weihnachtsbaumschmuck schweifen. Zuckt gleichgültig mit den Schultern. „Schade, dass ihr nicht mehr aufbewahrt habt", seufzt sie noch und umklammert das schwarze Büchlein fest mit ihrer Hand.

*

Der »NKWD« versichert den Drzewuckis, dass sie am Bestimmungsort alles bekommen würden, was sie brauchen, dass es ihnen an nichts mangeln würde. Sie dürfen nur so viel mitnehmen, wie sie selbst tragen können. Mutter Anna wird sich eine Weile orientierungslos um ihre eigene Achse drehen und sich dann kurzentschlossen ein Stück graue Seife schnappen. Erst in letzter Minute wird sie noch nach einem Topf greifen, einige Unterwäschestücke, Handtücher sowie Schmuck aus der Kommode ziehen, vor allem die goldenen Eheringe, die sich später als besonders nützlich erweisen und Gold wert sein werden. Jakub wird etwas Proviant in die Tasche stecken. Alles andere bleibt, bleibt zurück, bleibt für immer verloren. Das ganze Hab und Gut, der ganze Hausrat, Kühe und Schafe, der Obstgarten und das Haus, Hund und Katze, Pferd und Kwass, Enten und Hühner, und das Heiligenbild an der Wand.

Zum Bahnhof in Stołpce, der ersten Station auf ihrer Reise, sind es etwa dreißig Kilometer.

Vor den Wagen ist ein trübseliges, von einer weißen, flauschigen

Schneedecke bedecktes Pony gespannt. Ja, es schneit! Schnee am dreizehnten April! Als sie schließlich erschöpft, noch immer fassungslos und innerlich erfroren, mit den Schergen des »NKWD« im Gespann, langsam den Hügel hinab rollen, läuft ihnen Annas jüngerer Bruder, der siebzehnjährige Janek, hinterher und reicht ihnen eine Kanne mit Wasser für die lange Fahrt. „Hier, bitte nehmt das mit!" Seine letzten Worte.

Gestammelt für die Ewigkeit.

Anna wird ihren Bruder nie mehr wiedersehen. Ihr Leben lang wird sie ihn vor Augen haben, mit der Kanne in der Hand und dem warmen, besorgten Lächeln auf den Lippen.

Wo steckst du, Janku? Wo?

„Er ist gestorben", sagt Basia und korrigiert sich sofort: „Ach was, von wegen gestorben. Die Sowjets haben ihn umgebracht, ermordet! Ihr kennt sie nicht, diese Sowjets. Deshalb glaubt ihr auch nicht an diesen künstlichen Nebel bei Smoleńsk, an die vermeintliche Flugzeugkatastrophe von 2010. Ihr habt nicht die leiseste Ahnung, es würde euch nicht im Traum einfallen, wozu die fähig sind."

„Ich spreche natürlich von der Regierung, nicht von den ganz normalen Menschen in Russland", fügt sie bedacht hinzu. „Das sind doch zwei Paar Stiefel."

„Das war so ein hübscher, guter Junge, eine Augenweide."

Gott möge euch beistehen. Möge die Heilige Maria ...

Hü!

Polizeimeister Piepel

Ende 1940 und später

Willi hingegen verließ Steinfels auf eine andere Weise. Lastwagen schafften ihn weg!

Das neue Kapitel in seinem Leben begann mit Wurst-Weitwurf. Konkret sah das so aus: Fahrzeuge der Wehrmacht machten in Steinfels halt, die Soldaten verluden einige von Zuzannas Vorfahren, hauptsächlich Kinder, auf die offenen Ladeflächen der bereitstehenden Lastwagen. Dann fuhren sie los, ließen Ukrainer, Polen und Juden, verlassene Häuser und ein verwaistes Dorf zurück. Zuerst brachten sie die menschliche Fracht zum Sammelpunkt in Dobromil, von dort aus ging es mit dem Zug langsam weiter Richtung Posen. Willi soll guter Dinge gewesen sein, Angst habe er nicht gehabt. Polen hat kapituliert, dachte er (dieses neue Wort war ja in aller Munde), also würde der Krieg bald vorbei sein. Wer hätte denn gedacht, dass Hitler 1941 plötzlich in Russland einmarschiert! Und dass er nach der Moskau-Niederlage seine armen Soldaten im Spätsommer 1942 auch noch nach Stalingrad schickt. Dabei war es doch zu spät, zu spät hatten sie sich auf den Weg gemacht! Wie kommt man aber auch auf die Idee, im August so eine Offensive zu starten! Im März wäre das ganz was anderes, dann hätte der Winter sie nicht dort nicht erwischt, aber so sind sie wie die Hunde erfroren! Es gab abermals, wie schon 1941, große Aktionen, Frauen nähten Handschuhe und Ohrenschützer für die Soldaten, für das Winterhilfswerk, aber für all das war es doch zu spät! Weiß der Geier, ob dort überhaupt etwas angekommen ist."

Ja, die Würfel waren längst gefallen.

Willi dachte, bildete sich jedenfalls ein, dass die Deutschen bereits gewonnen hätten. Er saß auf einem Lastwagen, in ein paar Tagen würde er neun Jahre alt werden. Aufregend! Von der Wehrmacht bekamen sie sogar Verpflegungspakete für die Reise. Griebenschmalz aus der Dose, Konserven und andere Delikatessen.

„Manchmal haben sie uns an den einzelnen Stationen mit einer leckeren Rinderbrühe gefüttert. Aber das Beste war, als wir an einem sehr gutgelaunten Trupp der Wehrmacht vorbeigefahren sind und die Soldaten uns mit Wurst und Brot beworfen haben. Was hatten die für einen Heidenspaß, uns dabei zuzusehen, wie wir alle drunter und drüber versuchten, die fliegenden Wurst-und Brotgeschosse zu fangen. Manchmal wollten sie für eine Weile bei uns stehenbleiben, ein paar Worte wechseln, aber die monotone Stimme des Kommandanten rief sie zur Ordnung: *Weiter, weiter, weiterfahren…* Und sie sind weiter, weiter und weiter gefahren. Nur Gott allein weiß wohin. Und die Reichskanzlei."

Und doch gab es auch weniger erfreuliche Episoden während dieser ersten Odyssee. „In den Bahnhöfen sind wir auf ausgehungerte polnische Gefangene getroffen, in Güterzügen. Wenn sie überhaupt etwas gegessen haben, waren es nur Kartoffelschalen. Dauerte der Halt länger, sind unsere Mütter aus den Waggons gestiegen, um ihnen etwas Brot zu geben. Bemerkten das die Wärter, drohten sie den Frauen mit Erschießen.

Wir hatten nichts gegen die Polen. Wir haben mit den Polen immer friedlich zusammengelebt, wir waren mit ihnen verbunden", versichert Willi. Verbunden, wie Heinrich Wolf es ausdrückt, *mit einem unsichtbaren Band.*

Und dennoch nahm dieser fröhlich-traurige Transport für Willi kein gutes Ende. Im Grunde hegte Willi schon seit Langem den Verdacht, dass die Mutter nach einem Nachfolger für den verstorbenen Vater Ausschau hielt, der doch völlig überflüssig war. Noch in Steinfels bekam sie nämlich regelmäßig Besuch vom Witwer Hermann.

„Ich habe es mit eigenen Augen gesehen!"

Willi wollte keinen anderen Vater. Er hatte nicht die Absicht, irgendjemanden in dieser Rolle zu akzeptieren. Es gab nur einen Vater. Johann hatte darum gebeten, das war sein letzter Wille. Nein, keine Hermanns, keine Peters oder Karls. Willi würde sie alle, falls nötig, aus dem Haus jagen. Den Beweis für seinen Argwohn, dass die Mutter einen Verrat beging, fand er bald.

Christina verschwand nämlich unerwartet von der Bildfläche.

Schon immer war Johann auf seine hübsche und temperamentvolle Frau eifersüchtig gewesen. Und seine Eifersucht war stärker als der Tod. Mit seinem letzten Brief hielt er diese über das Grab hinaus weiter am Leben, bürdete Christina die Last ewiger Schuldgefühle auf. Deshalb fürchtete sie zunehmend Geister und Dämonen, und sobald sie auch nur irgendwo unerwartet einen Knall hörte, wenn zum Beispiel etwas krachend auf den Boden fiel oder jemand die Tür kräftig zuschlug, zuckte sie erschrocken zusammen als hätte man sie auf frischer Tat ertappt.

Und da Willi das Zepter des Vaters übernommen hatte, da er sich als dessen geistiger Erbe verstand, erbte er auch seine Eifersucht, seine letzten irdischen Gefühle. Dass der Vater inzwischen jenseits solcher Regungen war, dass er sich gerade von ihren Fesseln befreite, konnte Willi nicht wissen. Seine dunklen Vorahnungen erwiesen sich jedenfalls als richtig. Denn siehe da, während des Transports fühlte sich Christina auf einmal unwohl. Sie bekam starke Schmerzen und Blutungen, und man brachte sie ins Krankenhaus. Wohin genau, weiß niemand. Willi blieb mit den Brüdern allein im Zug, obwohl es an weiteren Familienmitgliedern, zahlreichen Onkeln und Tanten nicht mangelte; man nannte sie *Vetter* und *Besel*. Keine Ahnung, was eigentlich vorgefallen war, ob eine Geburt oder Fehlgeburt, oder sonst etwas. Es wurde darum ein Geheimnis gemacht, auf jeden Fall war ein totes Kind im Spiel, wie Willi dann später herausfand. Eine tote Halbschwester oder Halbbruder. Und die Mutter schwer krank.

Wer letztlich diesen Aufenthalt im Krankenhaus bezahlte, ob Hermann oder der deutsche Staat, ist nicht klar. So oder so, wenn das in Steinfels passiert wäre, mit all den Komplikationen, hätte es Christina vermutlich das Leben gekostet. Kinder und junge Frauen starben dort am laufenden Band – durch Fehlgeburten, Entbindungen, Kinderkrankheiten. Niemand ging eine zu enge Bindung mit dem Leben ein, getreu dem Motto: lass gehen, was nicht bleiben will.

Lange, sehr lange behielten sie die Mamme im Krankenhaus. Wochen oder Monate? Willi hat nie wirklich erfahren, was mit ihr los war. Und er war sich nicht sicher, welches Gefühl nun stärker von ihm Besitz ergriff. Das Mitgefühl oder der Groll, dass sie Johann nicht die Treue gehalten hatte. Wozu brauchte sie denn überhaupt einen anderen Mann, wo sie doch Willi hatte? Er kümmerte sich doch um alles! War seinen beiden Brüdern immer einen Schritt voraus. Sie lebten in seinem Schatten. Ja, die Brüder … „Einer ist schon lange tot, und der andere, der Schlingel …"

Der Transport wird an verschiedenen Stellen im »Kraj Warta«, dem sogenannten »Warthegau« oder auch »Reichsgau Wartheland« halten. Sie werden Willi und seine Brüder in Kurheim, Polnisch Powidz, einem malerischen, direkt an einem großen See gelegenen Kurort abladen. An anderer Stelle werden sie die Bischoffs rausschmeißen, und wieder woanders die Wolfs, Kochs, Helbigs, und anderenorts die Nachkommen des Italieners de Grignis – eines Waldarbeiters, der sich einst nach Steinfels verirrte, Mathilde Bose heiratete und das Blut der Siedler auffrischte. Zuerst wird einer der Onkel Willi und seine Brüder bei sich aufnehmen. Sie werden dort allerdings ein wenig stiefmütterlich behandelt. Die Tante wird für sie ein paar Kleidungsstücke vom Deutschen Roten Kreuz bekommen, ganz hübsche Sachen, zum Beispiel kurze Lederhosen, aber die wird sie ihren eigenen Kindern anziehen, und Willi, Georg und Hans weiterhin in Lumpen rumlaufen lassen. Sagt Willi.

Dann erbarmen sich seiner die Hinterbrückenwäldler, Großvater Johann und Grossmutter Anne. Wegen Hermann werden sie Christina zwar nicht wohlgesonnen und schlecht auf sie zu sprechen sein, Willi nehmen sie dennoch und zwar nur ihn, weil er dem Vater so ähnelt. Die anderen Geschwister haben das Nachsehen.

„Wenn du das nicht glaubst, dann sieh dir das Foto an!"

„Schon gut, ich glaube es ja, Papa."

Nach ungefähr einem halben Jahr wird Christina zurückkommen, von wo auch immer, und ihre Jungs von der Schwägerin und den Hinterbrückenwäldlern abholen, den Hinterbrückenwäldlern, die schon lange nicht mehr hinter der Brücke wohnten, weil die Brücke hinter all den Bergen, bei den sieben Zwergen zurückgeblieben war, auf Nimmerwiedersehen. *„Do bin i"*, wird sie sagen, *„wedder doa!"* Sie werden sie nicht fragen, wo sie gewesen ist, was sie gemacht hat, sie werden darüber schweigen. Ganz einfach.

Gefühle, Fragen, Zweifel werden sie in die Schlupfwinkel ihrer Seelen verbannen, wo sie sich einnisten und breitmachen werden.

Gefährlich!

Ach, war das schön, die Mamme wiederzusehen! Wie schlimm es doch ohne Mamme war!

Aber das sollte nicht ihre letzte Trennung gewesen sein. Willi ahnte noch nicht, dass bald viel härtere folgen würden. Dass dies nur die Ouvertüre, ein bescheidener Auftakt war.

*

Was am Morgen blüht, wird am Abend welk.

Doch fürs Erste hat Willi lange Kriegsjahre vor sich – für ihn gar nicht mal so schlimm. Denn für ihn begann der Krieg erst 1945.

Nun lebten sie wieder zusammen. In einem Haus, aus dem die Polen in das Generalgouvernement zwangsausgewiesen wurden. „Sie mussten ohne eigenes Verschulden ihre Höfe verlassen. Wir konnten es ihnen nachfühlen", versichert Heinrich Wolf, „denn uns war es ebenso ergangen."

„Die von den Polen zurückgelassenen Möbel haben wir genutzt, einige Sachen im Keller aufbewahrt, für den Fall, dass die Besitzer zurückkommen würden. Wenn uns etwas gefehlt hat", erklärt Willi, „haben wir es vom Roten Kreuz bekommen. Man musste sich nur in der Schlange anstellen."

Allerdings trichterte die Nazi-Propaganda ihnen ein, wie viele deutsche Familien im Jahre 1918 diesen Boden hatten verlassen müssen, der für mehr als hundert Jahre zur Zeit der Teilungen Polens (1795-1918) zu ihrer Heimat geworden war und dann über Nacht wieder polnisches Staatsterritorium wurde. Über die Aufteilung Polens zwischen Preußen, Russland und Österreich verloren die Nazis natürlich kein Wort. Die nun vonstattengehende Aussiedlung der Polen wurde als Vergeltung verkauft – als Retourkutsche für 1918.

Nun schien es, dass wieder bessere Zeiten gekommen waren. Am 8. April begab sich Christina zusammen mit den anderen deutschen Bewohnern von Kurheim in die Kreisstadt Gnesen, Polnisch Gniezno, die Wiege des Polentums, um einen Antrag auf Verleihung der deutschen Staatsbürgerschaft zu stellen. So lautete die Verfügung. Zu diesem Zweck wurden Christina und ihre drei Söhne einer ärztlichen Untersuchung unterzogen. Sie musste dort ein Foto vorlegen. Und Unterschriften leisten. Der Arzt, ein Nationalsozialist, befand, dass sie weder von Läusen noch Verjudung befallen, rund und trotz langer Krankheit arbeitsfähig sei, die Gene scheinbar arisch, Schädelgröße und Nasenform innerhalb der Norm, sprich alles von durchschnittlicher Qualität, eine Deutsche dritter Kategorie, allerdings zum Gebären und Aufziehen von Kanonenfutter durchaus tauglich. Einige Wochen später übergab ihr der Briefträger ein Zertifikat in akkurat gotischer Fraktur – die Verleihung der deutschen Staatsbürgerschaft, das Dokument, welches ihre Zugehörigkeit zum Reich legitimierte. Viele Jahrzehnte später wird dieser Schrieb in einem Berliner Archiv gefunden und verschafft Zuzanna, wie gesagt, den Eintritt ins Paradies. Denn wer sonst, befand die Bundesrepublik, hätte denn gewissenhafter eine tadellose deutsche Herkunft bestätigen können als die Nazis? In dieser Hinsicht war auf sie Verlass.

Damit noch nicht genug. Die Kellers bekamen kurz darauf einen Knecht, wovon sie in Steinfels nur hätten träumen können. Er war Pole, zwei Jahre jünger als Christina, und er hieß Staszek Kowalczyk. Eigentlich sollte er zur Zwangsarbeit nach Deutschland abgeschoben werden, da man ihn für nicht anpassungsfähig und für die Germanisierung ungeeignet erklärt hatte, aber Christina legte beim Polizeimeister, den sie gut kannte, Fürsprache für ihn ein. Das Arbeitsamt wies polnische Knechte jenen deutschen Frauen zu, deren Ehemänner an der Front kämpften oder nicht mehr am Leben waren. Also ersuchte Christina den Polizeimeister darum, Staszek in Kurheim bleiben zu lassen, schließlich könne er bei ihr arbeiten, vor allem auf dem Feld. Sie sei mit drei Kindern allein, und ein Knecht wäre ihr eine große Stütze. Witwer Hermann war schon vor langer Zeit in den Krieg gezogen und blieb verschollen.

Was die Regelung bezüglich der polnischen Knechte angeht, wusste Hitler wohl selbst nicht, was er tat und hatte am eigenen Ast gesägt. Sich in einen polnischen Knecht zu verlieben, war ja nicht schwer, nichts leichter als das. Auch wenn dafür abschreckende Strafen drohten. In Steinfels versuchte man noch aus freien Stücken, Mischehen zu vermeiden, man glaubte noch an das deutsche Blut, die ewigen deutschen Tugenden, die Rechtschaffenheit des deutschen Vaterlandes. Doch im Warthegau begannen allmählich, vor allem bei den Älteren, immer größere Zweifel aufzukeimen.

So begann für Willi ein neuer Lebensabschnitt am himmelblauen Kurheimer See, unter dem Vorzeichen eines nahenden deutschen Sieges und der anstrengenden Anwesenheit des schüchternen Knechts Kowalczyk in ihrem neuen Haus. Der Knecht war für Willi ein Eindringling, den es wachsam im Auge zu behalten galt. Der Junge hatte ihn ständig im Visier, traute ihm von Anfang an nicht die Bohne.

Dieses neue Kapitel bedeutete vor allem die Mitgliedschaft bei der Hitlerjugend, in die Willi wie fast alle anderen Jungs seines Alters nach der Umsiedlung von Steinfels in den Warthegau Ende 1939 eingegliedert wurde. Jeglicher Widerstand hätte den Ausschluss aus der Schule bedeutet und obendrein das Leben der Familie gefährdet. Höchstwahrscheinlich. Und nur wenige waren dazu bereit. Die Organisation lockte außerdem geschickt mit verschiedenen Attraktionen. Willi tat sich dort rasch hervor. Pfiffig, sportlich und diszipliniert wie er war, fühlte er sich dort schon bald wie ein Fisch im Wasser. Endlich bekam er die Gelegenheit, zu zeigen, was in ihm steckte. Schon nach kurzer Zeit marschierte er stolz an der Spitze seiner Mannschaft und schlug beherzt auf die Trommel. Mensch, war das schön, Mamme konnte endlich stolz auf ihn sein. In seiner Freizeit versuchte er für sich allein, auf dem Kamm Melodien zu spielen, vertraute deutsche und ukrainische Heimatlieder. Ein junger Bursche auf der Suche nach einem Sinn, einem Ziel, nach Idealen, Meistern, Wegweisern, nach Wegen, die Welt zu verändern und wahrgenommen zu werden. Diverse Sekten wissen sehr wohl um diese Sehnsüchte. Und sämtliche totalitären Systeme. Und auch Hitler wusste, welch ungestillter Hunger die jungen Menschen lenkte. Das muss man ihm lassen.

„Man kann ja sagen, was man will, um die Jugend haben sie sich schon gekümmert", – der alte Willi kommt ins Grübeln. Inzwischen ist ihm klar, dass sie, die Volksdeutschen aus dem Osten, von außerhalb des Reichs, für den Führer die schlechtere Kategorie eines Deutschen waren, kein vollwertiges genetisches Material. Aber gut genug, um alle Säfte aus ihnen herauszupressen. Die Hierarchie sah damals so aus: zuerst kamen die *Reichsdeutschen*, dann die *Volksdeutschen*, gefolgt von den Polen, und ganz am Ende jene Geschöpfe ohne jeglichen rechtlichen und menschlichen Status - Juden und Zigeuner. Willi hatte, wenn man es genau nimmt, geradezu großes Glück. Willi konnte sich nicht beschweren.

Es ging ihm im Warthegau erst einmal gar nicht so schlecht. Wenn man von Knecht Kowalczyks ständiger Anwesenheit absah, den die Mutter, wie es dem Jungen schien, nicht wie einen Gehilfen, sondern eher wie ein Familienmitglied behandelte. Beim Mittagessen schob sie ihm die besten Happen *Stampes und Kraut* zu, gab Geschichten aus ihrem Leben, Anekdoten aus Steinfels preis, was Willi mächtig auf den Keks ging.

Umso mehr gefiel es ihm in der Schule. Frau Neumann, eine schlanke, adrette und schicke Blondine mit wogendem Busen, schien gebildeter zu sein als der Lehrer in seinem Heimatdorf. Sie hatte eine Schwäche für Willi, entdeckte seine Fähigkeiten, seine Intelligenz, seinen Scharfsinn. Sie nahm ihn wahr. Bei ihr musste er nicht wie manch anderer auf Erbsen knien, bekam auch keine Schläge mit dem Lineal verpasst, er wurde gelobt und geschätzt, vielleicht sogar bevorzugt. Er blühte richtig auf. Bis zum heutigen Tag kann er sich ganz genau an diese Lehrerin erinnern. Denn Menschen, die uns erkannt haben, vergessen wir nie. Unser Leben lang zehren wir von ihren Worten.

Gott schenke jedem von uns eine Frau Neumann!

*

Und doch blieb ein Wehrmutstropfen, vielmehr ein großer Haken: dieser leise herumschleichende Kowalczyk, der gar keine Anstalten machte, ihr Haus zu verlassen, und jeden Morgen dem Polizeimeister von Kurheim eilfertig die Stiefel putzte, putzen musste. Denn der aus Berlin angereiste junge, gutaussehende Albrecht Piepel bezog eine Zeitlang bei ihnen Quartier und aß auch mit der Familie zu Mittag. Vielleicht, weil einer von Christinas Brüdern, einer der Söhne des

Schwarzen Heinrichs, ebenfalls Polizist im Warthegau war und ihm die Küche seiner Schwester wärmstens empfohlen hatte. Die schweren, fetten Kraut- und Kartoffel-Gerichte aus Galizien schmeckten wohl dem Albrecht Piepel, das war endlich mal was anderes als die Berliner Bouletten. Und so kam er jeden Morgen gut gelaunt in die Küche und begrüßte die Familie Keller mit einem schallenden, siegessicheren *Morjen*!

Willi kann bis heute vortrefflich den Tonfall seiner Stimme imitieren.

Im Gegensatz zu Willi war Albrecht Piepel seinem Schuhputzer sogar ein wenig wohlgesonnen und warf ihm ab und zu gnädig, wie einem braven Hündchen, eine Zigarette in seinen robusten Offiziersstiefel. Kowalczyk griff dann eifrig nach der Kippe und verbeugte sich, wie es sich für einen Untermenschen gehörte.

Mit dem Polizeimeister sprach Knecht Kowalczyk in gebrochenem Deutsch, mit Christina dagegen, wenn Piepel nicht im Hause war, gerne Polnisch oder im großpolnischen Dialekt, erst recht, nachdem der Polizeimeister eine eigene Wohnung in den Räumlichkeiten seiner Dienststelle bezogen hatte. Christina ließ sich gerne darauf ein. So schnappte Willi neue polnische Wörter auf, eignete sich die zischende, ihm seit der Kindheit recht vertraute Sprache immer besser an, ohne zu ahnen, wie dringend er sie schon bald benötigen würde. Wachsam und misstrauisch, ohne einen Funken Sympathie, folgte er dem Knecht auf Schritt und Tritt. Nicht nur aus persönlichen Gründen. Nicht nur wegen des Vaters, der doch dieses ganze Durcheinander vom Himmel aus besorgt mit ansah. Der Rottenführer bei der Hitlerjugend schärfte den Jungs ein, dass man die Eltern im Visier haben und immer wieder nachspüren müsse, ob sie sich auch an die Regeln des Führers halten. Denn der Führer sei wichtiger als die Eltern. Willi wusste das ganz genau. Und er wusste es auch wieder nicht.

Ja, und dann waren da noch diese beunruhigenden Vorfälle. Ein paar Risse im Weltbild, das Willi vorgesetzt bekam. Mathilda, Christinas Schwester, erhielt in einem amtlichen Schreiben den Befehl, ihre behinderten Zwillinge einer „Therapie“ zuzuführen, der Folge zu leisten war. Die Tante weinte sich die Augen aus dem Kopf.

*

Die Zwillinge wurden erfolgreich „austherapiert“. Wir wissen schon, wie.

Mit anderen Worten: Alles schön und gut, aber es gab Brüche in der heilen Welt. Ab und zu sah Willi alte Menschen weinen. Anfangs achtete er nicht darauf, ging zur Tagesordnung über, schrieb fleißig Aufsätze für Frau Neumann, schoss mit der Steinschleuder auf Vögel und war ganz erschrocken, wenn es dann einen von ihnen erwischte, holte die Butterrationen für die Familie aus einem weit entfernten Laden, sang glücklich und aus voller Kehle *Fuchs du hast die Gans gestohlen, Meine Oma fährt im Hühnerstall Motorrad, Schwarzbraun ist die Haselnuss,* schaute neugierig nach den süßen Küken im Eulennest, sprang ohne viel nachzudenken kopfüber in den tiefen See. In Kurheim hatten die Deutschen nämlich einen tollen 10-Meter-Sprungturm mit drei Ebenen gebaut, hauptsächlich für die Wehrmachtssoldaten, die dort vor ihrem Aufbruch an die Ostfront trainierten, wie man Brücken baute und sprengte. Die Jungs von der Hitlerjugend durften ihn auch benutzen. Willi kletterte nicht nur auf die höchste Plattform, sondern zusätzlich noch auf das Geländer, um den Nervenkitzel zu steigern und stürzte sich aus dieser Höhe in die Tiefe. Bis heute weiß er noch, wie es sich anfühlte, sich nach so einem Sprung vom Boden des Sees abzustoßen, um dann endlos nach oben zu driften, so lange, bis man die Hoffnung verlor, jemals wieder an die Oberfläche zu gelangen. Als er sich vor ein paar Tagen in die kalten Meeresfluten von Swinemünde hineinwagte, schien es ihm, als wäre er wieder zehn. „Seltsam“, sagt er manchmal, „das ist seltsam. Ich fühle mich gar nicht alt!“

Er brachte keine Tadel mit nach Hause, wie damals in Steinfels, sondern begann, mit Auszeichnungen zu glänzen. Für ein hübsches Abzeichen musste man z.B. den Lebenslauf des Führers oder Teile von »Mein Kampf« auswendig lernen, und am besten ein paar Absätze zur Schuld der Juden an der Niederlage Deutschlands im Ersten Weltkrieg aufsagen. Als Belohnung für seine Leistungen wurde Willi sogar einmal nach Berlin geschickt, in kurzen Lederhosen, Kniestrümpfen und einer schicken Schirmmütze. Auch später, in der Volksrepublik Polen, wurde er jahrzehntelang mit Auszeichnungen geehrt. Die bewahrt er bis heute in seinem Nachtschränkchen in einem kleinen Karton auf. Ein handfester Beweis. Allerdings ist sich Willi nicht ganz sicher, ob nicht jemand von den Familienmitgliedern danach trachtet, sie ihm zu stibitzen. Ob nicht das eine oder andere bereits abhanden gekommen ist. Andererseits bezweifelt er, dass diese Dinge heute überhaupt noch jemanden interessieren.

In einem anderen Schränkchen bewahrt er eine echte Waffe auf. Die Geschichte hatte ihn gelehrt: *Nichts ist sicher und nicht einmal das ist sicher*. Deshalb dreimal aufs Holz geklopft.

Willi klopft gerne aufs Holz.

Meist auf ein Schneidebrett.

*

Auch Zuzanna klopft auf so ein Brett, um Unheil abzuwenden und Dämonen in die Flucht zu schlagen. Zugegebenermaßen sind ihre Schneidebretter meist aus Plastik, aber eines aus Holz hat sie extra für diesen Zweck aufbewahrt. Es ist mittlerweile stark beansprucht, rissig und ein Paradies für Bakterien aller Art. Oder sie klopft auf ein kaputtes Nudelholz mit abgebrochenen Griffen, eine *Nudelrola*, wie man heute noch in Schlesien zu sagen pflegt. Manchmal auch auf einen Holzlöffel, wenn sie gerade einen zur Hand hat. Hauptsache, man tut etwas, schaut nicht tatenlos zu, wie sich das Böse heranschleicht.

Einmal traf der kleine Willi sogar den Führer persönlich, das war auf dem Bahnhof in Gnesen. Adolfo war auf dem Weg an die Ostfront und hielt für einen kurzen Moment in dieser vorbildlichen Zuchtstätte des Deutschtums im *Reichsgau Wartheland*. „Tatuś, war das denn wirklich Hitler? Übertreibst du auch nicht?", bohrt Zuzanna etwas ungläubig nach.

„Ja, glaubst du etwa, ich hätte diesen Hampelmann nicht erkannt? Seine Stimme kannte ich doch in- und auswendig, der bellte doch täglich aus dem Radio. Außerdem hing in unserem Klassenzimmer sein Bild!"

Na, wenn das so ist … Für etwa fünf, vielleicht zehn Minuten hielt mit Gepolter und Geratter ein Panzerzug, der aus dem Reich in Richtung Ostfront rollte. Viel Lärm um nichts. Der schneidige Führer sprang flink und energisch heraus, so dass Willi ein Schauer über den Rücken lief. Als wäre er eine Erscheinung. Auf dem Bahnhof hatte man achtzig der tapfersten Jungs aus dem ganzen Warthegau aufgestellt, und Willi war einer von ihnen. Sie sollten ein Lied zu Ehren des Führers singen, hundert Jahre soll er leben oder so etwas in der Art. Willi gehörte nicht zu den Größten, also schubste ihn jemand heftig nach vorne und plötzlich stand er in der ersten Reihe. Dann ging alles ganz schnell. Die Jungs rissen die Hände nach vorn und brüllten „Heil Hitler!", dann hob Adolfo seinen rechten Arm gemächlich zum Führergruß, marschierte in Nullkomanix auf sie zu und schüttelte jedem Dritten kräftig die Hand. Willi war einer dieser Dritten. Mit einer zackigen, hölzernen Bewegung packte der kleine Mann seine Hand, dann klopfte er ihm noch beherzt dreimal auf den Rücken, dass es hallte.

Unvergesslich!

„Ich muss schon sagen, um die Jugend haben sie sich gekümmert." Sie kümmerten sich auch um die Mütter, deren Söhne die Ehre hatten, ihr Leben für den Führer zu opfern. Viele von diesen

Müttern bekamen das so genannte *Mutterkreuz* verliehen, als Anerkennung dafür, dass sie Söhne zur Welt brachten und sie tapfer in den Tod schickten. Der elf-, zwölfjährige Willi nahm viele Male an solchen Ritualen teil.

Als mustergültiges Mitglied der Hitlerjugend eskortierte er die so honorierten Mütter. Das war ein aufwändiges Prozedere. Zuerst bügelte Christina ihm sein weißes Hemd, legte Krawatte und kurze Cordhose bereit. Dann holte Willi ein Mädchen vom »Bund Deutscher Mädel« ab, das ebenfalls in einem marineblauen Rock festlich gekleidet und für die Eskorte auserwählt war. Derart rausgeputzt, mit einem Blumenstrauß gerüstet, holten die Kinder die verdienstvolle Mutter ab und geleiteten sie zur Zeremonie. Auf der Feier beschallte man sie dann aus Lautsprechern mit einer Rede des Führers über die Größe und Aufopferungsbereitschaft deutscher Mütter. „Dieser Hitler", erinnert sich Willi, „der brüllte wie ein Wilder." Zu jener Zeit war er rund um die Uhr im Warthegau zu hören, er krakeelte aus dem Radio und den Lautsprechern, verbreitete eine Aura des nahenden Triumphes. Den sicheren Sieg verkündete auch ein anderer Typ, der alle paar Tage mit einem großen Megafon durch Kurheim lief. Selbst als die Soldaten längst in Stalingrad verreckten, posaunte er hinaus, dass die Stadt von den Deutschen gehalten wird, *hipp, hipp, hurra, hipp, hipp, hurra, hipp, hipp, hurra, hurra, hurra*! Was war das für eine Freude in Willihausen.

Aber irgendwie wirkten die Prinzipien des positiven Denkens in diesem Fall nicht.

Wofür und warum der Führer so besessen kämpfte, wusste Willi vermutlich nicht so genau. Er konzentrierte sich lieber auf die sportlichen Erfolge und Streiche jeder Art, die er nur allzu gerne ausheckte. In der Schule gab es viel Gelächter auf Kosten der jungen Berliner, die im Warthegau untergekommen waren. Viele beunruhigte Eltern aus Berlin brachten ihre Kinder hierher aufs Land in Sicherheit, raus aus der von Bombenangriffen bedrohten Hauptstadt. Die Kinder der

Volksdeutschen aus Galizien und Wolhynien begrüßten die Neuankömmlinge aus dem Reich mit Scherzen und Sticheleien und gaben ihnen nachdrücklich zu verstehen, dass sie nicht die leiseste Ahnung vom Leben auf dem Lande hätten.

Sie hielten ihnen dreckige Hühnereier vor die Nase und grölten: *Berliner, Berliner, was machen die Hühner, sie legen ein Ei und scheißen dabei! Scheiße* war eines ihrer Lieblings-Schimpfwörter, mit dem sie die Großstädter zu beeindrucken versuchten. „Nun ja, und manchmal musste ich in der Schule auch jemanden vermöbeln. Schon allein, um Georg zu verteidigen. Einmal, da sehe ich doch", erzählt Willi weiter, „wie ein Junge mit einem Stein auf ihn einprügelt. Also habe ich mir auch einen Stein gegriffen und *zack* auf diesen Jungen eingeschlagen. Also, schließlich ist man doch Bruder, oder nicht? Hör mal, vielleicht könntest du diesen komischen Vogel anrufen? Ob er etwas gegen die Polen hat? Warum meldet er sich denn nicht? Du hast ihm doch geschrieben, oder?"

„Ja, Papa, ich habe ihm geschrieben."

„Einmal hat mir ein Mädchen in der Schule mit einem dicken Buch eins übergebraten. Keine Ahnung, was ich ihr getan habe. Sicher, wir waren kleine Unruhestifter und machten ein wenig Radau. Das Buch war zehn Zentimeter dick und das Mädchen sehr groß, eine schreckliche Bohnenstange und vermutlich mir drei Klassen voraus. Beinahe hätte ich das Bewusstsein verloren. Am nächsten Tag habe ich mich gerächt. Ich packte sie am Bein, und sie knallte der Länge nach auf dem Sportplatz hin. Sie hat mich nie wieder angerührt".

Die Ferien verbrachte Willi bei den Großeltern, den Ex-Hinterbrückenwäldlern. Sie lebten nun auch im Warthegau, in dieser experimentellen Brutstätte, in der Hitler sich jenes Deutschtum heranzüchtete, das er sich in seinen Träumen ausmalte. Manchmal besuchte Willi auch seinen anderen Opa, den Schwarzen Heinrich, und dessen zweite Frau. Er tollte dort mit der Cousine und einigen Cousins im See herum. Er liebte diese Ferien.

Eine besonders große Sehnsucht nach der Heimat verspürte er damals noch nicht. So richtig vermisst er Steinfels erst jetzt. Die Erinnerungen werden immer stärker. Wie gerne würde er heute dorthin fahren!

Gott allein weiß, ob das heute Polen oder die Ukraine ist. Keine Ahnung, wo er dort übernachten könnte und ob irgendwann irgendjemand das alles für ihn arrangieren wird. Wenn ja, wird Willi mit Sicherheit nicht nein sagen. Oder?

*

In der Schule konnte er mit den Berlinern Schritt halten. Dieser aufgeweckte Junge aus einem Nest am Fuße des Stebnik war kein bisschen schlechter als sie. Die hübsche Frau Neumann begann mit der Zeit Christina ans Herz zu legen, ihn aufs Gymnasium zu schicken. Er habe eine schnelle Auffassungsgabe, sei intelligent, gewissenhaft und pünktlich. Und in der Tat: Willi hatte sich von klein auf noch nie und nirgendwo verspätet. Zuzanna weiß, dass ihr Vater bei Verabredungen mindestens eine halbe Stunde früher vor ihrer Wohnungstür stehen wird, während sie noch in heller Aufruhr mit einem Wischlappen durch die Wohnung wuselt. Willi hat das einfach im Blut. Und er kann Trantüten auf den Tod nicht ausstehen. Frau Neumann nahm Willi eines Tages zur Seite. „Du kommst aufs Gymnasium", sagte sie. Worauf Willi entgegnete: „Meine Mutter wird das nicht erlauben."Darauf Frau Neumann: „Ich werde mit deiner Mutter reden." Und das tat sie auch: Leidenschaftlich ermunterte sie Christina: „Liebe Frau Keller, der Junge ist talentiert, ich werde ihn für das Gymnasium in Gnesen empfehlen, ihm eine treffliche Beurteilung schreiben, denken Sie darüber nach! Schließlich ist Gnesen nicht das Ende der Welt. Gnesen ist nicht Berlin, Gnesen ist nicht München. In Gnesen gibt es ein anerkanntes Internat. Es werden keine hohen Kosten auf Sie zukommen. Der Staat wird Ihnen helfen. Es wäre eine Verschwendung, den Jungen hier an der Schule zu lassen, ich halte große Stücke auf ihn!“

Schon gut, schon gut, junge Dame, Christina wird darüber nachdenken.

Na, das hat ihr gerade noch gefehlt.

Wie bitte, ihr Willusch in ein Internat, etwa von zu Hause weg? Willi war für Christina doch unentbehrlich! Wie hätte sie auch ohne ihn leben sollen?

Er nahm ihr zum Beispiel die Wege in die Molkerei nach Witkowo ab, um die Butterrationen abzuholen. Butter wurde auf Lebensmittelmarken ausgegeben. Dabei erlebte Willi mal ein Abenteuer, das er später Zuzanna immer wieder erfolgreich verkaufte. Diese Episode wurde zu einer der größten Attraktionen ihrer Kindheit, sie konnte der Geschichte stundenlang lauschen, immer wieder aufs Neue, an die Schulter ihres Vaters gekuschelt.

Beinahe hätte ihn ein Wolf gefressen. Beinahe hätte er sich mit Butter vergiftet. „Wir hatten“, erzählt Willi, „in Kurheim Kühe und die Pflicht, Milch nach Witkowo zu liefern, das ungefähr fünfzehn Kilometer von uns entfernt war. Die Milch war für die Wehrmacht-Soldaten bestimmt, ebenso wie unsere private Ferkelzucht. Dafür hatten wir das Recht, dort alle zwei Wochen oder jeden Monat, ich weiß es nicht mehr genau, Butter zu kaufen oder zu bekommen. Die uns zustehende Ration wurde in Abhängigkeit von der gelieferten Milchmenge und der Größe der Familie festgelegt. Normalerweise haben wir für einen ganzen Monat vier Stück Butter bekommen, was ungefähr ein Kilo war. Ich habe die Butter geholt, meist zu Fuß. Einmal musste ich sehr lange auf unsere Ration warten, ewig in der Schlange anstehen. Ich war schrecklich ausgehungert, konnte mir weder Brot noch sonst irgendetwas kaufen, da alles nur gegen Lebensmittelmarken zu haben war. Auf dem Rückweg hat mich ein Wolf angegriffen. Nun, der Angriff gelang ihm nicht ganz, denn ich bin sofort auf einen Baum geklettert. Der Wolf hat unter dem Baum gelauert und geduldig gewartet. Es war

Abend, die Nacht brach langsam herein. Ich hatte einen Bärenhunger und große Angst. Und da habe ich aus Verzweiflung auf diesem Baum ein ganzes Stück Butter verschlungen. Ich weiß nicht, wie ich mich die ganze Nacht auf dem Ast halten konnte. Bei Tagesanbruch ist irgendein Karren vorbeigefahren, der Wolf lief hinter ihm her und ich war erlöst.“

„Na schön, Zuzanna“, berichtigt sich heute Willi. „Also gut. Das war gar kein Wolf, im Warthegau gab es genau genommen keine Wölfe, aber in Steinfels schon, das kannst du mir glauben. Offen gestanden, sind es in Witkowo bloß zwei große Hunde gewesen, aber gefährliche. Irgendwann wurde es ihnen zu langweilig mich anzubellen, und sie sind abgedackelt, irgendeiner Fuhre hinterher. Na schön, Zuzanna, ich habe auch nicht die ganze Nacht dort verbracht. Ich hab vielleicht anderthalb Stunden auf diesem bescheuerten Baum gesessen. Meinst du nicht auch, dass das mehr als genug war? Aber die Butter habe ich vor lauter Angst tatsächlich aufgegessen. Und Hitler habe ich wirklich die Hand gegeben.

Ja, es tut mir leid.“

„So, aber nun weiter. Zunächst habe ich der Mutter erzählt, dass ich die Butter, von Hunden verfolgt, unterwegs verloren hätte. Dann musste ich mich aber übergeben und sie fragte: ‚*Geh, was hosch dann, Herzunje?*‘, und am Ende habe ich alles gebeichtet. Dieses Mal hat sie mich nicht verhauen, da es mir elend ging, ich hab hohes Fieber bekommen. Keine Ahnung, ob es an der Butter, der Kälte oder der Angst lag. Mutter hat dann lediglich angekündigt, dass ich von nun an trockenes Brot zu futtern bekommen würde, aber das war mir egal, das war sogar besser so. So sehr ich bis dahin Butter liebte, so sehr war ich jetzt davon angewidert. Ein halbes Jahr lang konnte ich den Geruch von Butter nicht ertragen, allein vom bloßen Hinsehen wurde mir übel. Also konnte Mutter mit der Butter besser haushalten, und Kowalczyk, Gott habe ihn selig, etwas mehr davon für sich behalten. Ich selbst hab mir jedenfalls eine Zeit lang mein Brot bloß mit ein paar Zwiebelscheiben belegt und mit Salz bestreut, denn Schinken gab es nur ein Mal im Jahr zu Weihnachten. Du weißt gar nicht, wie gut das schmeckt, so ein Brot mit Zwiebeln! Aber dafür muss man einen gesunden Magen haben. Heute, meine Liebe, ist das nichts mehr für mich. Und wenn ich heute zu viel esse, ist ohnehin deine Mutter schuld daran, niemand anders. Warum kocht sie auch so gut?"

„Wie jetzt, soll ich etwa den Kühlschrank mit Pflaster zukleben oder mit einer Kette und Vorhängeschloss sichern?", stichelt Basia.

Zuzanna pflastert den ganzen Bildschirm mit schwarzen Buchstaben zu, sortiert, verschiebt, mischt, pfeffert, salzt, sucht nach Würzstoffen, verrührt alles nochmal.

Vielleicht wird ja noch etwas aus dieser Schreiberei.

*

Doch kehren wir zum kleinen Willi zurück. Es ist ganz in Ordnung im Warthegau, aber es gibt, wie gesagt, Risse ..., Fragezeichen. Der Junge sieht, wie Staszek die Mamme in der Küche an sich drückt. Verdammter Mist! Nachts hört er, dass sich der Knecht aus seiner Kammer in Christinas Schlafzimmer schleicht. Es geht zu weit, er vergisst anscheinend, wo sein Platz ist, bringt Mamme in schreckliche Gefahr! Sich selbst natürlich auch, doch das ist weniger wichtig. Aber vor allen Dingen scheint er nicht zu begreifen, dass Christina niemals wieder heiraten wird, weil es so einen Ehemann wie Johann nur einmal im Leben gibt. Außerdem hatte sie es Johann doch versprochen, oder? Man kann nicht einfach ein Versprechen brechen, das man einem sterbenden Mann gab. Und Helmut, der Rottenführer in Willis Truppe bei der Hitlerjugend, wurde nicht müde, den Jungs immer wieder einzuschärfen, dass es verboten sei, den Umgang mit Untermenschen zu pflegen, und dass dieses Verbot ebenso für die Eltern galt. „Untermenschen stoßen wir auf die Straße, wenn sie nicht freiwillig zur Seite treten!", schrie Helmut lauthals. (Willi tat so etwas trotzdem nicht.) Falls jemand etwas Verdächtigtes bemerken sollte, irgendwelche dunklen Machenschaften zwischen Eltern und Untermenschen, habe man sofort Helmut persönlich davon in Kenntnis zu setzen. Denn auch Eltern können Fehler machen. Zu ihrem Wohl und zum Wohl des Volkes müsse man sie davor bewahren. Es sei strengstens untersagt, die germanische Rasse zu verunreinigen. „Für jeden Hinweis", versprach Helmut, „erhaltet ihr eine besondere Belohnung. Zum Wohle unserer Nation, die bald über die ganze Welt – natürlich zum Wohle der Welt – herrschen wird. Unzüchtige Beziehungen müssen wie Krebsgeschwüre im Keim erstickt werden, ganz radikal, bevor es schlimmer wird. Wir können die Reinheit unseres Blutes nicht besudeln, denn nicht dafür sterben unsere Soldaten schließlich einen qualvollen Tod. Alles klar?"

Keine Ahnung. Willi hört sich alles aufmerksam an. Willi weiß das ganz genau, und auch wieder nicht. Er begreift, dass die Mutter mit dem Feuer spielt, etwas Verbotenes tut. Die geliebte Mamme. Ein so wohliges Gefühl, wenn sie ihn drückt, durch seine Haare zaust und sagt: *„Mei brav's Buuche!"*.

„Großvater Heinrichs Begeisterung hielt sich ebenfalls in Grenzen, als er uns besuchte und Knecht Kowalczyk sah. Er hat meiner Mutter gehörig die Leviten gelesen."

Ja, es passierten merkwürdige Dinge. Zum Beispiel die Sache mit Becker – er war in Steinfels der Nachbar der Kellers. Seine Ehefrau, die so schöne Sachen auf dem Spinnrad und dem Webstuhl zauberte, war ihm früh verstorben. Er zog allein seine beiden Söhne und eine Tochter groß, die ebenfalls wie ihre Mutter Flachs spann. Sie verdiente sich einige Groschen damit. „Das war so ein fleißiger Mann!", erinnert sich Willi. „Nur, zum Teufel nochmal, ein bisschen seltsam. Wenn er das Feld pflügte, spuckte er alle paar Schritte, einmal nach links, einmal nach rechts. Mein Bruder und ich beobachteten ihn und tippten uns manchmal an die Stirn. *‚Er saufft. Des macht's.'*, klärte mich Georg auf."

„Natürlich blieb das Alkoholtrinken nicht aus, einer mehr, der andere weniger. Manche wurden zum Säufer und brachten so das Elend in die Familien", bestätigt Heinrich Wolf. „Aber es gab nur wenige von dieser Sorte, und es wird sie immer geben: Auch im bestgepflegten Garten wächst Unkraut, ob in guten oder schlechten Zeiten."

Vermutlich trank Becker tatsächlich zu viel - aus Verzweiflung nach dem Tod seiner Greta. Im Warthegau bekam er dann eine polnische Magd, und es kam, was kommen musste, sie blieben aneinander haften, wurden ein Paar, natürlich im Geheimen. Dafür drohte ja die Höchststrafe. „Und weißt du", erzählt Willi, „was dann geschah? Beckers Neffe, ein Hitlerjunge, meldete es der Gestapo. Ich denke, er war sich darüber im Klaren, was dem Onkel blühte. Im Warthegau errichteten sie eines der ersten Konzentrationslager, Kulmhof. Dort wurde er vergast. So ein tüchtiger Mensch!"

Die Söhne blieben allein auf dem Hof zurück.

„Und ich? Ich habe denen meine Mamme nicht ausgeliefert. Ich hatte doch nur sie. Unter welchem Druck sie so viele Jahre gelebt haben muss?! Kein Wunder, dass sie später, in unserer kleinen Wohnung in Stettin, nicht mehr lange lebte. Bevor sie starb, stand sie dort jahrelang im Küchenfenster und schaute auf die Straße, auf der nichts passierte. Wartete auf Staszeks Rückkehr aus der Fabrik. An manchen Tagen ging sie mit ein paar Nachbarinnen zur nahe gelegenen Fleischerei, wo sie sich stundenlang die Beine in den Bauch standen und sich von Wundern, die die Welt noch nicht gesehen hatte, erzählten."

„Nein, ich habe meine Mutter nicht verraten. Das würde ich niemals tun. Meinem älteren Bruder, von dem ich manchmal dachte, dass er nicht das schärfste Messer im Besteckkasten ist, habe ich angedroht: ‚*Hall bloss die Gusch, kee Woart, sonscht bischt droa!*' Der Jüngere, Hans, verstand noch nicht genau, was vor sich ging. Er sprach undeutlich, lispelte ein wenig und war ein Angsthase vor dem Herrn. Von ihm habe ich keinen Verrat erwartet.

Ja, ich habe Staszek Kowalczyk geduldet. Was sollte ich auch tun?"

„Aber das war nicht unser einziges Problem.

Ein schlimmes Schicksal hätte auch meine liebe Tante Susi, Mutters jüngere Schwester, treffen können. Doch Mutter hat sie gerettet. Susi war eine schöne Frau. Im Warthegau hat sie einen Polen, Onkel Władek, kennengelernt. So ein toller Mensch! Er war polnisch-evangelischer Christ und Witwer, lebte in Venetia, Polnisch Wenecja, einem hübschen Dorf in der Nähe von Żnin, also Dietfurt, zwei Kilometer von Biskupin entfernt. Er hat dort eine Mühle betrieben. Zusammengekommen sind die beiden in Bromberg, Bydgoszcz, in der Kirchengemeinde evangelischer Christen, die sich ausschließlich an der Bibel orientierten. Eigentlich wollte Susi dort nur jemanden besuchen. Letztendlich ist sie aber für Onkel Władek sogar konvertiert, hat seinen Glauben angenommen. Ja, sie ist in einen großen Fluss gestiegen, um sich nochmal taufen zu lassen! Wer die beiden dann verraten hat, ist kein großes Geheimnis. Jemand aus der Familie soll es gewesen sein! Ob er sie direkt bei der Polizei gemeldet oder es einer anderen Person erzählt hat, die diese Unerhörtheit dann weiterleitete, spielt keine Rolle. So oder so, man hat den Sachverhalt überprüft und daraufhin wurde die Tante sofort verhaftet. Eines frühen Morgens haben sich Polizisten Zutritt zu Władeks Wohnung verschafft, und Susi lag in seinem Bett.

Der Beweis war stichhaltig, sie haben die Tante ins Vernichtungslager Kulmhof gebracht und ihr ein Schild um den Hals gehängt: *Ich habe Rassenschande getrieben*. Mit schweren Ziegelsteinen bepackt, musste sie zum Vergnügen der SS-Männer wie ein Frosch herumspringen. Zum Glück hatte Mutter bei Polizeimeister Piepel einen Stein im Brett – weil ihm das Essen bei uns so gut schmeckte, diesem Fettprotz. Man hat ihn nur auf seinem Pferd sitzen sehen, hoch zu Ross, diesen Großhans! Er hat jedoch tatsächlich für Susi ein gutes Wort eingelegt. So haben wir die Tante gerettet. Władeks Sohn, Zenek, lebte noch ziemlich lange bei den beiden, später heiratete er. Jetzt lebt er in Żnin, es geht ihm wohl nicht gut. Womöglich hat er immer noch ein Foto von mir aus Jugendzeiten, in der schneidigen Uniform der Hitlerjugend, falls er es nicht vernichtet hat. Meine eigenen Exemplare habe ich beseitigt. Ich musste ja, wie du weißt."

„Ich habe kein einziges Foto aus meiner Kindheit! Nur aus der Zeit in der polnischen Volksarmee", jammert Willi. „So gern würde ich dieses Foto in der HJ-Uniform wiederhaben, mit den kurzen Hosen ..."

„Wir wollen doch nicht deinem Foto von der Hitlerjugend nachtrauern, Opa, oder?", fragt Enkelin Milena und zwinkert Zuzanna, ihrer Mutter, zu.

Tante Susi lebte im malerischen Wenecja bei Żnin zusammen mit Onkel Władek bis Mitte der neunziger Jahre in einem Zimmer mit Küche und war für Willi eine zweite Mutter. Onkel Władek war wie ein Vater für ihn. Staszek Kowalczyk hatte gegen ihn keine Chance. In dem Raum standen zwei riesige Betten, mit Bettdecken, die fast bis unter die Zimmerdecke reichten. Man schlief nahezu im Sitzen, auf mehreren Kissen, aus denen von Zeit zu Zeit eine Feder entschlüpfte und piekte. Tante Susi machte die Betten immer sehr sorgfältig und platzierte in deren Mitte eine große Puppe. Solange die Puppe mit ihren dicken, kerzengeraden Beinen steif in der Mitte des Ehebetts sitzt, ist alles gut, ist die Welt noch in Ordnung, dachte ich mir, als ich die beiden mal besuchte. Susi und Władek schienen bis zuletzt miteinander glücklich gewesen zu sein, obwohl sie keine gemeinsamen Kinder hatten. So viele Tränen haben sie bei jeder An- und Abreise von Willi, später dann Waldek vergossen. Willi kam oft zu Besuch, als er noch Junggeselle war, half bei der Ernte und blieb mitunter den ganzen Sommer bei ihnen. Am meisten freuten sich Onkel und Tante, wenn er ihre Fahrräder wieder in Ordnung brachte und dann ordentlich einölte. Einmal bekam er für so eine Fahrradölung vom Onkel eine große Dose amerikanisches Schmalz - von der »UNRRA«, der

United Nations Relief and Rehabilitation Administration. Unverderblich, zehn Jahre konnte man es aufbewahren. Bei Tante und Onkel war Willi immer gut drauf, machte Späße am laufenden Band. Eines Tages jagte er Susi einen gehörigen Schreck ein: „Tante, mach dich bereit, der Inspektor Enzyklopädenstein wird euch bald beehren." Ihr wurde angst und bange! Diesen komischen Nachnamen hatte er sich selbst ausgedacht, zum Vergnügen.

Warum gerade *solche* Namen ihn erheiterten, war ihm nicht sonderlich bewusst.

Gut möglich, dass man ihm in früher Kindheit etwas eingeschärft hatte, was ihm in Fleisch und Blut übergegangen war, ohne dass er es wusste. Zum Beispiel, dass Namen mit jüdischem Klang lustig seien.

„In Wenecja habe ich euch später das Schwimmen beigebracht, wisst ihr das noch?", erinnert sich Willi mit Stolz.

„Das nennst du Schwimmunterricht? Du hast Edek ohne Vorwarnung ins tiefe Wasser geschmissen", protestiert Zuzanna, „er wäre beinahe ertrunken!"

„Ach was, von wegen ertrunken", wiegelt Willi ab.

„Übertreib mal nicht!"

Jeder erinnert sich anders an die gemeinsame Vergangenheit.

*

Vorboten des Bösen, Vorboten.

Es fiel immer schwerer zu glauben, dass der Endsieg unvermeidlich näher rückt. Nach 1943 drängten sich immer mehr Zweifel auf. Zugegeben, Willi feierte noch die Falsch-Meldung vom Triumph in Stalingrad, die irgendein Schreihals mittels Schalltrichter verkündete. Dies waren jedoch die letzten Zuckungen des Verkünders. „Dieser Trottel lief mit einer Glocke umher, laut schellend, dass es in den Ohren klingelte, und bejubelte den vermeintlichen Zusammenbruch der Sowjets!", empört sich Willi. „Er hat uns für blöd verkauft! Dabei hatten unsere armen Truppenteile dort, am anderen Ende der Welt, bereits keine Waffen mehr, kämpften, verflucht nochmal, nur noch mit Schaufeln, waren am Erfrieren und Verrecken. Alle Frauen in Kurheim haben fleißig warme Handschuhe und Ohrenschützer für sie genäht, das war das Gebot der Stunde! Deutsche und Polinnen (die man als Mägde im Warthegau schuften ließ) haben nächtelang nicht geschlafen, nur im Akkord genäht und genäht, auch meine Mutter. Aber diese Hand- und Ohrenwärmer haben wahrscheinlich nicht einmal mehr die Front erreicht. Ach, ich glaube, ich habe dir das schon erzählt, oder …?"

Alles entpuppte sich als Bluff. Also beschloss Willi, ebenfalls zu bluffen, was soll´s. Einmal kam der Nachbar Volz zu ihnen, um zu erfahren, wie die Lage an der Front sei. Er hörte bei Christina immer Radio. Denn Polizeimeister Piepel, jener, der später Tante Susi das Leben retten sollte, hatte für Christina einen Rundfunkapparat besorgt. Oder war ihnen das Radio als eine Art Erbschaft von den vertriebenen Polen zugefallen? Willi erinnert sich nicht wirklich. Auf jeden Fall konnte er sich aus den Radionachrichten das eine oder andere zusammenreimen, zum Beispiel, dass die Lage an der Front tragisch und hoffnungslos war. Vielleicht bekam er gerade deshalb Lust auf einen kleinen Streich. Auch Mamme war für so was immer gut zu haben. Letztlich war sie es, die mit ihm diese kleine Verschwörung ausheckte. Als Volz eines Tages anrückte, versteckte sich Willi mit einer Flüstertüte aus Papier im Schrank und begann mit schallender Stimme, wie im Radio, zu sprechen, ohne dass der Nachbar es durchschaute. Der Bub verkündete feierlich, dass die Deutschen gerade die Russen fertigmachten, dass das ruhmreiche Kriegsende bereits vor der Tür stünde.

Mensch, wie sehr sich dieser Volz doch freute!

*

Schon bald wird Willi tief im Innersten spüren, dass es, verflucht nochmal, schlecht um ihn bestellt ist. Einige seltsame Episoden werden ihn nachdenklich stimmen und seine unguten Ahnungen bestätigen. Eines Tages werden zwei SS-Männer aus Wien, Österreicher, durch Kurheim fahren. Sie werden in Christinas Haus übernachten, so hatte sich das Albrecht Piepel überlegt. Am Morgen werden sie sich mit freien Oberkörpern über der von Christina bereit gestellten Schüssel waschen. Ihre goldenen Kruzifix-Anhänger werden die Aufmerksamkeit des Jungen auf sich ziehen, seinen Blick fesseln. Er wird sie fragen, warum sie diese tragen, und sie werden ihm antworten, dass sie Katholiken seien - deshalb. Auf ihrer rechten Schulter werden sie ein eingebranntes Hakenkreuz haben, unter ihrem Arm die SS-Mitgliedsnummer. „Wenn die Sowjets", gibt Willi zu bedenken, „so einen irgendwo erwischten, wurde er sofort kaltgemacht, denn einzeln haben die keinen in Gefangenschaft genommen. Die Jungs wussten ganz genau, was sie erwartete. Sie sind aber erstmal ein paar Tage bei uns geblieben, lernten hier mit einer Übungstruppe, wie man Brücken baut und Minen entschärft." Den einen wird noch seine Mutter aus Wien besuchen, um ihn noch einmal zu sehen, bevor er an die Ostfront geht. Unter Tränen wird sie von ihm Abschied nehmen. Die beiden Jungs werden Christina fragen, was sie tun sollen, wie sie sich retten können, ob sie sich vielleicht in der Scheune oder hinter dem Ofen verstecken, sich ins Gebüsch schlagen oder abhauen sollten, aber wohin, herrje, und wie?

Am Ende werden sie weiterziehen, wie verwünscht oder vielmehr versteinert. Sie werden keinen Ausweg sehen. Und auch Christina wird keinen Ausweg für sie sehen. Sie wird ihnen nicht helfen können. Sie wird ihnen nur zu essen und zu trinken geben, ihnen über den Kopf streicheln, ein „Gott sei mit euch" hinterherrufen und ein paar Tränen vergießen. „Ich weiß nicht, was mit ihnen passiert ist. Mit diesen jungen Burschen. Jedenfalls haben sie Rotz und Wasser geheult."

„Soll ich sie jetzt etwa bedauern, Tatuś?"

*

Willi war noch kein Wehrpflichtiger, Willi hatte großes Glück, das er selbst noch nicht begriff. Aber sein zwei Jahre älterer Bruder Georg ...

Na ja, wer die deutsche Staatsbürgerschaft angenommen hatte, musste mit den Konsequenzen rechnen, mit der Einberufung in den Krieg, dem nahezu sicheren Tod. Bald wurden die ersten Rekruten aus Kurheim eingezogen. Einige von ihnen waren zuvor in der polnischen Armee, kehrten jedoch von dort zurück. Dank ihrer Herkunft wurden sie nämlich aus deutscher Gefangenschaft entlassen. Ihre Freude über das gerade wiedergewonnene Leben war jedoch von kurzer Dauer, denn nun durften sie für Deutschland in die Schlacht ziehen. Schon bald erreichten Kurheim erste Nachrichten von Gefallenen. Es begann die Rekrutierung immer älterer Männer, fast schon gebrechlicher Greise. Nur Frauen, Kinder und polnische Knechte blieben übrig. Zum Ende des Krieges dann die schreckliche Nachricht, der sechzehnjährige Georg wurde einberufen, eigentlich noch ein Kind. Christina verlor jegliche Hoffnung.

„Lebt dieser Kerl überhaupt noch? Zuzanna? Hörst du eigentlich zu?“

Aus der Zeit in Kurheim erinnert sich Willi an die verhängnisvollen nächtlichen Gewitterstürme, an die Unheil verkündenden apokalyptischen Donnerschläge. An das *Donnerwetter* – ja, das sagt er heute noch gern auf Deutsch. Er weiß noch, wie die Heuhaufen auf dem Feld brannten, die Feuerbündel bedrohlich zum Himmel emporstiegen. Willi wachte nachts vor lauter Angst auf, versuchte die Mutter aus dem Schlaf zu reißen. Aber Christina, abgearbeitet und erschöpft, hörte nichts, fühlte nichts, reagierte nicht. Er musste allein damit fertig werden.

Die Mutter arbeitete wie immer über ihre Kräfte hinaus. Sie drosch das Getreide, schlug mit dem Dreschflegel auf das Korn ein, mit aller Kraft. Obwohl sie dafür manchmal auch Maschinen nutzten. Das

Getreide wurde dazu in die Dreschmaschine gestopft, alle Beteiligten waren mit weißem Staub überzogen, der die schweißige Haut bedeckte. Die Söhne halfen mit: sie schleppten die Garben, und Knecht Kowalczyk beförderte sie in die Maschine. Willi hatte unzählige Male das Pferd im Pferdegöpel angetrieben, um die Dreschmaschine in Bewegung zu halten. Wie von einem bösen Geist verfolgt, lief er hinter dem Braunen her und peitschte ihn, wenn er stehen blieb. So war das!

Abends ging Christina dann noch zum Chor, denn für deutsche Mütter organisierte man solche Aktivitäten, die mit einer mehr oder weniger diskreten ideologischen Erziehung verbunden waren. Sie ging sogar gerne zum Chor! Auf diese Weise konnte sie sich zumindest für einen Moment von ihren häuslichen Pflichten losreißen – ohne schlechtes Gewissen, zumal sie doch eine ehrenwerte Aufgabe erfüllte.

*

„Immer weniger schöne Dinge habe ich am Kurheimer See gesehen", setzt Willi fort. „Ich war Zeuge, wie ein deutsches Flugzeug nach einer Havarie dort versunken ist, wir sind gerade unbekümmert am Ufer herum getollt. Ich habe den Absturz genau beobachtet und konnte gut sehen, wie es runter krachte. Es waren zwei Piloten, und jeder von ihnen hat anders reagiert. Der Erste, erschrocken und hektisch, hat sich, als das Flugzeug ins Wasser stürzte, nicht einmal die Schuhe ausgezogen, sondern ist Richtung Schilf gehechtet – es lag näher am Ufer. Kurz darauf ist er spurlos in dem hohen Ried verschwunden, wie vom Erdboden verschluckt. Der andere war besonnener, er hat länger gewartet, ist erstmal auf dem Heck des Flugzeugs stehen geblieben, der Bug war schon unter Wasser. Ich habe seine Bewegungen verfolgt. Zuerst hat er sich ausgezogen, auch die Schuhe, und sich umgesehen. Er hat nichts überstürzt, einen kühlen Kopf bewahrt und ist deshalb nicht im eiskalten Nass ertrunken. Letztlich hat er sich entschieden, nicht in die Richtung des wuchernden Schilfs zu schwimmen, obwohl das Ufer von dieser Seite greifbar nahe war, sondern hat auf das weiße Erholungsheim Kurs genommen, trotz der beträchtlichen Entfernung. Jemand aus dem Kurhaus hat ihn erspäht und ist ihm mit dem Rettungsboot entgegengekommen. Er war gerettet, aber mir war klar, dass das Boot, in dem wir alle saßen, schon bald untergeht."

Dabei stellten die Nazis ihre Stärke hin und wieder noch zur Schau. Willi erinnert sich daran, wie die polnischen Partisanen mit der Belagerung von Kurheim begannen, daran, was später mit jenen passierte, die man gefasst hatte. Jene, die nicht gleich erschossen wurden, schleifte der Chef der Gestapo mit verschränkten Armen auf seinem Pferd thronend über den Boden durch das ganze Dorf hinter sich her. Eine Partisanin, mit einer Schussverletzung im Bauch, wurde quer durch die Stadt in die Gefangenschaft abtransportiert. Gellende Schreie. Unauslöschlich.

Alles wird zunehmend beängstigender. Willi wird irgendwann nicht mehr daran glauben, dass Kurheim, dieser aufregende Abschnitt seines jungen Lebens, gut ausgehen wird. Er wird jemanden, der etwas besser in die Hintergründe eingeweiht war, danach fragen und relativ früh von der unabwendbaren Niederlage des Reiches erfahren. Und irgendwer wird in seiner Anwesenheit beiläufig ein paar Worte über die schrecklichen Verbrechen Nazideutschlands fallen lassen. Willi wird es kaum glauben können. Ein Gedanke wird wie ein Blitz durch seinen Kopf schießen: weglaufen, abhauen, verschwinden, die Zelte abbrechen, die Beine in die Hand nehmen, sich unverzüglich aus dem Staub machen.

*

Der Traum von weiterführenden Schulen, auf die er so brannte, wird wie eine Seifenblase zerplatzen. Noch bis vor kurzem hatte er seine Mutter darum gebettelt: „*Mamme, ich will uffs Gymnasium. I wird aach lerne. Dann hun meer späder Geld. I komm zerick. Un Fra Neiman …*"

„*Fra Neiman, Fra Neiman, Fra Neiman …*", wird Christina schimpfend die Nase rümpfen, und dann seufzen, ganz schwer. „*Woas glawst du, woas du bischt, die Brieder sin aach net uffm Gymnasium gewest. Weesch net mer, wo meer hiegehere? Wer soll mer denn deheem helfr?*"

Willusch wird also nicht aufs Gymnasium gehen. Und dennoch wird er seinen Wunsch nicht aufgeben. Wenn nicht jetzt, dann später. Mamme versteht das ganz einfach nicht.

Hilde und Helga, die Töchter des einst wohlhabendsten Händlers in Steinfels, werden als einzige aus dem Dorf aufs Gymnasium geschickt. Eine soll heute Ärztin, die andere Lehrerin in der Gegend von Wolfsburg sein.

Beide sollen ein Eigenheim haben.

Na und, Willi hat auch ein Haus!

Obgleich er es auf der anderen Seite des Eisernen Vorhangs erbaut hat. Auch wenn es nur ein Reihenhäuschen ist.

In den achtziger Jahren wird sein Cousin Rudi aus Westdeutschland den Mut aufbringen, ihn zu besuchen, derselbe Rudi, mit dem er früher Birnen geklaut hat. Er wird ihm anerkennend auf die Schulter klopfen.

*

„Nun gut, also bin ich in Kurheim geblieben. Ging nicht aufs Internat. Vermutlich wäre meine Karriere als Gymnasiast ohnehin nur von kurzer Dauer gewesen. Die Fronten rückten immer näher aufeinander zu, der Vormarsch der Roten Armee war unaufhaltsam, der endgültige Zusammenbruch absehbar. Nach unzähligen Siegesmeldungen haben uns nun allmählich Gerüchte über Niederlagen erreicht, und wir konnten uns keinen Illusionen mehr hingeben."

„Man fragte sich", so Heinrich Wolf, „was soll nun aus uns werden? Welche Hoffnung hatte man noch? Sollte wieder alles verlassen werden wie im Jahre 1939? Es gab keinen Ausweg, es kam keine Hilfe. Der 20. Januar 1945 brachte das Ende unserer zweiten Heimat, die für viele noch gar nicht zur Heimat geworden war. Als der Befehl an Frauen, Kinder und alte Menschen erging, musste schnell gehandelt werden. Der Befehl zum Räumen war hart, zum Überlegen blieb keine Zeit."

Am 20. Januar, bei klirrendem Frost, erreicht alle Deutschen der Befehl, die Ostgebiete zu verlassen, und die große Mehrheit ergreift nun in Panik die Flucht. Es sind fast nur noch Frauen, Kinder und Alte, ganz auf sich selbst gestellt. Keiner wirft ihnen Flug-Würste von Lastwagen zu. Noch zwei Tage zuvor werden ein paar Greise und Invaliden zum Volkssturm eingezogen und zur eigenen Hinrichtung abkommandiert. „Aber die", so Heinrich Wolf kopfschüttelnd, „konnten die Lage auch nicht mehr ändern."

Jammern und Klagen erfüllten das Land.

Und wieder standen sie auf dem Pfad ins Exil, der sie vielleicht in den Tod führen sollte. Der Feind rückte unerbittlich mit schwerer Artillerie und mehreren Divisionen heran, neben den tausenden Flüchtigen rollten Panzerketten über das Land. Wer Pferde hatte, konnte mit dem Pferdewagen aufbrechen, allerdings war dies leichter gesagt als getan, denn die Frauen waren nun auf die Hilfe ihrer polnischen Knechte angewiesen. Aber die Knechte spürten, dass sich ihr Knecht-Dasein ausgeknechtet hatte, dass sich das Blatt zu wenden begann, dass nun aller Wahrscheinlichkeit nach, toi, toi, toi, dreimal schnell auf Holz geklopft, endlich die Zeit der Rache nahte. Die Zeit der Vergeltung.

Und sie erhoben die Häupter.

Christina war unschlüssig, ob sie flüchten sollte, oder nicht. Wichtige Entscheidungen zu treffen, gehörte nicht unbedingt zu ihren Stärken - eine Veranlagung, die Zuzanna von ihr erbte. Dieses Mal duldete die Entscheidung jedoch keinen Aufschub. Staszek Kowalczyk war nicht besonders erpicht darauf, abzuhauen, denn er war nun mal kein Knecht mehr, sondern ein stolzer Pole. Christina versuchte, ihn für die Flucht zu erwärmen, ihm mit den Russen Furcht einzujagen. Er ließ sich lange bitten, hatte schließlich Schwestern und Brüder, Schwager und Eltern im Warthegau. Er hatte es nicht unbedingt eilig, sich ins Innere des Reiches zu verdrücken. Warum zum Henker auch? Ihm würden die Russen doch nichts tun, vielleicht sogar einen Orden verleihen, wer weiß? Er war sich nicht einmal sicher, ob er überhaupt bei Christina bleiben sollte. Jetzt, wo er nicht mehr musste. Jetzt, wo das Glücksrad eine Wendung machte und begann, sich mit vollem Tempo in die andere Richtung zu drehen. Schließlich hatte er sich jahrelang mit ihren Jungs herumplagen müssen. Brauchte er das wirklich zu seinem Glück? Und was würden die Leute sagen, die Polen? Er war jung, konnte im Prinzip noch ein normales Leben beginnen, und das nicht unbedingt mit einer deutschen Witwe und ihren drei Bälgern, die ihn ohnehin nicht leiden konnten. Vor allem dieses Früchtchen Willi, immer allen voran, und derart wichtigtuerisch und eifersüchtig auf die Mutter!

Daher zögerte Kowalczyk. Und auch Christina zögerte. Obwohl sich das deutsche Minenräumkommando aus Kurheim bereits zurückzog und es keinen Grund mehr gab, noch länger zu warten. „Wir haben uns erst in letzter Minute entschieden", erzählt Willi kopfschüttelnd, „obwohl sich viele Volksdeutsche aus dem Osten schon viel früher in heller Aufregung auf den Weg gemacht haben, manche über Kurheim. Einige von ihnen haben sogar bei uns übernachtet und wollten uns mitnehmen!"

Die Leute erzählten sich gegenseitig Schauergeschichten über die Sowjets, zum Beispiel, dass sie den Deutschen die Köpfe mit Beilen abschlagen würden. Alle sprachen hinter vorgehaltener Hand über die Flucht, ein anderes Thema gab es nicht. Und überall hörte man leises Schluchzen. Willi überlegte sogar, ob er vielleicht auf einen fremden Pferdewagen springen, sich jemand anderem anschließen und nicht auf die Mutter warten sollte. Er sah, wie sich ein Kumpel nach dem anderen in Sicherheit brachte, irgendjemand würde ihn bestimmt mitnehmen. Ach, zum Henker, Willi war wütend, er hatte es satt. Und Kowalczyk zögerte und zögerte, schindete Zeit! Ohne ihn wollte Mutter aber nicht gehen.

Irgendwann ließ sich der Ex-Knecht überzeugen – nur leider zu spät. Sie schlachteten auf die Schnelle ein Ferkel, luden es auf den Karren und rollten laut klappernd auf die Straße. Christina betete. *Vater unser, der Du bist im Himmel …, Dein Reich komme, Dein Wille geschehe …, unser tägliches Brot gib uns heute, und vergib uns …, erlöse …*

Aber es ist bereits zu spät. Sie werden nicht weit kommen. Es herrschen fünfundzwanzig Grad Kälte, es ist ein eisiger Januar, es schneit, und der Gaul ist vom Frost ergraut. Kowalczyk wirft ihm eine Decke über. Eine barmherzige Geste, die dem Pferd seine letzten Augenblicke versüßen wird. Auf dem Weg werden sie von zwei, in deutschen Uniformen getarnten Ukrainern angehalten: „Wohin des Wegs?“ – „Wir hauen ab, die Russen kommen!“, gibt Kowalczyk zur Antwort. „Ach was“, meinen die Ukrainer. „Wir haben keine Angst, wir haben es gern, wenn Blut fließt!“

Ob sie nicht zufällig ein Ferkel dabei hätten, wollen die Ukrainer dann noch wissen. „Ein Ferkel? Woher denn?!“, lügt ihnen Kowalczyk ins Gesicht. Und aus irgendeinem Grund geben sie sich damit zufrieden.

„Dazu fällt mir eine alte Familiengeschichte ein“, fügt Willi hinzu, „wie die Madjaren im Ersten Weltkrieg Steinfels durchstreiften. Ausgehungerte, raubgierige Truppen. Als sie in die Stube des Schwarzen Heinrichs eingedrungen sind, saß die kinderreiche Familie gerade beim Mittagessen. Es gab eine große Rarität – Kraut mit geräuchertem

Speck. Mein Opa", betont Willi stolz, „war nicht auf den Kopf gefallen. Noch bevor die Soldaten ins Haus eingefallen waren, hat er den dampfenden Topf mit seinem Hut bedeckt. Es sah so aus, als würde ein Hut auf dem Tisch liegen, und die Familie nur Kartoffeln essen. Die Madjaren sind wie begossene Pudel abgezogen und haben sich nur gewundert, woher dieser deftige Geruch kam …

Doch zurück zu unserer Flucht aus Kurheim. Lange haben wir uns nicht gefreut, dass unser Ferkel gerettet war. Denn schon in den nächsten Minuten blieb von ihm nur ein Traum. Und von unserem Braunen auch.

Ich war vierzehn, das Jahr 1945 war noch jung. Ich glaubte nicht mehr, dass ich unversehrt davon kommen würde. Schaute besorgt zum Himmel hinauf …"

Sie waren wie lästige Mückenschwärme, die sich nicht verscheuchen ließen. Bomber der deutschen Luftwaffe – sogenannte Stukas, Sturzkampfflugzeuge, Junkers 87. Sie waren überall, kamen von allen Seiten. Flink und tänzelnd tauchten sie im Sturzflug herab, verwüsteten die Straßen, beschossen heldenmutig die sowjetischen Panzer und Laster – Monster, Ufos, Kolosse, Elefanten, die unaufhaltsam Richtung Westen zogen, im Großen Vaterländischen Krieg. Wehe den Spätzündern unter den Deutschen, die sich erst kurz zuvor zur Flucht aufgerafft und ihre Pferde vor die Fuhrwerke gespannt hatten! Wehe den Soldaten der Roten Armee, jungen Burschen mit exotischen Gesichtern, die auf ihren Panzern hockten und die Läufe ihrer Maschinengewehre wie zum Gebet erhoben hielten! Schusssalven krachten. Menschen brüllten. Bomber dröhnten. Panzer gingen in Flammen auf. Der liebe Gott versteckte sich hinter einer Rauchwolke. Ja.

Aus den Panzern kullerte ein Verletzter nach dem anderen. Doch die Riesenraupen krochen unbeirrt weiter, wie Roboter. *Soldaty, wpieriod.* Vorwärts, Kameraden. Die Jungs starben wie die Fliegen, drängten dennoch unermüdlich vorwärts, nach Berlin, für das Vaterland, für Stalin, *za rodinu, za Stalina*, sie wussten längst selbst nicht mehr, wofür. Pechschwarz von Staub und Dreck, mit Ölfässern an Bord, halb bewusstlos vom Alkohol, benommen wie im Drogenrausch, in Trance, in einem miesen, dreckigen Traum. Sie fluchten: *job, mat, bljad*. Scheiße. Die Russen!

„Sie erwischten unseren Pferdewagen in Niechanów, Neudorf bei Gnesen. Ich hab mir diesen Ortsnamen genau gemerkt. Und dann hat sich alles wie im Film abgespielt. Ich folgte einem Impuls: Weg hier, runter vom überladenen Pferdewagen, von dem gleich nur noch Staub und Asche übrig bleiben würden. Ich bin zur Seite gesprungen, in eine Furche oder einen Graben, wie ich das bei der Hitlerjugend gelernt hatte. Meine Mutter mit dem kleinen Hans und ihrem Knecht Kowalczyk haben auf der anderen Straßenseite ihr Glück versucht. Ich sah es wie auf einer Leinwand, im Zeitlupentempo: Wie die drei auf die andere Seite springen, hinter einem Sandhaufen kauern und dem Tod ins Auge sehen."

Plötzlich klatschte etwas Braunes, Großes und Schweres auf Willi herunter, irgendein riesiges Stück Fleisch, eine absurd schwere Decke, ein monströser Fladen. Es erschlug ihn fast, erdrückte ihn, es wurde feucht und dunkel. Willi bekam keine Luft mehr. Doch dann umhüllte ihn auf einmal bei fünfundzwanzig Grad Kälte eine behagliche und wohltuende Wärme …

Er widerstand der Versuchung.

Befreite sich von diesem Etwas, blutüberströmt.

Die Zeit der kurzen Hosen war vorbei. Die Zeit des ruhmreichen Deutschen Reiches, der Hitlerjugend und der Sprünge in den tiefen See. Die Zeit des Trommelschlags und des lauthals gesungenen *Fuchs du hast die Gans gestohlen*. Die schöne Frau Neumann war Geschichte. Es endete, was irgendwann enden musste.

Die Kindheit.

Willi befreite sich von der zerrissenen Pferdehälfte. Blutbeschmiert schleppte er sich tapfer auf die andere Seite des Lebens.

Stille Post

30er, 40er Jahre und heute

Sie wurden also abtransportiert, die Drzewuckis, sie rollen den Hügel hinunter. In einem offenen Pferdekarren.

Seltsam, es ist Mitte April und es schneit. Die Welt sieht eigentlich schön aus. So empfindet es zumindest Basia. Große, weiche Schneeflocken rieseln auf die weiten Landstriche und lassen sie unwirklich erscheinen, verwandeln alles in eine märchenhafte Kulisse. Weltvergessen versinkt Basia in diese Schönheit, ohne an irgendwas zu denken, ohne etwas zu spüren.

Und irgendwann, in Stołpce, verfrachtet man sie in die berühmt berüchtigten doppelstöckigen Viehwaggons. Zusammengepfercht, hinter verriegelten Türen - wie Sardinen in der Büchse.

Ein gewisser Legionär beschrieb das so:

Wir werden erinnern den dreizehnten April
Werden diesen Tag nie vergessen
Als sie uns in dunkle Wagen wie in Särge pressen
Ade Polen, ade liebstes Heim, das Schutz uns gewährte
Ade du Mutter Erde, die uns nährte
Ein lautes Dröhnen einer sowjetischen Maschine in den Ohren
Als würde sie jeden mit einem Dolch durchbohren
Tage und Nächte, Wochen verstreichen
An denen sie uns einmal am Tag Brot und Wasser reichen
Wir fahren durch Russland, überqueren die Berge des Ural
So fahren wir durch dieses karge Land, welch Leid und Qual
Durch den Schnee der Taiga, die verwehten Steppen
Durch die sie uns mit Wagen und Schlitten verschleppen

Erfrorene Kinder fallen aus ihnen heraus
Und auf den Nachtlagern bleiben die Toten zurück, welch Graus ...

Der Zettel ist vergilbt, zerfällt fast, löst sich nahezu auf. Zuzanna bewahrt ihn in einer Plastikhülle auf. Früher hatte sie noch geglaubt, eigentlich über all die Jahre, dass ihre Oma das Gedicht geschrieben hat, aber dem war nicht so, denn Babcia hätte sich nicht getraut, Gedichte zu schreiben. Babcia hatte dieses Gedicht lediglich abgeschrieben. Abschriften kursierten zwischen den Menschen, gingen durch viele Hände.

In die Gaskammer wurden sie jedoch nicht befördert. Immerhin!

*

Die Drzewuckis sind also unterwegs, aber wir begeben uns nochmal zurück in ihre Heimat ...

In einem kleinen Holzhaus in Mikulicze, aus dessen Schornstein graue Rauchwolken in den Himmel stiegen, verbrachte Basia die ersten sechs sorgenfreien Jahre ihres Lebens. Bis zu jenem Morgen ihrer Deportation. Wenn sie heute an ihre Kindheit zurückdenkt, wenn sie versucht, sich dieses Gefühl des Wohlbehagens in Erinnerung zu rufen, hört sie zuerst Musik. Vor dem Sonnenuntergang singen sie, die Mädchen, mehrstimmig auf den Feldern. Auch aus der Kirche, die unten im Tal liegt, erklingen Lieder. In den stillen sonntäglichen Morgenstunden, die nach litauischen Blini - eine Art slawische Eierkuchen, Plinsen - duften, steigen sie zu Basia empor und durchdringen ihr Herz. Wie auch die sehnsuchtsvolle, tragende Stimme des Organisten, das Läuten der Glocken.

Die Glocken verkünden mit fröhlichem Laut
das „Ave Maria" so lieblich und traut.
Ave, Ave, Ave Maria, Ave, Ave, Ave Maria!

Der Engel geleitet mit sorgender Hand
das Kind Bernadette an des Flusses Rand.
Ave, Ave, Ave Maria, Ave, Ave, Ave Maria!
Im Brausen des Windes das Mägdlein vernimmt,
dass ihm eine Gnade des Himmels bestimmt.

So sang es der Organist in der Kirche. Und so sang es auch der Vater für sie.

Davon, wie im fernen Frankreich, in einem dunklen Wald, in der Nähe einer Felsgrotte, bei einer pulsierenden Quelle, die vierzehnjährige Bernadette die Heilige Mutter Gottes traf. Davon, wie Maria sich zu ihr niederbeugte und zu ihr sprach, zu ihr, der Tochter eines einfachen Holzfällers. „Ich bin die unbefleckte Empfängnis, die makellos Reine", so stellte sie sich vor. „Fürchte dich nicht." In ein weißes Gewand gehüllt erstrahlte sie in einem blendenden Licht. Bernadette hatte daraufhin keine Angst mehr und fühlte sich in der Welt behütet. Der Vater erzählte Basia, dass dieses kleine Mädchen zur Mittlerin zwischen der Heiligen Maria und den Obrigkeiten der Kirche geworden war, und dass die Kirche, man höre und staune, ihr schließlich Glauben schenkte und ihre Visionen anerkannte. Deshalb würde Basia heute so gern nach Lourdes fahren, zumal sie mit zweitem Namen Bernadeta heißt. Wenn jemand sie nur in den Bus setzte, wäre sie schon längst auf dem Weg dorthin, über Berge und Täler. Sie hätte auch keine Angst vor einem Unfall, obwohl dort vor einigen Jahren auf grauenvolle Weise polnische Pilger in einem Reisebus eine Böschung hinuntergestürzt und bei lebendigem Leibe mit einem Gebet auf den Lippen verbrannt waren. Die »Fakt«, eine Art polnische »Bild«, zeigte ihre Überreste. Warum nur? Warum Pilger? Warum mit einem Gebet auf den Lippen? Beide, Waldek und Basia, konnten es nicht fassen.

Am Ende nahmen sie es hin.

So einige Priester mussten für diese Entscheidung Gottes im Fernsehen Rede und Antwort stehen.

Am Ende kamen sie irgendwie glimpflich davon.

Basia hörte irgendwann auf, weiter darüber nachzugrübeln. Sie beließ es dabei.

Wenn sie doch nur etwas mehr Zeit hätte, im Haushalt nicht so viel schuften müsste! Basia kann verstehen, warum manche Frauen im Alter alleine sein wollen.

Sehr gut sogar!

So gern würde sie nach Rom reisen. Der Pfarrer erwähnte bei einem seiner seelsorgerischen Weihnachtsbesuche, dass es dort eine Begegnungsstätte gibt, das Polnische Haus, von Nonnen geleitet, und dass man dort übernachten könnte. Fürs Erste überlässt Basia aber den deutschen Rentnern, diesen Glückspilzen, das Reisen. Sie selbst kommt nicht aus der Hüfte. Immer ist irgendetwas anderes wichtiger – da muss das Unkraut gejätet, die Veranda geschrubbt, die Fenster geputzt, sich um die Kinder gesorgt und die Enkelkinder gehütet werden. Selbst wenn Basia das Geld dafür hätte, würde sie niemals jemanden für diese Haus- und Gartenarbeiten unter Vertrag nehmen. Denn Erstens weiß man nie, wie sich so eine Person anstellt und ob man ihr vertrauen kann. Und Zweitens, was würde das über Basia aussagen, wenn sie plötzlich damit anfangen würde, es sich auf dem Liegestuhl bequem zu machen, wie ein Faultier in der Hängematte zu schaukeln und Däumchen zu drehen?

Waldek hilft natürlich. Er bestückt den Geschirrspüler, schleppt viel zu schwere Lasten und das nur, um sich hinterher über ein Druckgefühl in der Brust und Bluthochdruck zu beschweren. Er klettert im Garten auf Bäume, akzeptiert weder die eigenen noch Basias Grenzen, die ihnen das Alter setzt. Dann allerdings, das muss man zugeben, kutschiert er sie zu den Ärzten. Außerdem fährt er sie zum Kirchenchor. Spät abends holt er sie von dort dann wieder ab, wartet in der Dunkelheit der Kirchenmauern, lauscht, ob sie noch singen, späht besorgt durch die Fenster, klopft vorsichtig an die historische Pforte.

Basia hat eigentlich einen Führerschein, ist aber seit fünfzig Jahren kein Auto mehr gefahren. Als sie die Fahrerlaubnis machte, besaßen sie einen Trabant, der Stolz der ganzen Neubausiedlung. Hin und wieder durfte Basia mit Waldeks Segen mit diesem Trabi das Fahren üben, allerdings nervte er sie dabei so sehr, dass ihr für immer die Lust vergangen war.

Er hatte nun mal Angst um seinen Trabant, hütete die Pappschachtel wie seinen Augapfel.

Also soll er sie jetzt auch ruhig chauffieren.

Basia ist ihm übrigens dafür dankbar. Nach jeder Heimfahrt küsst sie ihn auf die Wange.

Ihre Enkelin Milena berührt diese Geste sehr - dass zwei Menschen nach Jahrzehnten des gemeinsamen Lebens noch zusammenstehen. Denn in der Generation ihrer Eltern gibt es so etwas kaum noch.

Die Großeltern sind daher der Fels in der Brandung. Ihr Haus ist immer noch dasselbe wie an dem Tag ihrer Geburt.

Nur der Kater ist mittlerweile tot. Der graugescheckte, für den sie früher immer Brei gekocht haben (Fertignahrung kam natürlich nicht in Frage).

Basia ist müde. So ein Haus ist viel zu viel Arbeit für sie. Aber der Verkauf einer Immobilie ist schwierig, und vererben möchte sie diese auch nicht wirklich, denn es gibt niemanden, der dessen würdig wäre. Wer hätte es verdient? Ihre Kinder sicherlich nicht!

Deshalb fährt Basia nicht nach Lourdes, sie fährt nicht nach Rom und auch nicht nach Weißrussland, wo ihr Elternhaus noch steht.

Sie fährt in den Schrebergarten. Zu »Lidl«, zur Kirche, zu »Real«.

Manchmal fährt Waldek sie zur Konditorei. Weil sie vormittags (wohlgemerkt vormittags, dem heiligen deutschen Nachmittags-Kaffee-und-Kuchen-Ritual zum Trotze!) gern einen Pfannkuchen oder ein Stück Torte zu sich nehmen. So als kleine Annehmlichkeit.

Dazu trinken sie dünne Kaffeeplürre.

*

Der Engel geleitet mit sorgender Hand das Kind Bernadette an des Flusses Rand. Im Brausen des Windes das Mädchen vernimmt, dass ihm eine Gnade des Himmels bestimmt. Basia ist sechs. Der Vater, Jakub Drzewucki, singt für sie das *Ave Maria.* Er hat sie hoffentlich lieb, obgleich er noch andere Kinder hat, denen seine Liebe zusteht. Genau genommen vorerst nur Irena, denn die älteste, Marusia, ist nun wirklich keine Konkurrenz. Niemand weiß, wer sie eigentlich ist. Basia hat keine Ahnung, wie sie es anstellen soll, um in der Welt des Vaters einen besonderen Platz einzunehmen, um es sich auf seinem Schoß und in seinem Herzen heimelig zu machen, um jener Stelle so nahe wie möglich zu sein, aus der sein Gesang ertönt. Wenn sich Basia nur genug Mühe gibt, dem Vater immer seine Pfeife reicht, am Abend die Schüssel für das Fußbad vorbereitet, dann wird er sie gewiss zu schätzen wissen.

Basia wird sich seine Liebe verdienen …

Sie muss sich nur richtig anstrengen. Schließlich bekommt man im Leben nichts geschenkt.

In der fernen Zukunft wird die erwachsene Basia ihren alten Vater jeden Monat in Łobez, früher Labes, besuchen, mit einer Gurken-, Tomaten-, Kohl- oder sauren Mehlsuppe im Gepäck (weil nichts auf der Welt einen Teller heißer Suppe ersetzen kann!), mit sauer eingelegten Gurken und einer Packung blutroter »Vitaral«-Tabletten. Sie wird seine Fenster putzen, auf Knien den Boden bohnern. Und ihn trotzig an seine Reaktion auf ihre Geburt erinnern, halb scherzhaft, halb ernsthaft mit ihm schäkern: „Siehst du, Tatuś, dabei wolltest du eigentlich einen Sohn, nicht wahr? Als zweites hätte ein Sohn geboren werden sollen, oder nicht? Und jetzt siehst du, Tatuś, wer dir hilft …?“

Und? Sah er es, der Tatuś?

Er wird ihr seinen selbstgebrannten Likör anbieten, ihr die Karten legen und sie ermuntern: „Trink, Tochter, das ist gesund."

Na gut, dann wird sie eben trinken, klar, zum Wohl!

Sie wird aber immer nur ein Gläschen runterkippen und das restliche Vergnügen den beim Vater lebenden Brüdern überlassen. Bei der Begrüßung, bei der Verabschiedung wird sie immer, so wie es alle Kinder tun, jedenfalls immer getan haben, jedenfalls dort, woher sie kommt, dem Vater die Hand küssen.

Die Jugend von heute ist da so was von anders gestrickt ... Da fehlen Basia manchmal die Worte.

Sie hören nicht auf ihre Eltern. Bohren tiefe Löcher in ihre Herzen.

Müssen immer wieder in die richtige Bahn gelenkt werden.

Ganz egal, wie alt sie sind.

Gott, wie mühselig!

Ach. Irgendwo soll angeblich noch irgendein Tonband mit Opa Jakubs Gesängen herumliegen, irgendwo auf dem Dachboden, bei irgendeiner der Tanten, vielleicht bei Irenka, vielleicht bei Kasia ...? Zuzanna würde es sehr gerne von dort wieder hervorkramen. Bei irgendeinem der Onkel, bei irgendeiner der Tanten, wenn sie sich doch alle bloß ein bisschen mehr mögen, sich nicht gegenseitig aufs Schlimmste beneiden und verdächtigen, sich nicht auf den Tod nicht ausstehen könnten! Wenn doch all diese Missgunst und die Zeit der beleidigten Leberwürste endlich ein Ende nehmen würde.

Wenn sie doch endlich einander vergeben, oder es wenigstens gut sein lassen würden, egal, wer was getan oder nicht getan hat, meine Güte! Einfach für den inneren Frieden.

Doch scheinbar ist es zu schwer. Eher friert die Hölle zu.

Es braucht Generationen, um die aufgewühlten Herzen zu beruhigen.

*

Auf dem besagten Dachboden konnte Zuzanna das Tonband nicht finden, sie stieß nur, wie wir wissen, auf ein altes Gebetbuch ihres Opas in einem schwarzen Einband und nahm ihre Beute mit nach Berlin.

„Was für ein seltsames Mädchen, diese Zuzanna", dachten sich die Tanten, auch wenn sie schon lange kein Mädchen mehr ist. „Wozu treibt sie sich auch auf diesen Dachböden herum, was hat sie in diesem ganzen Plunder zu wühlen? Hofft sie etwa, einen Schatz zu finden, oder was?"

Der Dachboden, die Keller, der Garten wurden schon Jahre zuvor von Deutschen, die dieses Haus erbaut hatten und nach dem Krieg verlassen mussten, durchstöbert. „Mein Vater", erzählt Basia, „hat sich immer sehr gut mit ihnen verstanden, wenn sie mal kamen. Er ließ sie nach verlorenen Kostbarkeiten suchen und auf dem Grundstück herumschnüffeln … Richtig nett war er zu ihnen, stell dir vor! Er schenkte ihnen Wodka oder einen Likör mit dem Namen *mama z tatą,* also *Mama mit Papa* – ein Gemisch aus Alkohol und Himbeersaft. Der Alkohol stand für den Papa, der Himbeersaft für die Mama."

Eine abgefahrene, mörderische Mixtur ...

Wer das überlebt, soll ein echter Kerl sein.

Ich kann das nur bestätigen!

Nach ihrer Heimkehr legt Zuzanna das Gebetbuch behutsam in eine Schublade, damit es nicht auseinanderfällt.

Ein einziges Mal jedoch legt sie es für eine Nacht unter ihr Kissen, um zu sehen, was geschieht, was ihr der Großvater nachts zuflüstern wird. Am Abend ruft sie ihn um Hilfe an, bittet um Rat. Und er kommt – mit Blitz und Donner. Sobald sie nur die Augen schließt, fällt sie in einen Abgrund entsetzlicher Träume, versinkt in archetypischen Zerrbildern: Sie schaut aus dem Fenster dabei zu, wie ihr Banditen den Kopf abhacken. Sieht, wie sie dann tot auf der Straße liegt, direkt vor dem Haus. Moment mal, aber da regt sich noch was! Neben ihr liegt nämlich ihr Bruder! (Ja, sie hat Brüder, wie alle Märchenprinzessinnen.) Der Bruder lebt noch. Er atmet!

Danach träumt sie, ihr Großvater würde irgendwo auf einem Dachboden in Flammen stehen, die Mitte seines Körpers brennt, genau genommen, sein bestes Stück.

Vorsichtig nähert sie sich ihm, reicht ihm eine dicke Wolldecke, mit der er das Feuer erstickt. Er ist erlöst.

Am Morgen schiebt sie sofort ihre Hand unter das Kissen, zerrt das Gebetbuch hervor und wirft es mit einer heftigen Bewegung weit von sich weg. Es verbrennt ihr die Hände als sei es glühende Kohle. Im Badezimmer wird sie ihre Hände lange unter einem Strahl klaren, eiskalten Wassers kühlen.

Was war denn das, Himmeldonnerwetter!?

*

Zu heiß … das Gebetbuch, zu heiß.

Am nächsten Tag streichelt sie es dennoch zärtlich und legt es in die Schublade zurück. Ruhig, ganz ruhig …

Sie kehrt zum Hexenkessel, zu ihrem Laptop zurück. Rührt das Gebräu nochmal an, Abrakadabra, Hokuspokus. Ein bisschen davon, ein bisschen davon, wie ihre Oma Krystyna immer sagte. Ein Rezept braucht sie dafür nicht. Und würzen wird sie es später.

*

Das kleine Holzhaus von Basias Eltern in Mikulicze stand auf einem hohen Hügel. Man müsste sich um ein Visum für Weißrussland bemühen, um es noch einmal sehen zu können. Man müsste die weißrussische Botschaft in dieser Angelegenheit anrufen, dafür aber erst die Telefonnummer herausfinden und diese wählen. Dann sprechen. Keine große Sache. Scheint jedenfalls so.

Basia hat eine besondere Beziehung zu diesem Haus. Deshalb kaufte sie sich einmal im Einkaufszentrum »Auchan« am Rande von Stettin („Gott, wie viele schöne Dinge man dort hamstern kann, wenn du wüsstest, Zuzanna!") so ein Mini-Häuschen aus Steingut mit einem kleinen Glasfenster, in das man ein Teelicht stellen kann, und dann sieht es aus, als ob in dem Haus Licht brennen würde. „Sieh nur, Zuzanna, wie hübsch das ist! Genau so hat mein Elternhaus ausgesehen! Weiter unten rauschte ein Fluss, aus dem wir mit einem Tragejoch sauberes Wasser holten."

Ja. Das war nicht mal ein Dorf, nur eine Siedlung, so eine Art Bullerbü. Aber da die Gemeinde Rubieżewicze in der Nähe war, besteht Basia darauf, dass sie aus der Stadt kommt. Sie stammt aus der Schlachta, aus einem polnischen (allerdings verarmten) Adelsgeschlecht. Wenn Großvater Anselm das Vermögen nicht verprasst hätte, wenn er ein bisschen mehr Geschäftssinn besessen, nicht alles an alle großzügig verteilt, nicht unzählige Gäste bewirtet hätte, würde alles anders aussehen.

Vier Häuser standen dort: die Geburtshäuser ihrer Eltern, das Haus einer der Tanten und das Haus des Nachbarn, der Basias Familie an den »NKWD« verriet, weil er sich ihren Besitz unter den Nagel reißen wollte. Worin konkret das Verbrechen der Familie bestand, ob der Großvater und seine Brüder polnische Patrioten oder Feinde des Kommunismus waren, vielleicht sogar beides, oder vielleicht noch etwas anderes - davon hat Zuzanna keinen blassen Schimmer.

*

„In den siebziger Jahren, als ich nach Weißrussland gereist bin, um noch einmal unser Haus zu sehen", erzählt Basia, „hat jener Nachbar, der uns damals verraten hatte, geheult, als er mich zu Gesicht bekam. Dreimal hat er gefragt, ob mein Vater eine Wohnung hätte. Ich wollte ihm nicht gleich antworten, erst nach dem dritten Mal hab ich ihm gesagt, dass mein Vater sogar mehr als eine Wohnung hätte, nämlich ein schickes, ehemals deutsches Haus in Łobez, östlich der Oder-Neiße-Grenze. Wäre ich boshaft, hätte ich ihm aufgetischt, dass mein Vater völlig mittellos sei und bald wiederkommen würde, um sich sein Eigentum zurückzuholen. Um ihm einen Schrecken einzujagen. Er hat so was von einem schlechten Gewissen gehabt. Schließlich hat er uns doch dem »KGB« ausgeliefert, aus purem Eigennutz und Raffgier.

Was für ein Schurke!"

Das Ackerland von Basias Eltern, vielleicht neun Hektar groß, lag damals unmittelbar an der Grenze zur Sowjetunion. Man brauchte nur aufs Feld gehen, und schon sah man die Grenzpfeiler, die Stacheldrähte und die Wachposten auf weißen Pferden. „Manchmal sind wir vorsichtig auf den Stacheldrahtzaun zugelaufen – ein einziger Schritt hätte genügt, und schon wäre man in einem anderen Land. Aber diesen Schritt mussten wir nicht selbst tun – das andere Land kam uns zuvor.

Am siebzehnten September wurden wir von einem hektischen Treiben im Dorf aus dem Schlaf gerissen. Die Rote Armee überschritt unsere Grenze! Die sowjetische Okkupation hatte begonnen." Lese ich in den Erinnerungen der Verbannten.

*

Die Kleinstadt Rubieżewicze, wo Basia zur Schule ging, war im Winter gut mit dem Schlitten zu erreichen. Man rutschte mit lachendem Gesicht bergab ins Tal. Juhuuu! Auf dem Rückweg musste man leider wieder hinaufklettern. Die Talfahrt war leicht, der Aufstieg mühsam.

Und dann der Obstgarten mit seinen fast irrealen Farben – daran erinnert sich Basia auch gern. An die kristallklare Luft, den Blütenduft, den Geschmack von saftigen Äpfeln, daran, wie sich die raue Baumrinde an ihrer Wange anfühlte, an taufrisches Gras unter den nackten

Füßen, an den Himmel, der so nah war, dass man sich jederzeit in eine der Wolken hätte schmiegen können, weich und flauschig wie ein Daunenbett oder Zuckerwatte.

Am besten war jedoch die Veranda. Oft stand Basia auf der Treppe, die zu ihr führte, zu dieser unsichtbaren Grenzlinie, die zwei Universen – das Haus und die Welt da draußen – voneinander trennte und miteinander verband. Mit dem Rücken an das Haus gelehnt fühlte man sich behütet. Gleichzeitig hatte man die große weite Welt vor sich, nach der sich die Seele so verzehrte, in die man mit seinen Eltern oder Großeltern ab und zu aufbrach, um Pfifferlinge und Steinpilze zu sammeln. Oder man sauste allein zum Fluss, zu den Fischern, oder in das Lädchen vom Juden, in die Kirche, in der aus voller Kehle gesungen wurde, auf das Feld, wo ebenfalls Gesang erklang.

So sangen auch in Steinfels die Ukrainer. Die Musik war ihr ständiger Begleiter, sie machte das Leben lebendiger, verdoppelte und verdreifachte es, rundete es ab, vertiefte es, füllte es aus.

Genauso wie die täglichen, wöchentlichen und jährlichen Rituale.

*

Jakub Drzewucki, Zuzannas Großvater mütterlicherseits, war recht wohlhabend. Es waren seine Felder und die seiner Eltern, auf denen die Ławrowski-Töchter (Zuzannas Großmutter und ihre Schwestern) arbeiteten, nachdem sie alt genug dafür waren. Dabei trugen sie stets weiße Handschuhe. Die Drzewuckis belächelten die Handschuhe, machten sich darüber lustig. Dennoch, auch wenn die Familie Drzewucki gut betucht war und in Wohlstand lebte, konnte dies nicht darüber hinwegtäuschen, dass sie nur gewöhnliche Bauern waren. Die Fräulein Ławrowskis – fünf an der Zahl – waren hingegen Edelfrauen, Damen aus gutem Hause. Sie gingen morgens zur Schule, nachmittags aufs Feld und am Abend stand Handarbeit auf dem Programm. Sie stickten, strickten und webten auf Hochtouren. Nur für den Französisch-Unterricht und die Klavierstunden reichte das Geld nicht.

Die jüngste von ihnen rafft sich viele, viele Jahre später, im Alter von siebzig Jahren, nach mehreren Jahrzehnten harter Arbeit als Schulleiterin, auf und wird Malerin. Sie wird stets große Hüte und schicke Kleidung tragen. Mutig wird sie sein. Sie ist diejenige, die das Familienwappen der Ławrowskis finden und es Zuzanna schenken wird. Mehr noch. Sie wird Zuzanna einmal im hohen Alter noch etwas anderes schenken – ihre Liebe.

Anna, die älteste Ławrowski-Tochter, Zuzannas Großmutter, wird sich ihr kurzes Leben lang einzig und allein, selbstlos wie eine Kerze, die an zwei Enden brennt, für andere aufopfern - bis zu ihrem frühzeitigen Tod infolge einer unheilbaren Krankheit. Irgendeine Wunde wird sie von innen zerfressen. Ihr Foto, das Basia auf einem Holzregal im Esszimmer neben Tausenden von Willis Hasen aufstellt und vor dem sie Kerzen brennen lässt, strahlt tiefste Traurigkeit aus.

Nach der Heirat mit Jakub wird es die junge Anna bei den Drzewuckis schwer haben. Die ersten Unannehmlichkeiten beginnen mit der Geburt ihrer ersten Tochter, Irenka. Als Anna für einen Moment ihre Feldarbeit unterbricht, um die Kleine zu stillen, hebt ihre Schwiegermutter streng die Augenbrauen: „Schaut euch das an, sie ruht sich aus!“

Bis die Zwanzigjährige Hals über Kopf aus dem Haus ihres Mannes und der Schwiegereltern davonläuft, zurück in ihr schützendes Elternhaus.

Damals gab es für eine Frau ihres Standes keinen anderen Ausweg. Entweder das harte Brot bei den Schwiegereltern oder die Flucht zu den Eltern.

Um Anna zur Rückkehr zu ihrem Mann zu bewegen, suchen die Schwiegereltern ihre Eltern auf, bitten um Verzeihung. Die Entschuldigung wird angenommen. Aber für Anna wird es auch künftig kein Erbarmen geben. Sie wird nun rund um die Uhr unter ihrer Überwachung stehen. Und zu guter Letzt mit ihnen zusammen in Kasachstan landen.

„Aber das Schlimmste ist, dass sie keine Vitamine zu sich genommen hat!", resümiert Basia.

Und zieht aus der Schublade die »Vitaral«-Tabletten hervor.

*

Niemand kann Basias „Wunderwaffe" zurückweisen. Selbst wenn es ihn umbringen sollte. Und Zuzanna schon mal gar nicht.

*

Die kleine Basia liebt es, sich mit ihrer Stoffpuppe unter dem Arm auf die Treppe zu setzen und die Felder, die sich bis zur Grenze hinziehen, die stattlichen Pferde, die flatternden Schmetterlinge und schleimigen Schnecken zu betrachten. Gern hört sie dem monotonen Prasseln des Regens gegen die Fensterläden zu, liebt das duftende, knusprige Brot, für das man eine gefühlte Ewigkeit am großen Ofen anstehen muss. Manchmal zieht Mama mit flachen, langen Backschaufeln auch leckere Heidelbeerbrötchen oder zuckerwatteartige, luftig-fluffige Streuselkuchen aus dem Ofen heraus. Für solch einen Kuchen braucht man nicht einmal Früchte. Er zergeht buchstäblich auf der Zunge. Den Mund voller Kuchen oder frisch gepflückter Walderdbeeren, so geht es Basia richtig gut. Sie fühlt sich schwerelos. Frei. Weiße Berge von litauischen Blini, direkt aus der Pfanne, zum Frühstück. Milchsuppe, weiß wie Schnee, zum Abendessen, mit Mehlklößchen oder Reis oder Gries. Und abends treiben Mutter und Großmutter im Schein eines Kienspans oder einer Öllampe die Spinnräder an. Ab und zu kommen die Nachbarn zu Besuch, setzen sich auf die Bank, und Großvater Walery stimmt ein frommes Lied an. Der Dämon schnaubt indessen. Verschwunden ist er nicht.

Das Weihnachtsfest begehen sie feierlich, es gibt roten Borschtsch, Hering und süßen Weizenbrei mit Mohn, manchmal Mohn-Pfannkuchen. „Und was noch, Mama?“ „Kartoffel-Krautwickel wie bei Waldek, gab es bei uns nicht. Nein, so etwas haben wir ganz sicher nicht gegessen! Das war, so meine ich, eine typisch galizische Spezialität, eher bäuerlich und deftig.“ Basia zwinkert Zuzanna schelmisch zu.

Wenn es ihr zu Hause schlecht erging, wenn jemand mit ihr schimpfte, die Mutter mit dem Lappen drohte, die ältere Schwester sie rings um den Tisch jagte, und der Vater gerade nicht greifbar war, packte Basia ruck zuck ihre Sachen zusammen, klemmte sich ihre Puppe unter den Arm, eilte zum Haus nebenan, zu Oma Eliza, und weg war sie. Dort konnte ihr nichts passieren, dort war es noch sicherer als beim Vater. Oma Eliza war für Basia das, was Großmutter Anne für Willi war. Großmütter wie sie im Buche stehen. Noch unberührt von Vertreibung oder Verbannung. Tief in sich ruhend. Verwurzelt.

So stellt sich das Zuzanna gerne vor. Sie belehrten nicht, disziplinierten nicht – sie waren einfach da. Und sie gaben einem das sichere Gefühl, dass es gut war, auf der Welt zu sein. Dass man gut genug ist, wie man ist.

Als Oma Eliza im kritischen Alter von zweiundfünfzig Jahren aufgrund irgendeiner belanglosen Krankheit das Zeitliche segnete, hatte Basia von Stund an keinen Ort mehr, zu dem sie flüchten konnte, aber aus alter Gewohnheit setzte sie manchmal noch zum Sprint an.

*

Allerdings hatte Eliza von Anfang an die Vermutung, dass ihre Tochter Anna mit Jakub nicht glücklich werden, dass es mit ihm Ärger geben würde. Es kam ihr zu Ohren, dass er sich mit Magie beschäftigte. Etwas Elektrisierendes blitzte in seinen strahlend blauen Augen. Er spielte und legte Karten. Seine Familie, das waren wichtigtuerische, wohlhabende Kulaken mit vielen Hektar Land, und niemand wusste, wie sie es um alles in der Welt zu diesem Wohlstand gebracht hatten.

Anna selbst war nicht zuletzt dem Michał, Jakubs Bruder, zugeneigt, der nicht nur attraktiver, sondern phantasievoller und zudem auch irgendwie unbeschwerter, fröhlicher war. Man sagte ihm aber nach, er sei ein Windhund. Oft verdrückte er sich irgendwohin ins Ausland, tief ins Innere Russlands, versprach Anna das Blaue vom Himmel – eine Menge Gold wollte er ihr mitbringen, ihr bald ein Leben in Saus und Braus bieten …! Na und? Pustekuchen! Aus diesem Ausland kehrte er lange Zeit nicht zurück, sie aber musste irgendwie unter die Haube gebracht werden. Zudem machte Jakub einen ruhigeren und solideren Eindruck, schien ein geeigneterer Kandidat als Ehemann zu sein. Ein Risiko durfte Anna nicht eingehen, sie war ja bereits zwanzig. Ihre Mutter Eliza wollte sich nicht einmischen. Sie starb still und leise, wie sie gelebt hatte. Ließ ihren Mann, den alten Anselm, zurück, der nicht gut wirtschaften konnte und das Vermögen seiner Eltern verschleudert hatte, dafür aber vom Wesen großmütig und gutherzig gewesen sein soll. Diesen geduldigen Großvater, der später Körbe in Łobez flocht, den nichts und niemand aus der Ruhe bringen konnte, und den Basia und Willi schließlich bei sich zu Hause in Stettin fiktiv anmeldeten, um eine größere Wohnung zu bekommen.

Also heiratete Anna Jakub, obwohl sie eigentlich seinen jüngeren Bruder Michał lieber mochte.

„Solch guten Frauen ist das Glück nie wohlgesonnen“, seufzt Basia schwer.

*

Zuzanna hatte, was das angeht, schon viel früher einen Verdacht. Deshalb kaufte sie sich einige Bücher über böse Mädchen. Das bedeutet nicht, dass sie die Absicht hat, ein gemeines Luder zu werden. Aber sie will nicht mehr so schnell zur leichten Beute werden, will kein Opfer, keine Sklavin sein.

So langsam beginnt sie auch, das schnelle Fahren mit dem Auto zu mögen, schöpft daraus männliche Kraft und Energie, vervollständigt das fehlende *Yang*. Dabei hört sie Eminem-Songs, die voller unbändiger Wut und gleichzeitig triumphierend sind. Sein bestechender Sprechgesang hilft ihr, diese Wut zu fühlen, drückt sie stellvertretend für sie aus.

Erstmal.

Basia erzählt ihr von den Pferden ihres Großvaters, ihres Vaters und ihrer Onkel, die die Männer größer machten, zumindest größer wirken ließen, edel und stolz. Wenn sich Großvater Walery mit Großmutter Katarzyna gestritten hatte, bestieg er den Braunen und galoppierte davon. Seine Frau hatte leider nichts, womit sie sich auf ähnliche Weise aus dem Staub hätte machen können. Es sei denn einen Besen. Aber das hätte weniger Chic und Eleganz.

Jakub, Basias Vater, stand jeden Tag, sein Leben lang, frühmorgens um fünf Uhr auf, um sein Pferd zu füttern, es zu bürsten, ihm zärtlich ein paar Worte zuzuflüstern. Jeden Morgen wartete jemand auf Jakub, freute sich auf ihn. Jakub war nie allein.

Dafür hat es Willi zu einem Motorrad gebracht. Und später dann zu einem Auto. Zuerst hatte er einen Trabi, dann einen russischen Lada, und nach der Wende hat er es sogar zu einem Toyota gebracht. Dem letzten Gefährt ist er bis heute treu geblieben. Er flitzt mit ihm mit bis zu hundertfünfzig Sachen über die deutsche Autobahn, steht den jungen Wölfen in nichts nach, kann ihnen allemal das Wasser reichen. Der Toyota ist seine zweite, zähe Haut, die seine Chancen in einer von der Jugend beherrschten Wettbewerbsgesellschaft ausgleicht. Dies ist vermutlich schon das dritte Mal in seinem Leben, dass er sich genau diese zweite Haut zulegt.

Willi hat keine Lust mehr auf Experimente.

Der Toyota hat sich eben bewährt.

*

Basias Stoffpuppe heißt Nadetka. Zusammen blicken sie von der Veranda in die Ferne. Manchmal verwandelt sich der Obstgarten in einen dichten, dunklen Wald, durch den die Schatten tänzeln. Dies passiert immer dann, wenn Basia sich mit ihren Fäustchen zu lange die Augen reibt und die Bilder sich wie in einem Kaleidoskop zu verwandeln scheinen. Das Mädchen ist von Familiengeheimnissen umgeben. Die Welt der Kinder ist von der Erwachsenenwelt durch einen undurchdringlichen Schleier getrennt. Allerdings beobachten Kinder die Erwachsenen, versuchen das Verworrene zu entschlüsseln, verborgene Muster zu ergründen. Sehen mehr als man denkt.

Und wenn sich das, was sie entwirrt haben, als allzu gruslig herausstellt, flüchten sie in ein erdachtes Paralleluniversum, um zu überleben. Zuzanna kennt sich bestens damit aus!

Ahnt die kleine Basia, dass ihr Elternhaus ein Geheimnis in sich birgt? Als viele Jahre später, in den Fünfzigern, am Wirtschaftstechnikum in Stettin ihr Polnisch-Lehrer ein Gedicht von Leśmian rezitiert, läuft ihr ein kalter Schauer über den Rücken: *Der Dachboden ist an allem schuld! Der Dachboden! Todsicher!*

Ein Dachboden in der Siedlung Mikulicze, im Haus von Basias Großeltern, weit hinter dem Bug, Ende der zwanziger Jahre.

Anna, Basias Mutter, geht sehr ungern dorthin, um Wäsche aufzuhängen. Sie weiß bereits, was sich dort vor nicht allzu langer Zeit zugetragen hatte. Sie weiß nur nicht, wer schuld daran war. Sie will es auch lieber nicht wissen. Das ist ein weiterer Grund, warum sie Jakub nicht hätte heiraten dürfen. Doch als er an den Ufern der Niwa um ihre Hand anhielt und den goldenen Verlobungsring an ihren Finger steckte, hegte sie noch keinen Verdacht. Dabei hatte man so viel vor ihr verheimlicht!

Himmel Herrgott nochmal, hätte sie es doch nur gewusst! Vielleicht wäre sie sogar noch im letzten Moment aus der Kirche geflüchtet. Dahin, wo der Pfeffer wächst, wo sich Fuchs und Hase Gute Nacht sagen, ans Ende der Welt. Aber sie ließen sie im Dunkeln, keiner hat auch nur einen Mucks von sich gegeben.

Und das war so.

Basia ist noch nicht auf der Welt. Die arme Anverwandte, Hania, arbeitet bei ihren Großeltern als Magd. Im Gegenzug bekommt sie für ihre Dienste auf dem Bauernhof ein Dach über dem Kopf und Verpflegung. Sie ist ruhig, fromm und fleißig, tut niemandem etwas zu Leide, Katzen und Hunde lieben sie. Als sie an Gewicht zunimmt und anfängt, ein wenig unpässlich zu sein, schüttelt Großmutter Katarzyna missbilligend den Kopf, giftet sie ungeniert an, wie gewohnt in der dritten Person: Warum ist sie so dick geworden?

Stille.

Ein paar Wochen später der Schock: Auf dem Dachboden, auf zerdrücktem Stroh, liegt Hania. Tot, steif und ausgeblutet, ihr Gesicht zu einer hässlichen Grimasse verzerrt. Neben ihr ein von der Kälte blau angelaufenes Neugeborenes. Es gibt keinen Laut von sich, aber es lebt.

Ist sie bei der Geburt gestorben? Wer könnte der Vater sein? Weder Jakub, Basias Vater, noch dessen gutaussehende Brüder, noch der Großvater fühlen sich angesprochen. „Das ist nicht meine Tochter", sagt Jakub.

„Es ist die Tochter eines Drzewuckis!" – flüstert die Stille Post der Generationen.

Ansonsten wird geschwiegen.

Die Tochter ist Jakub wie aus dem Gesicht geschnitten, ganz der Vater, besonders jetzt, im Alter. „Nicht doch", protestiert Basia. „So einfach ist das nicht. Jakubs Brüder sahen nämlich fast genauso aus. Und sein Vater auch!"

Irgendwie wollte sich niemand zu dem Mädchen bekennen. Niemand wollte ihr einen Familiennamen, eine Identität geben. Sie hieß nie Drzewucka, obwohl sie wie eine Drzewucka aussah und sich auffallend wie eine Drzewucka bewegte, und das mehr als alle Drzewuckis zusammen.

Dass sie zu niemandem gehörte, war vielleicht der Grund, warum sie ihr Leben lang frei war. Frei von jeglichen Ansprüchen, Stolz und Missgunst. Sie putzte und polierte den Gästen die Stiefel auf Hochglanz. Forderte kein Erbe. Erhob weder ihren Kopf noch ihre Stimme.

Auf ihre alten Tage fütterte sie Tauben.

Demütig, dankbar, dass es überhaupt einen Platz für sie gab. Auf dieser Welt.

Für *diesen Bastard*.

Derweil war der Bastard noch ein Baby, das auf dem Dachboden neben seiner toten Mutter lag. Großmutter Katarzyna nahm das kleine Bündel unter ihre Fittiche, ein wenig sauer auf ihre Jungs, dass sie sich nicht beherrschen und ihre Triebe nicht bändigen konnten. Vor allem aber auf das Mädel! Und auf sich selbst, dass sie die Burschen nicht genügend im Auge behalten hatte, in deren Adern das Blut brodelte.

Nun ja, was blieb ihr anderes übrig? Das Kind war nun mal da. Sie konnte es doch, verdammt nochmal, nicht ersticken.

Sie beerdigten Hania still und leise. Ob sie jemandem leid tat, ist nicht überliefert.

Die Brüder Drzewucki, der Vater Drzewucki, warfen einer nach dem anderen schwarze Erdklumpen auf ihr Grab.

*

Basias Großeltern nahmen das Kind zu sich.

Aber die tote Hania hatte ihnen nicht verziehen. Das kann ich mir jedenfalls nicht vorstellen.

Sie nannten sie Marusia. Sie mochte ihre Großmutter Katarzyna nicht sonderlich, denn diese war schroff, streng und ihr nicht zugeneigt. Der schnurrbärtige Großvater Walery war ihr aber ans Herz gewachsen. Und auch er hatte sie lieb.

Als sich das Mädchen heftig weigerte, allein in die Schule zu gehen, brachte er sie hin, quetschte sich selbst neben das Kind an das Schreibpult und drückte nochmal die Schulbank – so lange, bis es sich an die Schule gewöhnt hatte.

Kurz nach Marusias Geburt heiratete Jakub Anna, die nicht die geringste Ahnung hatte, in was für eine Hellingerische Familienkonstellation sie hineingeraten war. Sie wusste nichts über die Leiche im Keller, sprich auf dem Dachboden. Noch in demselben Jahr, in dem Marusia zur Welt kam, wurde Annas erste Tochter, Irenka, geboren. Zuerst erzählte man Anna, dass Marusia eine Nichte von Jakub sei. Später erfuhr sie irgendwie die Wahrheit, dass sie nämlich Jakubs Spross sein könnte, und nahm tapfer die Last auf sich, die ihr das Schicksal aufgebürdet hatte. Es war weniger die Last von Marusia (denn sie wog nicht viel, aß nicht viel, tat alles, um sich unsichtbar zu machen), sondern vielmehr das Geheimnis ihrer Zeugung und Geburt. Wer von den Männern im Haus trug die Verantwortung dafür? Was war mit Hania geschehen? Worüber durfte kein Wort verloren werden?

Mit dieser Last wird Anna nicht lange leben.

Diese Last wird sie erdrücken.

*

Irenka, Annas und Jakubs erstgeborene Tochter, wird Marusia nicht ausstehen können, wird sie auch nie als ihre Schwester anerkennen.

Die Töchter der beiden Halbschwestern, Marusia und Irenka, werden beide um die dreißig sein, als das Böse auf leisen Sohlen kommt, als sie fast zeitgleich von dieser Welt abtreten. Eine nach der anderen, ganz plötzlich, wie gefällte Pappeln, im Abstand von zwei Wochen.

Als ob ein Serienkiller in der Familie wüten würde. Manche nennen das Zufall.

*

Zuzannas Lieblingscousinen. Jahrelang träumte sie, dass sie aus ihren Särgen auferstehen.

*

In Stołpce werden sie vom »NKWD« in doppelstöckige Viehwaggons verladen. Mit ihnen einige kinderreiche Familien, es ist schrecklich eng. Durch kleine Ritzen zwischen den Waggonbrettern und durch ein winzig kleines vergittertes Fenster nehmen sie Abschied von der Heimat. Und der Volksdichter schreibt auf seinen Knien:

Du Königin von Polen, erbarme dich unser,
Erbarme dich Polens und der Verbannten.
Bring uns zurück, zurück in die Heimat, die wir kannten,
Königin von Polen, du unbefleckte Jungfrau.

Außer dem vergitterten Fenster gibt es noch eine kleine Öffnung im Boden – die Toilette. Wenn man sich erleichtern will, muss man sich über das Loch hocken; die Frauen verdecken dann denjenigen schützend mit Planen. Ihre Reise geht schon drei Wochen so, vielleicht auch länger. Einmal, manchmal auch zwei Mal am Tag, öffnen die Russen die Tür und werfen ihnen eine dürftige Mahlzeit in den Waggon, mit Sicherheit keinen Fasan in Roter Bete oder Rentierzunge. Manchmal hält der Zug irgendwo in der Steppe, um etwas runter zu kühlen, aber man kann nie wissen, wie lange so ein Halt dauert, ob der Zug sich nach fünf Minuten wieder in Bewegung setzen oder ein paar Tage stehenbleiben wird. Anna nutzt solche Aufenthalte, läuft mit einem

Kochtopf hinaus ins freie Feld, entzündet ein Feuer, kocht eine Suppe für die Familie.

Sie ist schwanger.

Einmal war sie unaufmerksam, mit ihren Gedanken wieder mal irgendwo anders, da fuhr der Zug ohne sie los. Die Kinder schrien, riefen ihr verzweifelt aus der ins Rollen kommenden Maschine zu. Sie zuckte zusammen, ließ den Topf auf dem Acker stehen, rannte um ihr Leben, oder um das Leben ihrer Kinder, holte den Zug noch ein und sprang auf, da er Gott sei Dank nur schwerfällig wieder Fahrt aufnahm.

Die Reise ging weiter. Nur eben ohne Topf.

Weniger lustig war jedoch bei alledem, dass Irenka an Typhus erkrankte, vom dreckigen Wasser, das sie tranken. Der Typhus machte hier eine üppige Ernte.

In Mamljutka werden sie in einen Lastwagen umgeladen. Die sechsjährige Basia steht auf der offenen Ladefläche des Wagens, mitten in der Einöde. Es weht ein starker, böiger Wind. Nach den langen Wochen in dem engen und stickigen Waggon fühlt sich Basia plötzlich so frei! Nahezu glücklich! Um sie herum die Weite der Steppe. Es gibt weder Häuser noch Menschen, es gibt nichts, außer Zwergkirschbäume. Sie gleichen kleinen Sträuchern, wurzeln sich tief in den Boden ein, um sich so gegen den Wind zu behaupten. Die ganze Kraft fließt in die Wurzeln. Trockene Erde. Vertrocknetes Gras. Karge Weiten.

Freeeeeeiheit!

Mit dem Lastwagen geht es noch zweihundertfünfzig Kilometer in die Tiefe Kasachstans. Im Dorf Kreschtschenka, am breiten Fluss Ischim werden sie ausgeladen. Endstation!

Bittere Tränen.

*

Tränen helfen einem aber nicht weiter. Da nützt kein Jammern und kein Klagen. Da muss man einfach pfiffig sein. Und das war Jakub dann auch. Voller Tatkraft und Entschlossenheit, kontaktfreudig. Mit Menschen wusste er umzugehen. Gott sei Dank sprach er auch fließend Russisch. Nicht umsonst war er Absolvent der Zarenschule, nicht umsonst hatte er ausharrend auf Erbsen gekniet, Prügel eingesteckt, in kerzengerader Haltung die Multiplikationstabellen runter gebetet. *Piatin piat' dwadcat' piat'*; später brachte er es auch Zuzanna bei. Er wurde sofort aktiv, um die Existenz seiner Familie abzusichern und ging als Erstes zum *Natschalnik*. Der *Natschalnik* half ihnen, so gut er konnte. Jakub wusste, wie man solche Dinge regelt. Es fand sich für sie ein Unterschlupf bei einer ukrainischen Familie. Sachanow war wohl der Name, herzensgute Menschen! Die Drzewuckis lebten bei ihnen die ersten zwei Monate. Sie verkauften alles, was sie hatten, bezahlten ihre Gastgeber mit Kleidung, denn die war in Kasachstan Mangelware. In den so genannten Tschastuschki-Liedern wurde dieser Mangel besungen: *Ein Feld von vierzig Hektar, ein Feld von vierzig Hektar bearbeitete einer in einem Hemd und ohne Hose, hey!* Nur dass es sich im Russischen reimte. Also entledigten sich die Drzewuckis ihrer Textilien, sogar ihrer Nachthemden, auch wenn sie für die schlitzäugigen, stämmigen Kasachen ein wenig zu eng waren. Manchmal platzten sie aus allen Nähten.

Vom veräußerten Schmuck kaufte Anna für die sterbende Irenka ein weißes Kleidchen für die Beerdigung. Sicherheitshalber, damit sie im Sarg anständig angezogen ist.

Gleichzeitig betete sie Tag und Nacht. Man sah sie nur auf den Knien.

Sie flehte um die Genesung ihrer Tochter, um ein Wunder.

Und Irenka wurde gesund! Stand eines Tages einfach wieder auf den Beinen. Offenbar gibt es Wunder.

Später bekamen sie dank Jakubs Findigkeit sogar eine kleine Baracke aus Holz, einen Schuppen, fast schon ein Haus. Die Wenigsten hatten so viel Glück.

Es gab dort zwar nur einen Raum, in dem sie zu siebt zusammengedrängt hausten, manchmal sogar mit einem weiteren Mitbewohner, einem Kälbchen, aber für Kasachstan war das schick. Bald waren sie zu acht, weil Adam geboren wurde. Der Kleine brüllte die ganze Zeit wie am Spieß, als würde ihn jemand bei lebendigem Leibe häuten. Nun, kein Wunder, Anna war gerade mit ihm schwanger, als sie deportiert wurden, und Basia ist der festen Überzeugung, dass sich derartig aufreibende Umstände auf den Fötus nachhaltig auswirken. Klein Adam brüllte also Tag und Nacht. Schließlich gelang es seinem Vater, von irgendwoher eine Wiege zu besorgen. Er befestigte sie, wie damals üblich, an der Decke. Zum Schaukeldienst wurden alle verdonnert. Großvater Walery schubste die Wiege mit dem Fuß an, die siebenjährige Basia mit beiden Händen. Einmal holte sie dabei so viel Schwung, dass das Brüderchen herausfiel und zwei Purzelbäume machte.

Als Zweijähriger tat Adam allerdings etwas Schreckliches.

Er spielte gern mit dem Feuer. Versehentlich steckte er einmal ihre Hütte in Brand. Als er dann Lunte roch, begann er nervös in der Stube hin und her zu laufen, ohne auch nur einen Laut von sich zu geben. Er fühlte, dass etwas nicht stimmte, wusste aber nicht, wie er es zum Ausdruck bringen sollte. Als seine Mutter Anna die Unruhe des Kleinen bemerkte, lies sie nichtsahnend und eher beiläufig die Frage fallen: „Kleiner Mann, Adaś, warum zappelst du so rum? Brennt es, oder was?“

„Mhm.“ bejahte der Junge.

Jesus Maria! Anna eilte zur Hilfe. Aber sie war allein, Marusia kam zu spät herbeigelaufen, und Jakub war nicht im Haus.

Nun, ja. Die Hütte brannte nieder.

Der Teufel lachte sich ins Fäustchen.

Aber Jakub ließ sich nicht so schnell unterkriegen. Bevor ihn die Rote Armee holte, schaffte er es noch, seiner Familie eine Erdhütte aus Kuhfladen und Grasnarbe aus dem Boden zu stampfen. Der Fußboden, oder vielmehr der Erdboden in der Hütte, wurde einmal die Woche mit Kuhdung und Lehm bepinselt – zur Desinfektion und um Staub und Parasiten zu entfernen. Bis zum Ende der Verbannung wohnten sie dort, versuchten, es sich in ihrer Erdhütte gemütlich zu machen, beklebten sie mit allem, was dafür verwertbar war. Der Backofen, das wichtigste Einrichtungsstück im Haus, wurde aus einem Lehm-Sand-Gemisch geformt. Dazu wurde der Lehm in einer ausgehobenen Mulde sorgfältig durchgeknetet, dann in eine Form gelegt, wo er langsam trocknete. So entstanden kleine Lehmziegel, aus denen der Ofen gebaut wurde. Und da es in Kreschtschenka Lehm in den verschiedensten Farben gab, bemalten sie den Ofen mit Blumen, damit er schöner aussah.

*

Am ärmsten waren dort die deutschen Frauen – aus Wolhynien, vom Schwarzen Meer, aus Rumänien, verschiedenste *Volksdeutsche* von außerhalb der Grenzen des Deutschen Reiches. Solche wie die aus Steinfels. Ebenso hätte es auch Willi nach Kasachstan verschlagen können. Wenn sich Hitler nicht beizeiten um ihn so warmherzig gekümmert hätte.

Basia mochte diese exotischen deutschen Frauen sehr. Sie mag sie noch bis zum heutigen Tag, weil sie bescheiden, höflich und fleißig sind. Sie kann nur die alten deutschen Männer nicht ausstehen, weil sie arrogant, dreist und rüpelhaft sind. Genau.

Es waren überwiegend deutsche Witwen, dort in Kasachstan. Ihre Ehemänner waren hingeschlachtet worden, die älteren Söhne waren auch weg, nur lauter Rotznasen sind zurückgeblieben. Für die Frauen lief es schlecht, schlimmer als für die Drzewuckis. Sie hatten nichts zu verkaufen und fast nichts zu essen. Polen und Russen aßen wenigstens Kartoffeln, für die Deutschen blieben lediglich die Kartoffelschalen übrig. Diese trockneten sie in der Sonne, auf den Dächern ihrer Erdhütten, mahlten sie dann in Handmühlen zu Kartoffelmehl für Kartoffelpuffer. Wie Anna, und später auch Marusia und Irenka, arbeiteten sie im Kolchos »Nowyj Trud«, also »Neue Arbeit«. Sie pflügten, mähten, lagerten das Getreide. Die Jüngeren jäteten das Unkraut auf dem Weizenfeld.

Im Kolchos arbeitete man mit einem Lied auf den Lippen, zum Beispiel über Stalin. Der Lohn wurde in Naturalien entrichtet, allerdings war die Ration dürftig, fast schon eine Art Hungerlohn, zum Leben zu wenig, zum Sterben zu viel. Zur Mittagszeit wurde über einer sogenannten *kusstan*, einer kleinen Hütte, in der das Essen zusammengerührt wurde, ein Eimer an einem Stock aufgehängt. Das war das Zeichen, dass man sich schnell dorthin sputen musste, weil es gleich etwas zu Futtern geben würde. Man bekam eine Portion Brot und ein Schälchen klumpiger Mehlsuppe oder Weizenbrei, irgendeine undefinierbare Pampe, auch *zakałata* genannt.

Deswegen schmuggelten die deutschen Frauen das Getreide in ihren Gummistiefeln aus dem Kolchos. Strengstens verboten! Übrigens tat es Anna ihnen später gleich, als Jakub in den Krieg ziehen musste.

Merkwürdig: Die deutschen Frauen trugen Röcke, die auf links gedreht waren.

Anna dachte, es hätte wohl damit zu tun, dass die Frauen sie nicht abnutzen, nicht beschmutzen und länger tragen wollten. Andere meinten, es sei ein Zeichen des Protestes gegen die Verbannung.

Im Gegensatz zu den Drzewuckis bekamen deutsche Frauen keine Konserven mit der Aufschrift *horse meat*, die auf dem Seeweg von Amerika nach Wladiwostok gelangten. „Trotzdem“, klagt Basia, „die Rosinen pickten sich immer die Russen heraus, sie schnappten sich die besten Konservenbüchsen aus den Staaten weg.“ Denn so sah die Hierarchie der dortigen Bewohner aus: Russen, Polen und Volksdeutsche. Ganz anders als im Warthegau. Das Pferdefleisch schmeckte Basia ganz gut, es war mager, hatte etwas Gelee, man konnte es sich aufs Brot legen. Nur Jakub rührte dieses Fleisch nicht an. Er liebte Pferde zu sehr.

*

Dank Jakub ging es ihnen gar nicht so schlecht. Er ergatterte einen recht guten Job als Fährmann auf einem breiten Fluss. Er steuerte eine motorlose Fähre, brachte damit hauptsächlich Kasachen zusammen mit ihren Fuhrwerken und Pferden über den Fluss. Nach dem Übersetzen vertäute er das Boot am Ufer mit einem dicken Seil. Dazu musste er die Füße fest in den Boden stemmen und aus Leibeskräften ziehen.

Außerdem verdiente er sich monatlich um die sechzig Rubel als „Meteorologe“ dazu, indem er Pegelstände und Wassertemperaturen in die nächste Stadt meldete. Dafür konnte man viel kaufen, allerdings gab es keine Geschäfte in der Nähe, die nächstgelegene Stadt in dieser Einöde war weit entfernt. Also gab Jakub seine Bestellungen bei den Kasachen auf, die in die Stadt übersetzten, dort handelten und ihm alles lieferten, was er sich leisten konnte. Auf einem Pferd ritt der Kasache, auf dem anderen seine Fracht. Einige von ihnen hatten sogar einen richtigen Pferdewagen. Bepackt mit vollen Leinensäcken mit getrocknetem Fisch, Häuten, Getreide, hauptsächlich Weizen, ritten sie in die Städte und zu den Mühlen und brachten dafür Mehl und Lebensmittel. Manchmal auch Wodka, mit dem Jakub irgendeinen Bürohengst zu bestechen gedachte.

*

An den Frost gewöhnte sich Basia, sie ging jeden Tag bei klirrender Kälte zur Schule. Ohne Schuhe, ihre Füße waren in Lumpen gehüllt und mit Schnüren umwickelt, ihr Kopf in ein Tuch eingemummelt, sodass nur noch die Augen zu sehen waren. Sobald man einen Fuß vor die Erdhütte setzte, wurde man augenblicklich vom brausenden, pfeifenden Wind fortgerissen. Da konnte alles passieren. An einem Morgen purzelte Basia mit dem Wind den Hügel hinab. Zum Glück stürzte Jakub ihr hinterher, sonst wäre sie direkt in den Fluss gerutscht, erfroren, ertrunken …

Ein anderes Mal wollte sie unbedingt ihrem Vater bei der Arbeit auf der Fähre zusehen, und um Haaresbreite hätte sie bei den eisigen Minusgraden diese Neugier mit dem Leben bezahlt. Vor Kälte wurde die Neunjährige ganz steif, verlor das Bewusstsein. Und wieder rettete sie Jakub. In einen Sack gewickelt brachte er sie zu einer der nächstgelegenen Erdhütten der Kasachen.

Ein Bild für die Ewigkeit.

Sie mochten Jakub, kannten ihn schon gut. Also ließen sie die unerwarteten Gäste herein, reichten ihnen Tee in wunderschönen Porzellantassen, von denen Basia bis heute schwärmt, weil sie so unwirklich glänzten. So etwas hatte sie noch nie zuvor gesehen. Handgearbeitet, glatt und schneeweiß. Am liebsten hätte sie eine Tasse mitgenommen, aber das ging leider nicht. Die Erdhütte der Kasachen war so hübsch eingerichtet! Die Bewohner saßen alle im Schneidersitz, auf einem gemusterten Teppich. Basia kam sofort wieder zu sich. Alles war neu, anders, ungemein spannend. Auf dem Teppich stand ein Samowar, mit brodelndem Wasser. Die Teeblätter waren zu kleinen Würfeln gepresst, die man bei der Zubereitung zerschnitt, in Tassen verteilte und mit kochendem Wasser übergoss. Basia hatte noch niemals zuvor Tee getrunken! Später, in den siebziger Jahren, kaufte sie sich in der Sowjetunion (auf ihrer Reise zu den Wurzeln) den gleichen Samowar, nur kleiner.

Heute fristet er sein Dasein im Keller, staubt vor sich hin und Basia überlegt, wem sie ihn vererben sollte, und wem nicht.

Die Kasachen unterstützten die Drzewuckis häufiger. Wenn jemand erkrankte, brachten sie Piroschki, kleine mit Traubenkirschen, Karotten und Roter Bete gefüllte Teigtaschen. Als Hungersnot herrschte, teilten sie alles, was sie konnten. Solange Großvater Walery noch lebte, baten sie ihn um eine einzige Gegenleistung, nämlich den Rosenkranz laut für sie zu beten, denn sie mochten es, wenn er mit monotoner Stimme die Bittrufe wiederholte. Es versetzte sie in eine glückselige Trance. Basia wiederum sah ihnen gerne zu, wie sie selbst zum Herrn beteten, zu diesem anderen, fremden, *ihren* Gott. Mit gekreuzten Beinen verbeugten sie sich zum Boden, riefen „Allah" und strichen sich dabei mit den Händen über das Gesicht.

Wie ist das überhaupt mit diesen Göttern?

*

Ein wenig wundert es Basia, dass sie dort in der Schule ein deutsches Lied über den Frühling auswendig lernen musste: *Frühling, Frühling, wird es schon bald*! Warum gerade ein deutsches während dieses schrecklichen Krieges mit den Deutschen?

War vielleicht die Lehrerin eine Deutsche?

Kann gut sein!

Es gab nur ein Schulbuch für die ganze Klasse. Ein Mal gelang es Basia, sich dieses Buch für einen einzigen Tag auszuleihen. Sie nahm es mit nach Hause, legte es für einen Moment irgendwo ab und schon war es geschehen. Das Kalb, dieser kleine Bastard, fand Gefallen an der Fibel, schnappte und zerkaute sie. *Katastrofa!* Basia hatte danach großen Ärger in der Schule. Und schon wieder kam eine Flasche Wodka zum Einsatz, um die Sache vergessen zu machen. Was für ein undankbares Kalb! Basia hatte sich mit solcher Hingabe von klein auf um den Strolch gekümmert. Als es noch ein

Baby war, wechselte sie ihm zusammen mit der Schwester die Streu. Streichelte es fast zu Tode.

Und hat den Schlingel wohl verzogen!

*

Ach, diese russischen Scherz- und Schmerzlieder, diese Tschastuschki! Basia liebte sie! In ihnen verwandelte sich das Leiden in Rhythmen, Melodien und in bitteres Lachen. *Ich schwang das Bein zum Krakowiak und zertanzte alle Schuhe, mich hat erst meine Mutter mit einem Feuerhaken von der Straße davongejagt, und dann war endlich Ruhe. Aj ja, Dunja ma, Dunja devotschka moja!*

Juhuuu! In den Tschastuschki spürte man den Atem des Todes. Und der Tod klopfte recht bald an die Tür der Erdhütte der Drzewuckis, um die Sense zu schwingen und nicht aus der Übung zu kommen.

Er verschonte Irenka, weil so viele Stoßgebete für sie zum Himmel empor gingen. Er hatte es auf ihren Opa abgesehen.

Und so trug es sich zu. Großvater Walery lag auf dem Ofen, und rief urplötzlich der Schwiegertochter zu: „Tochter, wasch mir bitte die Haare!“ Anna wusch ihm den Kopf, klar, hat sie immer gemacht. Danach wollte er eigentlich mit sauberem Schopf gemächlich wieder auf den Ofen steigen. Doch irgendwie kam er nicht zu Rande. Anna versuchte ihn aufzusetzen. Doch plötzlich wurde er schwer, immer schwerer und schwerer, schwer wie Blei und noch schwerer, kaum zu heben. „Marusia, Marusia, Marusia!“, keuchte die Schwiegertochter. Die Stieftochter kam mit pochendem Herzen angerannt.

Aber ihr geliebter Großvater (oder etwa Vater?) atmete nicht mehr.

Anna hatte zumindest ein ruhiges Gewissen, da sie dem Schwiegervater seinen letzten Wunsch erfüllt hatte, bevor er starb.

Walery ruht nun im eiskalten Boden, weit weg von der Heimat.

Auf dem Ofen gab es jetzt mehr Platz für die resolute Großmutter Katarzyna.

*

Alsbald musste Jakub in den Krieg ziehen. In den Kolchosen gab es auch schon keine Männer mehr, sie alle wurden an die Front geschickt, um die niederträchtigen Faschisten aufzuhalten. Frauen, alte Männer und Kinder mussten allein zurechtkommen. Jakub wurde zur Armee von General Anders eingezogen, genauer gesagt zur 5. Vilniuser Infanteriedivision, dem Stab von General Zygmunt Berling. Die sogenannte Anders-Armee rekrutierte sich nach dem Überfall des Dritten Reiches auf die Sowjetunion im Juni 1941 aus ehemaligen polnischen Kriegsgefangenen, die 1939 in die Hände der in Polen einmarschierenden Roten Armee fielen sowie Männern, die zwischen September 1939 und Juni 1941 in die Sowjetunion deportiert worden waren.

Anna avancierte damit zum Familienoberhaupt. Es wurde schwer, es herrschte Hunger. Manchmal gab es nicht einmal eine Kartoffel oder ein Körnchen Getreide. Der Ischim, ein breiter und majestätischer Fluss, in dem sich Basia im Sommer glückselig verlor, rettete die Familie. Manchmal gelang es Marusia, dort einen Hecht oder so etwas in der Art zu fangen.

Irenka wiederum suchte im hohen Steppengras nach Körnern und Spelzen, die nach dem Dreschen des Weizens übrig blieben. Danach schmuggelte sie die Überreste in den Kolchos, spülte, trocknete, zermahlte sie, machte daraus einen Teig und buk für die Familie ein Fladenbrot, ein Schmankerl. So ist *ihre* Version der Ereignisse.

Basia behauptet, dass nicht Irenka, sondern Mama den Fladen gebacken hat.

Sie werden sich niemals versöhnen.

Und wenn ich niemals sage – meine ich *niemals*.

*

Ich würde mich gerne irren.

Jakub war schon in den Vierzigern, ein Veteran des Ersten Weltkrieges, also schickten sie ihn nicht an die vorderste Front, und ich weiß nicht genau, ob er es bis nach Berlin geschafft hat. Er wurde in einem Versorgungstrupp eingesetzt, hinten bei der Küche. Dort war er relativ sicher. Er erzählte Basia nicht viel vom Krieg. Manchmal machte er Andeutungen, dass er die deutschen Frauen vor Vergewaltigungen durch die Russen gerettet hätte. Doch nichts Genaueres. „Lieber Gott, warum habe ich den Vater nicht danach gefragt?", kasteit sich Basia. „Er hätte mir doch alles erzählt!"

Hätte, hätte – Fahrradkette!

Aber nein. Sie hat nicht gefragt. Man denkt halt nicht daran.

*

Am 9. Mai 1945 stürzt ein junger, unbekannter Mann auf einem Pferd mit Karacho in den Kolchos und verkündet, der Krieg sei zu Ende! Die Kasachen finden sich sogleich bei den Drzewuckis zum Feiern ein, holen den selbstgebrannten Schnaps hervor und schütten sich diesen literweise hinein. Mützen fliegen in die Luft, sie tanzen, singen, lachen.

Sie heulen vor Glück.

Nach und nach kehren einige Soldaten aus dem Krieg zurück, so mancher ohne Hand oder Bein. Der, dem das Bein fehlt, angelt sich das hübscheste Mädchen aus dem ganzen Dorf, und alle zerreißen sich darüber das Maul. Und da es ihnen an Humor nicht mangelt, singen sie ein neues Lied: *Glücklich derjenige, der nur hat ein Bein. Viele Schuhe braucht er nicht, und auch nur ein Hosenbein. Dunja ma, Dunja ma, Dunja, devotschka moja*!

Hey!

Irgendwann 1946 sitzt Basia mit ihrer Großmutter Katarzyna auf dem Ofen und pult Sonnenblumenkerne. Ein Vogel kommt zum Fenster geflogen und pocht mit seinem Schnabel gegen die Scheibe: klopf, klopf, klopf! Und plötzlich meldet sich die alte Katarzyna zu Wort: „Dieser Vogel sagt, dass Jakub bald aus dem Krieg zurückkommt."

Ihre Prophezeiung erfüllt sich noch vor Sonnenuntergang.

Er war zurückgekehrt! Etwas beleibt und stark, sein Gürtel ließ sich nicht mehr schließen. Als er fortging, war er furchtbar ausgemergelt. Der Krieg hatte ihn komischerweise gemästet, mit einem Wohlstandsbauch ausgestattet. Herrje, was für ein Glück, dass er zurück war! Er hätte sterben, irgendwo verschwinden, hätte sich verlieben, ein Abenteuer erleben und Gefallen daran finden können. Eigentlich war dem auch so, wie sich später herausstellte. Das mit dem Verlieben. Leider. Aber er kam zurück, war wieder da. Keiner weiß, wie er es um alles in der Welt geschafft hatte, sich an verschiedenen Fahrzeugen und Zügen festklammernd Tausende von Kilometern zurückzulegen, wie ihn seine Füße Hunderte von Kilometern hatten tragen können. Er kam zurück, um die Familie zu holen.

Er hatte kein Gold, aber dafür ein deutsches Federbett mitgebracht. Diese Kriegsbeute hatte ihm das Leben gerettet. Es kam vor, dass er mitten im Nirgendwo, auf freiem Feld schlief, wenn er keine komfortablere Unterkunft finden konnte. Da, wo er ruhte, war das Federbett ihm wie eine Mutter, wie die Berührung einer sanften, weiblichen Hand. Manchmal gewährte ihm jemand ein Nachtlager, manchmal vermöbelte ihn jemand, manchmal nahm ihn jemand ein ganzes Stück mit.

Und so hatte er es geschafft. Als ihm eines Nachts ein Dieb in der Scheune den Marschranzen entwenden wollte, in dem sich sein ganzer Besitz befand, und mit diesem bereits die Kurve kratzte, brüllte Jakub:

„HALT! Bleib stehen, oder ich schieße!!!"

Der Dieb ließ den Ranzen fallen und ergriff die Flucht, obwohl Jakub überhaupt keine Waffe hatte.

Er setzte lediglich seine Stimme ein. Und das reichte.

*

Er war zurückgekehrt! Die Frauen hatten nicht umsonst gebetet.

Und er beschloss, seine Familie nach Polen zurückzubringen, in die sogenannten »Wiedergewonnenen Gebiete« - noch vor Kurzem deutsche Ostgebiete, die nun polnisch wurden. Er wusste bereits, dass keine Rede davon sein konnte, das Haus in *seiner* Heimat, in Mikulicze, wiederzubekommen. Jalta war bereits beschlossene Sache, der Zug war abgefahren. Er wusste, wie die neue Grenze zwischen Polen und der Sowjetunion verlaufen sollte. Es gab keine Hoffnung für eine Rückkehr nach Hause.

Was hilft´s, dann werden sie halt Richtung Westen rollen. Hauptsache, der Krieg ist vorbei.

Sie hatten großes Glück, dass sie sich als polnische und nicht als russische Staatsbürger in Kasachstan bei den sowjetischen Behörden registrieren ließen. Als sie sich für die polnische Volkszugehörigkeit entschieden, wussten sie nicht, welche Konsequenzen das haben wird. Niemand hatte eine Ahnung, welche Option günstiger war, worum es bei dieser sowjetischen Befragung eigentlich ging? War es besser, zu seiner Heimat zu stehen oder vorzutäuschen, Russe zu sein? Ein Glücksspiel, ein russisches Roulette! Im Endeffekt stellte sich heraus, dass diejenigen, die sich als „Russen“ deklarierten, für immer in den Kolchosen bleiben und bittere Tränen weinen mussten, als die Drzewuckis abreisten.

Sie konnten nur noch winkend zusehen, wie die letzten Züge Richtung Westen zur Fahrt ansetzten. Einer von ihnen beschrieb es später so:

Die Jahre vergingen - naja, und man lebt irgendwie.
Wir sind hier viele. Vergessen, verloren
In fremden Städten, Siedlungen, Sowchosen.

Was hilft's, wir gewöhnen uns langsam daran.
Gewöhnen uns, weil es keine Hoffnung gibt,
Dass jemand für uns eintritt – von der anderen Seite.
Wir gewöhnen uns daran, obwohl es immer noch so schmerzt ...
Der Schwiegersohn ein Einheimischer, die Tochter erinnert sich nicht mehr,
Der Enkel ein halber Mongole, und die Anderen ... Ach, was soll´s ...

Als einziger der Familie Drzewucki blieb Großvater Walery in Kasachstan zurück. Im Sarg. Mit frisch gewaschenen Haaren.

Jakub gab an, dass sie Polen sind. Ganz automatisch, ohne groß nachzudenken. Er setzte auf seine Intuition. Und dann fuhr er zum *Natschalnik* nach Petropawlowsk und organisierte die Genehmigung zur Ausreise.

Irgendwann im Jahr 1946 ist es dann soweit. Sie packen ihre Siebensachen und laden sie auf einen Güterzug. Sie steigen ein. Es ist eng, es ist brechendvoll, jeder Waggon voller Menschen, und Kühe, und Pferde. *Plötzlich – tschuff, plötzlich – puff, da staunt jeder: Roll´n die Räder!*

Und wie aus heiterem Himmel ruft klein Adam etwas ungläubig und ganz aufgeregt aus voller Kehle: „Schaut, unser Häuschen fährt weg!". Er ist völlig aus dem Häuschen.

Tja, am Ende hatten sie also noch was zum Lachen. Basia könnte diese Geschichte ewig erzählen. Sie brachen in hysterisches Gelächter, ausgelassenes Gekicher aus, bekamen Bauchkrämpfe davon. Glücklicherweise gab es niemanden, der sie hätte davon abhalten können, der sie hätte ermahnen können: „Hört mit dem Blödsinn auf, sonst wird nachher noch einer heulen." Diese Tradition gab es in Basias Familie nicht.

Dem Herrn sei´s getrommelt und gepfiffen!

Popowo Tomkowe

40er Jahre

„Die andere Seite des Lebens sah für den Moment nicht gerade rosig aus. Ich ging ins Dorf, um nach der Familie Ausschau zu halten, während die Russen weiter nach Westen drängten, das Ziel war noch weit entfernt. Die Überfahrt über die Oder stand ihnen bevor, und sie sollte ein Albtraum werden. Mehrfach habe ich in den Nachrichten gehört, dass sie bereits im Anmarsch waren, nicht mehr lange auf sich warten ließen, aber in Wahrheit war es nach Berlin noch ein langer Weg. Viel Blut sollte noch vergossen werden. Zum Glück habe ich Mutter, Hans und Kowalczyk in Niechanów gefunden. Und wieder war die Freude groß, dass wir zusammen sind, dass wir leben, nicht das erste und nicht das letzte Mal. Aber sie war getrübt und nur von kurzer Dauer. Wir mussten jetzt mit dem Schlimmsten rechnen, wir waren nicht mehr zu Hause! Besonders Mutter konnte – als Frau, als Deutsche – nichts Gutes erwarten. Die Zeiten des Albrecht Piepel, unseres Beschützers, waren (Gott sei Dank müsste ich eigentlich sagen ...?!) vorbei. Vielleicht hing und baumelte er mit blank polierten Offiziersstiefeln irgendwo an einem Baum oder er rettete gerade seine Haut, wenn es ihm vergönnt war.

Die erste Nacht haben wir in einer Scheune verbracht. Sowjetische Panzer dröhnten ununterbrochen, feuerten aus endlosen Kolonnen. Es war unmöglich, ein Auge zuzutun. Ich hörte sie wie in Trance, Bilder von Panzerketten und zerfetzten Pferden tanzten unter meinen Augenlidern. Gleich am nächsten Tag sind wir nach Hause zurückgekehrt, nach Kurheim. Was dort in den ersten beiden Wochen geschah, weiß ich nicht. Keine Ahnung. Ich erinnere mich an nichts. Auch Mutter hat mir nichts erzählt. Ich weiß nicht, wie das mit den Russen war.

Ich weiß es nicht. Ich weiß es einfach nicht.

Mamme war in Gefahr. Aber auch ich konnte mich nicht in Sicherheit wiegen. Nach ungefähr zwei Wochen drangen zu fortgeschrittener Stunde zwei Rotarmisten mit Revolvern in unser Haus ein ... nein, Moment mal, das waren keine sowjetischen Soldaten. Einer von ihnen war auf jeden Fall ein Pole, mit einer Armbinde, ein Mitglied der polnischen Freiwilligen-Miliz. Er kam, um mich den Russen auszuliefern. Ob das abends oder am Morgen war, kann ich mich nicht erinnern. Ich weiß nur, dass ich ein Nachthemd oder so etwas in der Art anhatte, als mir dieser Typ befahl, schleunigst meine Sachen zu packen. Jemand muss mich verpfiffen haben, dass ich Deutscher bin. Und außerdem hatte ich echt furchtbares Pech, denn um ein Haar wäre der Kelch an mir vorbeigegangen. Jeder zwischen vierzehn und ungefähr siebzig Jahren war nämlich dran, konnte von den Sowjets verschleppt werden. Frauen, Kinder und Greise haben sie verschont. Mutter verzweifelte, führte ins Feld, dass ich gerade mal vierzehn geworden und zudem krank und schwach sei. Aber niemanden interessierte das.

Dumm gelaufen!

Zuerst haben sie uns an irgendeinen Ort geschafft, ich glaube nach Gnesen, also Gniezno, dann zu Fuß Richtung Osten gescheucht. Von Zeit zu Zeit hörten wir, wie sie von hinten auf die Älteren und Kranken, die hinterherhinkten und um Gnade bettelten oder auf diejenigen, die aufmuckten, schossen. Zum Glück war ich jung und hatte noch genug Kraft. Ich bin nicht zu Boden gefallen, setzte stur einen Fuß vor den anderen, immer vorwärts, habe dabei das Gehirn komplett ausgeschaltet. Wir haben in Scheunen, auf Feldern geschlafen, wo es nur ging. Dann sind wir noch lange mit einem Güterzug gefahren. In der Nähe von Odessa hat man uns abgesetzt und zur Arbeit in einem Kolchos angetrieben, genau genommen in einem Sägewerk. Wir waren in schäbigen Baracken untergebracht. Ich hab es vermieden, darüber nachzudenken, was auf uns zukommen, wie das enden würde. Ich rackerte wie ein Ochse, von früh bis spät in den Abend hinein, es gab keinen Samstag, keinen Sonntag, keine Hoffnung (die ich trotzdem irgendwie nicht verlor). Ich wusste, dass ich zu meiner Mutter zurückkehren werde. Und ich war wachsam, sehr wachsam. An mehr kann ich mich nicht erinnern. Ich weiß nicht, was ich darüber dachte und ob ich überhaupt was dachte. Ich weiß nicht, ob ich der Meinung war, all das verdient zu haben, wegen der Hitlerjugend und so. Du fragst etwas zu viel.

Nach einem halben Jahr bot sich eine unerwartete Gelegenheit, abzuhauen. Als ob meine geheimen Träume in Erfüllung gehen würden. Und meine Gedanken an die Mutter. An die Brüder. Dass sie mich brauchen, dass ich sie wiedersehen muss. Wer weiß, ob Knecht Kowalczyk Mutter gegenüber loyal bleiben, wer weiß, ob Georg aus dem Krieg zurückkommen würde. Man musste eher vom Gegenteil ausgehen. Und Hans, den Knecht Kowalczyk mittlerweile Heniek nannte, schien mir noch sehr klein, obwohl er schon zehn Jahre alt war. Ich hatte den leisen Verdacht, dass er sich bereits anschickte, Staszek mit Papa, also *Tatuś*, anzusprechen. Und ich hatte mich nicht geirrt. Nun ja, als unser Vater starb, war er gerade mal ein Jahr alt, da brauchte man sich nicht zu wundern. Ich wusste für mich, dass ich unseren Vater nie verraten würde. Ich wusste, dass ich niemals zu jemand anders *Papa* sagen würde. So wahr mir Gott helfe."

*

Manchmal träumte Willi nachts vom Vater. Er träumte von dessen Briefen, die aus allen Richtungen der Welt angeflattert kamen, und von kleinen Zettelchen, die er überall fand, mit energischer, wenn auch ein wenig krakeliger Schrift beschrieben, bedeutungsschwer. Nachrichten aus einer anderen Welt. Er versuchte, sie einzusammeln, zu fangen, aber sie entglitten ihm immer wieder. Der Wind riss sie ihm aus der Hand, er jagte ihnen in Panik hinterher. Was wollte ihm der Vater sagen? Wenn er es nur wüsste!

Einer der Aufseher im Sägewerk war ein wenig menschlicher als die anderen, vermutlich kam ihm das später teuer zu stehen. Es kam der Tag, an dem er Willi und einem jungen Mann aus Schlesien großzügig erlaubte, sich für einen Moment auszuruhen, sich mal kurz die Beine zu vertreten, sich ein wenig zu entfernen. Sie versprachen hoch und heilig, gleich zurückzukommen, was logischerweise nicht passierte. Ja, und diesem Schlesier verdankt Willi seine gelungene Flucht! Er hieß Antoni und war Wehrmachtssoldat. („Zuzanna, vielleicht findet er dich, wenn du dieses Buch geschrieben hast?", fragt der alte Waldek hoffnungsvoll und korrigiert sich gleich: „Ach was, er lebt bestimmt nicht mehr …".) Dieser junge Mann sprach sehr gut Polnisch, besser als Willi, obwohl Willi recht viel von Knecht Kowalczyk gelernt hatte und damit nun punkten konnte.

Gemeinsam klemmten sie sich unter irgendeinen Waggon, unter viele verschiedene Züge, um schleunigst Richtung Westen zu entkommen. Meist waren sie jedoch zu Fuß unterwegs. Wurden sie gefragt, wer sie seien und wohin sie gingen, erklärte Antoni, dass sie Polen sind und aus dem Krieg zurückkehren. Gemeinsam erreichten sie irgendwann Gnesen, hier trennten sich ihre Wege, für immer. Eigentlich wollte Antoni den jungen Kerl mit nach Schlesien nehmen, wo sich sicherlich auch für ihn Arbeit in einem Bergwerk finden würde, aber Willi widerstand der Versuchung. Er hatte nur einen einzigen Gedanken im Kopf, eine einzige Sehnsucht pochte in seinem Herzen: seine Mamme wiederzusehen.

Und Hans. Ja, und natürlich Georg. Ob er noch lebte?

„Weißt du, dass ich ihn vermisst habe?"

„Kannst du dir vorstellen, wie glücklich deine Oma war, als ich plötzlich in der Tür stand?"

„Sie war doppelt glücklich, denn auch Georg lebte! Er hatte uns einen Brief geschrieben! Aus Gifhorn, in der Nähe von Wolfsburg, von dem Ort, wo fast alle Steinfelser landeten, außer denen, die in der sogenannten »Zone«, du weißt ja, im Osten, hängengeblieben waren.

Georg hatte großes Glück! In seinem Brief hat er uns beschrieben, was ihm widerfahren war." Er sollte an der Ostfront mit einem Trupp junger Soldaten kämpfen, Sechzehnjährigen wie er. Sie hatten, gelobt sei der Herr, einen klugen Befehlshaber, der rechtzeitig begriff, dass sie keinerlei Chancen hatten, dass die Sache hoffnungslos, bereits kläglich gescheitert war, und dass es nichts mehr zu verlieren gab. Er hat dann den Befehl zur Fahnenflucht erteilt, hoffte darauf, dass die Vorgesetzten ihn nicht mehr schnappen, dass sie es nicht mehr schaffen würden, ihn zu erhängen, dass sie bereits selbst in Gefangenschaft darben oder an irgendeinem Galgen baumelten. Es tat ihm leid um diese Kinder, seine Soldaten, seine „Männer". Und um seine eigene Haut vermutlich auch! Er lud seine Jungs auf einen Lastwagen (was für ein kluger Mann er doch war!) und sprang am Ende selbst hinein. So erreichten sie bald die Westfront. Die Fronten näherten sich ja bereits einander, kamen mit immer schnelleren Schritten aufeinander zu wie ein lang getrenntes Liebespaar. Mit welcher Erleichterung sich Georgs Division der amerikanischen Gefangenschaft in die Arme warf! Die Amerikaner hielten sie dort nur drei Tage fest. Sie sollen ihnen die Hosen gekürzt und sie so in den Sandkasten geschickt haben. „Heidewitzka, sie trieben ihre Späße mit ihnen", freut sich Willi.

Und treibt seine Späße mit Zuzanna.

Aber Georg kehrte nicht zur Mutter zurück. Im Gegensatz zu Willi. Er war bereits im Westen, in einer anderen Welt, bei den Deutschen. „Es kam ihm nicht in den Sinn zurückzukehren! Er war doch nicht dumm. Dennoch machte er sich die ganze Zeit vor, dass wir noch zu ihm übersiedeln. Und genau darum ging es, Zuzanna. Genau darum ging es diesem Griesgram. Das konnte er uns nicht verzeihen. Dass wir nie nach Westdeutschland, nie zu ihm kamen, nie aus Polen ausreisten!

Na ja, vielleicht ging es noch um ein paar andere Dinge.

Aber Georg war nicht Christinas einziges Problem.

Sie musste einen weiteren schweren Schicksalsschlag einstecken, den sie niemals erwartet hätte. Seitens ihres lieben Kowalczyk."

Als Willi nach seiner Odessa-Odyssee Mutter und Bruder in Kurheim wiederfand, wohnten diese nicht mehr wie zuvor während des Krieges in demselben, von den zwangsumgesiedelten Polen verlassenen Haus. Inzwischen waren nämlich die rechtmäßigen Besitzer aus Krakau zurückgekehrt. Nach vier Jahren nahmen sie nun den ihnen zustehenden Platz wieder ein und jagten die Deutsche zusammen mit ihrem Knecht in den Wind. Also zogen Christina und Staszek in die leere Wohnung seiner Eltern in Kurheim, nun wieder Powidz. Kowalczyks Eltern wurden im Krieg von den Nazis in ein Lager gesteckt oder ins Gefängnis gesperrt, wegen dem sogenannten Schwarzschlachten. Zu Zeiten des Warthegaus durfte man von zehn gehaltenen Schweinen nur eins für sich behalten, der Rest ging an die Front.

Irgendwann kehrten aber die alten Kowalczyks zurück in ihre Wohnung, so dass Christina und Staszek abermals nach einer Bleibe suchen mussten. „Na ja, und was soll man da noch groß sagen", seufzt Willi, „Staszek suchte sich was Eigenes." Tja, Willi hatte das bereits in Russland kommen sehen.

Als er heimkehrte, von den nächtlichen Briefen des Vaters gerufen, waren Mutter und Hans bereits allein. Zusammen mit einer anderen deutschen Familie hausten sie in einem alten undichten Gemäuer, das einem erst kürzlich verstorbenen älteren Paar gehörte. Kowalczyk war nicht mehr bei ihnen. „Sogar einige gute Kleidungsstücke hat er mitgehen lassen", merkt Willi vorwurfsvoll an, „so dass wir fast nackt rumgelaufen sind." Er wandte sich von der Deutschen ab, schämte sich für sie, ließ sie wie eine heiße Kartoffel fallen. Vermutlich. Vielleicht war es auch der Einfluss seiner Familie. Er verschwand im Nachbardorf, um die Frau seines Bruders, der nicht aus dem Krieg zurückgekehrt war, zu „trösten". „Solche Sachen standen damals auf der Tagesordnung. Du weißt, wie das manchmal so ist. Als die Russen ihre eigene Verwaltung in Kurheim eingeführt hatten, wurde Kowalczyks zweiter Bruder Bürgermeister. Also waren die Kowalczyks jetzt nicht mehr irgendwer. Von nun an war nicht Staszek der Knecht, sondern die Mutter die Magd. Wie gut, dass ich zurückgekommen bin!“

*

Doch die Freude währte nicht lange. „Kaum zusammengekommen, wurden wir wieder getrennt und postwendend in die Pflicht genommen. Der Führer hatte sich eine Kugel in den Kopf gejagt, die anderen hatten sich davon gemacht, und wir - wen wundert's - durften dafür büßen. Sie haben mich zu einem Förster gebracht, zum Glück in Kurheim. Auch Mutter war irgendwo am Ackern, irgendwo da draußen schubste man sie herum. Sogar der kleine Hans hütete für irgendwen Kühe. Auch er bekam Dresche, war seitdem immer wieder krank. Du weißt ja, lang hat er nicht gelebt, der arme Kerl. Manchmal habe ich es geschafft, Mutter am Sonntag zu besuchen, oder sie ist zu mir gekommen. Wir haben einander nicht aus den Augen verloren. Und wenn uns keiner hörte, legten wir im pfälzischen Dialekt los, den unsere Großväter aus Süddeutschland mitgebracht hatten.

Der Förster hatte einen großen, noch nicht verstaatlichten Hof. Er gehörte einst Deutschen und war nun in seinen Besitz übergegangen. Ich habe im Stall, im Heu, neben Kühen und Pferden geschlafen. Nebenan residierte der Förster mit seiner Familie in einer riesigen Villa. Die Pferde- und Kuhställe, die Schweinebuchten, alles war miteinander verbunden. Nur die Scheune lag etwas abseits, etwa zehn Meter vom Wald entfernt. Dort habe ich das vom Feld herangekarrte Getreide abgeladen. Um fünf Uhr morgens bin ich immer aufgestanden, habe die Pferde gebürstet, die Kühe gemolken, die mir manchmal mit ihrem Schwanz eins um die Ohren hauten. Oder ich war im Wald zugange, schnappte dort wenigstens frische Luft. Es waren dichte Wälder, voller Wildschweine. So dicht, dass man gebückt laufen musste. Hin und wieder hab ich dort sogar SS- und Wehrmachtsausweise gefunden, aber niemals angefasst. Ich hatte Angst, war dort mutterseelenallein. Mal habe ich Holz gehackt und es zum Förster, ab und zu auch zum Güterzug gebracht, der die Ladung zur Papierfabrik fuhr, mal war ich mit den Kühen unterwegs, hab aufgepasst, dass die Herde zusammenblieb. So sind die Kühe wieder einmal in mein Leben getreten, die ich so gern, ein für allemal loswerden wollte!

Übrigens, dank der Kühe bin ich in diesem Wald einmal bewaffneten Partisanen der polnischen Heimatarmee begegnet, einer war noch sehr jung! Die »Armia Krajowa (AK)«, also die Heimatarmee, war im Zweiten Weltkrieg die Hauptakteurin des bewaffneten Widerstandes im polnischen Untergrundstaat, das kannst du überall nachlesen. Von der polnischen Exilregierung in London wurde sie gegründet, und 1944 von der Roten Armee gewaltsam aufgelöst. Wo war ich stehen geblieben? Ach ja, während ich also das Rindvieh im dichten Unterholz suchte, bin ich auf eine Art Versteck gestoßen. Ich habe dabei einen Mordskrach gemacht. ‚Was zum Teufel treibst du hier?' – sind sie in Panik auf mich losgegangen und schienen zu allem bereit zu sein. Ich suche nach 'ner Kuh', erklärte ich, ist mir abgehauen, irgendwo in der Botanik verschwunden.' Weißt du, Zuzanna, wenn mal eine Kuh von einer Bremse gebissen wurde, ist sie wie vom Hafer gestochen davongerast, und ich bin ihr verzweifelt hinterher gelaufen, hab wie ein Irrer im Gehölz nach ihr gesucht.

Jene Partisanen der Heimatarmee haben sich in den Wäldern versteckt gehalten, funktionierten dort irgendwie, mehr schlecht als recht, würde ich sagen. Manchmal bekamen sie etwas von den Dorfbewohnern zugesteckt, manchmal ließen sie Dinge mitgehen, na klar. Immer wieder mal haben sie Kampfgruppen der Bürgermiliz »ORMO« oder Mitglieder des sowjetischen Geheimdienstes, also des »NKWD«, angegriffen, die das Volk dazu drängten, beim Referendum am 30. Juni '46, dreimal mit »Ja« zu stimmen. Um dem Sozialismus zum Sieg zu verhelfen.

Und die ganze Zeit haben sie vergeblich gehofft, dass die Alliierten ihnen helfen würden, dass die polnische Exil-Regierung in London sie unterstützen würde. Als ich ihnen dann gebeichtet hab, dass ich Deutscher bin, trösteten sie mich, dass die Sowjets womöglich noch zum Rückzug bewogen werden könnten und Polen dann zum Westen gehören würde. Wer weiß? Jedenfalls warteten sie im Wald auf einen positiven Ausgang, wollten in ihrem Versteck das Schlimmste überstehen. Die Alliierten werden doch Polen nicht im Stich lassen! Vielleicht wird man ja noch die Sowjets zum Teufel jagen, vielleicht marschieren die Amerikaner bald ein! Ich sollte die Hoffnung nicht verlieren, mag sein, dass ich noch nicht verloren bin. Ich gefiel ihnen, also haben sie mir nichts getan. Haben mich nur nach meinem Förster ausgefragt, was sich so in seinem Stall befinden würde, was für Vieh, wie der Kuhstall gesichert wäre? Also gab ich ihnen ein paar hilfreiche Hinweise, schließlich habe ich den Alten nicht wirklich gemocht.

Sie hinterließen mir ein Andenken. Ich hatte damals lange Haare, denn niemand hat sie mir zu der Zeit geschnitten. Ich muss wohl verwahrlost ausgesehen haben, denn sie haben mich gefragt, vielleicht auch nur zum Spaß, ob ich mir von ihnen eine Glatze scheren lassen wollte, sie hätten einen Rasierapparat. Ich wollte, natürlich wollte ich, na und ob! Genauso haben sie es gemacht, aus Jux und Tollerei. Verwandelt und frisiert kehrte ich zur Försterei zurück. Dem Förster gegenüber habe ich dann steif und fest behauptet, dass der so genannte Alte für meine neue Frisur verantwortlich wäre. Den Alten traf ich oft im Wald! Eigentlich war er meine ganze Gesellschaft. Sein Job war es, die Bäume auszusuchen, die gefällt werden sollten. Er kennzeichnete sie, kümmerte sich aber auch um die Gewinnung von Harz, das man für Medikamente oder Lacke und Farben brauchte. Er war eine Art Waldhüter im Dienste des Försters. Also flunkerte ich, der alte Waldschrat hätte mir die Glatze rasiert.

Durch ihn war ich übrigens immer gut informiert, auch wenn ich keinen Zugang zu den offiziellen Nachrichten hatte, denn ich habe ja weder Radio gehört noch Zeitung gelesen. Der Alte war zutiefst davon überzeugt, dass die neue sozialistische Arbeiter- und Bauernregierung, die im Aufbau war, ein Land ohne Ausbeutung erschaffen und sich gegenüber solch armen Schweinen wie mir wohlwollend verhalten würde. Zu dieser Zeit hatte bereits die Enteignung der Fabrikanten und Großgrundbesitzer begonnen. Der Alte wusste genau Bescheid. Ich hörte ihm mit offenem Mund zu. Aber was sollte ich davon halten? War es gut oder schlecht? Würde mich die Volksherrschaft retten oder würden die Alliierten die Ehre haben? Wer hatte Recht? Der Alte oder die Partisanen???

Wie zu erwarten war, haben sich diese jungen Heimatarmisten eines Nachts aus dem Wald geschlichen und sind in den Stall des Försters eingedrungen. Ich habe zwar den Stall bewacht, aber meine Schuld war es nicht. Ich hab ja wie immer dafür gesorgt, dass er fest mit einem Querbalken und zwei Schlössern verriegelt war. Natürlich habe ich das Krachen gehört, hab gehört, wie die Tür eingeschlagen und die Pferde ins Freie befördert wurden. Einen leichten Schlaf hatte ich schon immer. Ich hätte sogar durch den Seitenausgang zum Förster hinausschlüpfen können, aber ich bekam es tatsächlich mit der Angst zu tun. Stattdessen habe ich mich hinter einer Leiter im Stroh versteckt, bei den Kühen. Insgeheim habe ich mich sogar über den Einbruch gefreut. Weniger Vieh, weniger Arbeit. Dem Förster hab ich erklärt, dass ich wie ein Murmeltier geschlafen hätte, und die Hundesöhne so geschickt waren, dass ich nicht einmal wach wurde. Er hat mir nicht wirklich geglaubt, argwöhnte wohl, dass ich mit denen unter einer Decke steckte. Ach, im Grunde weiß ich gar nicht hundertprozentig, ob es wirklich die »AK«-Leute waren. Keine Ahnung, weiß der Geier, lass mich in Ruhe. Warum zum Teufel schreibst du überhaupt darüber?“

Willi findet bis zum heutigen Tag nachts keinen Schlaf. Schluckt in einer Tour Schlaftabletten. Eigentlich ist er auf Drogen. Anders kriegt er die Nächte nicht rum. Und Zuzanna weiß nicht, wie sie ihm helfen könnte. Schlimmer noch, sie selbst kann auch nicht schlafen. Basia teilt sich manchmal ihre Schlaftablette mit ihr. Sie nehmen immer nur eine halbe, um die Wirkung abzuschwächen. Und die Tablette, oder vielmehr ihre jeweilige Hälfte, zieht sie beide, Mutter und Tochter, in einen dunklen, tauben Schlaf.

*

Hu, huch! Popowo Tomkowe!

So heißt die nächste Station in Willis Leben als deutscher Knecht in Polen.

Willi war, das muss man wissen, kein Leibeigener des Försters, sondern gehörte jeweils demjenigen, der die besten Verbindungen zu den Amtsgewalten hatte. Er blieb nicht lange im Stall des bösen Försters unweit des Waldes. Schon bald forderten ihn die Behörden auf, in der Kreisstadt Gniezno vorstellig zu werden. Man hatte die Absicht, seine Dienste jemand anderem zuzuteilen, irgendeinem hohen Tier der neuen Ordnung, die sich gerade etablierte. Die Frau des Försters begleitete Willi dorthin, wild entschlossen, alle Register zu ziehen, um ihren Knecht zu behalten, schließlich gibt es nichts Besseres als Arbeitstiere zum Nulltarif. Sie nahm ein Empfehlungsschreiben der Kurheimer Behörden mit, ein Bittgesuch, in dem umständlich erklärt wurde, warum der deutsche Stallbursche für ihren Haushalt unentbehrlich sei. Lokale Rückendeckung hatte der Förster ja. Nicht umsonst bewirtete seine Frau jeden Sonntag so manch hohes Tier der Region mit Pfannkuchen.

„Hast du auch einmal einen Pfannkuchen abbekommen, Papa?", fragt Zuzanna. „Mitnichten und mit Neffen, ich hatte immer nur den Duft in der Nase!"

„Dafür kannst du jetzt so viel essen, wie du möchtest", tröstet Basia. „Tja, nur schade, dass du nicht darfst."

Der Förster war zwar in Kurheim eine große Nummer, im Landkreis jedoch eine Null. Man behandelte ihn dort ohnehin fast wie einen höchst verdächtigen Kapitalisten. Es ging ihm einfach zu gut. Und in Gniezno wartete bereits einer von der polnischen Stasi, ein »Ubek« auf die Zuteilung seines Knechts. Sie brachten Willi unverzüglich zu ihm. Die Försterfrau hatte sich umsonst ins Zeug gelegt, war umsonst zur Höchstform aufgelaufen. Es war alles für die Katz! Das Empfehlungsschreiben, das Bitten und Betteln, sämtliche Überredungskünste … vergebens. „So bin ich in Popowo Tomkowe gelandet! Von Żnin aus erreichte man es gut mit der Schmalspurbahn."

Willi wusste nicht, wer dieser fiese »Ubek« war, aber ein älterer Hausknecht, ein Pole, klärte ihn auf, dass es ekelhafte Hurensöhne seien, Moskaus Lakaien und Konsorten.

„Bei diesem Spitzel habe ich geackert, gepflügt und geeggt", beschwert sich Willi. „Frühmorgens die Kühe gemolken, Pferde versorgt und so weiter. Ich hab dort mehr Prügel als beim Förster eingesteckt, dafür weniger zu essen bekommen. Ein abscheulicher Kerl! Ich hab zwar im Haus geschlafen, allerdings irgendwo am Eingang, wo es unbeheizt war, und draußen minus fünfundzwanzig Grad! Hab dort gefroren wie meine Onkel in Stalingrad, konnte mich aber, Gott sei Dank, wenigstens in ein paar alte Schafspelze einmummeln. Und, stell dir vor! Sie haben mich sogar sonntags nicht aus dem Haus gelassen, er und seine Frau, sodass ich meine Mutter auch an den Feiertagen nicht sehen konnte. Sie selbst durfte mich auch kaum besuchen. Dafür sind ab und zu Tante Susi und Onkel Władek vorbeigekommen, da sie in der Nähe von Żnin, in Wenecja, wohnten. Erinnerst du dich, du warst ja mal mit uns da. Onkel Władek war dort Müller, man respektierte ihn. Die Leute wussten zwar, dass Tante Susi eine Deutsche ist, aber man mochte auch sie. Sie war so warmherzig und liebenswürdig, eine Seele von Mensch! Ich hab sie so geliebt.

In den letzten Kriegsmonaten hat Tante Susi das Interesse eines russischen Offiziers geweckt, sie gefiel ihm, vielleicht hat er sie deshalb vor den anderen Russen geschützt. Sie musste vortäuschen, nichts mit Onkel Władek zu tun zu haben. Der Offizier wollte sie später mit nach Moskau nehmen, keine Ahnung, wie sie sich herausgeredet hat, wie sie davon gekommen ist. Ob sie sich in einem Mauseloch verkrochen hat, als er abreiste?

Eine wunderschöne Frau!“

Ja, Zuzanna erinnert sich gut an Tante Susi, sie erinnert sich an Wenecja. Das war ein Ort, an dem sie für immer bleiben, den sie nie verlassen, an dem sie als Dorflehrerin unterrichten, einen Ehemann und vier Kinder haben wollte. So viele Seen, gelbe Küken unter dem Küchentisch, ein Leben, wie sie es bisher nicht kannte. Ende der siebziger Jahre brachten Willi und Basia Oma Christina einmal zu Tante Susi zu Besuch, mit ihrem Trabant. Zuzanna weiß noch, wie sehr sich die Oma dafür bedankte – dafür, dass die Kinder sie zu dieser *wundervollen* Person, ihrer Schwester, mitgenommen hatten, dass sie Susi wiedersehen durfte. Susi war ihr Ein und Alles. Von ihr ließ sie sich sogar zu einem anderen Glauben bekehren, irgendwann in den 50ern. Von Kind an evangelisch-lutherisch erzogen, stieg Christina eines Tages in einen Fluss, um sich von den sogenannten evangelischen Christen, denen Susi und Władek angehörten, taufen zu lassen. Später dann, in Stettin, ging sie zur Bethel-Gemeinde, wo sie einen kleinen Ersatz für ihre verlorene Heimat, für den verlorenen Boden unter den Füßen fand.

Tante Susi. Jetzt ist diese, auch im hohen Alter so hübsche, so viel lachende und weinende Großtante, die mit dem Fahrrad wie ein Blitz durch das Dorf sauste, längst tot.

SIE IST TOT.

Zuzanna weiß überhaupt nicht, was das bedeutet.

Sie glaubt nicht an den Tod.

*

Onkel Władek und Tante Susi erlösten Willi vom herzlosen Spitzel. Und Willi wird ihnen das nie vergessen.

Als er sich beschwerte, dass er dort hungern und über seine Kräfte ackern müsse, beschloss Tante Susi, die keine eigenen Kinder hatte und Willi von ganzem Herzen liebte, vermittelnd einzugreifen. Erst versuchte sie, mit dem Geheimdienstler zu verhandeln, aber dieser wurde handgreiflich. Daraufhin wurde Onkel Władek wütend und nahm die Sache persönlich in die Hand.

Ja, Waldek verdankt seinem Onkel sehr viel. Es war nicht Knecht Kowalczyk, sondern Onkel Władek, der ihm letztendlich den Vater ersetzte. Aus gutem Grund nannte sich Willi später Waldek, als er sich für einen polnischen Namen entscheiden sollte. Sein neuer Vorname sollte dem seines Onkels möglichst ähnlich sein.

Doch zurück nach Popowo Tomkowe! Während Willi dort weiter geknechtet und gepiesackt wurde, reichte Christina die Papiere zur Wiedererlangung der polnischen Staatsbürgerschaft ein, in der Hoffnung, dass man sie als Polin menschlicher behandeln, und sich dadurch auch das Schicksal ihrer Kinder zum Guten wenden würde. Tante Susi erhielt die polnische Staatsbürgerschaft bereits früher, Onkel Władek hatte ihr dabei geholfen. Er argumentierte, dass sie wegen ihrer Sympathien für die Polen im KZ gefoltert worden war. „Denn anfangs, liebe Zuzanna, war auch Tante Susi eine deutsche Dienstmagd in Kurheim und man hat sie dementsprechend rumgeschubst. Erst die polnische Einbürgerung hat dem ein Ende gesetzt."

Sobald Christina auch nur ihren Antrag eingereicht hatte, kreuzte Onkel Władek, in einen dicken Pelz gehüllt, zusammen mit einem anderen großen Mann aus der evangelischen Christengemeinde völlig unverhofft beim polnischen Stasi-Spitzel auf, zog Willi aus dem Stall und bedeutete ihm: „Zieh dich an, du fährst mit uns!" Er hatte ein amtliches Schreiben dabei, eine in Gniezno ausgestellte Genehmigung, mit der Anweisung, Willi mitnehmen zu dürfen. Das überzeugendste Argument war jedoch seine feste Stimme.

Einer der schönsten Momente im Leben des Jungen. „Aber ich habe nichts zum Anziehen", wandte er ein, „nur das, was ich anhabe." „Umso besser", konterte der Onkel und brachte ihn schnurstracks zur Bahnstation. Nicht genug - der Geheimdienstler musste sie obendrein zum Zug fahren! Er telefonierte zwar noch irgendwem hinterher, versuchte, der Sache auf den Grund zu gehen, beschwerte sich beim Nachbarn, jammerte, traute seinen eigenen Augen nicht. Aber es gab kein Zurück.

Der Onkel boxte den Jungen heraus. Denn der Onkel hatte in Wenecja recht viel zu sagen, konnte mit Mehlgeschäften viele Dinge regeln. Und er hatte eine Schwäche für Willi.

Außerdem liebte er schlicht und ergreifend Tante Susi.

*

Also gibt es so etwas wie Liebe?

„Warum hast du uns davon nicht schon früher etwas erzählt, Tatuś? Als es noch möglich war, mit Onkel und Tante zu reden?"

„Warum, warum, warum? Warum ist die Banane krumm?

Zuzanna, warum habe ich denn die beiden so selten im Krankenhaus besucht? Wenn ich jetzt zurückdenke ... Sie waren so liebenswert, und sie mochten deine Mutter so sehr. Als ich sie Tante Susi vorstellte, wirbelte sie Basia in die Höhe. ‚Herzlich', rief sie, ‚willkommen!'"

„Mein einziger Trost ist", denkt Zuzanna laut, „dass ich ihnen in den Achtzigern Briefe aus dem Westen geschickt habe. Ich habe in jeden Brief ein paar D-Mark gesteckt, ein paar nette Worte geschrieben, nach der Gesundheit gefragt. Einmal bin ich sogar hingefahren, nach Wenecja, obwohl mir dort die Fliegen und Wespen den letzten Nerv raubten. Und ich hatte nichts Besseres zu tun als die Viecher wie eine Furie zu verscheuchen.“

Grüße aus Stettin

40er und 50er Jahre

Willi wird nie wieder jemandes Prügelknabe sein. Nie wieder. Aber von irgendetwas muss er leben.

Zuerst ging er zu einem Fleischer in Kurheim in die Lehre, aber der Spaß war nur von kurzer Dauer. Heute hat er keine Lust darüber zu reden, denkt äußerst ungern an das Schlachten und alles, was dazu gehörte. Ein Wunder, dass er überhaupt noch Fleisch essen kann. Der Fleischer-Beruf war nichts für ihn, er musste nach etwas anderem Ausschau halten. Und wieder waren es Onkel und Tante, die ihm zu Hilfe eilten. Diese goldenen Engel! Zuerst nahmen sie ihn zu sich nach Wenecja. Sie fanden dort Arbeit für ihn, eine Anstellung als Gehilfe beim Bauern Stachowiak. Das war, Gott sei Dank, keine Zwangsarbeit mehr - die Zeiten der Knechtschaft waren ja vorbei.

Unterdessen erschien Staszek Kowalczyk wieder bei Christina. Etwa weil sein Bruder aus dem Krieg zur Schwägerin zurückgekehrt war? Weil der Platz neben der Schwägerin wieder besetzt wurde?

„Keine Ahnung", zuckt Willi mit den Achseln.

„Kowalczyk war also wieder bei der Mutter. Er hat im Wald gearbeitet, Bäume gefällt, gestapelt und auf eine Schmalspurbahn geladen, die die Fracht zur Papierfabrik brachte. Mutter hat ihren Kowalczyk also nicht in die Wüste geschickt", fährt Willi nachdenklich fort.

„Was hätte sie auch allein mit drei Kindern machen sollen", wirft Basia ein.

„Inzwischen war meine Mutter Polin, hatte die polnische Staatsbürgerschaft, damit sollte alles einfacher werden. Darauf hofften wir.

Doch mit einem Stück Papier allein war es nicht getan. Das Brandmal des abscheulichen Deutschseins war so leicht nicht zu verwischen.

Um diesem Stigma irgendwie zu entkommen und sich von den Leuten loszulösen, die einen kannten und wussten, wer man ist, haben Christina und Staszek beschlossen, Kurheim zu verlassen. Sie sind in die Kleinstadt Barlinek gegangen, in die polnischen Westgebiete, aus denen die Deutschen bereits hinaus gefegt wurden. Von allen Seiten strömten die Menschen dorthin, in dem Glauben, dass dort wunder was zu holen ist: möblierte Wohnungen, Tafelsilber, Steinway-Flügel und was die deutschen Vertriebenen und Flüchtlinge, diese armen Schweine, sonst noch zurückgelassen haben. Irgendwer hat Kowalczyk einen Job im Sägewerk besorgt. „Ich lebte derweil in Wenecja, bei diesem Stachowiak, hab verschiedene Arbeiten auf seinem Hof verrichtet.

Ich hab das Getreide vom Feld geerntet und es zu Ballen gebündelt, die ich dann mit einem geflochtenen Strohseil zusammenband. Als Teil meines Lohns hat der alte Stachowiak mit seinen Pferden den Acker des Onkels bearbeitet, denn der Onkel hatte kein Pferd, besaß aber ein Stück Land, wo er etwas Gerste und Weizen anbaute. Er lebte jedoch hauptsächlich von der Mühle. Die Tante baute im Garten Tomaten und Gurken an, hatte außerdem Gänse, Enten und Kaninchen. Ja, Kaninchen … Wenn die Zeit gekommen war, schlachtete sie diese mit einer entschlossenen Bewegung, kurz und schmerzlos, ohne mit der Wimper zu zucken. Geld hab ich von Stachowiak nicht bekommen, nur was zu futtern. Ein Mal bot er mir ein Schaf als Lohn an! Was sollte ich aber mit einem Schaf?! Ich hab ihm gesagt, dass ich nur die Wolle haben will. Und ich hab sie bekommen. Aus dieser Wolle hat mir Tante Susi einen schönen Pullover gestrickt, und dazu warme Wollsocken. Das war schön!

Der erste richtige, hart verdiente Lohn in meinem Leben.

Ich schlief entweder auf Stachowiaks Dachboden oder bei Tante und Onkel in Wenecja, auf einem hohen Turm aus weichen Federkissen. Bei Tante und Onkel hab ich die Wiese gemäht und das Stroh gerecht. Zusammen mit Zenek, dem Sohn dem meines Onkels aus erster Ehe, bewachte ich auch die Kirschen, die wir später beim Ablass verkauften. Wir haben die Vogelscheuche gemimt. Wenn die Kirschen reif genug waren und zu Opfern der Stare werden konnten, sind wir tagelang mit den Fahrrädern um die Bäumchen gekurvt und haben die Vögel mit Holzrasseln verscheucht. Hat Spaß gemacht! Für ein kleines Stück Brot haben wir diese Geschöpfe den lieben langen Tag geplagt. In seiner Familie war der Onkel das schwarze Schaf, der Abtrünnige, der Rebell. Die ganze Familie war katholisch. Aber dem Onkel hat die Gier der katholischen Priester, ihr Verlangen nach irdischen Gütern missfallen. Heuchlerisch fand er das. Dabei hat er sich auf die Bibel berufen, aus der er zusammen mit seinen neuen Glaubensbrüdern außerdem noch auf einen dritten Weltkrieg und einen darauf folgenden Weltuntergang schloss. Auch den Ablass, die Anmaßung, sich von den Sünden freikaufen zu wollen, fand er verlogen. Aber er nutzte ihn, um etwas dazu zu verdienen. ‚Du wirst sehen', orakelte er, 'wie viele Menschen aus der Kirche herausströmen werden, wirst sehen, wie sie sich von unseren Früchten in Versuchung führen lassen.' Und tatsächlich. Die Kirschen gingen weg wie warme Semmeln. Er hat Kilo für Kilo verkauft. Was es dort auf dem Ablassmarkt nicht alles gab!", seufzt Willi wehmütig. „Flauschige junge Hähne, Luftballons, Zuckerwatte, kitschige Halskettchen ... Weißt du noch, Basia, wie schön sie glänzten? Aber vor allem die Trillerpfeifen! Woraus waren sie nochmal gemacht, weißt du es noch?

So eine Pfeife würde ich mir heute noch gern kaufen.

Mit Onkel Władek bin ich auch ab und zu mit dem Fahrrad nach Bromberg, Bydgoszcz, gefahren, um etwas zu erledigen oder Besorgungen zu machen. Da musste man ein paar Stunden fleißig in die Pedale treten. Wenn Tante Susi uns begleitete, radelte sie vorneweg, sie war die Schnellste von uns allen. Nach Bromberg sind wir auch zur Taufe von Tante Susi, und später dann von Mutter gefahren. In einem weißen Gewand sind sie beide in den Fluss hinein gestiegen. Im Idealfall sollte man sich bei diesen evangelischen Christen in einem Alter von ungefähr dreißig Jahren taufen lassen, so wie Christus. Sie haben den Glauben sehr ernst genommen! Es war nicht nur Folklore, es war kein Prunk, kein leeres Ritual. Sie hatten einen tiefen Glauben …

Es war schön bei Tante Susi, am Sonntag hat sie immer Kuchen gebacken. Und auch Mutter kam sonntags vorbei.“ Willi mochte diese Familien-Feiertage, wenn die Frauen herumwirtschafteten, etwas vorbereiteten, kochten, putzten, ihm über den Kopf streichelten. Wenn er einen Namen für dieses Gefühl finden sollte, wäre es – Glück.

Übrigens erinnert sich auch Zuzanna an die Sonntage im sozialistischen Polen. An den Duft von Pflaumenkuchen, an die von Basia auf dem Akkordeon gespielten Melodien. *Jarzębino czerwona, Oh du roter Vogelbeerbaum.* Keine Einkaufszentren, keine spektakulären Ausflüge, kein Internet. Stattdessen der einsame Gang in die Kirche (Mutter hatte in der Küche immer etwas zu tun, und der Vater war ja nicht katholisch), das Eintauchen in herzzerreißende, erhebende Gesänge, dann ein Sonntagsbad, ein Spaziergang durchs Neubauviertel, Stille. Klappe zu, Affe tot.

Mit den Jahren hatte sich Willi sehr von Tante und Onkel entfernt, war mit seiner Arbeit, der so genannten Karriere beschäftigt. Es war nicht mehr wie in Steinfels. Jeder lebte sein eigenes Leben … Sie hatten sich über Jahre nicht gesehen. In den letzten Jahrzehnten nur ein paar Mal. Die Treffen konnte man an den Fingern einer Hand abzählen. Erst kürzlich ist Willi mit Basia nach Wenecja gefahren, um nach Susis und Władeks Gräbern zu suchen, und er fand sie auf einem kleinen, malerischen Friedhof. Ein Passant, der plötzlich aus dem Nichts auftauchte und ihren Weg kreuzte, wies ihnen die Richtung zu den Gräbern.

Seltsam.

*

Überall ist es schön, aber zu Hause ist es am schönsten! Im traumhaft gelegenen Wenecja, bei Tante und Onkel, fehlte Willi dennoch etwas. Nun ja, seine Mutter. Und der ganze Rest der Sippe. Auf Dauer wollte Willi kein Leben so weit weg von der Mutter. Er wollte sie beschützen und die Gewissheit haben, dass es ihr gut geht. Sie war der Mittelpunkt seines Lebens, in Freud und Leid.

Auch wenn er sich gleichzeitig danach sehnte, in die weite Welt aufzubrechen, etwas aus seinem Leben zu machen, und nicht beim Stachowiak zu versauern.

Also riss er sich zusammen und machte Nägel mit Köpfen. Zuallererst entschied er, dass er von nun an Waldek heißen wird. Von Willi nahm er ohne Bedauern Abschied. Als nächstes packte er sorgfältig Wollpullover und Socken in sein Reisebündel und fuhr zur Mutter und dem Stiefvater nach Barlinek, in die Stadt! Es war Anfang 1949, Willi war achtzehn. Barlinek, einst Berlinchen, ein bezauberndes Städtchen! Obwohl es völlig zerbombt war, komplett in Schutt und Asche lag.

Christina, Staszek und Hans lebten in der »Paderewski«-Straße. Willi gesellte sich zu ihnen. Das Wichtigste war, seinen Lebensunterhalt zu sichern, denn niemand würde für Waldeks Ausbildung aufkommen. Also packte der Junge im Sägewerk mit an, wo Staszek bereits eine Arbeit ergattert hatte. Staszek erledigte dort hauptsächlich Maurer-, Verputz- und Renovierungsarbeiten. Willi arbeitete in der Tischlerei, hundert Meter von diesem Sägewerk entfernt. Reinste Knochenarbeit war das, aber Barlinek gefiel Waldek sehr. Kurheim oder Wenecja waren kein Vergleich dazu. Hier spürte man den Hauch der weiten Welt. Waldek fühlte sich wie neugeboren. Nach und nach schüttelte er die Vergangenheit ab, verdrängte sie aus seinem Bewusstsein. Er war jung, begabt, hatte sein ganzes Leben vor sich und beschloss, es nicht zu vergeuden. Er hatte solch ein Verlangen danach.

Nach einem neuen Leben.

„Kein Mensch hatte dort einen Schimmer, wer wir waren, woher wir kamen, notfalls erfanden wir etwas, und das war´s. Ich hatte da keine Skrupel. Außerdem war hier jeder aus dem Nichts aufgetaucht, ein Namenloser. Jeder war irgendwie ein Fremder. Ich wusste, dass ich, wenn ich jemand sein, anders als meine Familie leben will, hart dafür arbeiten muss. Meiner Mutter und Kowalczyk war meine Bildung völlig egal, sie haben keinen Wert darauf gelegt. Doch ich erinnerte mich noch gut an Frau Neumann ... Nach meiner täglichen Arbeit im Sägewerk habe ich also wieder die Schulbank gedrückt, Abendkurse besucht, um die Grundschule zu beenden, weil ich doch nur fünf Klassen hatte. Ich beschwerte mich nicht. Obwohl mir Kowalczyk abends das Licht ausknipste, wenn ich länger lernen wollte. Er sagte, dass wir *sparen* müssten, na ja … Kein Kommentar.

Ich saß bei Kerzenschein, und las, und las …“

*

Er vermisste seinen Vater, klar.

Später schärfte Waldek seinen Kindern ein: Lernt etwas, lernt, denn Wissen ist Macht, ihr habt doch die besten *Voraussetzungen*. Zuzanna konnte lange Zeit nicht verstehen, was das überhaupt sein sollte - diese Voraussetzungen - und worin ihr Glück eigentlich bestünde? Aber sie lernte, natürlich. Niemand hatte die Absicht, Waldek zu widersprechen.

„Nach sechs Monaten an der Abendschule habe ich die sechste Klasse beendet, nach einem weiteren Halbjahr die siebente. Damals machte man alles im Schnelldurchlauf. Kein einziges deutsches Zeugnis habe ich denen gezeigt. (Um Himmels willen, zur Hölle damit!) Ich habe alles vernichtet, die verseuchten Papiere verbrannt. Aufgrund eigener Angaben und einer Eignungsprüfung hat man mich in die sechste Klasse eingestuft. Kein Mensch ahnte auch nur, dass ich die ersten fünf Klassen in deutschen Schulen abgeschlossen hatte. Nur die Polnisch-Lehrerin fragte mich manchmal, was mit meiner Orthographie los sei. Ich hab furchtbare Fehler gemacht. ‚Du bist so gut in Mathe, was schießt du aber auch für schreckliche Böcke?!' Und ich redete mich damit raus, dass ich lange in Russland war, als polnischer Zwangsarbeiter, dass die Sowjets mich deportiert hatten, weiß Gott wofür, deshalb hätte ich ..."

Waldek lernte sehr schnell, und nach kurzer Zeit hatte er mit dem Polnischen keine Schwierigkeiten mehr. Seine Art sich auszudrücken wurde mit der Zeit sogar vornehmer und kultivierter als bei einem gebürtigen Polen, auch wenn die Zeit zum Lernen eigentlich knapp war. Nach der Arbeit wusch er sich schnell notdürftig in einer Schüssel, schnappte sich im Laufschritt ein von der Mutter in Zeitungspapier eingewickeltes Butterbrot und hetzte zur Schule.

Nachts bekam Waldek in seinen Träumen nach wie vor Briefe von seinem Vater, manchmal waren sie jedoch so fest verschlossen, dass er sie nicht aufreißen konnte. Tagsüber kamen von Zeit zu Zeit reale Briefe - von Georg. Er wollte die Mutter und die Familie in die Bundesrepublik, nach Westdeutschland holen. Dort sollte es gar nicht so übel sein, ihm selbst ging es jedenfalls immer besser. Aber Christina sah sich außerstande, eine solche Entscheidung zu treffen, hatte sie doch gerade ein neues Leben in Polen angefangen. Zudem widersetzte sich auch Staszek einem solchen Ansinnen, obwohl er Georg mehr mochte als Willi.

Sie blieben in Polen.

War das gut oder schlecht?

*

Gern denkt Willi an Barlinek zurück! Er war jung, fand dort ein paar gute Freunde. Und er machte die Bekanntschaft mit einem Mann, der, bevor es ihn nach Barlinek verschlug, mitten in Krakau zu jeder vollen Stunde vom höchsten Turm der Marienkirche in alle vier Himmelsrichtungen auf dem Kornett eine kurze Turmmusik, *Hejnał* genannt, blies. Irgendwie wurde er dort aber politisch auffällig und landete zunächst im Knast, dann in Barlinek. Denn in den neuen polnischen Westgebieten war ein Neuanfang mit einer anderen Identität am einfachsten, besonders dann, wenn jemand etwas zu verbergen hatte. Und das hatte der junge Mann aus Krakau, genau wie Willi. Ein überaus gescheiter Kerl, er imponierte Waldek. Menschen dieses Schlags hatte er vorher noch nie gesehen. Der Bekannte war zwar viel älter, aber er bestand darauf, dass sie sich duzen. „Du kannst ruhig du zu mir sagen“, meinte er, „ich bin bloß ein *rückfälliger Häftling.*“ Willi erinnert sich noch genau an diesen schwierigen, zweigliedrigen Begriff. Dieser Mann öffnete seinen Blick, verschaffte ihm eine andere Perspektive. Er war einer aus der großen Welt, aus der Metropole. Und er spielte so schön auf dem Kornett auf Festen, Namenstagen, Hochzeiten. Sein Name war wohl Antoni. Genauso hieß dieser Schlesier, mit dem Willi aus Odessa geflüchtet war. Unter seinem Einfluss begann Waldek, wieder Mundharmonika zu spielen. In seinen Ohren klangen noch immer die ukrainischen Lieder aus Steinfels, die sich in etwas Unwirkliches, in eine ungestillte Sehnsucht verwandelt hatten.

Ja, der Antoni, Kornettist aus Krakau. Ein rückfälliger Häftling, ein Verweigerer der neuen politischen Ordnung. Für Waldek eine weitere beflügelnde Begegnung.

*

Bald darauf landete Waldek selbst in der Nähe von Krakau, der polnischen Königsstadt, juhu! Antonis große Stadt hatte ihn angelockt. Er ließ sich für die Aktion »Dienst für Polen – *Służba Polsce (SP)*« anwerben. Der Arbeitsdienst war freiwillig. Drei Monate lang baute Waldek im Osten von Krakau den großen Arbeiterstadtteil »Nowa Huta«, also »Neue Hütte«, der bourgeoise Strukturen aufweichen und den Charakter der mittelalterlichen Stadt im sozialistischen Sinne verändern sollte. Er tat das für einen symbolischen Lohn, eine dünne Gemüsesuppe und eine Uniform.

Ja, die Behörden in ganz Polen forderten die Jugend dazu auf, beim Wiederaufbau des aus Trümmern auferstehenden Vaterlandes zu helfen, riefen nach starken Händen. „Also dachte ich mir, dass es dort spannender sein könnte als im Sägewerk. Ich war jung und abenteuerlustig, wollte leben, die Welt kennenlernen.

Schlimmer als im Sägewerk konnte es dort ja nicht sein! Ich hatte nichts zu verlieren.

Schon bald hat war meine Uniform mit Auszeichnungen übersät - für den beispielhaften »Dienst für Polen«, für den Bau der »Neuen Hütte«, und so weiter."

„Nicht übertreiben!", ruft Basia aus dem Hintergrund.

„Lange Zeit noch habe ich den Dienstausweis und die schriftliche Belobigung aufbewahrt. Verflixt nochmal, wo ist das alles nur geblieben, selbst meine Abzeichen sind verschwunden, vom Erdboden verschluckt, vom Winde verweht. Wahrscheinlich habe ich sie zuhause in Barlinek gelassen, als ich zur Armee ging. Später hat dann Hans meine Uniform getragen. Sie war sehr schön, aus elegantem, buntem Drillich, grün, denke ich. Sie bestand aus einer Hemdbluse mit Taschen, einem breiten Gurt aus Sackleinen mit Auszeichnungen dran und weiß-roten Streifen auf den Schulterstücken. Eine Uniform zu jener Zeit, das machte was her! Man hat immer ordentlich ausgesehen, man hat Respekt und Bewunderung geweckt. Und man musste kein Geld für Klamotten ausgeben, denn Mutter hatte es ja nicht so dicke. Nach vielen Jahren habe ich Mutter und Kowalczyk gefragt: ‚Liebe Familie, wo sind denn all die Auszeichnungen für meine »Dienste für Polen« abgeblieben?' ‚Welche Auszeichnungen??? ..., ach, du meinst diese Blechmarken? Die haben wir weggeschmissen, glaube ich', ließ Kowalczyk vom Stapel.

Was haben ihm schon meine Auszeichnungen bedeutet? Die waren ihm doch völlig schnuppe!

Zusammen mit dem Verband der Polnischen Jugend (»ZMP«) habe ich auch Kriegstrümmer beseitigt." „*Wir, der ZMP*", fällt ihm Basia ins Wort, „*fürchten den reaktionären Widerstand nicht mehr. Auch wenn sie uns Komsomolzen nennen, wir werden nicht aufgeben, umso mehr! Niemand fürchtet den Widerstand, nein, oh nein, nein!*" „Oh ja, man packte mit an, freute sich, hoffte auf ein besseres, friedliches Leben, auf mehr Gerechtigkeit."

Waldek wird nachdenklich ...

Und Basia erinnert sich daran, wie sie damals – das war schon in Stettin – aufgerufen wurden, die in Trümmern liegende Hauptstadt wieder auferstehen zu lassen. Die Schülerinnen aus ihrem Wirtschaftstechnikum standen zu einer Menschenkette aufgereiht und reichten die von Mörtelresten abgeklopften Ziegelsteine der bombardierten, ehemals deutschen Häuser von Hand zu Hand weiter, damit diese nach Warschau abtransportiert werden konnten.

Komm und kremple die Ärmel hoch, spuck in die Hände,
pack mit an,
Nimm die Kelle, stell dich auf unsere Seite, sei unser Mann.
Weil es für unser Warschau ist, für unser Land.
Und so jeden Tag, ganz ohne Ruhe und Stillstand.

Wir bauen ein neues Haus,
Noch ein neues Haus.

Lasst die Mauern hoch in den Himmel schießen, geschwind,
So lange die Hände nach Arbeit greifen und eifrig sind (...).

„Das Lied lief oft im Fernsehen!", sagt Basia.

„Oh, Zuzanna", Willi gerät ins Schwärmen, „deine Mutter sang früher viele Lieder, und ich hab ihr gern zugehört. Sie hatte so eine schöne Stimme! Bei der Ziegelaktion habe ich übrigens auch mitgemacht. Wir Soldaten haben sonntags die Trümmerziegel aus Stettin auf die Züge geladen. Bei der Kartoffelernte haben wir auch geholfen. Die Arbeiter in den »LPGs« haben es alleine nicht hinbekommen, brauchten Verstärkung. Wenn ich dann aber als Kommandant mit sechzig Soldaten anrückte, ging es ratzfatz und die Kuh war vom Eis."

*

Nach der schönen Zeit in Krakau ging es erstmal wieder zurück nach Barlinek.

Von der Arbeit im Sägewerk konnte Willi nicht viel erwarten. Er fühlte, dass er hier weder vorankommen noch aufsteigen würde, und er hatte nicht die Absicht, ein Leben lang wie sein Stiefvater zu malochen. Hibbelig suchte er nach etwas anderem, durchforstete rastlos Zeitungen. Irgendetwas trieb ihn an. Er war bereit, für dieses Etwas sein Zuhause abermals für einige Zeit zu verlassen, weit wegzufahren, sich nicht mehr länger am Rockzipfel der Mutter festzuklammern. Und siehe da. Irgendwo stieß er auf eine Anzeige: die Ingenieur-Fachhochschule in Beuthen, also Bytom, in Oberschlesien nahm gerade Studenten auf! Ohne zu zögern bewarb er sich. Beinahe wäre er studierter Bergmann geworden! Und er hätte Basia nie kennengelernt. Und weder Zuzanna noch Edek wären geboren worden.

„Für die Zulassung brauchte man kein Abitur, es war Nachkriegszeit. In zwei Jahren konnte man dort erst einmal die Reifeprüfung nachholen und dann innerhalb von drei Jahren Ingenieur für Bergbau werden. Warum auch nicht? Sie versprachen jedenfalls goldene Berge. Vielleicht hätte ich dort Antoni getroffen, meinen schlesischen Kumpel. Ich hätte dort in Oberschlesien bestimmt gute Perspektiven gehabt …" Hier fällt ihm Basia ins Wort: „So ein Ingenieur, wenn der in den Schacht hinunterkriechen müsste, wäre er vor lauter Schiss hinüber, dann wäre Ende im Gelände mit dem Ingenieur!"

Waldeks Bewerbung wurde jedoch abgelehnt, da genau in demselben Jahr der Sejm entschied, die Einberufung der Rekruten um ein Jahr vorzuziehen. Auch Waldek war davon betroffen. Nach der Absage und der Kenntnisnahme seiner vorzeitigen Einberufung änderte er ohne groß nachzudenken seinen Plan und beschloss, ins kalte Wasser zu springen, die Gunst der Stunde zu nutzen, komme was da wolle. Die Armee fürchtete er nicht, im Gegenteil, sie zog ihn magisch an, er spürte die Energie eines Anführers in sich. Er ging aufs Ganze, traf eine klare Entscheidung – da das Militär sowieso in einem halben Jahr nach ihm greifen würde, sollte er wohl lieber selbst zugreifen, am besten unverzüglich. Und dann einfach raus aus dem Haus, das immer enger und bedrückender wurde, wo die Mutter in der Küche leckere, aber gehaltvolle Speisen brutzelte, raus aus dem Haus, das Staszek Kowalczyk Tag für Tag zur Tischlerei verließ und mit gesenktem Kopf wieder zurückkehrte, wo sich der kleine Jacek, sein inzwischen geborener Halbbruder, um die eigene Achse drehte und die ersten Worte – ausschließlich auf Polnisch – plapperte. Waldek fühlte sich dort mittlerweile wie ein rückfälliger Häftling, oder zumindest wie ein Tiger im Käfig.

Im Herbst '49 meldete sich Waldek freiwillig zum Dienst bei der Polnischen Volksarmee und wurde sofort mit Handkuss angenommen. Militärische Zucht und Ordnung kannte er aus der Hitlerjugend, und es machte ihm keine Angst – weder der Drill, die anstrengenden Manöver und sportlichen Exzesse noch all die anderen Anforderungen. Nicht umsonst war er ein Galiziendeutscher, obwohl er sich ausgerechnet damit (unter den neuen Umständen) nicht brüstete. Nicht umsonst hatte sein Vater die Wölfe bezwungen und ein Häuschen mit Veranda gebaut. Nicht umsonst war Waldek alias Willi als Sechsjähriger in der Dämmerung losgeflitzt, um Zigaretten für den sterbenden

Vater zu holen, mit der kläffenden Hundemeute im Nacken. Nicht umsonst hatte er von der Mamme die Prügel mit dem Holzscheit für den fliegenden Stein in der ukrainischen Suppe eingesteckt.

Waldek war abgehärtet. Außerdem war auch sein Vater Johann seinerzeit beim polnischen Militär und sah in der Uniform prächtig aus. Waldek wusste, wo die Mutter das Bild des Vaters in der polnischen Uniform aufbewahrte, und manchmal schaute er es sich an. Jedes Mal, wenn er es später Zuzanna zeigte, fragte er: „Stimmt´s, dass ich ihm ähnlich sehe?"

„Sicher, Papa."

Waldek war zuversichtlich, dass er das Militär meistern kann. Und wie immer lag er damit nicht falsch.

Die schönsten Jahre seines Lebens standen ihm unmittelbar bevor.

*

Zum Offizier macht dich nicht Abitur, sondern ehrlicher Wille nur, lautete damals die Parole. Also strebte Waldek von Anfang an die Offizierslaufbahn an. Allerdings machte er auch das Abitur, die Armee kümmerte sich um seine Ausbildung, schätzte ihn wie ein seltenes Sammlerstück.

Doch zunächst musste der erste Schritt getan werden. Der erste Schritt war der Aufbruch zum Militärkommando in Dęblin und die freiwillige Meldung zum Dienst. Dies tat Waldek auch unverzüglich, nachdem er die Absage aus Bytom erhalten hatte, er hatte keine Zeit zu verlieren, die Sache duldete keinen Aufschub. Am Anfang schickten sie die Rekruten zur Militäreinheit nach Leslau, also Włocławek. Akkurat rasiert, fühlte er sich dort sofort pudelwohl. Gern trug er sein Haar kurz und ordentlich geschnitten. Er war in seinem Element. Nach kurzer Zeit wurde er zum Liebling der Vorgesetzten, seine Leidenschaft für die Sache war nicht zu übersehen, jede seiner Bewegungen, jede Geste verriet das. Zuzanna kann sich das lebhaft vorstellen, denn später brachte er der Dreijährigen – so zum Spaß – das Marschieren bei: „HALT! Stillgestanden, rüüührt euch, liiinks um", rief er ihr zu. Sie marschierte dynamisch und salutierte, und Basia weinte Tränen vor Lachen. Zuzanna war der erstgeborene Sohn. Die Eltern überlegten sogar, sie vielleicht auf die Marineakademie zu schicken, sie sollte Matrose werden, allerdings wurde aus ihr unverhofft erstmal eine weiche und sentimentale Person, die sich mitunter vor ihrem eigenen Schatten ängstigte. Sie ließen es bleiben.

Schlimmer noch, es stellte sich später heraus, dass selbst Edek nicht in Waldeks Fußstapfen treten wollte. Als wäre das nicht genug, drohte er sogar, sich etwas anzutun, wenn der Vater ihm nicht helfen würde, der Armee zu entgehen. Waldek schlug die Hände über dem Kopf zusammen … Dennoch half er ihm aus der Patsche.

Vorerst war Waldek aber noch jung und stürzte sich gerade ins Leben. Zum Glück mischte sich da niemand sonderlich ein. Mutter weinte, aber sie konnte ihn nicht aufhalten. Kowalczyk schwieg, und seine Meinung war Waldek sowieso egal. Er wollte leben, wie es ihm gefiel. *„Ich wollte meinen eigenen Weg, mit dem Kopf durch die Wand, wir hatten manchen bösen Streit, und ich verließ das Land…"*, trällert Basia. Denn Basia singt immer, bei jeder sich bietenden Gelegenheit, ob es passt oder nicht.

Waldek tat es nur leid, seinen jüngeren Bruder Hans, der jetzt Heniu hieß, bei der Mutter und Kowalczyk zurückzulassen. Er befürchtete, dass der Junge in Barlinek vor die Hunde gehen würde, aber dagegen war nichts zu machen. Waldek war klar, dass die Armee die Chance seines Lebens war, dass er jetzt alles auf eine Karte setzen musste, wenn er was werden wollte.

Und weg war er.

Gerade mal drei Monate blieb er Rekrut, Gefreiter. Frühmorgens trieb man sie zur Gymnastik an, in langen Hemden, unter denen sie pudelnackt waren. „Einigen von ihnen hingen diese Hemden bis zu den Knien. Weißt du, wie lächerlich das aussah?" „Nun, das hängt davon ab, wie groß man war", wirft Basia schnippisch ein.

*

Preußische Disziplin herrschte dort, aber nur am Anfang. Später, so Willi, wurde alles gelockert, und heute ist die Armee sowieso nicht mehr das, was sie mal war, sondern reiner Zeitvertreib, eine Ansammlung von Pappkameraden, eine Farce. Gleich nach diesen drei Monaten wurde Waldek befördert und hielt nun als Korporal und Befehlshaber seine ehemaligen Kameraden auf Trab. Er hatte nie genug davon.

Mit glühender Begeisterung führte er in Włocławek die gesamte Kompanie in die Waschräume! Sie marschierten mit lautem Gesang. „Ach, das war kein Gesang", korrigiert Willi, „wir brüllten wie die Ochsen: *Szumi dokoła las ... Czy to jawa, czy sen ... Der Wald rauscht um uns herum, ist es Wirklichkeit oder ein Traum, woran erinnert dich, woran erinnert dich, dieses vertraute Bild ... siehst du, siehst du, wie die Oka fließt, so breit und tief wie die Weichsel ... das blutige Ufer der Weichsel, das Herz tut so weh, unsere Weichsel in deutscher Hand ... wunderschön ist das Ufer der Weichsel, wir kommen dorthin, wir kommen bis zur Weichsel, bis nach Danzig, wir kommen an ...*"

Und wieder sammelte Waldek in kürzester Zeit Punkte, vervollständigte seine Kollektion von Auszeichnungen. Zum Beispiel das Abzeichen »Bester Pontonier« – er hat so ein schönes Foto, in einem Ponton, in einem großen Rettungsring sitzend. Auf dem Ring kreuzen sich zwei Äxte, die von einem Lorbeerkranz gerahmt sind, wie auf dem entsprechenden Abzeichen. Zu dieser Zeit war er auf der Unteroffiziersschule für Pontoniere und Pioniere. „Diese Medaille hatte ich noch sehr lange zu Hause", seufzt Willi, „selbst noch zu Zeiten als wir in der »Malczewski«-Straße wohnten. Sie hat mir viel bedeutet, es war nicht leicht, sich so was zu verdienen. Ich besaß auch ein anderes Abzeichen der Unteroffiziersschule – »Bereit für Arbeit und Verteidigung«. Dafür musste man sich durch sportliche und militärische Leistungen hervortun. Das war ein besonders schönes Stück. Wie das Leben dort war? Den ganzen Tag hat man an verschiedenen Wettbewerben teilgenommen – Schießen, Handgranatenweitwurf, Gymnastik, Springen über das Pauschenpferd, Übungen an der Reckstange und dergleichen. Seit meiner Kindheit habe ich gern Sport getrieben, ich brannte geradezu dafür. Edek hat das wohl von mir. Und was die Auszeichnungen betrifft, so denke ich, dass Zuzanna wohl mit ihnen gespielt hat, als sie klein war. Und sie hat sie irgendwo verschlampt. Sicher sind auch bei meiner Mutter und Kowalczyk diverse Unterlagen verloren gegangen, meine Zeugnisse, Dokumente von der Offiziersschule, technische Gebrauchsanweisungen für Parallel- und Reihenschaltkreise, mein Literaturheft von der Oberschule, in dem das Mittelalter so schön ausgearbeitet war! Wir hatten so einen guten Polonisten, und alles, was er erzählte, notierte ich mir sorgfältig, saß nächtelang, ging die Seiten immer wieder durch …“

*

Waldek war eigentlich furchtlos, ein paar Mal im Leben packte ihn jedoch die Angst. Am schlimmsten war es während der Nachtwachen, wenn sie einzeln im dichten Wald die Militäreinheit absicherten. Dann konnte alles, jedes Geräusch, jede Kontur eine tödliche Gefahr ankündigen. Man steht und grübelt, schläft ein, erstarrt, zittert vor Entsetzen. Genauso muss sich Johann gefühlt haben, als er die Felder in Steinfels bewachte. Einmal zertrümmerte Waldek während seiner Wache im Munitionslager irgendwo an der Oder einen Baum in tausend Stücke, weil er meinte, es wäre ein Mensch oder vielleicht, Gott bewahre, irgendein Baum-Mann. Das setzte ihm mehr zu als die Übernachtungen auf den ehemaligen deutschen Friedhöfen während der Manöver, obwohl auch das kein Zuckerschlecken war. „Wer ist da?", rief er als erstes. „HALT, oder ich schieße!" Er hielt sich an alle vorgeschriebenen Prozeduren bevor er abdrückte. Und da er keine Antwort erhielt, zerschoss er regelrecht den Baum mit einer Kugelsalve, die Rinde zerbarst, die ganze Wachmannschaft eilte ihm zu Hilfe. Ein ähnliches Schicksal ereilte leider ein Pferd. Waldek konnte nicht erkennen, ob es ein Eber oder ein Mensch oder irgendein anderes Wesen war. „Ach, nun ja, die Bäume rauschten, die Eulen schrien, man hatte immer das Gefühl, dass sich jemand nähert, dass er lauert, sich heranschleicht. Was hätte man tun sollen? Wären wir zu zweit auf Patrouille anstatt jeder für sich allein, wäre es etwas anderes. Ja nun, in der Nähe grasten Pferde auf einer Wiese und eins hat sich unnötigerweise in die Büsche geschlagen, und dann ist es passiert. Was hatte es auch dort verloren!"

Ein Fähnrich erschoss mal versehentlich während seiner Wache einen Mann, und er hatte sogar das Recht dazu, schließlich warnten Schilder vor unbefugtem Betreten des militärischen Geländes. Manch anderer schoss auf Vögel, auf alles, was sich bewegte, existierte, und sogar darauf, was nicht existierte. Besonders darauf, wahrscheinlich. Und es gab auch welche, die schossen auf sich selbst.

Kurz darauf steckte ein Kamerad aus der Truppe Waldek mit seiner Begeisterung für die Luftwaffe an, aber das brachte nichts als Ärger. „In diesem Alter hängt viel von den Kameraden ab", kommentiert Basia. Also, die Luftwaffe ging Waldek nicht mehr aus dem Kopf. Und das, was ihm durch den Kopf ging, wurde schnell zur Realität. Bereits nach sechs Monaten erhielt er eine Empfehlung für die Offiziershochschule der Luftstreitkräfte in Dęblin. „Das war schon zu Zeiten des Kalten Krieges, sie brauchten damals Piloten, und wer von uns träumte nicht davon, Pilot zu sein!", schwärmt Willi. Es gab nur einen Haken. Waldek hatte eine Sehschwäche, er war kurzsichtig. Kein relevantes Hindernis (wenn es nach ihm ginge)! Außerdem, so Basias Ansicht, wer A sagt, muss auch B sagen. Waldek und sein Freund beschlossen, einen anderen Kollegen anstelle von Waldek zum Augentest zu schicken. Gedacht, getan. Die restlichen Untersuchungen meisterte Waldek mit Bravur allein und wurde bei der Luftwaffe aufgenommen. „Am Ende kam die Wahrheit jedoch ans Licht“, gibt Willi zu, „als wir im Maisfeld landeten.“ Schon oft hat er seinen Kindern davon erzählt.

„Tatuś, stimmt das wirklich, ist das wahr?“, fragt Zuzanna.

Die Frage geht ins Leere.

„Bei späteren Kontrolluntersuchungen flog der Schwindel ganz einfach auf, und die entsetzten Ärzte versuchten herauszufinden, wie das passieren konnte. Sie setzten mich unter Druck, also gestand ich.“ Basia: „Und bestimmt sagte er, dass es ihm leid tut, aber er wollte doch unbedingt Pilot werden. Und dann haben sie ihn für vierundzwanzig Stunden oder vielleicht auch zehn Tage unter Arrest gestellt. Ich hab gehört, dass man so viel für so was bekommt.“

„Ach Papperlapapp, Quatsch mit Soße“, protestiert Willi. „Nun, wir haben etwas Prügel eingesteckt. Na gut, wir wanderten für zehn Tage in den Knast, aber irgendwie habe ich es ja überlebt. Trotz allem wollte man mich in dieser Flugschule behalten, mich zum Navigationsoffizier ausbilden, das war aber nicht mein Traum. Ein Navigationsoffizier ist nun mal kein Pilot. Für solch eine Karriere haben wir nicht gekämpft. (Ein Lachen.) So bin ich verdrossen und unverrichteter Dinge nach Włocławek zurückgekehrt. Vom Chef hatte ich eigentlich eine Rüge erwartet, stattdessen sagte er aber: 'Nun, Gefreiter, Sie haben in betrügerischer Absicht gehandelt, weil Sie unbedingt Offizier werden wollten. Nun, wenn dem so ist, dann werden Sie jetzt zur Offiziersschule nach Wrocław fahren. Alles klar?'“

Ha! Waldek ging also doch noch weg. An die Offiziershochschule für Militärtechnik in Breslau, deren Spezialgebiet die Ausbildung von Pionieren und Pontonieren war. Zum ersten Mal in seinem Leben ging er in eine wirklich große Stadt, obwohl er im Endeffekt nicht wirklich viel von ihr mitbekommen sollte. Außer vielleicht dem Zoo? Nach einem Jahr war er bereits Fähnrich und hatte sein Diplom in der Tasche. Nur muss inzwischen irgendjemand das alles irgendwo vernichtet haben, Zeugnisse, Abzeichen. Verdammt ...!

Nun ging es Schlag auf Schlag. Waldek war ja mit Beginn der Ausbildung bereits Unteroffizier und keine Schulterglatze mehr. Und das Nachkriegs-Polen geizte nicht mit Aufstiegschancen. Alles sollte möglichst schnell gehen. Die gesamte Ausbildung dauerte zwölf Monate, das Programm wurde angesichts der wachsenden Spannungen zwischen Ost und West gerafft. Man brauchte auf Teufel komm raus Offiziere. Die polnische Armee war zahlenmäßig recht beachtlich, zählte etwa dreihunderttausend Soldaten. Niemand hatte den leisesten Verdacht, dass Waldek eine deutsche Abstammung auf dem Gewissen hat und einen Bruder in der BRD! Waldek hatte zu niemandem auch nur ein Sterbenswörtchen darüber fallen lassen. Mehr noch, er hatte es scheinbar selbst vergessen! Seinen Nachnamen Keller schrieb er nicht mehr mit zwei „l", sondern nur mit einem. Sein Name war also nun Waldek Keler, in Gnesen hatte ihm der Führer niemals auf die Schultern geklopft, es wurden ihm keine Würste von den Soldaten der Wehrmacht zugeworfen, und auch kein zerfleddertes Pferd war vom Himmel auf ihn gefallen, um dann die Hufe hochzureißen. Er war nur in Russland, zu Schwerstarbeit verknackt, als polnischer Patriot.

*

„Dann ging alles schnell, es lief wie am Schnürchen, meine weiteren Beförderungen, Unterleutnant, Leutnant, Hauptmann ..."

Der Alte, dem Waldek einst in den Wäldern begegnet war, hatte also Recht behalten – der sozialistische Staat brauchte Leute wie ihn, die bereit waren, aufs Ganze zu gehen. In Gedanken grüßte Waldek den alten Mann. Und er fühlte mit den Soldaten der Heimatarmee, die damals auf die Erlösung durch die Alliierten warteten, mit. Seine Begegnung mit ihnen hatte er ebenfalls nicht vergessen und hoffte, sie würden durch die angekündigte Amnestie freikommen. Blitzartig kletterte er indessen die Karriereleiter hinauf, fast noch schneller als jene Leiter, die heute am Kirschbaum in seinem Garten steht. Von letzterer war er ein paar Mal gestürzt und hatte einige Kratzer davongetragen, obwohl Basia ihn absicherte. Entweder brach eine Sprosse, und die Leiter geriet ins Wanken oder er musste ein wild gewordenes Frettchen verjagen, das plötzlich aus irgendeinem Loch hervorsprang und ihm an die Gurgel wollte. Basia versucht zu helfen, wenn er hochklettert, aber es klappt nicht immer. Mit Basias Hilfsleistungen ist es so eine Sache. Erst kürzlich reparierte der Schornsteinfeger den Schornstein an ihrem Haus in Stettin. Er stand auf dem spitzen Dachgiebel während Basia ihn vom Garten aus im Auge behielt, um notfalls zu Hilfe zu eilen – falls ihm schwindlig werden sollte. Dabei verlor sie - allein vom Zusehen! - selbst das Gleichgewicht und musste letztendlich mit einem Glas kaltem Wasser wiederbelebt werden.

Basia und ihre Kamikazeeinsätze! Als einmal Edeks Auto nicht anspringen wollte, musste die Fünfundsiebzigjährige unbedingt beim Anschieben helfen. Man vermochte sie nicht vom Wagen loszureißen. Am Ende brach sie sich den Arm. „Weil sie ihrem liebsten Söhnchen unbedingt was Gutes tun wollte!“, stichelt Willi. Danach musste sie ein paar Wochen sitzend im Sessel schlafen - eine Qual! Das kommt davon, wenn man sich ständig um andere sorgt und nie bei sich ist. Waldek hat dazu seine eigene Theorie. Er meint, Basia sei übereifrig, und dies sei die Wurzel allen Übels.

*

„Als Zugführer studierte ich in Wrocław, wie man Pontonbrücken, also schwenkbare Schwimmbrücken und Straßen baut, das Gelände vermint und von Minen räumt. Wir haben Brücken an der Oder errichtet. Das war reinste Schwerstarbeit wegen der reißenden Strömung. Ich hab in der Kaserne gewohnt, hatte eine schöne Uniform mit Barett.

Es herrschte Zucht und Disziplin, aber ich habe mich nicht beschwert. Jeden Tag zwölf Stunden Unterricht, dann zwei Stunden Selbststudium und erst dann hatte man Freizeit. Nur der Sonntag war frei, da machte ich Sport – Schwimmen, Gewichtheben, Handgranatenweitwurf, Triathlon, Fünfkampf, Boxen im Garnisonclub und so weiter und so fort. Abends haben wir uns in Wettkämpfen gemessen. Oh Mann, in so einer großen Halle sind wir beim Boxen ganz schön aufeinander losgegangen.

Sonntags konnte man dann auch Briefe schreiben, Radio hören, für ein paar Stunden in die Stadt gehen, wenn man Ausgang hatte. So war das halt.

Nach Hause? Von wegen nach Hause! Nein! Solche Urlaube hat uns keiner gewährt. Einmal hielt Mutter es nicht mehr aus, weil ich lange nicht geschrieben hatte, und ist unerwartet in der Kaserne aufgekreuzt. Der diensthabende Offizier informierte die Kompanie, dass meine Mutter auf mich wartet. Der Kommandant hat mir vier Stunden frei gegeben und so setzte ich mich mit ihr in einen kleinen Park hinter der Kaserne. Sie hatte etwas Hefekuchen mit Obst mitgebracht, so köstlich! Er schmeckte wie der Apfelkuchen meiner Oma, damals in Steinfels. Geld habe ich von meiner Mutter aber nicht bekommen, keinen Groschen. Was sie nicht hatte, konnte sie auch nicht geben. Ich war derjenige, der ihr und Kowalczyk geholfen hat.

Ja. Heniu beendete währenddessen die erste Klasse der Technischen Berufsschule in Myślibórz und das war´s. Nach dieser ersten Klasse schmiss er alles hin und ging arbeiten. Es war sogar unsere Mutter, die ihn dazu überredet hatte, die Schule zu verlassen und arbeiten zu gehen, denn Kowalczyk musste für drei Monate ins Krankenhaus, er hatte ernsthafte Probleme mit dem Rücken. Das Geld war ohnehin knapp, und Kowalczyk wurde während seiner Krankheit das Gehalt gekürzt. Ich hab ihnen damals einen Brief geschrieben, dass Heniu auf keinen Fall die Schule schmeißen sollte, aber ich stieß auf taube Ohren. So ein talentierter Junge, jammerschade! Er machte nicht einmal die mittlere Reife, sondern folgte Kowalczyk ins Sägewerk, und damit hatte es sich´s. Zur Arbeit trug er seine Schuluniform mit einer hübschen Schirmmütze. Pfff, als ob das etwas ändern würde. Den Abschluss hatte er trotzdem nicht in der Tasche. Übrigens besaß er zwei Uniformen, ich überließ ihm auch meine, die aus der Zeit »Dienst für Polen«, die ich in »Nowa Huta« bekommen habe. Damals achtete jeder die Uniform!"

Kleider machen Leute – ein deutsches Sprichwort, mit dem Zuzanna sich lange Zeit nicht anfreunden konnte und vermutlich bis heute nicht kann. „Ach was, *Kleider machen Leute!* Leute machen Kleider", meint sie trotzig.

Aber sie ist sich dessen gar nicht mehr so sicher.

Zuzanna sitzt an der Ostsee, in einer Pension mit Blick auf das Meer, haut in die Tastatur, füllt den Bildschirm mit Buchstaben. Deswegen sitzt sie hier, in diesem Misdroy. Aber auch, um mehr Zeit mit Milena zu verbringen. Nach einem gemeinsamen Spaziergang am Meer besetzt Zuzanna nun den Balkon mit ihrem Laptop, hört das Rauschen der Wellen und die summenden Geräusche der *Shuffleboard*-Spiele aus dem nahe gelegenen Pub. *Ballermann Sechs,* sagen die Deutschen dazu. Merkwürdig – das beruhigt sie. Seit Jahren kommt sie hierher, kennt das gut. Sie knabbert Salzgurken, die Basia für sie in einem kleinen Fässchen eingelegt hat, obwohl sie - wie immer! - eigentlich keine Kraft dafür hatte. Aber ohne Gurken ans Meer? Basia hätte das nie zugelassen. Denn leider werden keine Salzgurken mehr am Strand verkauft, nur noch Eiskaffee, Blaubeerpfannkuchen und heiße Maiskolben, neuerdings auch Nachos. Knackige Verkaufssprüche wie früher gibt es selten. Der beste ist noch: *Hat es zwischen dir und deiner Frau gekracht, kauf ihr einen Eiskaffee, damit sie wieder lacht!* Zur Vorwendezeit musste man ein kreativer Spaßvogel sein, um etwas am Strand zu verkaufen.

Zuzanna wird so lange auf dem Balkon sitzen, bis die Motten angeflogen kommen, um ihr Gesellschaft zu leisten. Gegen Mücken lässt sie eine grüne Insektenspirale abbrennen, obgleich sie nicht sicher ist, ob dieses Zeug, dieses Mückentötolin, nicht auch für sie tödlich ist. Jedenfalls macht es die Wirkung der Seeluft zunichte. Und ob es auch Motten, diese wildlederartigen Schmetterlinge der Nacht, abschreckt, ist die Frage. Das Schreiben auf dem Balkon ist jedenfalls tausendmal besser als die obsessive Kontrolle, ob man nicht endlich wieder eine nette Nachricht im Postfach hat, jemandes Zuspruch für das, was man tut, wer man ist, wie man lebt. Zuzanna beschließt, heute auf den Blick in die Mails zu verzichten, was nicht schwierig ist, da ihre Tochter ja sowieso die mobile Internetverbindung in Beschlag nimmt. Es hat keinen Sinn, darum zu kämpfen, immer öfter überlässt sie diese widerstandslos dem Kind. Sollen sich doch alle ohne sie auf FB befreunden, sich gegenseitig lobhudeln, die Welt wird daran nicht zerbrechen.

Hoffentlich!

Wenn die Verzweiflung wieder einmal keine Grenzen kennt, ruft sie sich den Gedanken eines bekannten Schriftstellers in Erinnerung: Wenn ein Krieger die Lust am Kämpfen verliert, kämpft er ohne Lust weiter. Weil sie eines Tages zurückkommen wird.

*

Waldek hatte nun eine Offiziersuniform, er war endlich Jemand, absolvierte die Offiziershochschule für Militärtechnik in Breslau mit der Spezialisierung zum Pionier – Minenräumung und Brückenbau – und war versorgt, konnte sogar seiner Mutter und Kowalczyk unter die Arme greifen. Er wird niemals ein Handlanger, Fleischer, Knecht oder Tischler sein. Er wird nie mehr mit seinem Stiefvater Staszek und einem in eine Zeitung gewickelten Butterbrot ins Sägewerk trotten.

Sie stellten Waldek drei Regimente zur Auswahl: Bydgoszcz, Poznań und Szczecin. Waldek entschied sich für Szczecin, weil es Barlinek am nächsten war, wo ja noch die Familie lebte: Mutter, Stiefvater, Heniu und der kleine Jacek. Waldek stand ihnen noch immer sehr nahe, fühlte sich für sie verantwortlich. Eine Freundin hatte er vorerst nicht.

Er besuchte recht oft die Familie in Barlinek, hatte mit ihnen immer eine tolle Zeit. Im Sommer verbrachte er dort seinen Urlaub, ganze zwei Monate. Er kam auch über Weihnachten. Zwar war er da schon Offizier, aber immer noch ein bisschen Kind. Was sind schon dreiundzwanzig Jahre? Mit Kowalczyk fällten sie im Wald jedes Jahr einen Christbaum, den Mutter dann schmückte, und richteten das Fest aus. Christina kochte ihre berühmte Pilzsuppe und Kartoffel-Krautwickel, die *Holobtjer,* und alle waren glücklich. Waldek gewöhnte sich inzwischen an seinen Stiefvater, es hatte keinen Sinn mehr gegen ihn aufzubegehren. Dafür kommt es heute allzu oft vor, dass ein Kerl an der Seite seiner Tochter oder der Enkelinnen ihm gewaltig auf den Zünder geht.

*

„Aber erzähl doch, was du einmal in diesem Barlinek ausgefressen hast!“, drängt Basia.

„Nun ja, einmal habe ich für viel Aufregung gesorgt, bin im Urlaub etwas über das Ziel hinausgeschossen. Muss ich das wirklich erzählen? Könnt ihr nicht endlich mal Ruhe geben? Ich wollte ein paar Schießübungen machen, und der einzig dafür geeignete Ort war das Plumpsklo in unserem Garten. Wir haben das mit einer Nachbarin, einer alten Frau und ihrer Tochter, geteilt, die im Hinterhof wohnten.

Auf dieses Klo habe ich mir eine Zielscheibe gemalt und mit einer Pistole drauflos geballert. Ich wollte gerade noch ein paar Patronen verschießen, hatte das Ziel anvisiert, da höre ich, wie sich die Tür öffnet. Ich schaue, da guckt diese alte Dame aus dem Klo heraus. Die Kugel ist nur einige Zentimeter über ihrem Kopf vorbei geflogen, glücklicherweise saß sie da noch auf dem Thron. Sie kam heraus und sagte nichts, kein Wort, als hätte es ihr die Sprache verschlagen. Sie sah mich nicht einmal an.

Dafür hat ihre Tochter später einen Riesenaufstand gemacht, keifte wie ein Fischweib. Ja, und Mutter fasste sich an den Kopf: „Kürbis gedeihe! Mann, du hättest fast einen Menschen umgebracht!“ Darauf knurrte Kowalczyk, der manchmal witzig sein konnte und die Nachbarin offenbar nicht mochte: „Ach was, von wegen einen Menschen.“

Die Angelegenheit verlief im Sande.

„Hast du vorher nicht nachgesehen, ob da jemand ist???“

„Nein, habe ich nicht, ich dachte, da ist keiner.“

Der Beschuss des besetzten Außenklos war nur eine von Waldeks Heldentaten. Vor ein paar Jahren, auf der Fahrt nach Berlin, stoppte er plötzlich mitten auf der Autobahn - nicht mal auf dem Notfallstreifen, um im Kofferraum nach seinen Papieren zu suchen, da er nicht sicher war, ob er sie nicht vergessen oder gar verloren hat. Bis heute ist er der Meinung, sich völlig korrekt verhalten zu haben, schließlich hatte er die Warnblinkanlage eingeschaltet. Übrigens verliert Waldek ständig seine Papiere und alle müssen dann panikartig nach ihnen suchen. Am Ende findet er sie beispielsweise in der Medikamentenschublade. Das scheint eine Art Neurose zu sein - ausgelöst durch seinen Identitätskonflikt. Einmal, als Zuzanna dringend in den Schrebergarten zurückfahren musste, um die Dokumente des Vaters zu suchen, verbummelte sie dort ihre eigenen Papiere. Mannomann!

Als sie so beisammensitzen und in Erinnerungen schwelgen, meldet sich plötzlich wieder Basia zu Wort: „Ich fühle mich wie beim Federnrupfen. Dabei hat man sich auch solche grusligen Geschichten erzählt. Und unbedingt von Geistern!“

„Apropos Geister, du bekommst gleich deine Geister“, verspricht Willi.

Zuzanna schüttelt es schon vor Grauen. Und Willi fährt fort.

„Mit der Zeit sind Mutter und Kowalczyk in ein Häuschen am Waldrand bei Gorzów, also Landsberg an der Warthe gezogen. Kowalczyk bekam eine Stelle als Waldarbeiter und eine Wohnung, für umsonst, in einem großen, schönen Haus. Und da sie in Barlinek in einer Bruchbude lebten, sind sie bereitwillig nach Landsberg gezogen, freuten sich auf die neue Bleibe. Noch in Barlinek wurde im Jahr ’48 mein Halbbruder Jacek geboren. Er hatte Glück, der Krieg war vorbei. Na ja, oder auch nicht. Du weißt, was ich meine.“

Jacek war das erste und einzige Kind von Christina und Staszek Kowalczyk. Christina wollte ihrem zweiten Mann unbedingt ein Kind schenken, wie man so schön sagt, obwohl sie nicht mehr die Jüngste war. Den Vornamen suchte Kowalczyk aus. Er hatte nichts mehr mit der deutsch-galizischen Tradition zu tun. Für Jacek sollte es eine fremde Welt bleiben, die er nur vom Hörensagen, wenn überhaupt, kannte. Ganz wie Zuzanna kultivierte er vielmehr seine Abneigung gegenüber allem, was Deutsch war. Er wollte dieses Erbe einfach nicht. Als ob es hier was zu wollen gab.

„Hast du dich eigentlich gefreut, als Jacek geboren wurde, Papa?“

„Ach, keine Ahnung. Ich war damals achtzehn und lebte mein Leben. Ich bin zur Arbeit gegangen, nach der Arbeit zur Schule und zum Sport. Ich hab nur kurz mit ihnen zusammen gewohnt. Als ich Soldat wurde, war Jacek gerade mal zwei Jahre alt. Aber ja, ich denke schon, sein Plappern hat unsere Welt ein wenig aufgehellt …“

Der Umzug brachte Christina kein Glück. In dem einsamen Häuschen in Landsberg spukte es. Sie beklagte sich jedenfalls darüber, litt furchtbar, sah überall Gespenster, hörte nachts ein Heulen, fand keinen Schlaf, fand generell keine Ruhe, quälte sich, hielt es dort nicht aus, wollte nicht mehr leben, wusste nicht, wie sie diesem Ort entkommen könnte. Sie war hier nur von Geistern umgeben. Und kein Nachbar weit und breit.

Vielleicht erschien ihr Johanns Geist in dieser Einöde, mit einem stillen Vorwurf in den Augen … Vielleicht war es der Geist ihres zweijährigen Sohnes, der an der „Kohletherapie" erstickt war oder ihres ungeborenen Kindes mit Hermann, vielleicht die Schatten ihrer im Krieg getöteten Brüder oder dieses Nazi-Bruders, den die Polen nach dem Krieg ermordet hatten. Der Geist ihrer Mutter Karoline und des Schwarzen Heinrichs oder die Geister der Zwillinge ihrer Schwester ...? Manchmal spukte der erstgeborene Georg in ihrem Kopf, der zwar lebte, aber so weit weg war. Ob sie ihn jemals wiedersehen würde?

All das, was sie in Barlinek vergessen, verdrängt hatte, kehrte nun mit aller Macht zurück, überrollte sie wie eine Lawine. Die Erinnerung an Steinfels flammte wieder auf, an die Hügel, den Wald, den Bach, die Heimat ihrer Vorfahren. Ihre Zähne schmerzten, ihr Kopf tat weh, ihr Blutdruck stieg besorgniserregend. Sie hatte hier nicht allzu viel zu tun, wo sie doch in ihrem früheren Leben pausenlose Arbeit und Menschen um sich herum gewöhnt war. Hier hatte sie nur einen kleinen Garten zum Beackern. Und den kleinen Jacek, der versorgt werden musste. Staszek verschwand indessen jeden Tag für mehrere Stunden im Wald. Während sie das Mittagessen für ihn kochte, krochen aus jeder Ecke die Gespenster hervor. Bilder aus der Zeit der Flucht und des Durchmarschs der Roten Armee durch den Warthegau kamen wieder hoch. Wer weiß, was sie da erlebt hatte, was sie seitdem in sich trug. Zuzanna wird es nie erfahren, höchstens erahnen – vielleicht.

Ja, Landsberg an der Warthe. Ein Telefonapparat stand Christina nicht zur Verfügung. Sie konnte weder Waldek, geschweige denn Georg anrufen. Gelegentlich schrieben sie sich Briefe, allerdings immer seltener. Ihre Schwester Susi fehlte ihr. Sie hoffte, dass es ihr bald gelingen würde, sie und Władek in Wenecja zu besuchen, sie stürmisch, wie es ihre Art war, in die Arme zu schließen. Vor allem aber wünschte sie sich inständig und aus tiefster Seele, endlich dieser Wildnis, diesem Gefängnis, diesem Gruselfilm zu entkommen. In solch einer Einöde hören wir uns selbst, unsere Schatten rücken uns auf den Pelz, das Erlebte und Unerlöste hämmert an die Tür.

*

Währenddessen war Waldek in Stettin.

„Wir sind bereits in Szczecin, Zuzanna! In deiner Heimatstadt! Hier bist du mit Hilfe des Doktors und einer Geburtszange, wie hieß er gleich nochmal, zur Welt gekommen. Basia, also wie hieß denn dieser Doktor? War es nicht irgendwas mit Rosen ... Rosenbund?" „Sag du mal lieber nichts", warnt Basia, „dich hat es doch einen feuchten Dreck interessiert!"

Pause.

„Hier begann ich ein neues erwachsenes Leben, als frischgebackener Offizier der Polnischen Volksarmee. Es war Anfang der 50er. Ich war jung und die ganze Welt stand mir offen. Niemand hatte auch nur die leiseste Ahnung, dass ich Deutscher bin, wenn es so etwas wie einen Deutschen gibt. Meinen Namen habe ich nur mit einem „l" geschrieben, weißt du ja. Mit Vornamen hieß ich nunmehr Waldek. Niemand stellte das in Frage, und bei den Behörden hatte ich bereits einen offiziellen Antrag auf Namensänderung eingereicht. Als Geburtsort hab ich immer »Glazja, Sowjetunion«, angegeben, denn so haben manche Steinfels übersetzt. Und Sowjetunion klang sowieso gut."

Ja, das Gebiet wurde nach dem Krieg tatsächlich erstmal der Sowjetunion angegliedert. Das im Jahr ´44 entvölkerte und zerstörte Steinfels gehörte nun zum Einzugsgebiet der UdSSR. 1951 wurde es jedoch aufgrund eines Abkommens an Polen zurückgegeben. Doch davon hatte Willi möglicherweise keine Ahnung, er machte sich darüber keine Gedanken, es interessierte ihn nicht.

„Wäre der Krieg nicht gewesen, hätte ich vielleicht schon eine deutsche Frau, hätte Räder für Pferdewagen gehämmert und Wölfen den Hals umgedreht. Aber so war Steinfels für mich wie von einem Ozean verschlungen. Ich wollte die Vergangenheit Vergangenheit sein lassen.

Ich war dreiundzwanzig Jahre jung und ich war in Stettin! Ein schönes Foto habe ich von mir machen lassen, in Uniform, mit Armeekäppi auf dem Kopf, vor dem Hintergrund des Hafens, in schwarz-weiß, mit rot eingefärbten Wangen und Lippen. Ich hab es der Familie geschickt: *Liebe Grüße aus Szczecin!*

Das klang nach weiter Welt, war exotisch.

Ich hab in der Kaserne gewohnt und in der Kantine gegessen. Als Truppenführer hatte ich ein kleines Dienstzimmer für mich. Bald darauf bin ich zum Kommandanten der Kompanie aufgestiegen. Ich stand morgens vor sechs Uhr auf, noch bevor die Soldaten geweckt wurden. Dann musste ich sicherstellen, dass der Korporal sie auch zum Frühsport antrieb. Danach versammelte sich die Kompanie zum Morgenappell auf dem Hauptplatz, nach dem Appell begann ich mit der Ausbildung meiner Einheit. Zwischendurch schickten sie mich auch zu den Minenräumaktionen. Aber das erzähle ich später.

Lange habe ich aber in der Kaserne nicht gelebt …“

Als Waldek nämlich die Mutter in Barlinek besuchte, brach sie in Tränen aus. Sie hielt es in diesem Haus am Wald, bei Landsberg an der Warthe, nicht mehr aus. Da ging, wie gesagt, etwas Schlimmes vor sich, da war die Hölle los! Ein Geist trieb hier eindeutig sein Unwesen. Es waren nicht nur Trugbilder, nicht nur Schatten der Vergangenheit, die Christina selbst mitgebracht hatte. Irgendjemand muss hier gestorben sein, irgendwas muss hier im oder nach dem Krieg vorgefallen sein. Christina war den ganzen Tag allein, da ja Staszek und Heniu im Wald arbeiteten. Und selbst Staszek hatte Angst in diesem Haus. Denn in der Nacht, besonders in der Nacht, hörten sie ein Poltern und ein Knallen, ein Quietschen, Rumoren und Klopfen. Unerklärliche, seltsame Geräusche. „Da, wo wir nach dem Krieg lebten, in Łobez“, ergänzt Basia, „hat es übrigens auch gespukt.“ In der Nähe gab es nämlich deutsche Gräber, die brutal verwüstet wurden. Basia besteht darauf, dass die Seelen der geflüchteten und vertriebenen Deutschen sich mit dem Verlust nicht abfinden konnten und noch lange im alten Heimatland herumirrten. In den Seelen spukt es übrigens bis heute, denn das Erlebte geht von Hand zu Hand, von Generation zu Generation. Die einmal geweckten Bestien ziehen nicht so schnell davon.

Willi konnte die Mutter damit nicht alleine lassen. Er musste etwas tun.

Er wird Himmel und Erde in Bewegung setzen, um sie aus dieser Hölle zu befreien. Er wird ihre Tränen nicht ertragen können und beim Quartiermeister einen Antrag auf Bewilligung einer Zweiraumwohnung in Szczecin stellen. Mit der Zeit wird ein Offizier aus einer freundlichen Parterrewohnung im schönen »Pogodno«-Viertel ausziehen, und man wird diese Waldek zuweisen. Ein großer Erfolg!

Die Wohnung war nicht geräumig, dafür aber mit einem kleinen Garten auf dem Hinterhof und einer umzäunten Grünfläche zur Vorderseite versehen, in einer der dreistöckigen Mietskasernen, die der Führer in den 30ern erbauen ließ. Auch in Berlin gibt's davon noch viele. Der Vormieter hat sich bestimmt öfters einen hinter die Binde gekippt, denn die Wohnung war dreckig und vernachlässigt. Es gab zwar kein Badezimmer, dafür aber eine richtige Toilette, und kein Außenklo wie in Barlinek oder in Landsberg. Waldek bestellte einen Maler, krempelte allerdings auch selbst die Ärmel hoch und packte mit an. Freizeit hatte er kaum, dennoch arbeitete er dort an vielen Abenden und Nächten auch allein, manchmal schlief er sogar in der Wohnung. Und in einer dieser Nächte erlebte er ein kleines Abenteuer.

Ein Dieb stellte sich ihm unerwartet in den Weg, und mit Dieben hatte Willi seit eh und je recht viel zu tun, angefangen bei dem Strauchdieb in Steinfels, der es auf die Kartoffeln abgesehen hatte. Waldek war deshalb sehr wachsam, immer darauf gefasst, dass ihm nachts jemand einen unangekündigten Besuch abstatten könnte. Er hörte sofort, dass etwas am Türschloss kratzte, übrigens eins von denkbar einfachster Machart. Instinktiv ergriff er den Besen, der gerade zur Hand war, und platzierte sich strategisch günstig hinter der Tür. Für den Einsatz anderer Waffen blieb keine Zeit. Genau in dem Moment, als der Dieb seinen Kopf durch die Tür steckte, um vorsichtig ins Innere zu spähen, verpasste ihm Waldek einen Schlag mit dem Besenstiel, sodass der Schurke ohnmächtig zu Boden fiel. Vor lauter Schreck, dass der Eindringling tot ist, warf sich Waldek hastig etwas über und rannte holterdiepolter zum Polizeirevier. Als er mit dem Gesetzeshüter zurückkam, war indes der Dieb schon über alle Berge. Seitdem war diese Wohnung für Waldek gestorben, er wollte dort eigentlich nicht mehr sein. Er renovierte, so viel er konnte, und holte dann die Familie nach, denn die Wohnung war hauptsächlich für die Mutter gedacht - wovon die militärische Wohnungsbehörde selbstverständlich keinen Schimmer hatte. Bis zum heutigen Tag lebt Jacek darin, der nie geheiratet hat, sich mit Essen, Trinken und Rauchen tröstet und kontinuierlich an Gewicht zulegt. Nur dass er die kleine Wand zwischen Zimmer und Küche abgerissen und sich eine hübsche Bar eingebaut hat.

Bis zum heutigen Tag hängt in dem Treppenhaus dieser bleischwere Vorkriegs-Mief, unausrottbar, einfach nicht totzukriegen.

*

So entkam Christina nach zwei nervenaufreibenden, aufwühlenden Jahren der Landsberger Vereinsamung. „Sie war *wniebowzięta* – »leiblich in den Himmel aufgenommen«, wie die Heilige Maria bei ihrer Himmelfahrt, sie schwebte im siebenten Himmel", erzählt Willi. *Wniebowzięta* ist eines seiner Lieblingswörter. So ein schönes Wort gibt es nicht im Deutschen. Waldek hat seine Entscheidung, die Mutter nach Szczecin zu holen, nie bereut, obwohl er sich dadurch die Chance verwehrte, über eine Wohnung für sich allein zu verfügen. Doch zu diesem Zeitpunkt hatte das nicht die höchste Priorität. Wir schreiben hier schließlich über das Jahr 1951, und nicht 2011. Staszek Kowalczyk kündigte seinen Arbeitsplatz im Landsberger Wald und die ganze Familie, auch Heniu und Jacek, fuhr nach Szczecin. Staszek führte in der Wohnung kleinere Reparaturen zu Ende, sodass die Vier umso schneller einziehen konnten. Es war gut, so einen Sohn wie Waldek zu haben.

Am Anfang lebte er noch eine Weile mit ihnen zusammen. In den zwei kleinen Durchgangszimmern war es allerdings sehr beengt, auch wenn Waldek überwiegend unterwegs war und häufig im Hauptquartier schlief. Außerdem wurde er nicht selten vom Militär zu schwierigen Einsätzen abkommandiert. Jedes Mal kehrte er wieder zurück. Er hätte jedoch genauso gut auch nicht heimkehren können.

Er war ja Minenräumer. Zunächst fuhr er als Truppführer in die Gegend von Pyrzyce, Myślibórz, Lipiany und Gorzów, um die Gebiete von Minen und Blindgängern zu säubern. Es gab dort immer wieder tödliche Unfälle mit Kindern, die in den Wäldern Blindgänger anzündeten. Der längst beendete Krieg forderte weitere Opfer. „Einige Lausbuben haben sogar gezielt nach Granaten gesucht", erzählt Willi. „Blindgänger hat es jedoch nicht nur in den Wäldern gegeben. Wir haben auch ganz andere, kuriose Geschichten erlebt. Einmal hat jemand die Miliz angerufen, mit der Bitte, eine Mine aus seinem Brunnen zu entfernen. Wir also hin, Blindgänger beseitigt und gerade als wir aufbrechen wollen, fällt uns auf, womit dieser Bauer die Deichsel seines Fuhrwerks auf dem Hof stützt!

Mit einer monströsen Artilleriegranate! Und der merkte es nicht mal.

Die gefundenen Geschosse oder Blindgänger mussten wir entschärfen und sprengen, danach ordnungsgemäß ein Protokoll anfertigen und den zuständigen Behörden vorlegen. Zuerst haben wir so eine Bombe immer auf einen Lastwagen verladen, in einen speziellen, mit Sand gefüllten Kasten und sind ganz vorsichtig gefahren, damit sie während der Fahrt nicht detonierte. Sie konnte uns ja jederzeit um die Ohren fliegen. Dann musste man irgendwo außerhalb der Stadt oder des Dorfes eine Grube graben und drum herum Posten aufstellen, damit sich niemand nähern konnte. Dann sprengen. Und zu guter Letzt die entstandenen Kosten abrechnen.

Gott sei Dank ist dort keiner meiner Soldaten ums Leben gekommen. Schlimmer war es im Ermland und den Masuren, da, wo sich Hitlers Hauptquartier befand, wohin sie uns später wieder für drei Monate beordert haben. Eigentlich hatte man dort schon vor uns die Minenfelder geräumt, die Aktion jedoch nicht zu Ende gebracht. Zweierlei Gefahren lauerten dort. Es gab Tretminen, die einem *nur* das Bein abrissen, und Panzerabwehrminen – da blieb von einem nichts übrig, die zerfetzten einen in Stücke. So viele Minenräumer sind dort nach dem Krieg draufgegangen ... Wir hatten eh großes Glück, dass sie uns erst so spät dorthin abkommandiert haben. Ich hatte zehn Pioniere der technischen Truppe unter mir und noch einen Artillerieoffizier an meiner Seite. Er kannte sich besser mit Geschossen aus und ich mich mit Minen und anderen Sprengsätzen."

„Ob es mal einen Unfall gab ... na klar! Wir können von Glück reden, dass wir das nur ein einziges Mal erleben mussten. Eine Panzerabwehrmine ist explodiert, vielleicht war einer der Soldaten unvorsichtig, keine Ahnung. Zwei Mann hat es tödlich erwischt. Den einen hat es komplett zerfetzt, wir haben dann die Überreste eingesammelt und irgendwie zusammengesetzt. Der andere war noch in einem Stück. Wir haben seinen Körper der Familie zurückgebracht und einen Kranz organisiert. Das Schlimmste ist, dass nach solch einer Explosion unter den Soldaten immer Panik ausbricht. Sie ziehen sich dann völlig planlos zurück, vergessen die Bereiche zu markieren, zu denen sie bereits vorgedrungen waren … Im Endeffekt muss das Areal von Neuem entmint werden.

Weißt du, wie das alles funktioniert?“

Wer sucht, der findet. Wer drauftritt, verschwindet.

„Die Minenräumung erfolgte manuell. Zur Ortung hatte jeder Pionier einen Detektor mit einem Sensor, der sensibel auf Metallminen reagierte, und eine Art Minensuchstab mit einer Metallspitze zum Aufspüren von Holzkastenminen, sowohl Panzerabwehr- als auch Landminen. Mit diesen Geräten haben die Soldaten Zentimeter für Zentimeter das Terrain abgesucht, sind im Zickzack gelaufen, haben sich schrittweise fächerartig zu einem Dreieck ausgebreitet. An den überprüften Stellen haben sie rote Fähnchen in den Boden gesteckt. Es war nicht ungefährlich, denn durch das Gewicht des Menschen konnte sofort eine Detonation ausgelöst werden. Ganz vorsichtig und mit viel Gefühl musste man das Stöckchen mit der Spitze in den Boden stecken, um eine Explosion zu vermeiden. Ein fieser Job, der unglaubliche Konzentration abverlangte. Wenn der Soldat eine Mine aufgespürt hat, markierte er sie mit zwei Fähnchen, blieb stehen und hob die Hand. Dann näherte ich mich ihm, um festzustellen, um welche Art Mine es sich handelte. Die anderen mussten sich zurückziehen, aber zuvor den Punkt, zu dem sie vorgedrungen waren, mit einem Fähnchen markieren. War die Entschärfung einer Mine fehlgeschlagen, ließen wir sie per Fernzündung detonieren. Man musste allerdings genau prüfen, ob die Mine womöglich nicht mit anderen Minen verbunden war, denn auch das kam vor! Es blieb nicht aus, dass einer der Soldaten vor Angst die Nerven verlor und anfing zu heulen. Dann musste ich zu ihm kriechen, ihn beruhigen und helfen.

Manchmal ging uns die Arbeit leicht von der Hand, immer dann, wenn wir im Vorfeld eine Aufzeichnung oder ein Protokoll bekamen, gelegentlich noch in Deutsch, mitunter auch von denjenigen, die hier vor uns gearbeitet haben.

Nach dreimonatigem Einsatz konnte man, sofern man nicht in die Luft gegangen war, in seine Kompanie zurückkehren, denn niemand hätte diese Anspannung länger ertragen. Viele bekamen Belobigungen, manchmal sogar Verdienstkreuze. Das war dann ein Hochgefühl. Ein kurzes Glück. Nun ja, man wollte auch zeigen, dass man mutig ist, sich vor nichts fürchtet. Ich war kein Feigling, hab nicht gekniffen, schloss alles zur vollen Zufriedenheit der Vorgesetzten ab, wurde mit Lob überschüttet. Am Ende hab ich sogar den Kompaniechef vertreten."

*

„Hörst du mir noch zu?"

„Ich hatte noch zwei weniger nette Abenteuer. Beide mit einer Waffe."

Eine Waffe in den Händen eines jungen Mannes, das kann nur schiefgehen, denkt Zuzanna.

Einen Hund hat Waldek zum Beispiel kaltgemacht. Er war auf dem Rückweg vom Heimaturlaub zu seiner Truppe, genau genommen von irgendeiner Feier.

„Das war auf der »Łukasinski«-Straße!" ruft Basia. „Da, wo heute diese Gärten sind, wo der Supermarkt »Piotr und Paweł« steht."

„Ach, i wo, das war bei den Gärten in der Allee der Helden des Warschauer Aufstands, ehemals Mackensenstraße. Ich bin dort um zwei oder drei Uhr morgens entlang gelaufen und hab Kirschen erspäht. Ein großer, dicker Baum war das, voller praller reifer Früchte. Und ihr wisst doch, dass ich von Kindesbeinen an eine Schwäche für Baumobst habe. Da in diesem Garten aber eine Hundehütte war, schlich ich mich vorsichtig ran. Der Hund reagierte nicht. Ich sprang über den Zaun, kletterte auf den Kirschbaum, aß mich satt und stieg wieder runter. Aber da hat der Köter schon auf mich gelauert und mich gleich am Hosenbein gepackt. Er war groß, wollte nicht loslassen, stellte sich auf die Hinterbeine. Ich hatte keine Wahl, ich musste ihn erschießen."

„Ernsthaft? Du hast den Hund erschossen? Und was hättest du gemacht, wenn du unbewaffnet gewesen wärest?"

„Dann hätte ich gekämpft, hätte ihn am Hals gepackt oder ihm die Faust ins Maul gesteckt."

Warum nicht, schließlich ist Johann ja auch mit dem Wolf fertig geworden. Darauf Basia: „Ach, Quatsch, du würdest bis zum Morgengrauen auf dem Baum sitzen, dich mit Kirschen vollstopfen, bis sie dir zu den Ohren rausgekommen wären, und zu Gott beten, dass irgendjemand dir möglichst schnell aus der Klemme helfen möge."

„Papperlapapp, das war was ganz anderes. Da war ich ja noch jung. Das war damals die Aktion mit der Butter, in Witkowo."

„Später hab ich dann ein Problem bei der Abrechnung der Munition gehabt, aber ein Kamerad hat das für mich geklärt. Basia, du hast ihn in der Kaserne bei einer Tanzveranstaltung kennengelernt. Er war für die Auffüllung der fehlenden Patronen zuständig. In Zivil war er Landwirt und Gärtner. Oh, verdammter Mist, ich hab vergessen, dass ich noch meine Medizin nehmen muss ... wie heißt die nochmal, Quadropril, ja, zur Erweiterung der Venen. Einmal hat mir so ein vietnamesischer Arzt in Berlin Cordicant verschrieben, das war viel besseres Zeug, aber teuer! Dieser Japaner, oder was war er nochmal, das war ein Spezialist!"

Willi untersucht unterdessen seine Pillendose aus der Apotheke mit den drei Fächern, in der er die Medikamente für morgens, mittags und abends getrennt aufbewahren könnte, damit er nicht vergisst, sie zur richtigen Zeit einzunehmen. Stattdessen sortiert er dort die Pillen nach seinen eigenen Regeln.

„Wisst ihr, das war ein guter Freund, dieser Gärtner! Er kam dann irgendwann später ums Leben. Sie hatten einen Unfall, mit einem Militärfahrzeug. Er war verwundet, der andere Soldat hat es nicht geschafft, am Unfallort seine Blutungen zu stoppen. Er hatte offene Venen, im Krankenhaus konnten sie dann nicht gleich die lebensrettenden Blutkonserven mit seiner Blutgruppe finden, denn er hatte eine seltene. Verdammt nochmal, er starb, verblutete. So ein guter Kumpel!

Bei der Geschichte mit dem Hund habe ich euch übrigens einen Bären aufgebunden. Aber mir ist etwas viel Schlimmeres passiert, fast hätte ich einen Menschen umgebracht. Na ja, eigentlich schon zum zweiten Mal. Du weißt, dass ich im Militärgefängnis saß?"

*

Diese Geschichte erzählt Waldek eher widerwillig und Zuzanna spürt ganz genau, dass das keine seiner lustigen Anekdoten ist, sondern etwas, das ihm an die Nieren ging, das ihm zusetzte, mehr als alles Andere in seinem Leben. Er fühlte sich sinnlos gedemütigt, zu Unrecht bestraft, er hatte gelitten und hätte sich später dafür in den Hintern beißen können. Wegen eines völlig absurden Vorfalls. Dem dümmsten der Welt.

Auch damals war er auf dem Rückweg vom Erholungsurlaub, zurück in die Einheit, wieder des Nachts, mit einem Koffer, die Sterne funkelten kristallklar am rabenschwarzen Himmel. Er war zu Fuß unterwegs, befürchtete allenfalls einen Tanz mit den gewöhnlichen Kläffern, aber gewiss nicht so etwas Idiotisches. Es passierte auf der Straße nach Drawsko Pomorskie, also nach Dramburg. Waldek stieg aus dem Zug und lenkte seine Schritte Richtung Truppenübungsplatz in Studnica, einem kleinen Dorf in Westpommern. Auf dem Weg pöbelte ihn irgend so ein Offizier an, ein Major, voll wie eine Haubitze, einen Militärsack hinter sich her schleifend. Ein Volltrottel, meint Waldek. Der Volltrottel schnauzte ihn also an, dass er nicht ordentlich salutiert hätte: „Hey, du da, komm her, na wird´s bald du Bastard, was ist los mit dir, Tomaten auf den Augen, dass du einen Major nicht erkennst und ihm die Ehre nicht erweist? Sofort zurücktreten!" Waldek rechtfertigte sich geziemend, dass er den Herrn Major nicht bemerkt hatte, salutierte aber nicht. Zuzanna versteht nicht, warum der Vater ihm in diesem Moment nicht diese bescheuerte Ehrerbietung erweisen wollte. Sie hat die Vermutung, dass sein Ehrgefühl es ihm nicht erlaubte. Was das betrifft, war er bereits allemal ein echter Pole. Allerdings konnte der Major das nicht dulden, denn auch er hatte seinen Stolz. Und außerdem, wer A sagt, muss auch B sagen, anderenfalls wäre das eine Blamage, aber volle Kanne! Torkelnd riss der Offizier die unter seiner Uniform versteckte Waffe hervor und befahl Waldek, im Paradeschritt vor ihm herzulaufen, so wie es sich gehört.

Aber anstatt zu defilieren, sprang Waldek hastig hinter einen Baum.

Autobahn

Heute

Würde sie täglich in die Tastatur hämmern, hätte sie in ein paar Tagen fast die Hälfte geschafft. Manchmal experimentiert sie und vergrößert die Buchstaben, dann kommt sie auf weit über hundert Seiten, ganz anders als am Anfang, das schaut schon nach einem ordentlichen Buch aus. Sie kehrt jedoch wieder zur Schriftgröße Zwölf zurück, verbietet sich diesen Trick. Sie schlägt, drischt in die Tasten, haut manchmal schrecklich rein, eine Taste hat sie bereits fast zerlegt, die mittlere mit dem Buchstaben „j". Es bedarf jetzt einer besonderen Geschicklichkeit, um weiterzuschreiben, doch die Finger haben sich daran gewöhnt, der Geschwindigkeit tut es keinen Abbruch.

Manchmal streicht sie sanft über die Tastatur. Sie hat einmal Klavier gespielt und das Anschlagen erinnert sie an das Geklimper von früher, als sie sich für Clara Schumann begeisterte und eine Klaviervirtuosin werden wollte. Der Laptop ist nun ihr Klavier.

Was über Zuzanna noch zu sagen ist. Sie lebt mit angezogener Handbremse. Und träumt oft von Autos.

In diesen Träumen wird sie von Angst überwältigt, verliert die Kontrolle über das Fahrzeug. Oder sie kann nicht bremsen, weil ihr Fuß wie gelähmt ist. Wie ein schwerer Klotz.

Ist die Angst, im Notfall nicht bremsen zu können, der Grund dafür, dass sie zaudernd, nur mit halber Kraft lebt?

Oder sie träumt, dass sie sich nicht entscheiden kann, auf welcher Spur sie fahren soll und deshalb zwischen den Fahrstreifen herumeiert.

Sie fährt in der Mitte, wählt weder Fisch noch Fleisch.

*

Basia erzählt ihr oft davon, was der polnische Papst so predigt. Zum Beispiel: „Ihr hört, aber hört nicht zu." Basia ist auch dieser Überzeugung. Dass Zuzanna zwar hört, was die Mutter zu ihr sagt, aber nicht wirklich zuhört, und vor allem nicht auf sie hört, und deshalb auch nicht glücklich sein kann.

Basta.

*

Wirklich? Zuzanna sieht das anders. Sie hört sehr wohl zu, oder? Hört, was die anderen erzählen und sieht, was sie unbeabsichtigt über sich verraten – durch Bewegungen, Krankheiten, Lieblingsgeschichten und Lieder, wiederkehrende Lebensmotive. Sie wünschte, dass man auch ihr so zuhören würde.

Gerade hat sie im Bett ein Brötchen mit Leberwurst mit grünem Pfeffer vertilgt und steht auf. Tapst auf den kleinen Balkon, der nach hinten rausgeht, um die morgendliche, meinetwegen erfrischende Berliner Luft einzuatmen. Blickt auf den verwahrlosten Innenhof mit der rostenden Schaukel, dem versifften Sandkasten, den Müllcontainern, dem Parkplatz, ein paar mickrigen Bäumen, auf denen die Krähen verrücktspielen, laut krakeelend ein quirliges Eichhörnchen verfolgen. Viel Lärm um nichts. Zündet sich eine Zigarette der Marke Vogue Menthol an. Raucht, obwohl ihr schon nach dem ersten Zug übel wird.

Dann geht's in die Wohnung zurück, und siehe da: In der Badewanne sitzt, verflixt nochmal, eine Spinne. Zuzanna schiebt sie vorsichtig auf ein Blatt Papier und schüttelt sie angewidert aus dem Fenster. Töten oder nicht töten? Vielleicht landet sie glücklich bei Heidi eine Etage tiefer?! Ist die Spinne klein und einigermaßen ansehnlich, sagt Zuzanna in der Regel sogar „Schätzchen" zu ihr. Sie hat natürlich keine Ahnung, ob die Bestie so einen Fenstersturz überlebt, ob sie sich in der Luft halten kann und ob sie sich von dem Schock nach dem Sturz erholt. Gestern entdeckte sie auf dem Fensterbrett noch ein anderes Getier, grünlich und recht groß, etwas Ähnliches wie eine Heuschrecke oder ein Grashüpfer. Basia sagt, und Willi pflichtet ihr bei, dass solche Grashüpfer Glück bringen, weil sie grün sind. Beide verehren diese Weitspringer wie heilige Kühe. Sie bestaunen sie von allen Seiten, halten heilige Messen für sie ab, machen ein Riesenbrimborium, wenn solche Exemplare es sich auf ihrem Toyota bequem machen. Sie bestehen darauf, dass dies ein gutes Zeichen ist. Ebenso glauben sie an Träume, an ihre prophetische Kraft.

Ihre Tochter vergöttert diese grünen Eindringlinge weniger, tut ihnen aber nichts zuleide. Und an Träume glaubt sie anders. Nicht, dass sie etwas prophezeien, sondern vielmehr offenbaren, etwas ans Licht bringen, was sowieso schon da ist.

*

Auch Marienkäfer bringen angeblich Glück. Wie wohl alle Insekten, die bunt und hübsch anzusehen sind. Wären sie schwarz, würde man sie angeekelt abschütteln oder zertrampeln. Zuzanna mag Schmetterlinge, aber bei Motten überkommt sie das kalte Grausen. Sie hat tausend Methoden und Techniken, um sie loszuwerden, ohne sie zu töten. Das Töten ist nicht wirklich ihr Ding.

In ihrer Kindheit sammelte sie Maikäfer oder Kartoffelkäfer in Streichholzschachteln. Aber am Ende schenkte sie ihnen immer die Freiheit. Nur Mücken erschlug sie gnadenlos, mit einer wilden, viel zu heftigen Handbewegung, die dem nervtötenden Stakkato-Gesumme über ihrem Kopf ein endgültiges Ende setzte. Solange auch nur eine an ihrem Ohr unablässig lärmte, war an Schlaf nicht zu denken. Das war viel schlimmer als jeder Mückenstich.

Jetzt hat sie Fliegengitter im Fenster, um die Viecher nicht erschlagen zu müssen. Wenn sie bei ihren Eltern ist, bittet sie sie, ebenfalls

Insektennetze anzubringen. „Aber wozu“, protestiert Basia, „hier gibt es doch überhaupt keine Mücken!“

Wie, es gibt keine? Wenn sie doch da sind!

Warum zum Teufel ist sie die einzige in diesem Haushalt, die Mücken hört? Offenbar wurde sie vom Leben allzu sehr verhätschelt. Prinzessin auf der Erbse! Schließlich war sie weder Zwangsarbeiterin in Odessa noch hauste sie in einer Erdhütte in Kasachstan. Daran wird es liegen.

Sie erinnert sich, wie es in Wenecja war, und bei Großvater in Łobez. Niemand kümmerte sich dort um die Mücken! Und die Fliegen klebten an gelben, unter der Lampe baumelnden Klebestreifen - kein Mensch war davon besonders angeekelt. Die Fliegen starben wie die Fliegen. Es juckte niemanden.

*

Basia hat auf Zuzannas Balkon Blumen gepflanzt. Vornehmlich Geranien. Mag sein, dass sie spießbürgerlich sind, Zuzanna stört es nicht. Sie sind robust, stark, müssen nicht ständig gegossen werden und blühen, selbst im nahezu gefrorenen Zustand, bis zum Weihnachtsfest. Blühen Blumen auf dem Balkon, hat Zuzanna den Eindruck, dass sie sich nicht vernachlässigt. Es gibt den Nachbarn ein sichtbares Signal, dass mit ihr alles in bester Ordnung ist, auch wenn sie manchmal mit den Absätzen laut durch die Wohnung poltert, flucht oder schluchzt.

Irgendwann weckt sie Milena, und die Tochter zeigt ihr ein selbstgemaltes Bild. Eine Meerjungfrau, auf einer Meereswoge, mit einer wilden Mähne langer roter Haare, einem Fischschwanz anstatt Beinen. In sich gekehrt, zu sich kommend oder bereits in sich ruhend, den Blick nach innen gerichtet.

Ach.

Zuzanna grübelt, was sie Milena heute zum Mittag machen soll.

Schon wieder Lasagne oder Chili con Carne? Das Kochen gehört nicht zu ihren Stärken. Und die traditionelle Küche schon mal gar nicht. Für die Zubereitung von zehn Piroggen braucht sie einen ganzen Tag. Und am Ende kommen dabei nur große, formlose Flatschen heraus, ganz anders als bei Basia! Nun gut, sie wird irgendetwas Essbares zusammenrühren oder beim Chinesen etwas mit Erdnuss-Soße bestellen.

Sie muss ja schreiben, das ist klar …
Was heißt muss, nein, sie will.
Schiebt alles andere beiseite, versucht die Handbremse zu lösen.

Nicht umsonst hat sie sich gestern das erste Mal getraut, über die Autobahn von Stettin nach Berlin zu fahren! Mit festem Druck aufs Gaspedal erdreistete sie sich irgendwann sogar, noch größere Trödelfritzen als sie selbst zu überholen. Nachts verfolgten sie dann Bilder in ihren Träumen, in denen sie mit voller Wucht auf das vor ihr kriechende Auto aufprallt, und dann wachte sie schreiend auf. Im realen Leben hat sie die Autobahn aber irgendwie bewältigt. In Milenas Begleitung glitt sie geschmeidig über die Ausfahrt Autobahndreieck 35 Pankow auf die A114, die später zur B109 wird – einer Paradestrasse mit imposantem Blick auf den Fernsehturm, die ihrerseits in die Prenzlauer Allee mündet, welche ein Stück weiter zu Unter den Linden wird.

Als sie das durchgestrichene Autobahnschild erblickte, nahm sie kurz die Hände vom Lenkrad und klatschte, spendete sich selbst – für eine Sekunde – Beifall.

Nur für den Fall, dass wieder irgendjemand oberschlau daherreden würde: „Was denn, das ist doch keine große Sache, gar kein Problem! Warum hast du dummes Huhn nur so einen Schiss gehabt, dich so angestellt? Hättest du dich doch bloß früher getraut!“

Und als das Auto Unter den Linden entlang rollte und Milena staunte, wie langsam einem jetzt, nach dem Verlassen der Autobahn, die sechzig Stundenkilometer erscheinen, als sich vor den beiden die Umrisse des Doms, der Museen, der Oper und der Humboldt-Universität abzeichneten, beschlich Zuzanna plötzlich das Gefühl, zu Hause zu sein. Ganz leise. Eine Art unsentimentale Rührung. Auch wenn Berlin wohl letztendlich nur ein Zwischenhalt war.

Ob Milena dasselbe fühlte? Ihre tapfere, treue Gefährtin. Ihr Tochterland.

Wir fahr'n fahr'n fahr'n auf der Autobahn
Wir fahr'n fahr'n fahr'n auf der Autobahn
Vor uns liegt ein weites Tal
Die Sonne scheint mit Glitzerstrahl
Wir fahr'n fahr'n fahr'n auf der Autobahn.

Seltsam ist diese Weeelt

50er Jahre

Sie gingen also fort, endlich, für immer. Zurück nach Polen! Wenn auch nicht nach Hause …

Und wohin? Geradeaus! Nach vorn! Auf Schienen, auf Schienen, auf Brücken, durch Felder, durch Berge, durch Tunnel, durch Wiesen, durch Wälder …

Unbemerkt und von niemandem beachtet schleppten sich die Gespenster durch vernebelte Schluchten, dunkle Täler, immer hinterher.

Sie machten einen weiten Bogen von Kasachstan bis nach Łobez, früher Labes, etwa hundert Kilometer von Stettin entfernt. Dort machte Jakub mit seiner Familie Halt, denn er hatte gehört, dass in Stettin inzwischen eh alles abgegrast war. Außerdem hatte er keine große Lust auf das Stadtleben, er hatte nur einen einzigen Traum, und zwar: ein PFERD. Łobez war dafür ein geeigneterer Ort als Stettin. Also stiegen sie dort aus. Obwohl sie genauso gut woanders hätten Halt machen können. Zu einem Landleben in einem richtigen Dorf konnten sie sich jedoch auch nicht durchringen, denn für die Kinder sollte es möglichst nahe zur Schule sein, sie sollten sich bilden, um später einmal ein besseres Leben zu haben. Der deutsche Geist war in Łobez indes noch merklich spürbar. Abgesehen von den Spuren, den Geschichten, den Dämonen, waren einige Deutsche aus Fleisch und Blut aus dem einen oder anderen Grund noch dageblieben. Jakub konnte sie ganz gut leiden. Wen er mied, waren die Sowjets, denn durch diese hatte seine Familie das schlimmste Leid erfahren. Von Jakubs und Annas Brüdern, die in Mikulicze geblieben waren, verlor sich jede Spur. Sie selbst überlebten wohl nur dank der Verschleppung nach Kasachstan.

Die Verbannung hat sie gerettet. Man weiß nie, ob etwas ein Unglück oder ein Segen ist. Das Leben kommt in Fragmenten. Mehr bekommt man nicht zu sehen. Es sei denn, man nimmt eine andere Perspektive ein und versucht, aus den vielen Bruchstücken etwas Ganzes zu basteln … einen kleinen Himmel?

In Łobez suchten sie einen Notar auf, einen gewissen Alfred Schüssel. Eine Weile durfte er hier noch bleiben, wurde hier noch gebraucht und geduldet. Von ihm erhielten sie die notarielle Beglaubigung der Abschrift der Rückführungsbescheinigung, mit folgendem Wortlaut: „Die Polnisch-Sowjetische Kommission für Evakuierungsangelegenheiten für Personen polnischer und jüdischer Nationalität auf Grundlage des völkerrechtlichen Vertrages zwischen der Republik Polen und der Sowjetunion vom 6. Juli 1945. Bescheinigung Nr. 000759. Bürgerin Drzewucka Anna, Tochter von Anselm, wohnhaft in Kreschtschenka, im Kreis Oktjabrski, Nordkasachstan (Verw.-Bez.), beantragt für sich und ihre Familienmitglieder: Tochter Irena, Tochter Barbara, Sohn Adam und Nichte Maria die Bewilligung zur Rückführung nach Polen und den dauerhaften Aufenthalt für Polen. Bevollmächtigter der polnischen Delegation, unleserliche Signatur. Stadt Petropawlowsk, 3. März 1946. Rundsiegel: Polnisch-Sowjetische Kommission für Evakuierungsangelegenheiten. Beglaubigte Abschrift: Notar Albrecht Schüssel in Łobez. Hiermit bestätige ich die Übereinstimmung der vorliegenden Abschrift mit dem vorliegenden Original. Es wurden eine Stempelgebühr in Höhe von 10 Złoty und Notargebühren in Höhe von 60 Złoty erhoben. Łobez, am 19. August 1947.“

Sie waren zu Hause!? Dank eines Papiers mit rundem Siegel des Notars, rot, mit dem polnischen Adler und einer mit Füllfederhalter energisch gesetzten, bis heute gut lesbaren Unterschrift. Dicke blaue deutsche Tinte, haltbar bis in alle Ewigkeit.

So nahm das neue Leben seinen Anfang!

*

Zu Tode gefürchtet ist auch gestorben.

In dem Häuschen am Wald, das man ihnen vorerst zuteilte, spukte es nachts, genauso wie bei Christina in Landsberg. Was haben sie sich hier gefürchtet! Die dreizehnjährige Basia schreckte andauernd zusammen. Einmal hielt sie ein Verstorbener zurück, als sie von Zimmer zu Zimmer flitzen wollte. Sie blieb an der Türschwelle hängen, als würde jemand ihre Hand festhalten und jeden ihrer weiteren Schritte vereiteln. Geschockt boxte sie sich frei und schrie panisch auf: „Tatuś, Papi, ein Geist, ein Geist!!!" Hasenfuß und Knochenmann kamen sich in die Quere. Dabei war Basia einfach mit dem Jackenärmel an der Tür hängengeblieben und konnte deshalb nicht weiterlaufen. So lässt sich dieses Phänomen erklären. Im Übrigen reagierte sie auf alles übertrieben schreckhaft, auch schon in ihrer frühesten Kindheit. Einmal – das ist ein Bild für die Götter – war ihr im Vorgarten in Mikulicze ein Grashüpfer unters Nachthemd gesprungen. Eigentlich war es eine stattliche, grüne Heuschrecke, ein richtiges Bilderbuchexemplar. Sie krabbelte über ihren Rücken, kämpfte sich ab, und fand keinen Ausgang. Und wieder lief Basia mit lautem Gebrüll zum Vater. Ein Ungeheuer!

Tatuuuuś!

Diese Unruhe wurde sie nie wieder los, sie blieb bei ihr, wie ein treuer Begleiter. Mit den Jahren hat sie sich sogar verstärkt. Als ob jeder Schritt, jedes kleine Stolpern einen Sturz in einen tiefen Abgrund bedeuten könnte.

Ja, wie gesagt, Basia ist immer in Eile. Sie stolpert, balanciert schwankend am Abgrund des Tages, fällt manchmal fast über die Türschwellen. Weder ihre Wirbelsäule hält sie aufrecht, noch gibt ihr die Erde den nötigen Halt. Manchmal denke ich, dass sie allein durch das bloße Antippen mit dem Finger zu Staub zerfallen müsste. Sie kann schlecht atmen, bekommt keine Luft. Kopfschmerzen machen ihr zu schaffen.

Andauernd brennt ihr etwas an. Weil sie immerzu am Rennen ist, ständig auf der Flucht!

Schon bald gelang es ihnen, ein anderes, auch ehemals von Deutschen bewohntes Haus, eigentlich eine Doppelhaushälfte zu bekommen, mit einer kleinen Bank vor der Tür und Stallungen für Schweine und Hühner. Und für ein PFERD! Von der »UNRRA« bekam Jakub einen Grauschimmel. Er durfte ihn selbst aussuchen. Sein Traum wurde wahr - endlich wieder ein Gefährte! Er setzte sich jedoch nie wieder auf einen Pferderücken, die Zeit der halsbrecherischen Reiterei auf mächtigen Vollbluthengsten war endgültig vorbei. Bescheiden pflügte er mit seinem Pferd das Feld, spannte es vor den Wagen, fuhr durch die Stadt oder auf den Wochenmarkt.

Er bekam eine Stelle als Streckenwärter, patroulierte entlang der Schienen, kontrollierte die Bahnstrecken und Verbindungswege. Dabei hatte er viel Zeit zum Nachdenken, Zeit, sich zu erinnern, zu verdauen, zu verstehen. Zeit für Streifzüge in die Innenwelt. Er mochte das, es tat ihm gut.

Als der deutsche Friedhof in Łobez, auf dem er heute selbst liegt, geschändet und verwüstet wurde, hatte er eine unheimliche Wut im Bauch. Warum tut man Toten so etwas an? Warum missachtet man die Würde des Todes? Zwei Tode kann niemand sterben. Wenn jemand gestorben ist, ist er gestorben. Man sollte ihn in Ruhe lassen.

In dieser Zeit begann Jakub, als Wahrsager und Sänger auf Beerdigungen Fuß zu fassen. Sonntags stürmten alte und junge Frauen in weiten Röcken in sein Haus, in dessen Ecken die Mäuse tanzten. In kürzester Zeit machte er sich einen Namen in der Stadt.

*

Anna hütete indessen die Kinder und kümmerte sich um den Hof. Die Wahrsagerei ihres Mannes war ihr ein Dorn im Auge, genauso wie die Heerscharen von Frauen in ihrem Haus. Eine seltsame, unfromme Art, sein Geld zu verdienen …

Marusia heiratete schnell, wollte niemandem zur Last fallen. Die beiden anderen Töchter, Basia und Irenka, wurden zur Schule geschickt.

Ein zweiter Sohn wurde geboren. Es gab allerdings auch deutsche Mädchen an der Grundschule von Łobez – begabt, schick und anmutig. Wie schnell sie Polnisch lernten, wie schön sie bei Festveranstaltungen Gedichte rezitierten, Lieder sangen! Dann verschwanden sie plötzlich, lösten sich eines Tages einfach in Luft auf, erzählt Basia. Leider!

Viele Erinnerungen verbindet Basia mit Musik. 1948 fuhr sie in ein polnisch-tschechisches Ferienlager und lernte dort ein Lied: *Tod dem Faschismus, Freiheit den Nationen.* Etwa zur gleichen Zeit suchte das folkloristische Tanz- und Gesangsensemble »Mazowsze«, das später in Polen und weit über die Landesgrenzen hinaus Furore machte, nach jungen Nachwuchstalenten. Der kleinen Basia zerriss es fast das Herz. *Gęsi za wodą, kaczki za wodą, uciekaj dziewczyno, bo cię pobodą … Gänse hinterm See, Enten hinterm See, Mädchen lauf davon, sonst tun sie dir weh …* Ach, Basia. Hättest du dich doch dort nur vorgestellt! Wärest du doch deinem Bauchgefühl gefolgt …

Doch niemand hatte Basia ermutigt! Niemanden interessierte es, was ihr Herz höher schlagen ließ. Ihr Traum wurde als vorübergehende Laune abgetan. Basia hat sich also nicht beworben. Eine Entscheidung gegen die eigene Sehnsucht, mit lebenslangen Konsequenzen. Nicht nur für das eigene Leben. Die Unerfülltheit – ein Wurm, der einen von innen zerfrisst, sich über Generationen hinweg durchbeißt, bis zu jenen, die nach uns kommen.

*

Nun denn, das Mädchen sah die Heilige Jungfrau, hörte ihre Stimme, folgte ihr aber nicht. Basia folgte nicht ihrem Ruf, trank nicht von der Quelle und trocknete mit den Jahren aus.

Sollte sie jetzt noch nach Lourdes fahren? Dort im Wald, bei der heiligen Grotte ihren Durst stillen?

Eines war ihr klar: sie wollte so schnell wie möglich auf eigenen Füßen stehen. Also machte sie sich auf den Weg – in die erstbeste größere Stadt, nach Stettin, hinaus in die große Welt. Mit einem einzigen Köfferchen, mutterseelenallein. Mit ein wenig Proviant für den Weg und dem Segen ihrer liebenden Mutter.

Sie ging aufs Wirtschaftstechnikum, um einen Beruf zu erlernen und Abitur zu machen, denn das war nach dem Krieg eine große Sache! Sie wohnte im Internat, in einem Mehrbettzimmer, musste frühmorgens aufstehen, um in Ruhe lernen zu können, während die anderen noch selig schlummerten. Zu anderen Tageszeiten konnte von Ruhe keine Rede sein. Basia war ehrgeizig, ihr fehlten jedoch die richtigen *Voraussetzungen* zum Lernen, die für ihre Kinder Selbstverständlichkeit waren. Aber sie biss die Zähne zusammen, beschwerte sich nicht. Zum Glück fand sie auf Anhieb ein paar nette Freundinnen. Sie war fröhlich, schlau, hübsch und resolut. Man mochte ihre Gesellschaft. Sie freundete sich mit Teresa, der Tochter eines hohen Stadtbeamten, an. Die Ferien verbrachte sie mit ihr bei deren Eltern, fuhr mit ihnen an den See, manchmal nahmen sie Basia mit ins Theater, denn es war eine kultivierte Familie. Die schönste Zeit ihres Lebens! Sie war so unabhängig und frei. Und es ging fröhlich zu im Nachkriegs-Stettin! Zwar lag die Stadt in Trümmern, dennoch wurde auf den Straßen getanzt, gelacht und gesungen – die Menschen waren im Rausch, euphorisch und ausgelassen, voller Freude über den Frieden und den Wiederaufbau, an dem alle teilhaben wollten.

Und in der Schule? Es gab nur einen Jungen in der Klasse! Er war der Hahn im Korb. Ansonsten nur Mädchen. Sie sollten einmal Fachkräfte für Buchhaltung werden.

Der Lehrer für Volkswirtschaftslehre döste während des Unterrichts ständig ein, aber wenn er aufwachte, schrie er wie ertappt auf: „Kritiiiik und Selbstkritiiiik!!!". Daran erinnert sich Basia am besten. Und an diese Strophe:

O Jugend, leihe Flügel mir!
Dass ich aus der Welt zum Erbe
Himmlischer Phantasie mich rette,
Zu der Begeist´rung Wunderstätte ...

Tausendfach hallten diese Worte des polnischen Dichterpropheten Adam Mickiewicz in ihrer Seele wider.

Als Kind kramte Zuzanna einmal auf dem Hängeboden ihrer kleinen Wohnung ein paar verstaubte Bücher für den Polnischunterricht hervor, die ihre Eltern dort aufbewahrten. Sie hatten wohl vergessen, sie der Schulbibliothek zurückzugeben. Oder was auch immer. Von dem berühmten sowjetischen Roman *Wie Stahl gehärtet wurde* ließ sie prompt ab. Kein Interesse. Intuitiv griff sie dafür nach dem Briefroman *Maria*, von Eliza Orzeszkowa, einer der ersten großen polnischen Erzählerinnen des XIX. Jahrhunderts, und verlor sich darin, fand in ihren Zeilen Werte und Ideale. Sie strebte danach, so herzensgut wie Maria zu sein, sich ebenso für das Wohl anderer aufzuopfern.

Aber zurück zu Basia. Aus der Schulzeit erinnert sie sich auch an obligatorische Tränen nach Stalins Tod, den man als „unseren Vater" ehrte. *Nasz otiec rodnoj.*

Ach, und wie hatte sie sich an diesem Wirtschaftstechnikum die Finger wund geschrieben! Unmengen von handschriftlichen Notizen! Lehrbücher waren Mangelware, man musste alles notieren. Gern erlernte Basia Stenographie und ist noch heute stolz darauf. Schade nur, dass schnelles Schreiben und Zählen kein Singen und Tanzen sind. Eine Fachschule ist nun mal keine Musikschule und kein Folklore-Ensemble.

Ach, wozu noch viele Worte darum machen. Lange Rede kurzer Sinn. Basia verpasste ihre Berufung. Und da sie A sagte, sagte sie dann auch B, und C, und D und ging diesen Weg konsequent und unbeirrt weiter.

Hut ab!

Nach dem Abitur versuchte eine Freundin, vielleicht war es sogar Teresa, sie dazu zu überreden, an der erst kürzlich in Stettin eröffneten Pädagogischen Hochschule zu studieren. „Komm schon, wir schaffen das", redete sie mit Engelszungen auf Basia ein. „Es soll gar nicht so schwer sein! Wir schreiben uns für Pädagogik ein, das ist etwas für Frauen, gut verständlich, und man arbeitet später mit Kindern." Basia war unschlüssig, zerbrach sich den Kopf. Vielleicht würde sie lieber Landschaftsgärten entwerfen, wenn schon Tanzen und Singen unwiderruflich abgehakt waren? Am Ende gab sie auf, in der festen Überzeugung, dass sie an der Mathematik scheitern würde (die doch gar nicht Bestandteil des Studiums war!) und dass so ein Hochschulstudium vielleicht eine Nummer zu groß für sie sei. Außerdem sprach ihr niemand - außer vielleicht der einen Freundin - Mut zu. Den Eltern war es recht, dass sie sich schnell dranmachte, ihr eigenes Geld zu verdienen und einen Mann zu suchen, vorzugsweise beides. Ihr eigenes Verlangen nach einem Ehemann hielt sich jedoch in Grenzen. Sie wollte ihrer Mutter nicht nacheifern, nicht ihre dienende Rolle übernehmen, für deren Erfüllung sie natürlich keinen einzigen Orden bekam ...

Die Mama hat ihr übrigens beigebracht, dass man über andere Menschen nicht lästern dürfe, sich vor übler Nachrede hüten sollte. An und für sich achtet Basia das Vermächtnis ihrer Mutter, aber diese Sichtweise erscheint ihr ein wenig naiv und angestaubt. Wenn jemand böse ist, kann man auch böse über ihn reden. Wenn jemand schrecklich ist, darf man schreckliche Dinge über ihn erzählen.

Man sollte immer die Wahrheit sagen. Es ist ganz einfach.

Kurz nach dem Abitur bekam Basia eine Anstellung. Sie war aufgeweckt, tüchtig, wusste sich zu benehmen, hatte Manieren, eine tolle Figur und Klasse. Nachts, wenn sie durch die leeren Straßen der noch fremden Stadt in ihr Zimmer eilte, war sie auf der Hut. Sie spitzte die Ohren, um sicher zu gehen, dass ihr niemand folgte. Stettin war zu dieser Zeit ein gespenstischer Ort. Die Straßen der Stadt wimmelten von Geistern der zu Tode Bombardierten, aus Rache Ermordeten, Vergewaltigten und Vertriebenen, und natürlich von lebenden Schurken, Dieben und Perversen, die – unabhängig von den hier angesiedelten Ostpolen - aus allen Ecken des Landes, aus Groß- und Zentralpolen strömten, um im wilden Westen ein neues Leben anzufangen oder sich zu bereichern. Der Krieg hatte das Volk demoralisiert.

„Unser japanisches Mädchen" – so wurde Basia von ihren Freundinnen genannt. Sie hatte etwas Fernöstliches an sich, keine Ahnung, woher das kam: sie war zierlich, zart, mit einem hübschen Gesicht und leicht mandelförmigen Augen. Ihre Geschwister waren blond, ebenso ihre Eltern ... Einmal war sie mit Zuzanna bei einem Arzt in Berlin, der sich zu einem politisch unkorrekten Witz hinreißen ließ. „Nach China würde man Sie auch ohne Visum einreisen lassen, allein schon wegen Ihres Aussehens, ha, ha, ha!"

„Nazi", schimpfte Basia in Gedanken.

Im Umkreis von Nowogródek, wo sie geboren wurde, lebten recht viele Tartaren. Aber wer hat den Nerv, das alles heute nachzuverfolgen. Zuzanna wird es jedenfalls nicht schaffen, diese Genealogie zu rekonstruieren. Sie wird nicht nach den breit verzweigten Wurzeln forschen, keine Kirchengemeinden abtelefonieren oder stundenlang mormonische Foren durchforsten, davon besessen sein. Nein, dafür fehlt ihr die Geduld und die Zeit.

Auf ihr Äußeres legte Basia viel Wert. Sie hatte eine gute Schneiderin, wählte nur edle Stoffe für ihre Kleider, hatte Geschmack. Sie war auf der Höhe der Zeit! Die Mutter lobte ihre Kostüme, ihre darauf abgestimmten, formvollendeten Frisuren, ihren mit falschen Zöpfen kunstvoll hochgesteckten Haarknoten, den sie für den sicheren Halt großzügig mit Haarspray besprühte. Sie wollte sich von Łobez und den Erinnerungen an Kasachstan endgültig lösen. Sich neu erschaffen, neu erfinden. Ratzfatz entledigte sie sich im Eilverfahren des östlichen Akzents, dieser ostpolnischen, für das Grenzland typischen Sprachmelodie, des russisch anklingenden Tonfalls, des singenden „l" mit Strich, das der junge Kultsänger Czesław Niemen geradezu zelebrierte. Oh, Basia mochte diesen modernen Strubbelkopf nicht. Waldek mochte ihn noch weniger. Was für ein Gammler, schimpfte er. *Dziwny jest ten świaaaat ... Seltsam ist diese Weeelt!* So sang er. Was heißt sang, er schrie! Und was heißt hier seltsam, dachte Basia. Von wegen seltsam. Seltsam war vielleicht nur, dass so ein Heini auf der Bühne heulte, und Basia ...

Und Basia eben nicht.

*

Sie wollte sich zwar im Studium nicht mit Mathematik befassen, aber die Ironie des Schicksals sorgte dafür, dass sie ihr ganzes Leben zählen und rechnen wird. Als in den achtziger Jahren schwedische Wohltätigkeitsverbände mit reichen Gaben das Waisenhaus besuchen, in dem sie als Buchhalterin arbeitet, wundern sie sich, worauf die Polin so flott ihre Berechnungen macht. Wie ihre Finger ohne Nachdenken von selbst wissen, was sie zu tun haben. Die Gäste aus dem Westen beäugen von allen Seiten ihre Rechenbretter wie Exponate aus einem Museum für prähistorische Geschichte. Basia jedoch spielt unbeeindruckt und geschickt auf ihrem Abakus, geradezu wie eine Rechenbrett-Virtuosin. Verewigt dann lange arithmetische Reihen wie ein mysteriöses Alphabet auf Papier. Nun verrotten diese Hieroglyphen irgendwo in den Tiefen der Archive.

Vielleicht wird sie eines Tages jemand finden und entziffern.

Noch bevor sich die Welt zu einem computergesteuerten System wandelte, ging Basia in den Vorruhestand. Sicher, sie bedauert es heute, dass sie nicht studiert hat, natürlich. „Heute studiert doch jeder Idiot. Heutzutage gibt es nichts Leichteres als zu studieren. Ein Magister war früher wer, aber heute hat das keine Bedeutung! Außerdem schreibt heute jeder Trottel Bücher. Ach, wären wir heute jung, würde alles ganz anders laufen", beklagen sich Basia und Waldek.

„Wenn ich damals gewusst hätte, welche Möglichkeiten es eigentlich gibt, hätte ich mich zumindest an der Landwirtschaftsakademie in Stettin eingeschrieben", seufzt Basia. „Ich hätte zum Beispiel Gartenbau studieren können." Ja, Basia würde gern Gärten gestalten. Sie hat ein Händchen dafür, Grünflächen in kleine Paradiese zu verwandeln. Das kann keiner bestreiten. Es ist ja nicht so, dass sie sich später an diesen idyllischen Plätzen ausruhen würde, aber sie kann alles so schön arrangieren! Rosenhaine, Pergolen, Springbrunnen, schmale Gehwege aus Mosaiksteinchen und Blumenpavillons. Paradiese sind jedoch für die Anderen. Für Basia gibt es höchstens die Hölle, natürlich hier, auf Erden. Die Hölle am Herd, bei der Pfanne, in der ihr immer etwas anbrennt. Denn Basia ist nicht wirklich bei der Sache, ist abwesend, obwohl sie sehr gut kocht. Basia ist immer weit weg, immer woanders.

Ach, Leben. Sie hängt nicht wirklich an ihm.

Auch das Leben der Kinder stößt ihr sauer auf. Sie würde sie so gern vor schlechten Entscheidungen bewahren. Sie schafft es aber nicht. Seltsame Kinder ... Anders, als sie sich gewünscht hatte. Sie dachte, sie würden klug sein, sie könnte stolz auf sie sein.

Manchmal geht sie mit Zuzanna und Milena auf den Dachboden,

holt ihr Akkordeon hervor, hängt es sich um. Und plötzlich, obwohl das Instrument sie zu erdrücken scheint, ist sie frei, atmet tief durch, schwebt davon.

Milena macht dann Fotos von der Oma. Zuzanna schluckt die Tränen runter.

Mama mit Papa

50er, 60er Jahre

Und wie erging es währenddessen unserem braven Soldaten Waldek?

Wir haben ihn zurückgelassen, als er plötzlich in den Lauf der Pistole des betrunkenen Majors blickte. Reflexartig sprang er hinter einen Baum, den der Major sogleich unter Beschuss nahm.

Angriff ist bekanntlich die beste Verteidigung, also griff Waldek nach seiner russischen Tokarev. Er wusste mit ihr umzugehen, hatte gewisse Erfahrungen. Bei seinem Onkel in Wenecja zog er vor seinem jüngsten Bruder Jacek eine Show ab und schoss auf wilde Enten, damit es zu Weihnachten etwas zu beißen gab. Auch einen Hasen versuchte er zu erlegen, scheiterte aber kläglich. Jetzt handelte es sich allerdings um einen Menschen, also feuerte Waldek zuerst in die Luft, zur Warnung. Der Major zeigte sich mäßig beeindruckt, also schoss Waldek nochmal. Nein, er tötete ihn nicht, diesen Hampelmann kaltzumachen war nicht seine Absicht. Der Kerl fiel zu Boden und winselte wie ein kleines Baby: „Du hast mich durchlöchert. Mein Bein ..."

Eine einzige Bewegung, aber mit beachtlichen Konsequenzen. Sofort versorgte Willi die Wunde des Majors, erwischte einen vorbeifahrenden Militärwagen, der sie ins Krankenhaus fuhr. Dort kassierte man als erstes Waldeks Pistole ein und steckte ihn unverzüglich ins Kittchen. Klingt lustig, war es aber nicht. Anfangs schenkte die Miliz den Aussagen des Majors Glauben und nicht Waldek, weil der Herr Major einen höheren Rang hatte. Letztendlich war es der Regimentskommandeur, der Waldek aus der Klemme half. Robaczewski oder Fronczewski hieß er, etwas in der Art. Irgendwie boxte er Waldek vor Gericht raus. Er mochte ihn und wusste ganz genau, dass der Major ein Suffkopf war und man ihm keinen Glauben schenken konnte. Gott sei Dank hatte der Kommandant des Feldlazaretts, in dem der Major gelandet war, im Aufnahmebuch vermerkt, dass der Patient stark alkoholisiert eingeliefert wurde. Anderenfalls wäre Waldek arm dran gewesen! Nicht zuletzt war Waldeks guter Ruf bei der Armee von Vorteil. Ziemlich schnell machten sie ihm also den Prozess, wenigstens musste er nicht ewig darauf warten. Der Regimentskommandeur hielt große Stücke auf ihn und tat alles für seine Verteidigung. Und dennoch dauerten die sechs Monate, die er in diesem Gefängnis absaß, eine halbe Ewigkeit. Jedenfalls war es eine der weniger amüsanten Episoden seines Lebens. Wer weiß, vielleicht sogar eine der traurigsten. Sogar trauriger als die Zeit im Kolchos bei Odessa.

Bei solchen Themen verliert sich Waldek nicht gerne in Details. Warum sollte er? „Also gut, sicher, das war ein dunkles Loch, mit einem winzig kleinen Fenster. Einmal am Tag gab es etwas für den hohlen Zahn. Aus irgendeinem Wasserhahn tropfte eine bräunliche Brühe. Lasst mich doch in Ruhe ..."

Na gut.

Kaum auf freiem Fuß wurde er abermals mit Preisen und Auszeichnungen überschüttet. Seine größte Trophäe war ein Radio, mit dem er für seine hervorragenden Erfolge als militärischer Ausbilder auf dem Truppenübungsplatz geehrt wurde. Das allererste Radiogerät im Nachkriegs-Polen hieß übrigens »Pionier«, dann brachte man eine verbesserte Version auf den Markt, den »Mazur«. Waldek bekam einen »Mazur«! Es war die höchstmöglichste Anerkennung, nicht nur innerhalb des Regiments, sondern der gesamten 12. Infanteriedivision. Anlässlich der Preisverleihung fand eine große Parade entlang der »Wały Chrobrego«-Promenade, früher als Hakenterrasse bekannt, statt. Die Zivilbevölkerung begrüßte die vom Übungsplatz zurückkehrenden Soldaten mit frenetischem Jubel. Mädchen warfen Blumen zu ihren

Füßen ... „Es gab noch so etwas wie Dankbarkeit den Soldaten gegenüber!“, schwärmt Willi.

Ursprünglich sollte Waldek damals eigentlich sogar ein Motorrad bekommen, aber letztendlich war es der Armee dann doch zu teuer. Ein Radio war aber auch nicht zu verachten!

Leute sprachen Waldek auf der Straße an, erkundigten sich, wo man so ein Gerät kaufen könne. „Es war im Jahr ´54, glaube ich. Aber was hatte ich am Ende von diesem Radio?“, empört sich Willi. „Nichts! Pustekuchen! Kowalczyk legte nur einmal seine Lauscher an und das war´s dann mit dem Radio. Übrigens habe ich damals den größten Teil meiner Besoldung meiner Mutter abgegeben. Glaubst du vielleicht, dass ich etwas zum achtzehnten Geburtstag bekommen habe, so wie heute diese Gören?“

*

Tsch…tsch…tsch…tschetschin, Stettin, wunderschöne Hafenstadt - eigentlich mehr auf der linken als auf der rechten Seite der Oder gelegen. Eine Stadt im oberen linken Winkel Polens, die im Gegensatz zu anderen polnischen Städten den Eindruck erweckt, als hätte man bei ihrer Erbauung nicht an Platz sparen müssen.

Am Bahnhof sieht Waldek die offenen Waggons der Güterzüge. Drin sitzen Familien, die gerade aus dem Osten angekommen sind, mit all ihren Habseligkeiten - Kühen und Pferden, Schweinen und Ziegen. Alle meckernd, muhend, gackernd und um sich tretend. Karawanen, Hühner, Hähne, Rufe und Laute, Geschrei und Gequieke. Menschen über Menschen - in jedem Waggon. Wärter mit Armbinden verteilen trockenen Proviant, manchmal auch heiße Erbsensuppe. Die Züge stoppen mit einem Quietschen und Rumpeln, die Leute reißen sich um das Essen, streiten, lachen, steigen für eine Pinkelpause aus. So war das!

Auf die Ankömmlinge von jenseits des Bug schauten alle irgendwie von oben herab, vielleicht sogar Waldek, wer weiß. „Vor allem die Schlesier und Posener, die nach Stettin strömten, um leichte Beute zu machen“, beharrt Basia.

Spontane Tänze auf den Straßen. Erleichterung, dass der Krieg vorbei ist, obwohl er noch nicht wirklich vorbei war. Hoffnung, das Gefühl, an etwas Neuem, Großem teilzuhaben. Ansprachen der Stadtbehörden bei verschiedenen Kundgebungen: *Liebe Bürger und Ihr, Leute von jenseits des Bug!* Waren Menschen von jenseits des Bug - so wie Basia - etwa keine Bürger? Gedemütigte Deutsche mit Bürsten, Lappen, Eimern, die die Straßen kehrten. Die für sogenannte Räumungs- oder vielmehr Drecksarbeiten eingesetzt wurden. Wie Emma, die bei Teresas Eltern in einer großen feudalen, ehemals deutschen Villa als Putzfrau arbeitete. Wobei sie im Vergleich zu den anderen noch viel Glück hatte. Sie kam in eine anständige Familie. Am Wochenende gingen die Herrschaften ins Theater - Kultur pur!

Ach, ins Theater würde Basia auch heute noch gerne gehen. Aber sie hat ja keine Zeit. Außerdem will Waldek sich nirgendwohin bewegen, was für ein Stubenhocker! Wenn überhaupt, dann würde er höchstens in den Zoo gehen, wenn es einen in Stettin gäbe. Sie würde die Kultur, er die Natur bevorzugen, meint Basia.

„Erzähl doch keinen Quatsch!“, beendet Waldek die Unterhaltung.

Das perfekte Paar. Da haben sich zwei gesucht und gefunden.

*

Zum Glück war Waldek kein Deutscher mehr und musste keine Straßen kehren.

Allerdings wurden deutsche Fachleute vorerst noch nicht aus Stettin und Umgebung vertrieben, sondern - ganz im Gegenteil - vielmehr festgehalten. Sie sollten die Infrastruktur der Stadt, die Wasser- und Elektrizitätsversorgung, die elektrischen Installationen und auch die

Verwaltung der frischgebackenen polnischen Stadt aufbauen, damit diese funktionieren konnte.

Basia erinnert sich an die jungen, begabten deutschen Mädchen von ihrem Wirtschaftstechnikum. Kürzlich hätte sie darüber für die »Gazeta Wyborcza« schreiben können, als man die Pioniere – also Menschen wie Basia, die die neugewonnenen Gebiete besiedelten – um ihre Erinnerungen bat. Aber sie schrieb dann doch nichts, wie auch. Nun ja, vielleicht verfasst sie jetzt etwas für den »Kurier Szczeciński«? Wäre doch eine gute Idee, oder? Aber leider gibt es zu viel im Haus und Garten zu tun. Zu viele Arztbesuche. Und man weiß ja, wie die Ärzte so ticken: sie haben keine Geduld mit den Alten, keine Zeit, schauen nicht einmal die Menschen an, hören hin, aber hören nicht zu, verordnen unnötige und schädliche Untersuchungen. Diagnose geht über Behandlung. Symptombehandlung über Ursachenforschung. Dazu erwarten sie, dass man stundenlang in ihren stickigen Wartezimmern ausharrt, egal wie alt man ist. Verschwendete Zeit, in der man fast schon selbst Medizin studieren könnte.

Hauptsache die Kohle stimmt!

Beschwert sich Basia.

An die Trümmer in der Stettiner Altstadt, auf der einstigen Breitestraße, »ulica Wielka«, erinnern sich beide gut. Heute heißt sie übrigens Kardinal-Wyszyński-Straße, die Zeiten haben sich ja wieder mal geändert. Und morgen – wer weiß, was morgen sein wird, in welchem System die nächsten Generationen aufwachsen werden und welche Vor- und Nachteile es mit sich bringen wird. Waldek erlebte jedenfalls drei politische Systeme und kann ziemlich gute Vergleiche ziehen. Auch von dem heutigen ist er nicht ganz überzeugt. Denn warum verdient beispielsweise ein Universitätsprofessor oder eine Ärztin in Polen so viel weniger als ein durchschnittlicher Geschäftsmann?

Doch zurück zu den Trümmern auf der »Wielka«-Straße. Wenig später wird Waldek genau hier schöne, zehnstöckige Hochhäuser –

direkt an der Oder - bauen. Und irgendwann wird Zuzanna Erinnerungsfotos von diesen Bauten in ihrer Wohnung in Berlin an die Wände hängen. Stolz darauf sein.

Trümmer in der Altstadt, das Stettiner Schloss in Trümmern. Einschusslöcher in den Mauern der stattlichen, prunkvollen Mietshäuser im Zentrum, in etwa solchen wie in Berlin, nur ein Stockwerk niedriger.

Diese Stadt war durchschossen und durchlöchert, wie ein Schweizer Käse.

Genauso wie ihre Bewohner.

*

Auch Basia kehrte in einem Güterzug aus Kasachstan zurück, in so einem wie Waldek sie am Bahnhof oft gesehen hat. Nur dass sie nicht in Stettin Halt machten, sondern - in Łobez. In Stettin wird sie erst ein paar Jahre später landen, um einen Beruf zu erlernen und den Eltern nicht länger auf der Tasche zu liegen. 1955 hat sie bereits das Abitur, will so schnell wie möglich unabhängig sein, sich selbst versorgen.

Was für ein fröhliches, talentiertes Mädchen! Sie sprühte vor Lebensfreude. Zuzanna wird es nicht leid, immer und immer wieder ihre Fotos, ihr sorgloses Lächeln darauf zu bewundern. Sie selbst lacht auch sehr gern, aber anders, nicht so unbekümmert und fröhlich, dafür laut, viel zu laut, vielleicht ein wenig zu ungehobelt. Sie bricht lautstark in dieses Lachen aus, heftig und unerwartet, vielleicht, weil das Lachen in ihrer Familie nicht wirklich erlaubt, ja fast verboten ist – wegen Waldek. Waldek predigt nämlich allen, dass nach so einem Lachanfall zwangsläufig immer Tränen folgen müssen. Offensichtlich hatte das bei ihm zu Hause Tradition. Wenn also Basia manchmal die Sorgen vergisst und sich zusammen mit Zuzanna vor Lachen ausschüttet, sei es auch nur wegen Waldeks Späßen, wird dieser plötzlich ernst, sagt sogleich irgendwelche Katastrophen, Missgeschicke und Missernten voraus, wettert wie ein Prophet, ermahnt sein Volk, ruft es zur Ordnung auf. „Achtung, wappnet euch!“, ruft er streng.

Weil Lachen ein Vorbote des Unglücks sein soll.

Für Basia sind vor allem rote Katzen Vorboten des Bösen, obwohl es auch andere Monster sein können. Beispielsweise gerissene, durchtriebene Menschen - die ganz Cleveren. Wenn eine rote Katze ihren Weg kreuzt, ist der Tag für Basia gelaufen. Zuzanna macht das anders. Sie bekreuzigt sich dann unbemerkt, das heißt, eigentlich klopft sie sich an mehreren Stellen mit den Fingern auf den Bauch, um kein Aufsehen zu erregen, und spuckt dreimal über die Schulter - pfft, pfft, pfft.

Das ist ihre Art, den Familienbrauch umzusetzen. Halb heidnisch, halb christlich, damit nichts schiefgehen kann.

*

Rette sich, wer kann. Toi, toi, toi! Klopfen und hämmern wir auf alles und mit allem, was gerade zur Hand ist.

Auf dem Laptop kann man ja auch gut hämmern. *Besonders* auf dem Laptop.

In Stettin hatte Basia ein kleines Zimmer in einem alten Mietshaus in der Straße der Warschauer Helden, »Bohaterów Warszawy«. Sie lebte ganz für sich in dieser Geisterstadt und hatte keine Angst. Selbst dann nicht, wenn sie spät nachts allein nach Hause musste. Sie blickte sich vorsichtig um, lauschte, ob nicht zufällig jemand hinterherschlich, hatte ihre Augen und Ohren offen. Dadurch half sie sogar einmal Waldek aus der Patsche.

Vor jeder Heimkehr betete Basia zu ihrem Schutzengel und zur Heiligen Bernadette. Es gab ihr die Gewissheit, dass sie beschützt und sicher war. Dass sie hundertprozentig, so sicher wie das Amen in der Kirche, unversehrt zu Hause ankommen würde. Auch heute noch betet sie vor jeder Reise, für alle Familienmitglieder. „Habt keine Angst“, sagt sie dann zu ihren Kindern. „Ich werde für euch beten.“ Und dennoch wäre Zuzanna noch bis vor kurzem für nichts auf der Welt Autobahn gefahren. Geschweige denn in ein Flugzeug gestiegen.

Im Gegensatz zu Zuzanna kennt Basia keine Furcht. Sie steigt in ein Flugzeug ohne groß nachzudenken, als wäre es ein normales Verkehrsmittel, und kein höchst suspektes Ding. Wenn nötig kann Basia auch eine Zeitlang allein in einem großen Haus sein, schließlich hat sie das auch geschafft, als Willi operiert wurde und länger im Krankenhaus lag, das war nun wirklich ein Klacks. Sie nimmt ein Viertel einer Schlaftablette, deckt sich bis über den Kopf zu, sodass sie unter der großen, dicken Steppdecke fast verschwindet, und fertig. Die Mücken jucken sie nicht, und - wenn Waldek zu Hause ist - nicht mal der Fernseher, vor dem er Nachtschichten schiebt. Sie fällt sofort in einen tiefen Schlaf. Träumt von ihren Angehörigen, den noch lebenden und den toten. Und aus diesen Träumen spinnt sie Prophezeiungen und warnende Vorhersagen zusammen. Dann ruft sie die Person, die ihr im Traum erschienen ist, an und verkündet: „Weißt du was, ich habe heute schlecht von dir geträumt!“ Und wenn man ihr antwortet: „Bei mir ist alles bestens, mach dir keine Sorgen“, misstraut sie dem Frieden. Hegt ihre Zweifel, geht der Sache auf den Grund.

„Es ist kein gutes Zeichen, wenn man von rotem Fleisch träumt oder wenn man in einen Abgrund fällt. Wenn man aber hinaufsteigt, ist es gut. Träumt man von kleinen Kindern, bedeutet das Sorgen.“ Seltsam, denkt Zuzanna. Für sie bedeutet ein kleines Kind den Anfang von etwas Neuem, etwas, das in die Welt hinaus will - ein hoffnungsvolles Zeichen! Basia besteht jedoch darauf, dass ein Kind im Traum, vor allem wenn es klein und obendrein auf dem Arm gehalten wird, zweifellos Probleme und Stress bedeutet. Feuer heißt Verlust. Zähne sind auch ein sehr schlechtes Omen. Ihre Schwester Irena - alarmierend! Träumt Basia hingegen von ihrer lächelnden Mutter - oder sogar von der Schwiegermutter - ist das gut. Die Schwiegermutter erschien ihr tatsächlich einmal im Traum, nachdem Basia eine schwere Operation überstanden hatte. Christina war auf dem Fernsehschirm zu sehen, und sie strahlte über das ganze Gesicht. Da wusste Basia, dass alles gut werden würde.

Und so war es auch.

Keine Ahnung, ob Basia bereits in jungen Jahren Träume derart düster deutete. Sie war die Tochter eines Hellsehers, daher wohl ihr Hang dazu. Vielleicht kristallisierte sich diese Neigung aber erst später heraus, als ihr das Leben bereits arg zusetzte. Das Kartenlegen hat sie von ihrem Vater allerdings nie gelernt. Obwohl sie an seine Weissagungen glaubte. Sie respektierte ihren Vater, liebte ihn, küsste ihm ein Leben lang die Hand zur Begrüßung und zum Abschied, so wie es im polnischen Osten Sitte war. Der Vater war heilig. Ende und aus. Obwohl er gar nicht so heilig war. Wirklich heilig war ja nur die Mutter. Für niemanden sonst auf der Welt empfindet Basia so viel Mitgefühl wie für ihre Mutter, die von irgendetwas dahingerafft wurde. In den Wechseljahren. Wie auch deren Mutter.

Zuzanna wird oft von Wahrsagerinnen auf der Straße in ein Gespräch verwickelt. Sie zerren an ihrem Ärmel, lassen von ihr nicht ab. Besonders heftig und erfolgreich taten sie das, als sie noch jung war, ihr Blick offen und naiv, das perfekte Opfer. Da hatte sie noch kein dickes Fell, ganz im Gegenteil, nur eine hauchdünne Haut. Nackt und schutzlos fühlte sie sich. Jetzt ist es anders, sie lässt mit sich nicht mehr alles machen. Beißen sich die Straßenwahrsagerinnen an ihr fest, flüchtet sie vor ihnen wie vor der Pest. Prophezeiungen braucht sie nicht. So eine Vision, die eine fremde, nicht die eigene ist, verfolgt dann einen Menschen. Lebenslang. Ein unerwünschtes und ungebetenes Geschenk. Kümmere dich um dein eigenes Leben, gute Fee! Halte dich fern von mir, verschwinde!

Einmal haben sie ihr schon die Zukunft orakelt, oje, und wie! Eines Tages wird sie einen Glasbehälter nehmen und in diesem diese ganzen

Vorhersagen verbrennen. Schluss damit, sie hat es satt! Scheiße, fuck und kurwa!

*

Auf einen Verlobten hatte Basia nicht lange warten müssen. Sie musste nicht einmal die Türschwelle ihrer Wohnung überschreiten, denn der Verehrer erschien von selbst. Basias Freundin Celina und ihr Verlobter Mietek schleppten ihn eines Tages mit an. Übrigens besucht Celina bis heute noch Zuzannas Eltern, obwohl sich ihre Gesundheit zunehmend verschlechtert. Ihr ist immer kalt, bereits im Frühherbst trägt sie eine wollene Baskenmütze. Jedenfalls ist sie immer noch mit den beiden befreundet, obwohl Mietek sie später sitzen ließ. Sie blieb allein und ist es heute noch. Nur die Kirche ist ihr geblieben. Das einzige, was nicht enttäuscht.

Waldek hatte an diesem Tag seine Mundharmonika dabei, musizierte ein wenig, sammelte Punkte bei Basia. Später trafen sie sich noch einige Male in Mieteks Haus, der zauberhaft Geige spielte, bis sie dann endlich zusammen kamen.

Basia lernte gerade Akkordeon zu spielen, nahm Privatunterricht bei Herrn Stasiak, dem berühmten Geiger der Stettiner Philharmonie. Er hatte ihr Notenblätter mit wunderschönen Volksliedern ausgeliehen. Eifrig, in kalligrafischer Schrift, schrieb sie Note für Note in ihr Heft, das heute auf dem Dachboden vermodert. Ihrem Lehrer wäre es lieber gewesen, wenn sie Geige spielen würde. Das Akkordeon drückte jedoch besser aus, was Basia fühlte. Und Musik hatte sie im Blut, wie es sich für eine Grenzländerin aus dem Osten gehörte. Ihr Leben lang konnte sie es nicht verschmerzen, dass sie nicht den Mut hatte, sich bei »Mazowsze« zu bewerben. Dass sie mit ihnen nie *Kukułeczka kuka, chłopiec panny szuka – Der Kuckuck ruft „Kuckuck“, der Bursche sucht ein Mädchen* gesungen hatte, nicht auf Tournee gegangen war! Sie sang nur am Herd, an den Töpfen, beim Wäschewaschen über der Schüssel und bei den großen hölzernen Rechenbrettern. Erst jetzt, vor kurzem, hat sie sich in einem Kirchenchor angemeldet.

Immerhin. Besser als gar nicht!

Aber spulen wir noch einmal über fünfzig Jahre zurück.

Basia und Waldek gingen gern ins Kino »Collosseum«, um sich Western, Kriegs- und Abenteuerfilme anzuschauen. Obwohl Waldek eigentlich nirgendwohin gern ging. Er marschierte nur gern. Oder sie gingen ins Restaurant »Żeglarska«, auf dem damaligen Stalin-Platz. Ab und zu ging es auch zum Tanz ins Kasino der Regimentsoffiziere. Und ich könnte darauf wetten, dass sie so manches Mal in der »Bambino«-Milchbar am »Kościuszko«-Platz Piroggen gegessen haben, da, wo sich noch bis vor Kurzem eine Videothek befand und heute wieder was Neues ist. Basia war etwas über zwanzig, Waldek vier Jahre älter – beide im schönsten Alter.

Doch ihre Vorlieben waren unterschiedlich. Basia zog es zu den Menschen, sie liebte den Spaß, das Vergnügen, Waldek hingegen brannte vor allem für die Arbeit. Also zog sie manchmal, schick aufgemacht, mit ihren Freundinnen los. Mit der Zeit ging Waldek immer weniger mit ihr aus, mied sogar Familienhochzeiten. Basia war dann solo unterwegs, amüsierte sich immer seltener, verbitterte.

Schon von klein auf bewunderte und ordnete Zuzanna Basias glänzenden Schmuck aus jener Zeit, und – wie gesagt – ihre Fotos als junges Mädchen. Am Meer mit einer Freundin in aufgebauscht wirkenden Badeanzügen voller Wind, lachend, sorglos, ausgelassen, mit wehenden Haaren, auf irgendeinem Ast sitzend. Mit spitzbübisch schäkerndem Blick zum Fotografen. Dann ein Foto aus den Bergen, Krynica-Zdrój: Basia warm eingemummelt, an einen unechten, großen weißen Bären gekuschelt, unter dessen Fell sich irgendein Herr versteckte. Aaah! Gruselig! Oder in einer Goralen-Pelerine, mit einem Bergstock und einem großen Bernhardiner an ihrer Seite.

Und Fotos von ihrem Vater. So was von anders. In Uniform, mit zwei Kameraden, in strammer Haltung, beim Militärfotografen. Von allen drei Soldaten ist er der adretteste, steht am aufrechtesten, scheint hundertprozentig von seiner Sache überzeugt zu sein. Oder bei Geländeübungen. Beim Schießen – stolz lächelnd, auf einem Ponton – verlegen lächelnd. Übrigens schämte sich Waldek lange für dieses Bild auf dem Ponton – weil er darauf saß und nicht stand? Weil er kein herausforderndes, kühnes, sondern ein nettes, glückliches Gesicht hatte? „Man kann auf einem Ponton nicht ernsthaft aussehen", schimpfte er. „Dazu noch im Sitzen! Niemand sollte so fotografiert werden!"

Aber Zuzanna mag dieses Foto am meisten.

„Diese verrückten Abende in den Casinos! Unzählige Male hat dort unser Bekannter Ogórek, also Gurke, Offizier in der Munitionsbewirtschaftung, ganz schön die Sau raus gelassen. Einmal, das war in der Zeit als ich mit meinen Soldaten bei der Kartoffel- und Zuckerrübenernte mit anpacken sollte, oder war das vielleicht bei den Minenräumungsaktionen? … – erinnerst du dich, Basia? – ist er auf einem Pferd, das er von der »LPG« mitgehen ließ, betrunken in die Kantine gestürzt. Die Leute sind panisch vor ihm weggelaufen, lauthals lachend! Das war ein Irrer, oder? Er provozierte gern, machte allerhand seltsame Dinge, ein unberechenbarer Kerl, aber ein toller Kumpel.

Zwei Kumpels hatte ich in der Zeit, und wir drei hielten immer zusammen. Wie Pech und Schwefel. Das war Piesiak, einer aus dem Osten, der bei diesem Unfall, du weißt schon, ums Leben gekommen war, ich und Ogórek – die heilige Dreifaltigkeit. Ach nein, da war noch der *Alte Soldat*, so haben wir ihn genannt, stimmt's, Basia? Er konnte richtig gut Russisch! Und er dachte nur daran, irgendwo zu rauchen, zu trinken, einen draufzumachen. Manchmal überließ er mir bei den Geländeübungen seinen Trupp und verschwand. Und das als Divisionschef der Pioniere! Er war von irgendeiner Angst getrieben. Einmal ist er abgehauen, als wir eine Notbrücke zusammenbauen sollten. Er meinte, es gehe ihm nicht gut, und dann hat er sich irgendwo versteckt, ist verschwunden. Kroch unter einen umgedrehten Ponton, ein Bestandteil der Brücke. Dort saß er mucksmäuschenstill, bis alles vorbei war. Danach hatte er natürlich Schiss, dass ich ihn verpfeifen würde. Man suchte schon wie verrückt nach ihm!

Ich habe ihn derweil vertreten und dafür eine schriftliche Belobigung bekommen – dass ich es den Truppen ermöglicht hatte, den Fluss während des Manövers zu überqueren. Ihr habt ja keinen Schimmer, wie schnell wir so eine Brücke aus den einzelnen Elementen, die es zu verbinden galt, zusammengebastelt haben. Das waren militärische Manöver in großem Stil, sage ich euch. Ganz großes Kino!"

„Weil auch nur du so dienstbeflissen warst", fasst Basia zusammen.

Da haben wir ja ein nettes Duo: dienstbeflissen und übereifrig. Meine Eltern, zu Diensten. Denkt Zuzanna.

„Und als wir beide auf einem Ball waren", wirft Basia ein, „hat mich dieser Ogórek gepackt und die Treppe hochgetragen, während euer Vater am Buffet saß."

Da wird Milena hellhörig: „Was war das für ein Offizier und warum trug er Oma auf Händen?"

„Und dann habe ich Opa gesucht", fährt Basia unbeeindruckt fort, „und Opa stand am Buffet und hatte roten Lippenstift auf der Wange!"

„Weil Silvester war!", rechtfertigt sich Willi. „Irgendein Weib muss mich um Mitternacht geküsst haben."

Milena: „Moment mal, also ihr seid zusammen auf einen Ball gegangen, und dann hat jemand Oma auf Händen getragen, und Opa wurde von einer Anderen geküsst?"

Jawohl!

In ihrem Zimmer in der Straße der »Bohaterów Warszawy« hatte Basia zwar kein Radio (das gab es nur für verdiente Helden der Arbeit), dafür aber einen sogenannten Kolchosenbeschaller, einen »Kołchoźnik«. Das war ein Lautsprecher, über den man nur das lokale

Programm, meist Propaganda, zu hören bekam. Aus diesem dröhnte direkt nach Hoffmanns Morgengymnastik der Generalsekretär Gomułka: „Laaaandwirtschatlliche Refooormen ... künstliche Düngeeer ... auf der Plattfooorm der Errungenschaften ... die Sowjeeetuniooon, die Zuuuukunft unserer Landwirtschaft ...". Manchmal liefen auch Lieder. Über die schlauen Warschauer Taxifahrer zum Beispiel. Oder: *Cicha woda brzegi rwie, nie wiesz nawet jak i gdzie. - Stille Wasser sind tief und stürmisch, plötzlich und unerwartet überfluten sie die Ufer.* Oder: *Złoty pierścionek, na szczęście. - Ein Goldring fürs Glück.* Oder: *Pierwszy siwy włos na twojej skroni. - Das erste graue Haar an deiner Schläfe ...* Ach, das war eine gute Zeit! Basia hatte damals noch kein einziges graues Haar! Heute übrigens auch nicht, sie färbt ihre Haare, wie es sich gehört. Zumindest in unseren Breiten. Warum bleiben bloß Männer von diesem Zwang verschont?

Ja, Basia war eine Frau der Extraklasse. Aber auch Waldek war von Format. Bereits in den 50ern rüstete er sich mit drei Accessoires aus, die seinerzeit jeder junge Mann, der etwas auf sich hielt, besitzen sollte: ein Motorrad, einen Fotoapparat und eine kurze Badehose.

Den Gutschein für das Motorrad besorgte ihm übrigens Basia. Wenn man in den entsprechenden Institutionen arbeitete, konnte man das eine oder andere organisieren. Auf dem Motorrad fegte Waldek durch die leeren Stettiner Straßen. Gefolgt von einer lachenden Kinderschar.

„Ja, und ich bin damals mit einer Freundin mit dem Fahrrad zum »Głębokie«-See über die »Aleja Wojska Polskiego« gefahren, da hat es noch kein einziges Auto auf den Straßen gegeben!", bestätigt Basia.

Leere Straßen im Nachkriegs-Stettin, also Szczecin. Die »Allee der Polnischen Armee«, der »Grunwaldzki«-Platz, die »Piastenallee«, die »Bolesław-Chrobry«-Promenade. So benannte man die Straßen der Stadt - nach polnischen Helden, Siegen, Königsgeschlechtern, wollte damit ihren polnischen Charakter betonen. Vor dem Krieg hießen sie:

Falkenwalder Straße, Kaiser-Wilhelm-Platz, Barnimstraße, Hakenterasse. All diese polnischen Straßennamen hatte Zuzanna bereits früher, vor ihrer Abreise nach Deutschland, immer wieder mal gehört, aber nicht wirklich wahrgenommen. Sie tut das erst jetzt. Und sie fragt sich, ob den Namensgebern der Straßen bewusst war, dass die Piasten, das polnische Herrschergeschlecht, vielleicht gar nicht so hundertprozentig polnisch oder slawisch waren? Dass der Fürst Mieszko I. womöglich von den Wikingern abstammte? Sie hat neulich so etwas gelesen. Ist nur eine Hypothese, aber immerhin. Aber damals, nach dem Krieg, wollte man sicher nichts von solchen Mutmaßungen wissen.

Auf Biegen und Brechen hatte man versucht, die polnische Vergangenheit dieses Gebietes zu beweisen. Aus Angst, dass die Deutschen zurückkommen könnten, sicher. Und natürlich stimmte es, dass hier einst Slawen lebten, sogar westlich der Oder. Musste man das aber so betonen, um die Westverschiebung Polens zu legitimieren? Wäre es nicht einfacher gewesen, schlichtweg dazu zu stehen, dass uns dieser Boden als Entschädigung für Kriegsverluste und die uns von Stalin weggenommenen Gebiete im Osten zugeteilt wurde? Wozu sollen solch zerbrechliche Gründungsmythen taugen, außer dass sie für Missverständnisse sorgen?

Ach, keine Ahnung.

Die Amtsgewalt nahm jedenfalls die neuen Landstriche in Besitz. Dafür nutzte man, wie üblich, die magische Kraft der Sprache.

So taufte man auch zum Beispiel die Militärschrebergärten feierlich auf den Namen »Pionier«. Basia und Waldek bekamen später so einen Garten und haben ihn bis heute. Es ist ihr ganzer Stolz, der Himmel auf Erden, bis auf die Tatsache, dass sie dort nur schuften und sich gegenseitig hetzen. Eigenhändig die Knute im Paradies schwingen! Naja, vielleicht setzen sie sich manchmal in die Sonne, um Kaffee zu trinken. Genießen für einen kurzen Moment das Leben. Aber grillen tun sie auf gar keinen Fall. Völlig ausgeschlossen!

Grillen wäre zu viel des Glücks auf einmal.

*

Mit Waldeks Motorrad fuhren sie dann eines Tages zu Basias Eltern nach Łobez, damit sich Waldek vorstellen konnte. Anna und Jakub hatten nichts gegen ihn. Auch Waldek lud seinerseits Basia zu seiner Mutter und zu Staszek ein. Tante Susi war gerade zu Besuch. Sie hob die zierliche Basia hoch und warf sie mehrmals mit Schwung in die Luft: „Herzlich", rief sie, „willkommen!"

Kann man sich eine schönere Begrüßung vorstellen?

Auch Waldek bestand in Łobez erfolgreich die Prüfung zum Schwiegersohn und Schwager. Beim Kampftrinken hochprozentiger Wässerchen war er Basias Brüdern ebenbürtig, bewies, dass er einen starken Schädel hat. Ein ordentlicher Esser war er zum Glück auch, verdrückte gern Rühreier, die in Griebenspeck und Fett ertranken sowie tausend andere ebenso deftige Speisen. Und er blamierte sich kein einziges Mal mit dem Satz: „Nein, danke, ich bin satt." Er versäumte auch nicht, Jakobs Pferd freundschaftlich über den Rücken zu tätscheln. Ob ein Posener solch eine Prüfung meistern würde, wagt Basia zu bezweifeln.

Ach, Zuzanna verliert sich in Träumereien. Wäre doch der Großvater - Dziadek - noch am Leben! Wäre doch Zuzanna vor fast dreißig Jahren nicht nach Deutschland ausgewandert und hätte ihn nicht aus den Augen verloren ... Kurz vor ihrer Abreise, das war 1983, hat sie zum letzten Mal seine verblichenen blauen Augen gesehen ... Wenn sie doch noch ein einziges Mal seinem Gesang lauschen dürfte! Frühmorgens in seinem Haus aufstehen und auf dem Tisch in der Wohnküche einen Teller voller Plinsen, eigentlich Blini, entdecken. Extra für sie zur Begrüßung zubereitet. Denn Jakub machte all seinen Gästen immer Berge von weißen, duftenden Pfannkuchen zum Frühstück, Blini wie Weltkarten, Sonnen, Monstranzen, wie die heilige Kommunion. Man stand auf und schob sich einen nach dem anderen in den

Mund - weiße, mit einem Geflecht brauner Äderchen, Fädchen und Gässchen überzogene Puffer, die man mit saurer Sahne übergoss.

Aber der Großvater ist nun lange tot.

„Was gibt´s Neues in der Politik, mein Lieber?“, so sprach Jakub seinen Schwiegersohn Waldek in Łobez an.

„Weißt Du, mein Lieber, die Deutschen werden sich eines Tages wiedervereinigen“, prophezeite er in den späten Siebzigern, als es niemandem auch nur in den Sinn kam. Zu einer Wiedervereinigung Deutschlands kann und darf es niemals kommen, davon waren die meisten damals überzeugt. Wer das Gegenteil behauptete, hätte eine Schraube locker.

„Mein Vater …“, erzählt Basia, „wenn ihr wüsstet, wie viel Ahnung er hatte! Zum Beispiel über Katyn. Sogar aus erster Hand, von den Russen selbst, die er ja gut kannte. Er wusste ganz genau, wer das Verbrechen begangen hat, während die meisten dachten, es wären die Deutschen gewesen. Vater erzählte uns oft, dass die Sowjets später wohl auch einige Henker von Katyn erschossen, damit es keiner ausplaudert.“

Waldek gefiel Jakub, er war ein guter Gesprächspartner - gescheit, gebildet, und ein Offizier noch dazu. „Hättest du nur nicht diese Launen und Marotten, dieses Grimassen- und Schnute ziehen!“, stichelt Basia, „Wenn du nur etwas lockerer wärst, früher nicht nur die Arbeit und heute nicht nur der Fernseher dein Leben, dein ein und alles wären!“

„Ach, komm schon, hör auf, was ist das für ein dummes Zeug“, winkt Willi ab.

*

Es floss nicht viel Wasser die Oder hinab, und Waldek übernachtete immer öfter bei Basia, in ihrem Zimmerchen im Altbau, ohne Bad, dafür mit Außenklo. Anfangs wechselte er noch seine Nachtquartiere. Mal in der Kaserne, dann bei seiner Mutter, und mal bei Basia. Um alle zufriedenzustellen. Doch immer öfter neigte sich die Waagschale zum Mädchen. So allmählich gewöhnte sich Christina an ihre Schwiegertochter und an die Tatsache, dass ihr Sohn sich freischwamm. Der mittlere, Heniu, war bereits ausgezogen, hatte sogar geheiratet.

Mit seiner Einheit ging Willi jede Woche in die Badeanstalt am Platz »Orła Białego«, also des Weißen Adlers. Dort machte er seinen Freischwimmer, weil der überall für alles gebraucht wurde, wenn man Wassersport betreiben oder beispielsweise am »Głębokie« ein Kajak mieten wollte.

Sie erlebten allerhand Abenteuer in diesem hoffnungsvollen, wilden Szczecin, wo es nur so von suspekten Typen wimmelte. Besonders nachts passierte alles Mögliche. Ab und zu musste man sich sogar richtig zur Wehr setzen. Waldek tat es und bezahlte es mit einem weiteren Gastspiel im Kittchen.

Ins Gefängnis zu wandern war nämlich damals ein Leichtes.

Sie erzählten Zuzanna diese Geschichte während sie buken, Gelee kochten, Ostereier in Zwiebelschalen färbten. Wie Waldek auf der Allee der »Jedności Narodowej«, der Nationalen Einheit, einen Betrunkenen mit einem Schlag niederstreckte. Zuerst rempelte ihn der Trunkenbold beim Vorbeigehen an. Sie hatten ihn eigentlich schon hinter sich gelassen, doch Basia blickte gewohnheitsmäßig noch einmal zurück. Ach, du heiliger Schreck! Der Kerl ging geradewegs mit geballter Faust auf Waldek los. Also schrie sie aus voller Brust: „Waldeeek!!!“ Waldek reagierte - wie immer! - blitzartig. Für solche Spielchen war man bei ihm an der falschen Adresse. Der Typ hatte schon beim ersten Sichtkontakt nicht vertrauenerweckend auf ihn gewirkt. Also machte er auf dem Absatz kehrt und verpasste ihm einen linken Haken. Die Spritnase fiel halb bewusstlos auf ein parkendes Auto. Damit war die Sache jedoch noch nicht gegessen, sonst wäre sie es nicht wert, hier verewigt zu werden. Denn plötzlich gesellte sich aus dem Nichts ein Polizeibeamter dazu und fing an, Waldek den Kopf zurechtzurücken, wie er den Mann so hätte zurichten können. In diesem Moment erwachten, Gott sei Dank, die Lebensgeister des vermeintlich Geschädigten, der jedoch aus der ganzen Situation die falschen Schlüsse zog. Er ging davon aus, dass er nicht von Waldek, sondern vom Polizisten eins übergebraten bekommen hatte. Also schlug er ihm mit aller Kraft ins Gesicht, sodass dem Gesetzeshüter die Kopfbedeckung mit dem Adler runterfiel und über den Bürgersteig rollte, was später vor Gericht zum schwersten Anklagepunkt wurde. Würde es dabei um einen Menschen gehen, wäre das Ganze wohl nicht so schlimm, aber hier ging es um den Angriff gegen eine Mütze. Mit einem Adler.

Also gegen das Volk!

Im Prozess wegen tätlichen Angriffs eines Polizisten und Beleidigung der Dienstmütze sagten Basia und Waldek vor Gericht aus. Ob die Dienstmütze durch die Luft geflogen sei, fragte der Staatsanwalt. „Ich glaube ja, ja vielleicht … oder auch nicht", antwortete Basia, denn vor Beginn der Anhörung hatte die Frau des Angeklagten sie auf Knien angefleht, doch bitte zugunsten ihres Mannes auszusagen. Irgendwie haben sie ihn schließlich rausgeboxt, diesen Suffkopp, weil er wohl kein schlechter Mensch war. „Aber wie hast du ihn denn mit nur einem Schlag niedergestreckt, Papi?", hakt Zuzanna nach. „Nun, ich war nicht ohne Grund dazu imstande. Schließlich habe ich in der Armee Gewichtheben, Ringen und Boxen trainiert. Die Einheit hat mich einmal in ein dreimonatiges Boxtraining gesteckt. Außerdem war ich ja kein Angsthase."

„Okay, okay, jetzt aber Schluss mit dieser Prahlerei!", beruhigt ihn Basia.

*

Doch Waldeks Tage als Offizier der Polnischen Volksarmee waren bereits gezählt. Das erste Problem trat auf, als vom Generalstab der Vorschlag unterbreitet wurde, ihn als Belohnung für seine Verdienste nach Moskau auf die Militärakademie zu schicken. Christina brach in Tränen aus. Zu frisch waren die Erinnerungen an den Krieg, an die Plakate mit wutentbrannten Sowjets, die deutschen Kindern die Köpfe abhackten, zu frisch die Erinnerungen an die Flucht und vor allem daran, was danach geschah. Bei dem Wort „Moskau" bekam sie Panik. „Lieber Gott, lass Waldek nicht gehen", betete sie in ihrer kleinen Kirchengemeinde in »Pogodno«. Waldek hatte Mitgefühl mit der Mutter, er verstand sie, klar. Auch er wollte seine Lieben nicht so gern verlassen. Und doch hätte er das in Kauf genommen, da er für Aufstieg, Abenteuer, *action* brannte. Schluchzende Frauen hätten ihn nicht bremsen können, er wäre trotzdem gefahren, schließlich war er kein *Hänschen klein*, das erst mit Stock und Hut wohlgemut in die Welt loszieht, um sogleich wieder als der verlorene Sohn nach Hause zurückzutrotten, weil die Mutti weint.

Nein, so war Willi nicht veranlagt. Willi würde trotzdem losziehen.

Wäre da nicht eine Sache.

Er hatte einen Bruder in der Bundesrepublik Deutschland! Und die Mutter wollte unbedingt zu ihm fahren, ihn noch einmal sehen. Sie war schon dabei, ihre Reise zu planen. Und wenn das während Willis Fortbildung in Moskau herauskommen würde … undenkbar, was da passieren könnte! Schließlich hatte Willi bei seiner Beförderung zum Offizier diese nicht unbedeutende Tatsache in allen Personalfragebögen unterschlagen. Überall trug er ein, er hätte keine Verwandten im Westen. Tja, man kann die Wahrheit drücken, aber nicht erdrücken. Wenn sie durchsickert, wird Waldek Ärger kriegen.

Die Russen fürchtete Waldek nicht. Und natürlich wusste er, was so eine Weiterbildung in der Regel mit sich brachte. Als ein Kollege von besagter Moskauer Akademie zurückkehrte, stieg er sofort zum Oberst auf. Nach zwei Monaten war er bereits Kommandant des Regiments, dann Divisionskommandeur, und wenig später General. Die Beförderung erfolgte automatisch, nach dieser Ausbildung war man für die Russen einer von ihnen. Waldek war innerlich im Zwiespalt, hat sich wohl kaum jemals wieder mit einer Sache derart herumgeschlagen. Fährt er, oder fährt er nicht, fährt er? Er ist nicht gefahren. Aber er war drauf und dran. Und vielleicht wäre er, wer weiß, in der Tat General geworden?

Und wäre das dann gut oder schlecht?

Für gewöhnlich bedauern wir es, dass uns an irgendeinem Punkt der Mut fehlte, dass wir allzu vorsichtig waren, uns in letzter Sekunde zurückgezogen haben.

Aber in diesem Fall?

Von Zeit zu Zeit kamen noch Briefe von Georg. Natürlich auf Deutsch. Georg konnte zwar in seiner Kindheit etwas Polnisch, hatte es aber blitzschnell wieder vergessen. Er schrieb Briefe voller Groll und Vorwürfe. Denn eine derartige Gemeinheit hatte er von seiner Familie nicht erwartet. Dass die Mutter einen Polen heiraten würde, war eine Sache. Aber dass sie nicht nach Deutschland ausreisen, sich Georg nicht anschließen wollten, war noch schlimmer. Denn dadurch hatte er keinen Ausgleich für das durch die Vertreibung verlorene Hab und Gut bekommen, so wie die Anderen. Da seine Familie in Polen, hinter dem Eisernen Vorhang hängen geblieben war, konnte von einer Entschädigung seitens der Bundesrepublik keine Rede sein. Anfangs flehte er die Mutter an, doch noch nachzukommen. Da war er noch Junggeselle, arbeitete bei diesem Offizier, der sie als Sechzehnjährige von der Ostfront weggeschafft und den Amerikanern zugeführt hatte. Mit der Zeit wollte er sich dann Schritt für Schritt selbstständig machen. Doch wie zum Trotz wurde nichts aus der Entschädigung! Er ging leer aus, während die anderen in einem unverhofften Geldsegen badeten. So sah das jedenfalls in seiner Vorstellung aus, auch wenn besagter Geldsegen wohl eher ein bescheidener Ausgleich war. Jedenfalls konnte sich dank dieser Regelung fast ganz Steinfels, das sich am östlichen Rand Westdeutschlands niedergelassen hatte, eine neue Existenz aufbauen und bald danach am Wirtschaftswunder teilhaben. Nur Georg zog den Schwarzen Peter.

So, zurück zu Waldek und seiner verhinderten Aufstiegschance. Christina blieb stur, sie bestand darauf, Georg zu besuchen. Obwohl dieser so wütend auf sie war.

Waldek fuhr also nicht nach Moskau, doch damit noch nicht genug. Er befürchtete, dass nun seine ganze Geschichte auffliegen würde und beantragte seine Demobilisierung bei der Armee. Auf eigenen Wunsch.

Für seinen beruflichen Aufstieg konnte doch Mutter nicht auf den Besuch bei ihrem ältesten Sohn und ihren Schwestern verzichten. Willi konnte es nicht von ihr verlangen, das leuchtete ihm ein. Außerdem wurde in seinem Regiment die Pionierkompanie liquidiert, an einen anderen Ort versetzt. Auch das ging ihm gegen den Strich. Mit Herzschmerz und Wehmut beschloss er, die Armee zu verlassen, wo er doch in seinem Element war, so wie Basia in der Musik, wie Zuzanna an der Tastatur. Zu diesem Zweck musste er persönlich beim Verteidigungsministerium vorstellig werden und seinen Austritt begründen, damit auch niemand auf die Idee käme, dass er gegenüber der Staatsgewalt voreingenommen sei. Vom Regimentskommandeur erhielt er einen versiegelten Umschlag, mit dem er sich nach Warschau begeben sollte. Doch was verbarg sich in diesem Umschlag? Waldek war schrecklich neugierig ... Also ...

„Mutig waren wir ja“, prahlt er, „Basia und ich.“

Zwei Verschwörer! Sie zerrissen den versiegelten Briefumschlag! Und siehe da - anders als der Vorgesetzte es Waldek versprochen hatte, bat dieser den Herrn Minister, den Rücktritt unter keinen Umständen anzunehmen, weil Waldek für die Polnische Volksarmee einfach unentbehrlich sei. Na so was! Waldek klopfte sich auf die Schulter, es schmeichelte ihm, aber es gab kein Zurück. Er drängte so lange, bis man schließlich seinem Antrag entsprach.

Schon kurze Zeit später wird er diesen Schritt bereuen. Nach ein paar Jahren wird er versuchen, wieder an die Türen des Militärs zu klopfen. Vergeblich. Die Vergangenheit durchkreuzt seine Pläne.

So ist das nun mal mit verdrängten Vergangenheiten.

*

Nach der Demobilisierung finanzierte die Armee Waldek den Abschluss am Bautechnikum in Stettin, damit er einen neuen Beruf erlernen konnte. Und wieder drückte er die Schulbank, aber er beklagte sich nicht, tat es gern für seine neue Zukunft. Dennoch barg er tief in seinem Herzen die Hoffnung, dass er eines Tages zur Armee zurückkehren kann … Er war fleißig, lernte nächtelang. Manchmal übernachtete er bei der Mutter und Kowalczyk, büffelte die halbe Nacht im Wohnzimmer, während der Rest der Familie im Nebenzimmer schlief. Der Stiefvater löschte ihm nachts nicht mehr das Licht. Im Übrigen hatte er auch kein Recht dazu, denn die Wohnung gehörte Waldek, er hat sie besorgt und bezahlte sie nahezu allein. Wenn er besonders viel zu tun hatte, ging er zu Basia. Dort hockte er die ganze Nacht über den Büchern, analysierte, skizzierte, las … unermüdlich, unverdrossen. Alle Aufgaben waren immer pünktlich erledigt. Nach einer schlaflosen Nacht eilte er morgens voller Elan zur Schule, hatte eine unverwüstliche Kraft in sich. Diese hat er bis heute nicht aufgebraucht.

Zuzanna bewundert seine Hartnäckigkeit, seinen Eifer.

Er paukte, Basia schlief, gut versteckt unter der Bettdecke. Damals wie heute - nicht einmal ihr Kopf war zu sehen.

Sollte sie ihn heiraten? Sie war unschlüssig, hatte viele Möglichkeiten. Sollte sie sich wirklich schon fest binden, wie ihre Mutter? Vielleicht war es besser, sich nochmal umzusehen?

Waldek schleppte indessen geduldig das Akkordeon.

Nach Beendigung der Schule erwartete ihn noch ein mehrmonatiges Praktikum auf dem Bau. Er erlernte sein Metier in- und auswendig, und bereits nach zwei Monaten bekam er eine Anstellung, weil er sich sofort hervortat. Was denn sonst!?

Es gibt drei Arten von Plagen in der Welt, und zwar folgende:
liebt man einen Offizier, einen Schüler oder einen Pfaffen.
Der Pfaffe wird nicht heiraten, der Offizier sich eine andere nehmen.
Der Schüler das Abitur bestehen und einfach weggehen.

So sang Basia, obwohl Waldek zu dieser Zeit kein Offizier mehr war. Eine andere hat er hoffentlich nie gehabt, dafür war er völlig in seine Arbeit vertieft, kniete sich vollends rein, ein Leben lang. Er lebte für die Erfolge. Dabei ging es ihm weniger ums Geld als vielmehr darum, sich zu beweisen. Anerkennung zu verdienen.

Im Geheimen plante er jedoch die Rückkehr zum Militär.

Also suchte er seine alten Kumpel auf, fragte hier und da, und hörte, dass es eine Chance gäbe. Zumindest schien es so. Es hätte nicht viel gefehlt und Waldek wäre wieder in der Armee, wo er zum Major befördert und als stellvertretender Regimentskommandeur der Quartiermeisterei eingestellt worden wäre. Eine sehr gehobene Position, mit irrer Besoldung, auch ohne Moskauer Schulung. Wer weiß, vielleicht wäre sogar eine Beförderung zum Oberst drin. Waldek hatte alles so gut wie in Sack und Tüten.

Er war glücklich, ganz versessen, wartete.

70er Jahre und später

Doch ausgerechnet dann fuhr seine Mutter endlich zu Georg! Nicht nur zu ihm, sie besuchte auch ihre Schwestern, die Töchter des

Schwarzen Heinrichs und seiner Frau Karoline. Wie haben sie sich alle gedrückt, wie haben sie gelacht! Sie statteten Christina mit harter D-Mark aus, damit sie überall hinkam, wohin sie wollte. Scheuten keine Mühe und Kosten, würden ihr alles geben. Ihr Vater, der Schwarze Heinrich, lebte nicht mehr, dafür wohnte aber bei Wolfsburg noch der Vater ihres ersten Mannes - Johann, der alte Zamostyk, der Hinterbrückenwäldler. Sie schaute auch bei ihm vorbei. Schlohweiß war er geworden. Er wohnte bei den Kindern, hatte oben eine Kammer für sich. Dorthin lud er sie ein, lockte sie mit dem Versprechen, ihr etwas Besonderes zu zeigen. Dann holte er ein Fläschchen aus dem Versteck, zur Erinnerung an die guten alten Zeiten.

Er hegte überhaupt keinen Groll mehr gegen sie, war ihr nicht mehr gram, ach wo! Weil sie in Polen geblieben war, mit einem Polen zusammenlebte. Dafür war Johann mittlerweile zu alt.

Und so tranken sie zum Wohl. *Na zdrowie!*

Bei Wolfsburg hatte sich fast ganz Steinfels niedergelassen. Die meisten bauten sich Eigentumshäuschen und freuten sich darüber wie Schneekönige. Christina kam an einen Ort, wo der Wohlstand, verglichen mit ihren Lebensbedingungen in Polen, blühte und gedieh. Als ob der verlorene Krieg den Deutschen gutgetan hätte. Ja, das Wirtschaftswunder … Christina konnte sich nicht genug über den Luxus wundern, die gefliesten Bäder, die Farbfernseher, die automatischen Waschmaschinen. Bei ihrem Sohn Georg blieb sie aber nur ein paar Tage. Obwohl er ihr so gefehlt hatte …

Er arbeitete in einer Fabrik, hatte bereits ein kleines Kind.

Christina fühlte sich bei ihm nicht wohl. „Die Schwiegertochter stammte aus Preußen, das erklärt viel", meint Waldek. „Sie war nicht nett zu Mutter, eiskalt, ganz anders als die Galiziendeutschen!" So denkt Waldek darüber. Dass ne´ Preußin Georg gegen die Familie aufgehetzt hatte. Weil sie wegen des versauten Ausgleichs sauer war. Oder warum auch immer.

Sie gaben Christina 50 D-Mark mit auf den Weg und sagten *Auf Wiedersehen.*

Auf Nimmerwiedersehen. Denn sie sollten sich nie wieder sehen.

Jedenfalls nicht auf dieser Welt.

*

Christina kehrte völlig gebrochen nach Polen zurück.

Sie lebte nicht mehr lange, starb ganz unerwartet 1974, nachdem Zuzanna von einem Teller voller Wespen geträumt hatte. Sie hinterließ eine Schüssel voller runder Fleischklöße. Und die letzten Worte in Zuzannas Kopf: *Dziękuję, serdecznie dziękuję.* Danke, herzlichen Dank. So bedankte sie sich immer für Obst und Gemüse, das ihr Waldek und Basia aus dem Schrebergarten brachten – grünen Salat, Möhren, Petersilienwurzel und Schnittlauch.

Zur Beerdigung seiner Mutter kam Georg nicht nach Polen, „obwohl Basia und ich alles getan haben, um das für ihn zu organisieren", beschwert sich Waldek. „Wie lange haben wir bei der Milizbehörde Schlange gestanden, um eine offizielle Einladung für ihn ausstellen zu lassen und andere Formalitäten zu erledigen, das war ja damals gar nicht so einfach! Und trotzdem hat er seinen Hintern nicht hochgekriegt! Hat nur ein paar Mark für Blumen locker gemacht.

Hat denn dieser Mensch gar kein Gewissen?"

„In den Jahren danach hat Georg noch zwei, drei Mal etwas Kleingeld für Blumen oder Grablichter geschickt. Mit der Zeit hat er sich jedoch immer mehr von unserer Familie entfernt … Mein jüngerer kranker Bruder soll ihn oft in Briefen um Medikamente angebettelt haben - meist ging es dabei um starke Schlaf- und Schmerzmittel, gelegentlich auch um andere Dinge … Vielleicht war das der Stein des Anstoßes?", grübelt Waldek nach. Jedenfalls hatte Georg irgendwann vollends genug von der Familie in Polen und verweigerte Zuzanna, als sie Anfang der Achtziger nach Deutschland kam, jegliche Zeugenaussagen und Dokumente, mit denen sie aufgrund ihrer deutschen Abstammung eine Aufenthaltserlaubnis in der Bundesrepublik hätte bekommen können. Denn dann wäre er ja für sie verantwortlich gewesen, dann hätte er für sie *geradestehen müssen*. Diesen merkwürdigen Ausdruck wiederholte er am Telefon ein ums andere Mal wie eine gesprungene Schallplatte.

Sie verstand damals nicht, was er meinte, beherrschte noch nicht gut genug die Sprache des Feindes. „Was soll das heißen, für mich *geradestehen*?“, fragte sie sich verdutzt. Eins hatte sie jedoch schnell begriffen – dass der liebe Onkel nichts mit ihr zu tun haben, sondern sie schutzlos dem Ausländeramt zum Fraß vorwerfen wollte. Und sie nahm es Georg nicht wirklich übel. Eigentlich kannten sie sich doch gar nicht, hatten niemals Kontakt. Zuzanna wusste nicht einmal, wie sie ihn ansprechen sollte, etwa mit „Onkel“? Sie sagte also „Sie“ zu ihm, obwohl auch das nicht die beste Lösung war. Aber sie wollte nicht frech sein und sich auch nicht vorschnell mit jemandem verbrüdern, dem sie völlig egal war, der panische Angst hatte, dass sie ihm zur Last fallen könnte. Rudi, Willis Cousin, hat ihr geholfen.

Ob Georg wohl noch lebt? Keine Ahnung. Vor einiger Zeit hat sie ihm eine Weihnachtskarte mit der Nachricht geschickt, dass Waldek ihn gerne sehen würde. Doch Georg hat nicht geantwortet. Anrufen will sie ihn nicht, hat Angst, dass er denken könnte: „Was will dieses aufdringliche Weibsstück wieder von mir? Warum hat sie es auf mich abgesehen?“ Manchmal will sie ihm noch eine Karte schreiben, doch dann zerreißt sie sie schnell und schmeißt sie in den Müll.

Vielleicht ruft Waldek seinen Bruder irgendwann selbst mal an?

Ganz sicher!

50er Jahre und später

Nur wenige Tage nach Mutters Rückkehr aus der Bundesrepublik hatte Waldek bereits den polnischen Geheimdienst an der Backe. Scheiße! Das war der Anfang vom Ende. „Nicht genug", sagt Willi, „dass dieser Agent mir nicht mehr von der Seite wich, er belästigte auch noch Basia, um mehr zu erschnüffeln. Er fragte sie regelrecht aus, zum Beispiel, wo sie arbeite." „Und ich habe ihn angeschwindelt", wirft Basia stolz ein. „Bei der Post", habe ich gesagt. Was geht den das denn an, wo ich arbeite!?"

Basia war auf der Hut. Es war das Jahr 1959.

Waldek hatte gerade beschlossen, zur Polnischen Volksarmee zurückzugehen, um sich dort an die Spitze hochzuarbeiten. „Und da hat dieser komische Kerl meine Pläne durchkreuzt", ärgert er sich. Er meint damit Georg, seinen Bruder. Und alles nur, weil Christina bei der Passbeantragung Waldek – als ihren Sohn – in das Ausreiseformular eingetragen hatte. Dadurch kam alles raus, na gut, vielleicht nicht ganz alles. Trotzdem geriet Waldek jetzt in den Verdacht, aktiven Kontakt mit dem Westen zu pflegen. Denn wer würde keinen Kontakt zu seinem eigenen Bruder halten?

Niemand. Normalerweise.

Nicht, dass der Schnüffler vom Geheimdienst Waldek gefoltert hätte, nein, er hatte andere Methoden. Er versuchte es mit Güte, setzte alles dran, Waldek dazu zu bringen, Informant zu werden und seinen Bruder aus Deutschland mit ins Boot zu holen. „Keler", sagte er, „was haben Sie schon zu verlieren, Sie werden ein besseres Leben haben und dazu noch einer guten Sache dienen, wir brauchen Sie dringend, Genosse."

Aber Waldek konnte das nicht. Er zog es vor, mit offenen Karten zu spielen, sichtbar zu sein, an vorderster Front zu agieren. Spionage – nein. *Danke und dziękuję*. So viel Gewissen muss sein.

Darauf schickte das Amt für Staatssicherheit ein negatives Gutachten über Waldek an die Militärbehörde, und damit war der Fall abgeschlossen. Bei der Armee war Waldek nun abgeschrieben, obwohl er bislang einen lupenreinen Ruf genoss, unter Einsatz seines Lebens die Volksrepublik Polen von Minen befreite, und sich niemals schonte.

Ironie des Schicksals!

Waldeks Uniform mit den vier Sternen an den Schulterstücken wanderte für immer in den weiß gestrichenen Einbauschrank in der Nische im Flur, in den sich sein Töchterchen ab und zu heimlich und verstohlen ...

Na gut, auch nicht schlimm. Waldek war flexibel. Er holte sich die Armee nach Hause und machte aus Zuzanna und Edek seine Soldaten. Mit Basia ging das nämlich nicht so einfach. Sie hatte ihren eigenen Kopf. Wenn sie böse auf Waldek war, drehte sie ihm einfach den Rücken zu, setzte sich in den Zug, fuhr zu ihren Eltern nach Łobez, und weg war sie! Er musste sie dann reumütig mit seinem Motorrad von dort zurückholen. Kinder können nicht eben mal weglaufen, es sei denn, verständnisvolle Großeltern wohnen gleich um die Ecke, so wie es einst bei der kleinen Basia war. Waldek konnte seine Frau jedenfalls nicht ohne Weiteres disziplinieren. Und doch gab er nicht auf, ließ nicht locker. Wenn er zum Beispiel wollte, dass sie aufsteht, rief er wie aus der Pistole geschossen: „Aufgestanden!" Seine beiden Kinder trainierte er noch energischer. In Zuzannas Kinderzimmer veranstaltete er ab und zu eine Revolution. Manchmal kam sie aus dem Ferienlager zurück, und – Überraschung! – der Inhalt ihrer Schränke und Schubfächer lag über den ganzen Fußboden ihres Zimmers verstreut: Klamotten, Bücher, Souvenirs, aber auch Dinge, die kein Menschenauge jemals erblicken sollte: Tagebücher, Zettelchen, Geheimnisse.

Das bedeutet Krieg. Bedeutet Scham. Und Wut.

*

Tja. Waldek musste wieder mit dem Bauwesen vorliebnehmen. Und er musste sich um sein Privatleben kümmern, auch wenn das für ihn eher zweitrangig war. 1961 heirateten sie, Basia und Waldek, still und leise, weil der Bräutigam keine Lust auf eine pompöse Trauung hatte. Es war nicht sein Ding, und Aufsehen erregen wollte er damit auch nicht. Es war wohlgemerkt eine ökumenische Hochzeit - Basia gelang das Kunststück, vom zuständigen Bischof eine Genehmigung dafür zu bekommen. Sie schlossen den Bund der Ehe in Anwesenheit zweier Trauzeugen, Celina und Mieczysław, sonst war niemand dabei. Eine bescheidene Zeremonie. Fotos gibt es keine. Waldek weigert sich, mehr von diesem Ereignis zu erzählen. Als ob das etwas Peinliches wäre. Basia schaut ihn drohend an. Düstere Stille.

Wer weiß, warum dies keine schöne Erinnerung ist und noch viel weniger ein gutes Gesprächsthema. Dabei hatten sie gerade erst ihren 50. Hochzeitstag! Und niemand feierte das.

Die Deutschen hingegen zelebrieren solche Feste! Und wie. Man kann sagen, was man will, aber feiern können sie.

Es geht weiter. Basia nahm nun die nächste Baustelle in Angriff – die Beschaffung einer Wohnung für das junge Paar. Auf eine Zuteilung wartete man normalerweise Jahre. Wenn nicht Jahrzehnte. Doch wie es der Zufall wollte, wurde Basia in ihrer Funktion als Buchhalterin damit betraut, das Chaos in der Abteilung für Wohnungsangelegenheiten in der Stadtverwaltung zu beseitigen. Beim Ordnen der Papiere schob Basia den Antrag für die Zuweisung einer Wohnung, den sie hier irgendwann einmal eingereicht hatten, um einige Positionen nach oben. Machen wir uns nichts vor - sie legte ihn ganz oben auf den Stapel. Nun war ihr Antrag auf einem der ersten Plätze in der Warteliste! Bei der Gelegenheit rückte sie ebenfalls diskret das Gesuch ihres begnadeten Akkordeon-Lehrers nach oben. Er hatte sie inständig darum gebeten. Nun, das ist die Wahrheit. „Man musste seine Beziehungen spielen lassen", rechtfertigen sich einhellig Zuzannas Eltern. „Wir hatten keine andere Wahl, jeder machte das so! Man wurde kreativ, weil legale Anstrengungen ja nicht halfen. Wir haben doch zuvor alles versucht. Selbst mein Vorgesetzter hatte mit dem zuständigen Büro in unserer Angelegenheit telefoniert!", gibt Waldek zu bedenken. „Basia war bei ihm gewesen, hatte mit ihm gesprochen. Aber auch er konnte nichts ausrichten …" „Warum war ich eigentlich bei ihm, und nicht du?", fragt Basia. „Weil du es so wolltest", meint Waldek. „Du warst sehr attraktiv, es war einfacher für dich, gewisse Dinge zu regeln. Sogar eine Audienz beim Vorsitzenden des Stadtrates hast du bekommen!"

Ja, ja. Basia war überall. Die Sache erwies sich jedoch als nicht ganz so einfach. Sie hatten ja bereits eine Einraumwohnung, und die Ämter gingen davon aus, dass solch eine Bleibe für das Glück eines jungen Ehepaares ausreichend sei. Also meldete das junge Paar zusätzlich Basias alten Opa in der kleinen Wohnung in der Straße der »Bohaterów Warszawy« an, der ja eigentlich in Łobez lebte. Es war der hochbetagte, geduldige Anselm, der, selbst wenn die Hölle losbrach, seelenruhig seine Weidenkörbe vor der Türschwelle seines Hauses flocht.

Er hat nie ein schlechtes Wort über jemanden verloren.

Und er war bereit, nach Stettin zu kommen! Bereit, mit Basia zum Wohnungsamt zu gehen und vor einer Sonderkommission das ganze Anliegen zu schildern. Das heißt: Dass sie hier zu dritt auf zehn Quadratmetern leben würden, dass da außerdem noch ein Kachelofen wäre, der auch viel Platz einnimmt, dass sich das Klo im Treppenhaus befindet, was für ihn sehr lästig sei, und dass er als alter kranker Mann gerne sein eigenes Zimmer haben wolle. Aus Dankbarkeit lud Basia ihn danach zu einer Hafenrundfahrt ein, denn für den Hafen interessierte er sich sehr. Freudestrahlend erzählt sie Zuzanna davon, wie er sich während der Rundfahrt bei ihr nach den Hafengebäuden und dem Getreideaufzug erkundigte, wie er fragte, wohin die Frachtkähne auslaufen würden, sich für die Natur drumherum begeisterte … „Ich konnte gar nicht so schnell antworten, wie er Fragen stellte!", ruft Basia und lacht.

Die Argumente waren schlagkräftig, der Großvater alt. Eine Nachkontrolle gab es nicht. Dank Basias Unternehmergeist wohnten sie bald darauf in einer wunderschönen Zweiraumwohnung mit Balkon, Küche und Bad im ersten Stock eines fünfgeschossigen Blocks mit vier Aufgängen in der »Jacek Malczewski«-Straße. Die wenigsten hatten so eine Wohnung. Im Neubau! Hier kam Zuzanna zur Welt. Das heißt, genau genommen, im Krankenhaus, in der »Arkońska«-Straße, wo Gott sei Dank einige nette Krankenschwestern arbeiteten, die sie mit ihrem traurigen Schicksal berührte. Doch dazu kommen wir später.

Hier vor diesem Haus spielte sie *Himmel und Hölle* oder Gummihopse inmitten versoffener Männer mit Steinen in den Händen, zwischen Trümmern, Exhibitionisten und Pädophilen … Hier spielte sie Fangen und Verstecken. Vagabundierte mit Banden von Kindern durch die Gegend. Suchte nach farbigem Bonbonpapier und Glasscherben von zerbrochenen Bier-, Wodka- und Limonadenflaschen, um aus ihnen »kleine Himmel« zusammenzusetzen.

Hier hätte sie ein Kinderschänder fast in den Keller gezerrt.

Mami, lies mir vor!

60er Jahre

Mehrfach bestärkte Basia Waldek darin, ein Abendstudium zu beginnen. Ach, aus ihm hätte alles werden können, sogar ein brillanter Chirurg! Er ist auch so wortgewandt – was für Reden er zu den verschiedensten Anlässen zu halten vermochte! Was er sagte, klang wie Poesie. Und so klingt es heute noch, trotz seiner achtzig Jahre. Wenn er irgendeine Beamtin anruft, um etwas zu regeln, und mit seiner jungen, dynamischen Stimme, mit sorgfältig gewählten Worten bezirzt, bleibt sie an seinen Lippen hängen. „Er hätte alles studieren können, ich habe mich doch um die Kinder gekümmert", moniert Basia, „aber er hat es immer vorgezogen zu arbeiten, um so schnell wie möglich Lorbeeren zu ernten. Arbeit, Arbeit und nichts als die Arbeit. Da war kein Platz für andere Dinge."

Ja, jetzt bedauert er es selbst, dass er sich derart aufgerieben hat.

Es hat sich nicht gelohnt!

Der Gedanke, selbst ein Abendstudium aufzunehmen, kam Basia nicht ernsthaft in den Sinn. Das wäre absurd. Da hätten sich doch alle an den Kopf gefasst. Heute ist das anders. „Bei so manchen jungen Frauen, besonders mit Posener Wurzeln, ist der Ehemann Sklave und sie selbst machen, was sie wollen. Ach, wenn ich heute nochmal jung wäre!"

Basia und Waldek. Sie begegneten einander in Stettin, in Szczecin! Wir wissen bereits, unter welchen Umständen das geschehen ist, nämlich über die Freundin Celina, die ihnen bis heute als einzige aus dem alten Freundeskreis geblieben ist. Eine treue Seele, die sie regelmäßig mit einem Likörchen oder einem unnützen Mitbringsel besucht. Wir wissen, dass Waldek damals für Basia auf der Mundharmonika spielte. Dass er ihr Akkordeon schleppte. Lange, lange Zeit musste er um sie buhlen. Erst mit siebenundzwanzig befand sie, dass es an der Zeit war, zu heiraten, um dem Makel der alten Jungfer zu entgehen. Also Waldek? Na gut, warum nicht? Nur schade, dass er kein Katholik war. Und so furchtbar dienstbeflissen.

Zuzanna greift zu den Fotos. Von der kirchlichen Trauung gibt es keine, nur von der standesamtlichen. Dass die kirchliche wirklich stattgefunden hat, dafür existiert kein einziger Beweis. Sie haben sie ja nicht an die große Glocke gehängt.

Auf dem Standesamt-Foto sieht man die beiden feierlich einen Vertrag fürs Leben unterzeichnen, etwas künstlich lächelnd, verlegen, in maßgeschneiderter Kleidung, mit ondulierten Betonfrisuren auf dem Kopf - denn der steife Helm-Look war damals Mode.

Eltern. Die Älteren. Auf Polnisch *rodzice*, die Gebärer.

Diese hatte sich Zuzanna vom Himmel aus, von irgendeiner Wolke, auserkoren. Das elegante Paar gefiel ihr offenbar, und hopp – sprang sie in Basias Bauch ... wie auch immer. Sie hatten genug erlebt, ihre Wunden waren tief genug, damit Zuzanna an dieser Herausforderung wachsen konnte.

Am Anfang lebten die beiden bei Basia, dann bekamen sie diese behagliche Zweiraumwohnung im Wohnblock in der »Jacek-Malczewski«-Straße, nicht etwa in einer alten Mietskaserne, wo verwahrloste Trinker an die Wände schifften, sondern in einer Neubausiedlung. Niemand hatte vor ihnen in dieser Wohnung gewohnt! Sie war unbefleckt. Keine Ankömmlinge aus dem Osten, keine Plünderer, Verbrecher oder nicht zuletzt Deutsche ... Rings um die Kriegstrümmer herum ein kleiner Platz zum Fußballspielen, eine Mülltonne, eine Teppichstange, eine Bank.

Die Wände des Esszimmers ließen Basia und Waldek im sogenannten Picasso-Stil streichen, in farbenfrohen Kringeln und Schnörkeln.

Das war nämlich *modern*. Keiner der Nachbarn, hauptsächlich Neuankömmlinge aus der ländlichen Umgebung, die in der Chemiefabrik in Police (früher Pölitz) oder in der Stettiner Werft angestellt waren, hatte solch schöne Wände. Von Anfang an hoben sich Zuzannas Eltern von den anderen ab, alles bei ihnen hatte mehr Stil - die Wohnungseinrichtung, Kleidung, Sprache. Die Wände des Flurs hatte ihnen allerdings die vierjährige Zuzanna eines Vormittags großzügig mit Buntstiftmalerei veredelt, als die Mutter sie für einen Moment allein zu Hause ließ. Auch ein Picasso! Oder ein Malczewski. Aber sie ließen die Wand sofort neu streichen. Die kleine Künstlerin verstand die Welt nicht mehr.

Für ihre Wohnung kauften sie sich angesagte niedrige Hochglanzkommoden - mit kleinen Fächern, Schubladen, Vitrinen für verschnörkelte Tassen und anderen Flitterkram. Auf einer der Anrichten stand eine große bauchige, mit Längsstreifen verzierte Vase. Auf der anderen ein Plattenspieler, auf dem manchmal Musik duddelte: *Wszystkiego najlepszego, radości, szczęścia moc, roboty nie za wiele, w tygodniu trzy niedziele, snów pięęęęknych co noc! I kufereczek, stóweczek, daj Boooże!* Also: *Alles Gute, Freude und Glück der Welt, wenig Arbeit, drei Sonntage die Woche, die schöööönsten Träume jede Nacht! Und ein Köfferchen mit Geldscheinen, von Gott gebracht!* Im Badezimmer stand die gute »Frania«, eine moderne Waschmaschine mit einer Kurbel und Handwalze, zum Auswringen der Wäsche. Nicht so ein Waschbrett wie bei Christina in Steinfels. Und im Schlafzimmer zwei solide, miteinander verbundene Betten in der Mitte des Raumes, so wie es die beiden frisch Verheirateten aus ihren Elternhäusern kannten. Nur ohne die Puppe, weil das altmodisch war.

Und auch ein Radio besorgte Willi!

*

Ein Junge hätte als erstes geboren werden sollen, davon ist Zuzanna überzeugt. Aber er hat es sich anders überlegt. Oder Gott hat es sich anders überlegt. Es kommt auf dasselbe hinaus. Das Auto der Marke »Syrena«, mit dem Basia im Außendienst in der Pampa unterwegs war und zu diversen Betrieben fuhr, um deren Buchführung zu prüfen, war zu heftig durch die Schlaglöcher geholpert. Und so kam es, dass die Blutströme Marek, oder vielleicht Mariusz, hinaus spülten. „Tut mir leid, falscher Körper, zurückbleiben bitte", rief Gott, „ich habe mich vertan!" Kleine Fehlgriffe können auch Gott passieren. Und so veranlasste er die Rückkehr des Jungen und schickte Zuzanna als Erste ins Gefecht. Doch das Mädchen sträubte sich zunächst - *Lieber Gott, lass den Kelch an mir vorübergehen* - so wie sie sich später vor der Türschwelle des Kindergartens und vor jeder weiteren Schwelle im Leben sträuben wird.

Zuzanna wurde gewissermaßen für das ungeborene Kind geboren. Das verpflichtet. Ist eine Hypothek. Dieses Mal passte Basia während der Schwangerschaft höllisch auf, und wenn sie ins Gelände fuhr, setzte sie sich nur auf Wolldecken, um das zweite Kind nicht auch noch zu verlieren.

Oftmals träumte später Zuzanna von ihrem ungeborenen Bruder, zum Beispiel, dass er irgendwo nach Deutschland entführt wurde. Vielleicht wurde er tatsächlich irgendwo dort als Kind eines Ex-Nazis geboren, der vor der Familie und vor sich selbst seine Verbrechen verbirgt und hartnäckig schweigend beim Abendessen sitzt. Bis die Blase des Schweigens platzt.

Oder er wurde nirgendwo geboren.

Dabei wünschte sich Waldek so sehr einen Sohn!

Im Krankenhaus in der »Arkonska«-Straße war jedoch Zuzanna im Anflug.

Sie hatte es allerdings nicht eilig, auf die Welt zu kommen, weigerte sich tapfer, kann aber auch sein, dass Basia sie nicht raus lassen wollte. So oder so, das Vergnügen zog sich ewig in die Länge. Bis schließlich der leicht erschöpfte Dr. Szelkenbach das Mädchen unsanft mit einer

Geburtszange aus dem Bauch zerrte, wobei sich die Zangenlöffel in die Schläfen pressten. Komm raus, du Frosch, es bringt nichts, sich vor dem Leben zu verstecken! Nur Mut. Raus, raus, raus die Maus! Es gibt keinen Grund, dieses Abenteuer aufzuschieben. Und dann warf er einen Blick auf die halbtote Basia und seufzte schwer: „Schauen Sie mich nur an."

Ihm stand der Schweiß auf der Stirn.

Danke, Dr. Szelkenbach! Mit vereinten Kräften schafften sie es, das Mädchen aus dem dunklen Kanal ans Tageslicht zu befördern. Aus dem Paradies des Eins-Seins vertrieben, wäre sie fast beim ersten Atemzug erstickt, ihre Lungen schmerzten. Wäh! Bähwäh, uah! Begrüßte sie die Welt der Trennung, die Welt der Herausforderungen. „Wie spät ist es?", rief Basia in Panik. Es war kurz vor 12 Uhr, nachts. „Was für ein Glück!", seufzte sie erleichtert. Was für ein Glück, dass es kurz vor Mitternacht war, noch der 12. November, sonst wäre Zuzanna an einem 13. geboren worden!

Noch nie zuvor hatte eine gewöhnliche Milchsuppe Basia so gut geschmeckt wie an diesem Tag, nach dieser Anstrengung. Doch aufatmen konnte sie noch nicht. Es gab einige Komplikationen, hohes Fieber, eine Entzündung, was weiß ich, sie musste noch für einen ganzen Monat im Krankenhaus bleiben. Waldek besuchte sie nicht, irgendwie kam er mit der Welt der Frauen nicht klar. Dafür schickte er seinen jüngsten Bruder Jacek zu Basia, mit einem Fisch als Geschenk. Jacek! Mit einem Fisch …! Basia, außer sich vor Wut, schimpfte mit dem Schwager und schickte den armen Kerl mitsamt Fisch in die Wüste.

Und wie erging es der Neugeborenen? Sie lag nicht bei Basia, sondern in einem Saal voller schreiender Säuglinge, die wie kleine Mumien eng in Tücher gewickelt waren. Aufgrund der Komplikationen konnte Basia offenbar nicht stillen. Zudem waren zu jener Zeit Milchpulver und künstliche Säuglingsnahrung voll im Trend. Man hielt sie für moderner, gesünder und hygienischer als Muttermilch. Den ersten Lebensmonat verbrachte Zuzanna also hauptsächlich mit den jungen Krankenschwestern, die sie Gott sei Dank ab und zu in den Armen wiegten, mit ihr wie mit einer Puppe spielten, von ihren langen Wimpern schwärmten. Sagt Basia. Und sie waren es, die für die Kleine einen Vornamen fanden. Danke, Krankenschwestern! Ihr hattet ab und zu Erbarmen, wenn sie sich nachts vor Angst und Einsamkeit die kleine Seele aus dem Leib schrie. Wie die meisten von uns, die damals geboren wurden.

Waldek hielt sich zwar fern vom Krankenhaus, doch irgendwie kam ihm zu Ohren, dass ein Mädchen geboren wurde. Er grummelte, brummte und schmollte, hat etwas anderes erwartet, einen richtigen Menschen, einen Sohn. Als er wieder einmal zum Mittagessen zu Christina ging, lief ihm seine Mutter voller freudiger Erregung entgegen:

„Waldek, und was ist es geworden?"

„Nichts Besonderes!", knurrte er.

Und Murrte. Knallte die Tür. So soll es angeblich gewesen sein, obwohl Waldek an dieser Version so seine Zweifel hat. Dafür erzählt Basia diese Geschichte bei jeder Gelegenheit und lacht sich dabei kaputt. Allerdings änderte Waldek ein wenig seine Meinung, als er Zuzanna das erste Mal sah. Auf Drängen von Basia fuhr er Mitte Dezember mit einem Dienstwagen zum Spital, um seine tief verletzte Frau abzuholen. Sobald er auch nur das weiße Bündel erblickte, das sie bei sich trug, war seine Missstimmung verflogen. Vorerst. Basias allerdings nicht!

„Du hast wie eine Puppe ausgesehen", schwärmt er heute. Was nicht heißt, dass er sie dann etwa gewindelt oder im Kinderwagen spazieren gefahren oder für sie Medikamente geholt hätte. Keineswegs! Es wäre ihm peinlich gewesen. Aber zu Hause trug er sie dafür hin und wieder auf den Armen, wenn sie weinte. Sehr lange, sehr geduldig. Was nicht heißt, dass er nicht vorgehabt hätte, aus ihr - nun, vielleicht nicht wirklich - einen Sohn, aber wenigstens einen Musterschüler zu machen. Oder vielleicht gar einen Soldaten?

*

Eines kann sich Basia bis heute nicht verzeihen. Dass sie nicht länger bei ihrem Kind zu Hause geblieben war. Waldek soll ihr das unnötigerweise ausgeredet haben - mit dem Argument, dass sie im Leben vorwärtskommen müssten und ein Gehalt dafür nicht genügen würde.

In den ersten zwei oder drei Jahren hätte man doch mit dem Kind zu Hause bleiben müssen, heute leuchtet das Basia ein. Aber damals gaben sie das viermonatige Würmchen bei Christina und Staszek Kowalczyk ab. Dort verbrachte Zuzanna ihr erstes Lebensjahr, schlief zwischen Oma und Opa, Babcia und Dziadek, genau an der Stelle, wo auf einem sorgfältig gemachten Bett tagsüber eine große Puppe saß. Die Wanduhr schlug des Nachts zu jeder vollen Stunde – etwas unheimlich, dumpf, beklemmend. Von Zeit zu Zeit sprang der Kuckuck wie ein Irrer aus dem Kasten: Kuckuck!!! In den Schubladen schliefen die vorbildlich zusammengelegten Socken, korrekt ineinander gestülpt, den Schlaf der Gerechten. Das Kind saugte alles auf. Auch den dort gelagerten und nie ausgesprochenen Schmerz.

Die Eltern erzählten ihr später, Oma hätte die Wohnung nur selten gelüftet. Einmal in der Woche besuchten sie ihr Kind, fuhren mit der Straßenbahn zu Christina und Staszek, zum Sonntagsessen. Und beanstandeten, dass es stickig sei und die Oma das Kind mit zu viel gefüllten Doppelkeksen mästen würde. Sie untersagten kategorisch, Zuzanna so viele Plätzchen zu geben, empfahlen häufiges Öffnen der Fenster. Sie hatten so einiges an Christinas Betreuung auszusetzen, obwohl sie ihr Bestes tat. Von Zeit zu Zeit forderte jedoch die andere Großmutter ihr Recht an dem „hübschen Kind“ ein. Nach ihrem ersten Geburtstag wurde also Zuzanna zu Großmutter Anna und Großvater Jakub nach Łobez verfrachtet. Dort wird sie bestimmt mehr frische Luft bekommen.

Vogelbeerbaum

60er Jahre

Keine Ahnung, was Christina fühlte, als sie ihr das Kind, das sie womöglich ins Herz geschlossen hatte, wegnahmen. Keine Ahnung, was Zuzanna fühlte, als sie wieder ins Ungewisse aufbrechen musste.

Sie kam jedenfalls nach Łobez. Und mit zweieinhalb verließ sie die Stadt wieder. Was war in dieser Zeit geschehen? In dieser Davor-Zeit, in der wir unser eigenes Ich noch nicht als etwas Unabhängiges empfinden, sondern ungefiltert die Umgebung absorbieren, uns als Teil davon fühlen?

Die Eltern waren nicht greifbar, wohnten hundert Kilometer von ihr entfernt und besuchten sie nur einmal im Monat. Die Großmutter war da – Babcia, und der Großvater – Dziadek. Dziadek Jakub hatte himmelblaue Augen, und konnte die Zukunft vorhersagen. Und er liebte Pferde. Manchmal spannte er seinen besten Freund vor den Pferdewagen und fuhr mit Zuzanna über die holprigen Wege der sonnenbeschienenen Kleinstadt auf den Wochenmarkt. Selig, beinahe starr vor Glück, mit einem Kribbeln in den Fingerspitzen, den schaukelnden Wolken vor Augen und getragen vom Klappern der Pferdehufe gab sie sich der Himmelfahrt hin, war *wniebowzięta*. Sie kann sich an nichts Schöneres erinnern, an nichts, was sie jemals mehr berauscht hätte.

Wer war Dziadek, wer waren seine Pferde? Warum war sie dort, bei ihm, in seinem verwunschenen Reich mit dem Heugeruch, den dicken Pelzmänteln im Schrank, mit denen er sie nachts zudeckte, den angebrannten Blini, den in Schmalz blubbernden Eiern, den Tarotkarten auf dem Tisch, die wie ein bunter Fächer oder ein Pfauenschwanz aussahen, dem Jesusbild an der Wand, den Wodkagläsern im Schrank, dem selbstgebrannten Obstlikör, – der *nalewka* – auf dem Tisch?

Und auch hier, sog Zuzanna alles mit allen Sinnen auf. Mit der ganzen Seele. Den Zauber der weizengelben Felder und trockenen Feldwege, der grauen Kartoffelkäfer, die von den Cousins hastig in Schachteln verbannt wurden, der unbekümmert herumflatternden Kohlweißlinge, die sie in Gläsern gefangen hielten. Der scharfen Hunde, die man auf Kinder hetzte, wenn sie verbotenes Terrain betraten, und der Eisenbahnschienen, entlang derer Dziadek stundenlang, Schritt für Schritt seine Strecke ablief. Er war ja Streckenwärter.

Sie nahm den Duft der großelterlichen Stube auf, die voll war von verworrenen Spinnweben, selbstgewebten Wandteppichen, vergilbten Gebetsbüchern im schwarzen Einband, Marienfiguren mit tieftraurigen Augen sowie siegverheißenden Jesusbildern - Jesus im Boot, Jesus im Kreise der Apostel beim letzten Abendmahl. Ihr Gesicht glühte von der Hitze des Ofens, die ihr entgegenschlug. Hinter dem Ofen wohnte im Winter ein Igel, den Babcia Anna mit Milch fütterte.

Auch Babcia war ein außergewöhnlicher Mensch, wie Dziadek. Nur dass es keiner wusste. Sie war ja eine Frau.

Abends las sie Zuzanna Kindergedichte von Jan Brzechwa, Julian Tuwim und Adam Mickiewicz vor. Jede Woche aus einem neuen Heftchen der Reihe »Mami, lies mir vor«, das der ewig hungrige Postbote brachte. Nett war er und einem Plausch über Politik bei einem Gläschen Schnaps nie abgeneigt. In der leisen Stimme von Babcia lag Verbitterung. Aber sie ließ keinen einzigen Abend aus. Sie las auch dann vor, wenn sie Kopfschmerzen hatte - ergeben erfüllte sie ihre Pflicht. Wenn sie beim Lesen einnickte, berührte Zuzanna ganz leicht ihre regungslose, liebe Hand.

Und weil Babcia Anna ihr die ganze Woche lang dasselbe Gedicht vorlas, immer und immer wieder, konnte Zuzanna es irgendwann auswendig. Ohne den Sinn der einzelnen Worte zu verstehen, verschlang sie gierig die Reime, berauschte sich an ihnen, verschluckte sich beinahe an deren Rhythmus, der ihr in Fleisch und Blut überging. Diese

Reime waren von Mama. Waren ihr Herzschlag. Waren Heimat. Waren SIE. Die Mutter.

Die pädagogische Aufgabe, allabendlich der Enkelin vorzulesen, bekam Großmutter Anna von einer fröhlichen, talentierten und fernen Dame, die – wie Zuzanna erahnte – ihre Mutter war und irgendwo in einer großen Stadt, in irgendeinem Büro, irgendwelche Bilanzen auf großen hölzernen Rechenbrettern machte. Das rätselhafte Wort „Bilanz" begleitete Zuzanna ihre ganze Kindheit - es war wie ein Warnlicht, das Bedrohung signalisierte. Wie ein Damoklesschwert, das an einem seidenen Faden über ihrem Kopf schwebte. „Ich hab keine Zeit, ich muss die Bilanz machen. Bitte nicht stören!" Tagesbilanz, Wochenbilanz, Monats- und Jahresbilanz … und die nächste Firlefanz-Bilanz. Junge, Junge!

Basia kaufte jedenfalls jede Woche ein neues Heftchen für Zuzanna und schickte es nach Łobez, damit das Kind gefördert wurde. Sie selbst musste ja arbeiten. Logisch, dass sie da keine Zeit für ihre Tochter hatte, nicht bei ihr sein konnte. Logisch, dass sie auch immer seltener tanzen ging, zu den großen, fröhlich pulsierenden Plätzen des Nachkriegs-Stettins. *Karuzela, karuzela, na Bielanach co niedziela. - Jeden Sonntag dreht sich in Warschau das Karussell* … In diesem damals überall gesungenen Nachkriegslied über die erwachende Lebensfreude hatte sich bestimmt Zuzannas Mama versteckt! Ja, irgendwo in diesem Lied musste sie doch sein, war irgendwo hängengeblieben, hat sich zwischen den Noten verfangen und sich dort ein Nest gebaut, sich in das Lied wie in einen Kokon geschmiegt und nicht wieder hinausgefunden. Genau dort müsste man sie suchen – dieses kleine, unbekümmerte Mädchen, das so gerne sang, herumalberte und lachte. Das Mädchen, das sich damals nicht getraut hatte, aufs Ganze zu gehen. Dem niemand glaubte, dass ihr die Heilige Maria erschienen war. (Du verstehst doch liebe Leserin, lieber Leser, was ich meine!) Dass sie die Quelle - das Wasser des Lebens - gesehen, aber nicht von ihr getrunken hatte. Das Mädchen, das mit vierzehn mit einem großen Koffer, einem knappen Kleidchen und noch mit blauen Flecken auf den Knien in die große Stadt, auf das Wirtschaftstechnikum, in ein Internat geschickt wurde. Und sich erstmal verunsichert in dem dunklen, gespenstischen Stettiner Bahnhof umschaute, der gerade so viel Wirbel, so viel Leid und so viel Hoffnung gesehen hatte.

Es tut weh, sich das vorzustellen. Es tut so vieles weh. Zu viel unbestimmte Sehnsucht und Melancholie, zu starker Drang in den Abgrund zu schauen. Und die Gewohnheit, in die tiefsten Tiefen zu tauchen, eigenes und fremdes Unglück ungefiltert aufzunehmen, das Drama der Existenz mit jeder Hautfaser zu spüren. Sich für jeden unbedachten Anfall von unbeherrschter Lebensfreude erbarmungslos zu geißeln.

*

Aber vielleicht ist es noch nicht zu spät? Vielleicht kann man auch im Alter noch zu seiner Quelle finden?

Allmählich wuchs Zuzanna in diese Welt hinein, die nach Schweinefutter, frischer, warmer Milch und gefüllten Doppelkeksen duftete … Vergaß die ferne, große Stadt, in der jemand, den sie lieben wollte, mit Holzkugeln auf einem monströsen Rechenbrett-Skelett klapperte, und klapperte, und klapperte … Großvater sang jeden Tag für sie. Sein Gesang war mal wie ein heulendes Wehklagen, mal wie ein sehnsuchtsvolles Rufen, rhythmisch, kreisförmig, eine Art Spirale, die den Zuhörer immer tiefer hineinzog. In diesem Gesang war nicht nur seine Seele, sondern auch eine göttliche Energie zu spüren - anfänglich ein wenig verirrt, zerstreut, suchend, dann aber immer stärker und zielgerichtet. Deshalb wurde er so oft gebeten, auf Beerdigungen zu singen. In seinen Liedern beschwor Jakub die Toten, erklärte ihnen, dass ein Sarg etwas Unwesentliches sei, eine Art Dekoration, ein armseliges Symbol für die Lebenden, nicht der Rede wert. Jegliche Klaustrophobie sei hier also fehl am Platze.

Ohne die musikalische Begleitung ihres Großvaters wurde jedenfalls niemand in Łobez unter die Erde befördert. Schließlich kann man nicht einfach jemanden sang- und klanglos, so ohne Kommentar, in ein Grabloch werfen.

Wenn der Priester seine Arbeit getan hatte und im Begriff war, mit seiner schwarzen Soutane den Friedhofsschlamm mitschleifend, sich vom Acker zu machen, trat Jakub ein und stahl ihm die Show.

Dziadek war sich nicht ganz sicher, ob überhaupt so etwas wie die Hölle oder das Jüngste Gericht existierte. Aus diesem Grund wich er bei den Gottesdiensten den Blicken der Priester aus, die hinter ihrer viel zu hohen Kanzel etwas verloren wirkten. Als würden sie sich verstecken. Um sich bei ihnen freizukaufen, legte er beträchtliche Summen in die Kollekte.

Zu Hause befestigte Dziadek an Zuzannas Kinderwagen eine Schnur und zog sie daran hin und her, mal zu ihm hin, dann wieder weg. Die Wiege, das große Luftschiff, in dem fast dreißig Jahre zuvor ihre Mama in Mikulicze geschaukelt worden war, existierte nicht mehr. Zuzanna gab sich willenlos der Bewegung hin, vom Fahrtwind gestreichelt oder gepeitscht, mit vor Aufregung gerötetem Gesicht, berauscht von der rasanten Fahrt ins Unbekannte und der sicheren Rückkehr. Auf diese Folge der Ereignisse war Verlass. Und *Hej-hopp-hej-hopp*, wiederholte Dziadek das Mantra. Er lehrte sie die Sehnsucht nach dem himmelhohen Flug der Vögel und der Grotte der Zwerge tief unter den Baumwurzeln. Es war gut.

Und wie gut es war. Abends nahmen die Großeltern Zuzanna mit ins Bett, legten sie zwischen sich. Wenn es sehr kalt war, deckten sie sie mit einem nach Feuer, Atem und Asche riechendem Fell zu. Dziadek erzählte russische Märchen, zum Beispiel vom *Goldglöckchen und den drei Bären*, und scheuchte Babcia Anna, Tee für das Kind zu kochen, wenn Zuzanna nachts danach verlangte. Die Großmutter stand auf, entfachte ein Feuer. Wenig später loderte und knisterte es im Ofen.

Babcias Lächeln war schwach und verblassend. Ihr verzerrter Schatten erstarrte bisweilen beängstigend an der Wand. Die Pferde schliefen. Die Maus rumorte auf dem Dachboden. Babcia sprach nicht ein Wort.

Manchmal schreckte sie aus dem Schlaf hoch und rief eindringlich: „Beruhige dich, Vater. Mutter, du kannst aufhören." Zuweilen hatte sie Sinnestäuschungen, blickte verstohlen Richtung Ofen, bildete sich ein, dass die Schwiegereltern darauf schliefen, genau wie früher, in der Erdhütte, tausende Kilometer von hier entfernt. Zuzannas Urgroßvater Walery war schon vor langer Zeit von den kalten, fremden Steppen Kasachstans verschlungen worden. Für ihn gab es keine Rückkehr in die „Heimat" mehr. Er hat die „wiedergewonnenen" Gebiete nicht mehr für sich zurückgewinnen können. Er starb einfach so, nebenbei, in der Zwischenzeit, in diesem provisorischen Leben, in der Stube, die sie mit dem eigensinnigen Kälbchen mit der warmen, schroffen Zunge und scharfen Zähnchen teilten. Babcia Anna hatte dennoch manchmal das Gefühl, dass der Geist des Schwiegervaters ihnen hinterher geschlichen war. (Möge es nur der Geist des Schwiegervaters sein!) Sie schreckte hoch, horchte. Ein anderes Mal träumte sie, dass sich das Pferd aus dem Stall losgerissen hätte. Dass sie nicht in der Lage sei, die blindlings drauflos rasende Bestie zu stoppen.

*

An Feiertagen wurde die Stube von kopfbetuchten Frauen gestürmt. Sie kamen von allen Seiten angelaufen, fielen durch Türen und Fenster ein, meist an den sonntäglichen Nachmittagen, von Annas Versuchen, sie mit dem Kreuzzeichen und Weihwasser zu vertreiben, völlig unbeeindruckt. „Jakob, das ist nicht gottgewollt", ermahnte sie vergebens den Großvater. Mit ihren langen, bunten Röcken besudelten die Besucherinnen die frisch geschrubbten Holzdielen. Sie verlangten nach Wahrsagungen, wollten wissen, was sie erwarte, was ihnen das Schicksal bringen werde. Glaubten, dass Dziadek diese Gabe besaß. Vielleicht haben sie in ihm aber auch einfach einen Mann gesehen, mit dem man reden konnte. Über die Liebe, den Tod oder die Geburt. Sie belagerten also sonntags sein vormals deutsches Haus. Alte und junge, kräftige und schwächliche, üppige und abgemagerte, freudestrahlende und gefrustete, voller Hoffnung oder Gift und Verbitterung. Jeden Sonntagnachmittag fand hier dieses „illegale" Spektakel statt – der Ansturm der Weiber, das Kartenlegen, das Zurückdrängen der Babcia, die mit dem Rücken zur Wand stand. Sie hinterließen etwas Kleingeld und dreckige Wodkagläser, die Babcia schweigend, eines nach dem anderen spülte und sorgfältig abtrocknete.

Ja. Keine Ahnung, wo Dziadek das gelernt hatte, keine Ahnung, warum er sich im stillen Kämmerlein, auf dem Nebengleis seiner anständigen, alltäglichen Existenz damit befasste.

Basia sah ihn vor kurzem in einem Traum. Zwei Ganoven packten Jakub, der sich nach Leibeskräften sträubte, von beiden Seiten an den Armen und führten ihn ins Unbekannte. Bestimmt nicht für die Ewigkeit, ganz bestimmt nicht! Das Ganze sah wie eine Tanzfigur aus, als würden sie zu dritt eine Polka tanzen. Nach diesem unlängst geträumten Traum verdoppelte Basia die Bestrebungen zur Erlösung seiner Seele – er ist ja schon lange tot. Mit vermehrtem Eifer begann sie, sich darum zu kümmern, dass regelmäßig Messen für ihn gelesen wurden. Es muss doch helfen, so eine geballte Gebetsenergie in den Himmel zu schicken. Auch Basia betete und wartete auf ein Zeichen, dass Jakub bereits im Himmel war.

Damals wusste sie noch nicht, dass der Himmel wie der Berliner Kurfürstendamm zur Adventszeit aussah. Der Kurfürstendamm, auf dem jeder Baum über die gesamte Länge der mehrere Kilometer langen Allee mit tausenden von Sternen ausgeleuchtet ist. Wo zwischen den Bäumen strahlende Rentiere in den unterschiedlichsten Posen funkeln. Erst später wird sie es begreifen, als sie im Dezember 2009 Zuzanna in Berlin besucht und die Illumination zu Gesicht bekommt.

Dann wird sie sagen: „Das ist das Paradies, so sieht es aus, meine Lieben, das Paradies!“

Sie wird es mehrmals wiederholen.

*

Auch Zuzanna erschien Dziadek vor kurzem im Traum, aber ganz anders. Er stand auf der gegenüberliegenden Straßenseite und winkte ihr zu. Sie überlegte nicht lange - schob mit den Füßen Berge von Herbstblättern zur Seite, die ihr den Weg versperrten, und eilte zu ihm. Merkwürdig, er lockte sie mit einem Hundertmarkschein in der Hand, obwohl wir längst den Euro hatten. Doch im Jenseits war das offenbar noch nicht angekommen.

Wenn sie den Traum richtig deutet, muss sie also nur den ersten Schritt tun, lediglich auf die andere Straßenseite wechseln. Doch was bedeutet die andere Straßenseite? Sollte sie es wagen?

Er wartet dort bereits auf sie, mit ausgebreiteten Armen. Wenn er noch leben würde, wäre das alles - das Leid und die Familientragödien - mit Sicherheit nicht geschehen! Wenn er noch leben würde (aber ob das so sicher ist?), hätte er es nicht zugelassen, hätte seine eigenen Wahrsagungen widerrufen. Zuzanna hat neuerdings immer häufiger seltsame Ahnungen. Ihr wird allmählich bewusst, dass er ein großes schmerzhaftes Geheimnis, eine unerträgliche Verantwortung mit sich schleppte, die über seine Kräfte ging, über die er nie gesprochen, aber wohl den Nachgeborenen hinterlassen hatte. Wie soll man sich denn sonst das Unglück erklären, das in regelmäßigen Abständen Jakubs Nachkommen und deren Kinder aufsucht? Wie erklärt man einen Selbstmord, einen verfrühten Tod, ein Dahinscheiden auf Raten, Lebenslähmung, Depressionen, Neurosen? Oder, dass Basia das Wort „Erschießen“ so leicht in den Mund nimmt? Oder dass wir uns im Namen der Liebe so verletzen, immer und immer wieder?

*

Wenn Zuzanna krank war, brachte Babcia Anna sie mit dem Pferdewagen in die Poliklinik. Manchmal ging das Pferd durch, da der Großmutter die Zügel aus den Händen glitten. Ihre kraftlosen Arme sanken wie welkende Blumenstiele in ihren Schoß. Gewöhnlich gelang es ihnen jedoch, das Ziel zu erreichen. Dort, inmitten der jungen Frauen mit Pelzmützen auf ihrem hochtoupierten Haar, mit ihren verrotzten Bälgern auf dem Schoß, hielt Zuzanna nach ihrer Mama Ausschau. Auf die netteren unter ihnen deutete sie mit ihrem wohlgenährten Fingerchen: „V'leicht meine Mama, das v'leicht meine Mama …" Sie lachten sich schief, kriegten sich gar nicht mehr ein. Deuteten es als Koketterie und verfielen in Ekstase – die Ungeliebten, Überarbeiteten, Unglücklichen ließen sich nur zu gern auf das Spiel ein. Es führte dazu, dass sie sich Zuzanna abwechselnd auf ihre Knie packten und wie eine brennende Fackel weiterreichten. Sie warfen sie in alle Richtungen, vor Lachen wiehernd, in Tränen ausbrechend: „Ach, ist sie nicht süß, was für ein bezauberndes Kind, und diese Wimpern! Na, welche von uns ist die Schönste, bei welcher möchtest du bleiben?" Sie war wie ein Ping-Pong-Ball, der von den Schlägern liebkost wird. In kürzester Zeit wurde Zuzanna von diesen Besuchen in der Poliklinik abhängig, vom Duft der Spritzen und des Schmerzmittels »Polopiryna S« – eine Art sozialistisches Aspirin für Kinder – und der Erregung, in die sie verfiel. Im Feuer des Interesses dieser reizenden, kichernden Damen mit hochhackigen Stiefelchen und entblößten Knien, die wie Marionetten aussahen, begann sie aufzublühen. Es ging so weit, dass sie auf Bestellung krank werden konnte. Wenn sie etwas mehr Liebe brauchte. Mehr Aufmerksamkeit. Mehr Mutter.

Einer seiner Töchter prophezeite Dziadek ein Leben in ständiger Lüge, Zerrissenheit und Schmerz. Er sang für sie das Lied vom Vogelbeerbaum. Von einem Mädchen, das sich nicht entscheiden konnte, wem sie ihr Herz schenken soll – einem Dreher oder einem Schmied.

Und irgendwann stellte sich heraus, dass dieses Schicksal die meisten seiner Enkelinnen ereilen sollte. Warum haben sie denn alle so früh geheiratet? Sie flüchteten geradezu aus den Elternhäusern, als wäre eine Katastrophe darüber gefegt, ein rasender Orkan. Fliehen, um dann immer und ewig wieder zurückzukehren, mit Schmerz und Sehnsucht im Herzen. Um nie wirklich von Zuhause loszukommen. Wir alle – Töchter dieser Familie – leben in einer sonderbaren Ohnmacht, mit der schweren Bürde von Schuldgefühlen, mit stürmischen Alpträumen, die uns auf etwas stoßen wollen, das wir von uns wegschieben. Alle begehen wir dieselben Fehler: Wir heiraten, lassen uns nach schweren Entscheidungskämpfen scheiden und können dann nicht damit leben. Oder treffen folgenschwere Entscheidungen, nur weil uns jemand dazu drängt. Fühlen uns dann entmachtet. Die Last drückt uns zu Boden und wir erzittern ständig vor Angst, dass alles herauskommen könnte – aber WAS? Das wissen wir nicht.

Milena trotzt diesem Erbe. Sie schwor sich, nie, niemals im Leben jemanden zu belügen, nicht einmal bei der kleinsten Lappalie. Und sich Zeit zu lassen.

Solange der Großvater lebte, fiel seine Kinderschar noch nicht auseinander. Zerfall, Zersetzung und Wahnsinn lauerten noch hinter dem Ofen, drängten den traurigen, wehrlosen Igel hinaus zu nächtlichen Wanderungen voller trübsinnigen Gemurmels und Geraschels. Nicht selten piekste er nachts Zuzanna, schob sich unter die Bettdecke, weckte, warnte. Vergeblich. Niemand mag, niemand hört gern auf Propheten.

Mit Krankheiten ist es nicht anders.

Zunächst starb Babcia Anna, Zuzanna war damals zweieinhalb. Eines Tages fielen ihr die Zügel für immer aus der Hand. Vielleicht geschah es nach dem Unfall mit dem Pferd? Einem Unfall, der eigentlich nicht ihr passiert war, sondern dem Großvater. Das Pferd, von irgendetwas zu Tode erschreckt – von einem lauten Motorengeräusch auf der Straße? – hatte sich vom Fuhrwerk losgerissen und jagte sich selbst überlassen durch die Stadt, raste in ein Treppenhaus, zertrampelte dort einen Menschen. Der Mann war tot.

Dziadek Jakub musste sich vor Gericht verantworten. Irgendwie kaufte er sich frei, aber etwas war aus dem Gleichgewicht geraten – in ihm selbst, und in Babcia Anna. Es wurde trüb und düster. Für immer. Jakub verzweifelte schier am Tod des zertrampelten Mannes, aber auch sein Pferd tat ihm leid, das er nun einschläfern lassen sollte. Und trotzdem hatte er nicht die Absicht, ewig auf ein Pferd zu verzichten, selbst für den Fall, dass es nichts mehr zum Beackern geben würde. Denn *ein treuer Hund, ein treues Pferd sind mehr als tausend Frauen wert.*

*

Anna war am Ende ihrer Kräfte. „Holt das Kind, Anna ist krank" – schrieb Jakub an Basia und Waldek. Die Krankheit klopfte schon lange an Annas Tür, wie ein warnender Bote, doch Anna ignorierte es. Und dann war es zu spät, der Krebs war nicht mehr zu bremsen, zerfraß bereits ihren Körper. Sie hat wohl keine Vitamine geschluckt. Basia verliert sich in Mutmaßungen. Dziadek hätte sie nicht rechtzeitig zum Arzt gebracht, da er Ärzte für noch größere Scharlatane hielt als sich selbst. Ach, Großvater - Großvater und die Ärzte! Als ihm einmal ein Arzt einen infizierten Finger amputieren wollte, sagte er nur: „Kommt nicht in Frage, mein Lieber!" Daraufhin tauchte er seine Hand so lange in brühendheißen Kamillensud, bis sie heilte. Später ging er nochmal zu jenem Arzt, um ihm mit dem gesunden Finger zu drohen.

„Meine Mutter hat zu viel im Leben erlebt, zu viele Kinder geboren", sucht Basia nach Erklärungen. „Sie hat es zu schwer gehabt in Kasachstan. Zu viel Böses von der Schwiegermutter erfahren. Zu früh geheiratet. Jakub hat ihr zu viel Arbeit aufgehalst ... ihr wisst schon. Es war ihr nicht vergönnt gewesen, sich zu bilden. Mein Vater hat zu selten für sie gesungen. Sie hat zu selten in die Sterne geschaut."

Wie der Schatten eines Schattens oder der Umriss eines langsam verlöschenden Lichts schlich sie umher, ohne jeglichen Halt. In ihrer Stimme lag Ernüchterung, vermischt mit einer verbitterten Resignation. Und nachts knirschte sie mit den Zähnen.

Zuzanna trifft oft Großmutter Anna. Wenn sie sich über das Geländer beugt und in einen See oder einen Fluss hineinschaut. Direkt unter der Oberfläche formen sich die Wasserstrudel zu ihrem Gesicht. Zuzanna kann ihren Blick nicht von ihr losreißen, will in ihre müden, gütigen Augen eintauchen, mit ihr verschmelzen. Oder brüllen: „Baba, Tee!" Wenn sie doch aufstehen, ihr zu trinken geben, sich doch mitten in der Nacht erheben und gemeinsam mit ihr die Mama suchen, das Labyrinth aus Lügen und Leid, den Knoten von Schmerz und Unheil entwirren würde. „Baba, Baba, bitte, steh auf, öffne den quietschenden Sargdeckel, schleuder den Grabstein im hohen Bogen weg, hilf mir, wer auch immer du jetzt bist, steig vom Himmel herab, wo du die dir gebührende Belohnung in Empfang nimmst, ich flehe dich an - hilf mir, kläre mich auf, komm zu mir!"

*

Vermutlich war das für Zuzanna das absolute Ende der Welt.

Basia und Waldek kamen aus Stettin und holten das Kind. Anna hatte nicht mehr die Kraft, sich um die Kleine zu kümmern. Ihr Zustand verschlimmerte sich von Tag zu Tag. Kurz danach holte Basia ihre Mutter nach Stettin, fand für sie einen Platz in einem Spital. Hoffte noch auf Besserung, auf Rettung. Als die Sanitäter kamen, um Anna ins Krankenhaus zu fahren, ließen sie Basia nicht in den Krankenwagen, erlaubten ihr nicht, die Mutter auf dem Transport zu begleiten … Als der Wagen bereits mit heulender Sirene losfahren wollte, rannte Basia noch schnell nach oben in die Wohnung, schnappte sich eine warme Wolldecke, gab sie den Sanitätern und flehte sie an, ihre Mama auf diese zu legen, damit es sie in den Schlaglöchern weniger heftig rütteln möge. Eigentlich wollte sie Waldek darum bitten. Doch ihm wäre es sicher peinlich gewesen.

*

Als man ihr im Krankenhaus jegliche Hoffnung nahm, die Wahrheit jedoch vor Anna verheimlichte, konnte Basia die Tränen nicht zurückhalten. „Warum weinst du, warum weinst du denn?“, fragte Anna ihre Tochter und schaute sie mit traurigen Augen an. Sie wusste Bescheid.

Als Basia mit Zuzanna von Babcias Beerdigung nach Stettin zurückkehrte, schneite es, wie damals, beim Abtransport nach Kasachstan. Das Mädchen trug einen weißen Umhang - noch ein Relikt von ihrer Taufe - und eine weiße Bommelmütze. Sie zappelte unruhig hin und her, verstand nicht ganz, was vor sich ging. Basia schlief erschöpft im Zug ein, sagte zuvor noch zu Zuzanna: „Sei artig, Fröschlein. Spiel ein wenig, Mäuschen.“ Sie gab ihr eine winzige Puppe, die sie an einem Kiosk gekauft hatte. Das Püppchen war gerade mal fünf Zentimeter groß und kostete vielleicht zwei Złoty. Zuzanna spielte allein im Abteil, lief zum Fenster, hauchte gegen die Scheibe, betrachtete die Muster, die der Frost darauf gemalt hatte und die manchmal wie Gesichter aussahen. Vielleicht suchte sie auf den Feldern nach einem Rehlein - *sarenka*. War da nicht gerade etwas Schlimmes passiert? Und das vielleicht sogar durch ihre Schuld?

Dennoch war sie ruhig, artig, brav. Sie behielt ihre Mama im Auge, passte auf.

Ihr gegenüber saß ein Fremder, der Mutter und Tochter wohlwollend beobachtete. Wenn er nicht da gewesen wäre, wären sie womöglich gar nicht in Stettin ausgestiegen, sondern weitergefahren, weil Basia so erschlagen, so gut wie nicht anwesend war. Von der Beerdigung, der Verzweiflung. Warum musste Anna so früh sterben? Trifft es gute Menschen immer so schnell? Was hat sich Gott dabei gedacht? Sie war ja gerade mal etwas über fünfzig, wie auch ihre eigene Mutter, als sie starb. Entweder wandelt man sich in den Wechseljahren oder man tritt ab?!

Ja, und niemand war an Basias Seite, damals ..., niemand, an dessen Schulter sie sich hätte anlehnen können. Waldek war wieder mal irgendwo in der Weltgeschichte unterwegs. Bei der Beerdigung wankte sie vor Erschöpfung zwischen den Gräbern, das Gesicht hinter einem dichten schwarzen Schleier verhüllt, im sechsten Monat schwanger, mit Edek im Bauch, der von ihrem Schmerz wohl einiges abbekommen hatte. Vielleicht ist er deshalb so nervös? Fragt sich Basia.

*

Zuzanna fragt sich: Und Zuzanna?

Während der Trauerfeier nahm Mamas Schwägerin das Kind in seinem weißen Pelerinchen und der weißen Bommelmütze mit dem halbrunden Schirm, auf den Arm. Erst heute versteht Zuzanna, wie viel sie dieser Tante verdankt. Dass sie sie damals entschlossen an ihr Herz drückte, an ihren weichen Busen, und zuließ, dass sie sich fest an ihn schmiegen durfte. Mit Zuzanna im Arm stand sie am offenen Sarg in der Kapelle, mitten in einem Pulk von Angehörigen, der sich um die Verstorbene gebildet hatte - geknickte Gestalten mit gesenktem Kopf.

Vielleicht kehren auf dieser Zugfahrt die Bilder des Begräbnisses zu Zuzanna zurück, aber auch der ersten zweieinhalb Jahre ihres Lebens – eine gefühlte Ewigkeit. Sie sieht, wie sie alle bei der Verstorbenen stehen. Sie sitzt ganz oben, in Tante Kasias Armen. Schaut auf die tote Großmutter, die da unten mit ihrem festlichen Kopftuch liegt. Hört das tiefe Schweigen. Sieht, wie sie den bereits verschlossenen Sarg mit Anna, ihrem Gebetbuch und dem Rosenkranz in ein tiefes Loch hinablassen, als wäre es irgendein riesiger Sandkasten.

Irgendetwas stimmte hier nicht. Also schreit sie, entreißt sich lauthals der Tante, ruft im Befehlston den Totengräbern zu, die bereits zu den Schaufeln greifen:

BABCIA WIEDER AUSSANDEN!!!

Totenstille, keine Reaktion. Alle starren auf das Kind.

Dann setzen sich die Schaufeln in Bewegung. Tante Kasia verschließt dem Kind den Mund mit der Hand.

Mama muss stark husten. Das Ungeborene rebelliert in ihrem Bauch.

*

Zuzanna weiß nicht mit Bestimmtheit, ob Babcia und Dziadek einander geliebt haben. Anna hatte wohl seinen Bruder Michał heiraten wollen. Aber über solche Dinge redet man nicht. Man redet über das Erbe. Über die nicht ganz einleuchtende Aufteilung. Darüber, wer es verdient hat, und wer nicht.

So. Die zweieinhalbjährige Zuzanna kehrt von der Beerdigung ihrer Großmutter zurück. Sie malt mit dem Finger Muster auf das beschlagene Zugfenster. Wenn der Zug in den dunklen Stettiner Bahnhof einrollt, wird der Herr von gegenüber sanft die Schulter ihrer Mutter berühren. „Verzeihung, werte Dame", wird er sagen, „bitte wachen Sie auf." Er wird ihren Koffer nehmen, sie aus dem Abteil führen, dabei helfen, in die Straßenbahn einzusteigen und ihnen noch hinterher winken. Ein guter Geist? Ein Engel? Die Straßenbahn, vermutlich die Nummer drei, wird sie zur »Malczewski«-Straße bringen, in das Neubauviertel, in die Wohnung mit der schönen Badewanne mit den Löwenfüßchen, dem großen, immer leicht geöffneten Weidenkorb für die Schmutzwäsche, der Emaille-Schüssel zum Füße waschen und Zuzannas kleinem Holzhocker davor.

Und nicht zu vergessen mit dem Monster unter der Badewanne.

Mit einer ganzen Bande von Monstern.

Kleine Prinzessin

60er Jahre

Zuzanna taut den Kühlschrank auf. Schabt mit einem Holzlöffel das Eis ab. Es fällt mit einem Knall in die Schüssel. Schmilzt langsam. Erinnerungen leben auf. An die Zeit, als sie nach dem Tod der Großmutter von Łobez nach Hause kam. Oder an die Geschichten darüber, die ihre Eltern erzählten.

Wie Basia die Zweieinhalbjährige einmal auf frischer Tat in der Küche ertappte. Zuzanna kroch fast mit dem ganzen Körper in den Küchenschrank und machte sich mit schlechtem Gewissen daran, die fette saure Sahne aus der Flasche zu schlürfen. Als die Mama plötzlich die Tür öffnete, soll Zuzanna in die Offensive gegangen sein und drohend, wenn auch etwas unsicher, die Frage in den Raum geworfen haben: „Sag schon, wer hat die Sahne ausgeschleckt?" Dabei war nicht zu übersehen, dass die Sahne in einem breiten Strom über ihr kleines Kinn lief.

Mama lachte ihr perlendes, unbeschwertes Lachen.

Und der Kindergarten. Zuzanna wollte nicht dahin, sträubte sich an der Türschwelle, wollte sich nicht einen Millimeter vom Fleck rühren. Denn es sollte eine weitere Veränderung in ihrem Leben sein. Bis zum heutigen Tag hasst sie Veränderungen, tritt ihnen stur entgegen, selbst dann, wenn sie ihr Freiheit schenken würden. Doch in den Kindergarten musste sie gehen. Widerstand war zwecklos.

Sie gewöhnte sich daran. Komischerweise erinnert sie sich an rote Einkaufsnetze, die unter den Kindern angesagt waren. Darin wurde damals Gemüse verkauft. Jedes Kind wollte so ein Netz haben, das möglichst dünn und elastisch sein sollte. Wozu? Das weiß kein Mensch.

Und dann die heimatliche Plattenbausiedlung mit Spielplatz. Stundenlang streunte sie mit anderen Kindern um die Blocks. Sie sammelten Glasscherben, die neben Zeitungskiosken und Müllcontainern - recht beliebten Tummelplätzen von Säufern - in rauen Mengen herumlagen. Sie sammelten weggeworfenes, gold- und silberfarbenes Bonbonpapier und bunte Blätter, die von den Bäumen fielen. Daraus machten sie sogenannte »Himmelchen« oder »kleine Himmel«. *Niebko*. Kein Mensch wusste, woher dieses Spiel eigentlich kam. Sie gruben ein Loch in die Erde, legten Papierstückchen, Blätter, Gräser und zarte Blüten hinein, arrangierten sie zu schönen Mustern, bedeckten das Ganze mit Glasscherben, schütteten die Stelle wieder zu. Wichtig war, sich die Topographie des Ortes genau zu merken, um nicht zu vergessen, wo der Schatz vergraben lag. Vom Schatz wussten außerdem immer einige Freunde, mit denen man unterwegs war.

An einem anderen Tag machte man sich dann auf den Weg, um die »kleinen Himmel« zu suchen. War einer der »kleinen Himmel« verschwunden, bedeutete das, dass ihn jemand *verraten*, dass jemand den Schatz ausgegraben hatte. Doch einen Schatz muss man behüten. Darf ihn nicht vergessen.

An manchen Abenden zettelten betrunkene Nachbarn, harte Jungs vom Lande, draußen einen Streit an. Steine setzten sich in Bewegung und die Miliz musste gerufen werden. Da nur Zuzannas Eltern ein Telefon hatten, kam jeder zu ihnen, der gerade in Not war. Diese düstere Atmosphäre der Erwartung einer Katastrophe prägte sich Zuzanna ein. Das nackte Grauen.

Nachbarn, die frisch vom Dorf hierhiergezogen waren, mit einem Dutzend Kinder gesegnet, und großflächig verteilten Wäschebergen in der Wohnung ... Eine der älteren Töchter dieser Familie hatte ihnen einige Male frühmorgens, im Nachthemd, die gerade frisch vom Milchmann gelieferte Milch vor der Tür stibitzt. Waldek hat sie einmal dabei erwischt. Manchmal kamen Jungs zu den Nachbarstöchtern und spielten unterm Balkon Gitarre. Manchmal schauten die Mädchen auch selbst bei der nahegelegenen Kaserne vorbei. Und manchmal wurden sie schwanger.

Basia und Waldek waren die Ersten, die sich einen Schwarz-Weiß-Fernseher kauften. Die Nachbarskinder kamen abends zu ihnen zum polnischen »Sandmännchen«, meist zu »Bolek i Lolek«. Einmal hatte sich eines von ihnen vor Aufregung in die Hose gemacht. Naja, eigentlich auf den Teppich.

Die Kinder sagten zu Zuzanna: „Mann, bist du *reich*!"

Und sie fühlte sich wie eine kleine Prinzessin.

*

Irgendwann kaufte sich Waldek ein kleines Transistorradio und verbannte das alte, sperrige Radio in den Keller. Nach einem zweigängigen sonntäglichen Mittagessen inklusive Kirschkompott und Süßspeise zum Nachtisch nahm er dann meist sein kleines neues Radio unter den Arm und ging ins Schlafzimmer, um ein Nickerchen zu machen. Dazu machte er immer denselben Scherz: „Tschüss, ich fahre jetzt in den Urlaub nach Swinemünde." Solche Radios nahm man nämlich in Swinemünde mit an den Strand und hörte dort die Sendung »*Lato z radiem*«, also den »Sommer mit Radio«. Waldek war ein Witzbold, manchmal sogar ein richtiger Spaßvogel. Ach, er hätte Komiker im Fernsehen werden können! Oder zumindest ein guter Chirurg.

Währenddessen zogen die Kinder durch die Gegend, spielten Verstecken in den Ruinen, zwischen riesigen Steinen, erzählten sich kunterbunte Phantasiegeschichten. Von fernen Ländern, aus denen sie kommen, denn mit Sicherheit waren sie nicht von dieser Welt, oder zumindest nicht von dieser Straße. Womöglich sogar nicht einmal das Kind ihrer Eltern! Zuzanna dachte das manchmal auch. Dass sie ein verlassenes Kind ist. Oder dass sie einen älteren Bruder hat, irgendwo, weit weg von hier, möglicherweise in Westdeutschland, in der himmlischen BRD. Dass er Markus oder Marius heißt.

Manchmal fanden sie in den Trümmern zerlumpte Damenunterwäsche. Ein anderes Mal verschreckte sie ein Exhibitionist. Manchmal kamen sie zu spät nach Hause und bekamen gehörig den Kopf gewaschen.

Und dann war da noch der Traum, der Traum ihres Lebens. Die fünfjährige Zuzanna träumte von Oma Anna. Und vielleicht hat ihr dieser Traum das Leben gerettet. Sie stand am offenen Grab, in dem Oma lag und ihr aus einem Heftchen vorlas, wahrscheinlich aus der Serie »Mami, lies mir vor«. Mehr war es nicht, dafür aber überdeutlich. Zuzanna erzählte es gleich ihrer Mutter. Basia war entsetzt. „Kind, die Oma warnt dich. Heute kann dir etwas Böses passieren. Du wirst mir heute nicht das Haus verlassen!"

Auwei, waaaas, nicht rausgehen dürfen? Was kann schon Schlimmes passieren?

„Mama, kann ich wenigstens im Sandkasten spielen?"

„Na schön, aber wirklich nur im Sandkasten, hier vor dem Haus. Ich werde dich im Auge behalten! Von Zeit zu Zeit aus dem Fenster gucken, ob alles in Ordnung ist."

Und Zuzanna spielte im Sandkasten unter dem Fenster, mit einem kleinen Jungen, dem sie mal einen Satz Miniaturflaggen entwendet hatte und sie deshalb von Schuldgefühlen gequält war. An diesem gefährlichen Tag war eigentlich gar nicht viel los, niemand bedrohte sie, eine Gefahr zeichnete sich nicht ab. Als die Mutter aus dem Fenster rief: „Zuzanna, ab nach Hause!", lief sie unbekümmert auf die andere Seite des Blocks, um zum Treppenhaus zu gelangen. Sie öffnete die Tür und stand plötzlich Auge in Auge dem Grauen gegenüber, vor dem Großmutter Anne sie heute Nacht gewarnt haben muss.

„Deine Mami ist im Keller", versuchte der Fremde sie zu überzeugen. „Ich soll dich zu ihr bringen."

Nein! Gerade hat Zuzanna ihre Mutter noch am Fenster gesehen. Das kann doch gar nicht sein. Ausgeschlossen!

Sie greift nach dem Geländer, lässt nicht los. „Mamaaa!!!", schreit sie mit aller Kraft. Saugt sich wie ein Blutegel an dem Handlauf fest, obwohl der Typ versucht, sie davon wegzureißen. Das Ganze dauert vielleicht Bruchteile von Sekunden, vielleicht auch länger. Er scheitert.

„Mamaaaa!"
Basia stürzt wie eine Furie die Treppe hinunter.

Faucht den Kerl an.

„Was machst du hier, du Lümmel! Los, verschwinde! Lass dich hier nie wieder blicken!!!"

Ende gut, alles gut, oder?

An Edeks Geburt kann sich Zuzanna nicht erinnern. Aus Basias Erzählungen weiß sie nur, dass sich der Kleine während der Geburt in der Nabelschnur verfangen - und wie Zuzanna - es nicht aus eigener Kraft geschafft hatte, sich auf die Welt hinaus zu zwängen, dabei in Panik geriet. Ein Glück, dass er nicht erstickt ist! Welch seltsame Laune der Natur, dass man durch etwas ersticken kann, das uns eigentlich versorgen und nähren soll.

Das halbe Krankenhaus soll in hellem Aufruhr gewesen sein, Krankenschwestern und Ärzte eilten stolpernd-polternd die Treppe hinunter, um zu helfen. Alarm! Und das Kind erstickte nicht. Sie zerrten Edek - wie Zuzanna - gewaltsam mit einer Geburtszange heraus. Man kann sich doch nicht ewig im Bauch der Mutter verkriechen.

Zumindest ist es nicht ratsam.

Ob Zuzanna auf das Brüderchen eifersüchtig war, was sie fühlte, als plötzlich Konkurrenz auftauchte, ist nicht überliefert. Schnell bezog sie den Kleinen in ihre Spiele mit ein. Sie spielten mit Zinnsoldaten, Zuzanna war der Zugführer, so wie es Tatuś einmal war. Oder führten eine Art Puppentheater auf. Dafür stellten sie zwei Küchenhocker nebeneinander auf, bedeckten sie mit Decken, nahmen ein paar Puppen, Teddybären, Bauklötzchen und diverse andere Requisiten und ließen ihrer Phantasie freien Lauf. Oder ein anderes Spiel: Zuzanna führte ihren Bruder nach draußen und drillte ihn. Sie marschierten wie die Soldaten im Stechschritt durch das Wohngebiet - links, links, links, zwo-drei-vier, Hände hoch, Arme zur Seite, rechts, links, rechts, links.

Hatte Edek was ausgefressen, versuchte Zuzanna ihn vor dem Vater zu verteidigen - eine zerbrochene Fensterscheibe oder andere Schäden auf die eigene Kappe zu nehmen. Schließlich war auch er ihr Soldat.

Zusammen machten sie Schweinebammel auf der Teppichstange, drehten sich an den rostigen Rohren um die eigene Achse - ein recht halsbrecherischer Zeitvertreib. Mal an der oberen, mal an der unteren Teppichstange, vorwärts und rückwärts, über dem Beton, vielleicht nicht ganz freihändig, aber fast. Einmal wurde Edek während einer dieser akrobatischen Vergnügungen von einer Wespe gestochen, als sie zwischen seine Hand und die Stange geriet. Zuzanna führte den Wehklagenden an der anderen Hand nach Hause ...

Auch tote Vögel oder noch halbwegs lebende, die man zwischen den Blöcken fand, schleppte man nach Hause, um sie dann gesund zu pflegen. Oder Kätzchen, für die man den Eltern in den Ohren lag, um sie von der Notwendigkeit eines Haustiers zu überzeugen. Letzten Endes taten die Vierbeiner jedoch alles dafür, um dieses Vorhaben zu vereiteln - sie verrichteten ihr Geschäft in den Blumentöpfen, legten sich mit Agaven und Palmen an oder rissen die Teppichfransen raus.

Ab und zu spielte auch Tatuś mit den Kindern. Zum Beispiel das Monster-Spiel. Er saß in seinem großen Sessel, der eigentlich eine ausklappbare Einzelliege war, fertig von der Arbeit, aber die Kinder wollten ja spielen. Also sprang er plötzlich und unerwartet mit grässlich verzogenem Gesicht und einem lauten „Uaaaah!“ Zuzanna und

Edek entgegen. Wie von der Tarantel gestochen ergriffen die beiden laut kreischend die Flucht.

Für einen Moment wurde es dann wieder still und leise, sein Gesicht freundlich lächelnd. Also schlichen sie sich erneut vorsichtig an ihn heran, mit einer Mischung aus Angst, bösem Argwohn und einer großen Portion freudiger Erregung, bis sich Waldek wieder mir nichts, dir nichts aus dem Stuhl katapultierte. Und sie lachten, kreischten und quiekten. Amüsierten und fürchteten sich. Eine seltsame Mischung aus Zärtlichkeit und Angriff, Entzücken und Erschrecken, Angst und Liebe.

Ach, die Tollereien mit Papa!

Mama hatte leider keine Zeit für Spiele.

Am schönsten war es, mit dem Vater in den großen Keller zu gehen, der sich durch den ganzen Wohnblock erstreckte - zum Wäschewaschen. Bevor sie sich dann eine »Frania« kauften. Ein unvergessliches Abenteuer ihrer Kindheit, obwohl auch dieses ein bisschen gruselig war. Hatte sich viel Wäsche angesammelt, packte Basia sie in Säcke und schickte Waldek mit der ganzen Ladung in den Keller. Den Kindern bereitete sie ein Fresspaket für ein Kellerpicknick vor: rote Limonade vom Gemüseladen und ein paar belegte Brote mit Schmelzkäse oder Leberwurst, falls diese zur Verfügung stand. Dazu ein Salatblatt und eine saure Gurke. Alles hygienisch in Frühstückspapier verpackt. Derart versorgt rannten die Kinder mit Waldek in den finsteren Waschkeller, wo ein gigantischer Kessel mit zwei hölzernen Wäschepaddeln stand und ein paar Zinkwannen. Kleine Fenster mit rostigen Gittern. Ein großer Tisch, auf den sich die Kinder setzten und mit den Beinen baumelten. Packten die belegten Stullen aus. Ließen die *Oranżada* wie Champagner aus den Flaschen sprudeln. Es roch nach Kernseife. Waldek stand mit dem Rücken zu ihnen gewandt, rührte im dampfenden Kessel die Wäsche - und sah dabei aus wie ein Priester vor dem Altar.

Manchmal rannten sie aus der Waschküche, jagten einander durch die dunklen Kellerflure, hatten vor nichts Angst, oder taten zumindest so. Mit dem Vater konnte ihnen doch nichts passieren. Wehe den Pädophilen!

Während Waldek die Wäsche in dem großen Kessel rührte, kochte Basia in kleinen Töpfen das Mittagessen.

Nicht ganz so spektakulär …

*

Eine Sache wird Zuzanna nicht vergessen. Als ihr der Vater eine wunderschöne Puppe von einer großen Seereise mitbrachte, einer Seereise, die er als Auszeichnung für vorbildliche Leistungen als Oberbauleiter bekam. Basia mag diese Erinnerung nicht, denn aus ihrer Perspektive sahen die Dinge anders, auf jeden Fall nicht rosig aus.

Waldek war also auf einer besonders langen Schiffsreise und ließ Basia mit zwei kleinen Kindern allein zu Haus. Ließ es sich auf den Kanarischen Inseln, in Afrika, Italien und Spanien gutgehen. Etwas Unglaubliches für jemanden, der im Ostblock lebte. Eine Kreuzfahrt war das allerdings nicht, er durfte lediglich auf einem Handelsschiff mitfahren. In den fernen Ländern soll er original ungarische Salami gegessen und zum ersten Mal in seinem Leben echte Coca-Cola und den Wein »*Lacryma Christi*« getrunken haben. Die »Träne des Christus«.

Basia blieb allein zurück, arbeitete im Büro, brachte die Kinder in den Kindergarten. Es war Winter, also zog sie die Mädchen auf dem Schlitten hinter sich her, kam sich wie ein Zugtier, ein Packesel vor. Er, Waldek, sammelte Lorbeeren für herausragende Verdienste und Leistungen. Ihre, Basias lebensspendende Arbeit würdigte keiner. Am Ende bekam sie während seiner Reise auch noch eine grässliche Blinddarmentzündung und wurde mit Blaulicht ins Krankenhaus gefahren. Aber erst beim zweiten Mal, da die Sanitäter beim ersten Notruf befanden, dass es sich um eine typische Form *weiblicher Hysterie* handelte.

Sie wäre damals fast gestorben. Als Waldek zurückkehrte, lag sie noch immer im Krankenhaus. Großmutter Christina saß mit den Kindern am Fenster, auf jedem Knie ein Kind - der Gerechtigkeit halber - und beobachtete die Leute, die in die Kaufhalle hinein- und wieder hinausgingen. Die Kaufhalle hieß »*Malwa*« - die Malve.

Und plötzlich stand der erholte, sonnengebräunte Waldek in der Wohnung. Was für eine Freude, der Vater ist wieder da! Was trägt er denn da feierlich herein? Einen großen Karton? Zuzanna atmete schnell. Was ist denn da drin??? Ein Geschenk? Etwa für sie? Stolz holte Waldek aus dem Karton die legendäre, große Puppe heraus, die er für sie aus Italien mitgebracht hatte. Eine Puppe mit schönen blonden Haaren, eine Puppe wie Brigitte Bardot! Wenn man sie aufzog, lief sie umher und rief: Mama! Zuzanna konnte es nicht glauben. Ein Geschenk, nur für sie, einzig und allein! Ob es der väterlichen Liebe oder seinen Gewissensbissen geschuldet war - egal. Basia bekam ein gelbes, modisches, zitronenfarbenes Kostüm. Edek war erst ein Jahr alt, also bekam er nichts, naja, vielleicht einen Teddy. Zuzanna gab ihrer Puppe den Namen „Brygidka", also Brigittchen, und trennte sich nicht mehr von ihr. Ein paar Jahre später schraubte Edek Brigittchen auseinander, um zu gucken, nach welchem seltsamen Prinzip sie sich bewegte und „Mama!" rief, was für ein Mechanismus sich in ihrem Bauch versteckte, woher diese Gefühlsäußerungen kamen?

Er zerlegte, zerstörte und tötete sie.

*

Männer.

Man bringt ihnen so wenig über Gefühle bei. Nach wie vor.

Und so leben sie, versteckt in ihren Panzern.

Als Andenken brachte der Vater noch ein großes buntes Tuch mit romantischen Gondelszenen aus Venedig und eine Menge Postkarten mit. Da waren Palmen, der Markusplatz, viele Tauben und was weiß ich noch alles zu sehen. Er versteckte sie in der Anrichte – ein stilvolles, auf Hochglanz poliertes Schmuckstück, damals war das chic. Wenn sie allein zu Hause war, holte Zuzanna die Postkarten heraus, schaute sie lange an, zählte sie durch, ergötzte sich an ihnen. Sie waren wie das Briefmarkenalbum in den Büchern ihres späteren Lieblingsschriftstellers Bruno Schulz. Der Atem der großen, weiten, bunten Welt!

Die Kinder waren sehr oft allein, stundenlang. Sie schoben die Stühle ans Fenster und hielten Ausschau nach der Mama … manchmal sehr, sehr lange. Nach der Arbeit stand die Mutter in endlosen Warteschlangen, sei es, um Toilettenpapier oder ein Stück Butter zu ergattern. Das Sirenengeheul eines jeden Krankenwagens versetzte sie in Panik. Was, wenn die Mama eines Tages nicht zurückkommt?

Der Vater hatte in der Anrichte noch viele andere Schätze, die Zuzanna hervorkramte, wenn ihr langweilig war. Dort lag zum Beispiel ein Buch zum Thema Architektur und Tiefbau, dick, groß, in einem harten, stabilen Einband. Ein Buch, aus dem Waldek wohl einst lernte, in dem er gelegentlich noch etwas nachschlug. Bestimmt liegt es bis zum heutigen Tag irgendwo im Keller. Zuzanna setzte Edek auf ein Kissen, nahm den Wälzer in die Hand und las ihm daraus „Märchen“ vor, stundenlang. Blätterte andächtig die bereits leicht vergilbten Seiten um, ohne auch nur einen einzigen Buchstaben zu kennen. Der kleine Bruder lauschte wie verzaubert. Sie liebte es, ihm vorzulesen. Sie liebte *das Buch*.

Ach, war das ein lustiger kleiner Junge, der Edek! Als er vier war, ging er in eine neueröffnete Kaufhalle, nahm einen Einkaufswagen und „kaufte“ dort Brötchen, ohne jedoch an der Kasse zu bezahlen, er wusste ja noch nicht, dass Dinge ihren Preis haben. Ein anderes Mal haben Zuzanna und eine Freundin ihn ein wenig veräppelt. Sie kann sich das bis heute nicht verzeihen. Er wollte sich am Kiosk eine Spielzeugpistole kaufen, doch die beiden Mädchen gaben ihm nur zwanzig Groschi und versicherten hoch und heilig, dass es reichen würde.

Eine Verkäuferin, die keine Pistole aushändigte. Ein kleiner Junge, mit beschämt gesenkten Blick.

Ach, Zuzanna.

Musste das sein?

*

Eltern. Mama und Papa. Wenn Waldek gelegentlich viel zu spät und stark angeheitert von seinen abendlichen Treffen mit den Arbeitskollegen nach Hause kam und Basia ihn nicht hineinlassen wollte, bestand Zuzanna weinend darauf: „Mach ihm auf, Mama, bitte!" Basia ließ sich letztendlich erweichen. Was hätte sie getan, wenn Zuzanna nicht wäre? Sie hätte ein Problem.

Das war vielleicht eine Freude, als er hereinkam! Er lachte übers ganze Gesicht, suchte die Kinder, weckte und streichelte sie, versicherte, dass er sie liebt. Fast wie der Schwarze Heinrich, sein Opa. Irgendwie gelöst und unbeschwert … so im alkoholisierten Zustand. Auch eine schöne Erinnerung. Ginge es nach Zuzanna, könnte er eigentlich öfters feiern gehen.

Basia war er allerdings, so scheint es, immer treu. Nur dass er, wie gesagt, immerzu schuftete. Urlaub bedeutete ihm nichts, so dass Basia eines Tages allein, mit einem großen schweren Koffer und beiden Kindern in den Urlaub auf die Halbinsel Hel aufbrach. Dort wohnten sie in *Privatquartieren*. Zuzanna kann sich gut an dieses neue Wort und an diesen ersten Urlaub erinnern. Sie weiß noch, wie sie jeden Tag den langen Waldweg zum Strand nahmen, und wie sie dort den kleinen Edek einmal aus den Augen verloren haben. Unter Tränen lief die sechsjährige Zuzanna am Ufer entlang und fragte verzweifelt herum, ob jemand einen kleinen Jungen gesehen hätte. Derweil saß er seelenruhig irgendwo am Wasser und machte Sandkuchen.

Was zum Urlaub mit Edek auf der Halbinsel Hel noch zu sagen wäre: Am allerliebsten schmeckten ihm dort die Bockwürstchen. Dick und saftig. Beim Abendessen verlangte er immer Nachschlag. Zuzanna interessierte sich mehr für die kleinen, orangefarbenen, transparenten Fläschchen-Anhänger, die an den Gürteln der kurzen Röcke der Kellnerinnen baumelten. Eine der Kellnerinnen schenkte ihr zum Abschied so ein Fläschchen, vielleicht hat Zuzanna es ihr auch abgenötigt. Und als sie abreisten, gab man ihnen in der Küche *Trockenproviant* für die Fahrt. Schon wieder ein neues Wort, es klang so exotisch wie Privatquartiere. Ein paar Jahre später in Swinemünde lernt sie ein weiteres schönes Sommerwort: *Bungalow, domek kampingowy.* Sie wird mit Edek herumalbern, kreischen und vor lauter Aufregung skandieren: Bungaloo ... Bungaloh ... Buungalooh. Sie werden sich kaputt lachen.

Einmal fuhr Basia ganz alleine weg, ohne Kinder. Aus Protest. Sie war es leid, dass Waldek nach wie vor keine Zeit für die Familie hatte, nicht einmal für einen banalen Sommerurlaub. „Wieso denn die Vorwürfe, ich habe doch für die Familie geackert", protestiert Waldek.

Ganze drei Wochen ließ sie ihn mit den Kindern allein, flüchtete mit ihrer Freundin nach Bulgarien, an den Goldstrand. Waldek ist bis heute stolz darauf, dass er die Lage bewältigte. Er weckte die Kinder, zerrte den schlaffen, saft- und kraftlosen Edek aus dem weißen Holzgitterbett, kämmte Zuzanna die Haare, band ihr einen Pferdeschwanz (er kämmte sanft, anders als Mama, die immer in Eile war und deshalb erbarmungslos an den Haaren zerrte). Dann brachte er die beiden mit energisch militärischem Schritt zum Kindergarten. Nachmittags kippte er heiße Milch in sie hinein, die die Lippen verbrühte, und gesunden, aber ekelhaften Lebertran. Beim Essen drohte er: „Hör auf, auf deinem Teller rum zu picken!" „Ich picke nicht!", wehrte sich tapfer das attackierte Kind. So war das. Basia verreiste viel zu selten. Sie hätte das öfters machen können, hätte leben sollen, wie es ihr gefällt, sich nicht unbedingt den Bedürfnissen und dem Rhythmus ihres Mannes anpassen. Aber sie schaffte es nicht.

*

„Ach kommt schon, mir raucht schon der Kopf.“ So Basia.

„Ändert das Thema, lasst mal von mir ab. Sprecht doch am besten über euch selbst!“

Als ob sie nicht genug zu tun hätten, übernahmen Basia und Waldek noch zusätzliche Verpflichtungen am Amtsgericht und wurden Betreuer für unmündige Jugendliche, so genannte Familienhelfer. Sie kümmerten sich um Minderjährige, genau genommen um Schwellentäter, bei denen sich schon frühzeitig kriminelle Karrieren abzeichneten – jedenfalls befürchtete man das. Nachmittags besuchten Basia und Waldek die Jugendlichen zu Hause, sprachen mit ihnen und ihren Eltern, verfassten dann dazu umfangreiche Berichte für das Amtsgericht. Abends saßen sie lange am Tisch, diskutierten und protokollierten, und schrieben. Nächtelang. Der Vater diktierte, die Mutter notierte. Oder die Mutter diktierte und notierte, der Vater notierte grundsätzlich nie. Ach, war das anstrengend und mühevoll. Und es hat wohl kaum etwas gebracht, sie waren ja pädagogisch so gut wie nicht geschult. Basia ist heute sauer, dass sie das gemacht hat, so viel Aufwand! Als Waldek auf seiner Schiffsreise war, musste sie sich alleine um die Minderjährigen kümmern, hatte noch weniger Zeit für ihre eigenen Kinder. Zuzanna gewöhnte sich daran, dass die Eltern meist nicht zu Hause waren. Es störte sie nicht, sie genoss es sogar, frei und allein zu sein. Niemand da, der kontrollierte, schimpfte, argwöhnte. Raum für die eigene Welt … das Paralleluniversum.

Sie sprach dann viel mit sich selbst. Und immer wieder, ununterbrochen, stellte sie sich vor, jemand anderes zu sein, meist ein überarbeitetes Mädchen, eine Waise, die von ihren Ersatzeltern ausgebeutet wird, allein den Haushalt schmeißen und sich um eine Horde Kinder kümmern muss, die ihrer Obhut bedürfen. Aber sie ist tapfer und schafft das irgendwie, überlebt es, durch ihre Verbindung zu Gott. Eine Art Heldengeschichte über sich selbst.

*

Die Einschulung rückte näher und Basia meldete Zuzanna in der nächstgelegenen Grundschule an. Sie gingen gemeinsam dorthin und die Lehrerinnen machten mit Zuzanna einen kleinen Test. Eine von ihnen zeigte dem Kind ihre vier Finger (den fünften versteckte sie) und bat sie, diese zu zählen. Doch Zuzanna überlistete sie. Sie hockte sich hin, neigte leicht den Kopf und fand den fünften Finger der Lehrerin, der eigentlich verdeckt sein sollte. Die Lehrerinnen lachten schallend, jede wollte das Mädchen in ihrer Klasse haben.

Zuzanna, der Liebling aller Frau Lehrerinnen.

Und dann kam der erste Schultag, und der Spaß war vorbei. Schluss mit lustig! Es fand sich niemand, der Zuzanna zur Einschulung, die allerdings weniger feierlich als in Deutschland begangen wird, begleiten konnte. Basia befürchtete, in Tränen auszubrechen, und vertraute diese Aufgabe Waldek an. Der Vater war einverstanden, schließlich waren es nur ein paar Meter, überhaupt kein Problem. Er brachte sie bis zur Schwelle der auf Trümmerhaufen neu erbauten großen, modernen Grundschule, die mit einer großen Sporthalle und einem Schwimmbecken ausgestattet war. Und an dieser Schwelle ließ er sie zurück. Verwirrt und allein. Er hatte es eilig, zur Arbeit. Sie wird schon klarkommen. Nur nicht verhätscheln, Abhärtung und noch nochmals Abhärtung war sein Grundsatz.

Eine Schar von Kindern wuselte um Zuzanna herum. Und alle mit ihren Eltern. Und mit großen bunten Lollis - rot, grün oder gelb wie kleine Sonnen. Zuzanna hatte keinen. Sie sah sich hilflos um und brach in Tränen aus.

*

Waldek hatte sich in den Kopf gesetzt, dass sie die Beste sein sollte. Ihre Buchstaben im Schulheft sollten die schönsten sein. Da sie am

Anfang jedoch ziemlich krakelig waren, befahl er ihr, bis zum Umfallen zu üben. So lange, bis die Lehrerin ihre Schulhefte an das Bildungsministerium sandte, um sich damit zu rühmen. Als Zuzanna mit dem Zeichnen Probleme hatte, jedenfalls dachten das ihre Eltern, half ihr Waldek. Einmal malte er ihr einen süßen Spatz auf einem Zweig ins Heft - eine sehr technische Zeichnung, extrem ordentlich, verdächtig perfekt. Viel Aufwand, aber eigentlich völlig unnötig. Als Kind darf man doch frei, nach dem eigenen Gefühl zeichnen. Aber das wussten ihre Eltern nicht.

Wie ein Soldat ging Zuzanna in diese Schule.

Und ihr Pferdeschwanz wippte hin und her, mal zur einen, mal zur anderen Seite.

*

Waldek befand, dass sie niemals flennen und auf keinen Fall verweichlichen sollte. Eins seiner wichtigsten Erziehungsziele. Als er ihr im »Żeromski«-Park das Fahrradfahren beibrachte - da war sie wohl schon elf oder zwölf - und sie dabei von hinten am Sattel festhielt, nahm er plötzlich Anlauf und schob sie mit Schwung ins Gras. Das sollte eine Art Feuertaufe sein. Sie stand unter Schock. Vielleicht wäre es besser gewesen, so wie Basia das Fahrradfahren zu lernen - auf dem großen Herrenrad ihres Vaters, mit einem Bein schräg unter der Querstange. Wie kann man überhaupt so fahren?

Als wäre das nicht schon genug, trainierte Waldek dann auch Zuzannas Katze - entgegen der weitverbreiteten Auffassung, dass Katzen ihren eigenen Kopf haben würden und man sie zu nichts zwingen könnte. Waldek konnte. Waldek konnte alles. Sobald er die Schwelle der Wohnung überschritten hatte, warf sich die Katze wie eine Irre auf die Matte im Flur und stellte sich tot wie ein Opossum bei Gefahr.

Oh ja, Waldek schaffte das. Er war ein Trainer vor dem Herrn.

Sie durfte in ihrem Schreibheft nichts wegradieren, geschweige denn Seiten ausreißen. Mit welcher Angst hatte sie manchmal, auf die Rückkehr des Vaters wartend, mit Erlaubnis der Mutter mit einer Rasierklinge irgendeinen unbedeutenden Fehler in ihrem Heft weggekratzt, und dann das Papier mit dem Fingernagel geglättet, damit man es nicht bemerkte. Wenn Waldek dennoch etwas erspähte, verlor er die Beherrschung und ging an die Decke. Mama schloss sich dann mit ihr - wenn sie schnell genug war - auf der Toilette ein. Dort warteten sie den Sturm ab.

Mit der Flucht zur Toilette verbindet Zuzanna auch eine schönere Erinnerung. An den Weihnachtsmann! Heiligabend war das Schönste der Welt, weil plötzlich jeder Zeit hatte und sich alle gemeinsam für viele Stunden an einen Tisch setzten. Die Wohnung war geputzt und duftend, die Eltern lächelten, manchmal kam jemand aus der Familie zu Besuch, Christina mit Opa Staszek oder der alte Großvater Jakub, der ergreifend sang. Am aufregendsten war das Warten auf den ersten Stern, und dann auf den Weihnachtsmann. Zuzanna und Edek rannten alle paar Minuten auf den Balkon hinaus und hielten nach ihm Ausschau, um ihn ja nicht zu verpassen. Jeder vorbeilaufende Typ könnte ja schließlich der Weihnachtmann sein, besonders dann, wenn er eine lange dunkle Kutte, ein gesetztes Alter und einen Vollbart hatte. Also flitzten sie auf den Balkon und zurück zum Vater, auf den Balkon und wieder zum Vater, hin und her, zogen ihm nörgelnd am Hemdsärmel: „Papi, ist das schon der Weihnachtsmann? Oder vielleicht der da?“ Nein, der eine war zu klein, der andere zu dünn, der Dritte hatte zu kurze Beine oder einen viel zu kleinen Sack. Die Spannung wuchs ins Unermessliche. Der Duft von Suppe aus getrockneten Pilzen verteilte sich im ganzen Haus. Der Duft von Kompott aus getrockneten Pflaumen. Mit Nelken. Der Duft von *Holobtjer* und Sauerkraut. Und von wegen Spaghetti. Heilige Feiertage. Alles heilig.

Irgendwann gab sich der Vater geschlagen. „Ja, na gut, das ist der Weihnachtsmann, schnell, schnell, steht auf, im Laufschritt marsch, versteckt euch, schließt euch im Badezimmer ein!“ Die Aufregung war nicht mehr zu steigern.

Der Weihnachtsmann war gut und böse, er belohnte und bestrafte, man erwartete ihn ungeduldig und fürchtete ihn. Ein wohlvertrauer Gefühls-Cocktail.

Sie sieht es vor sich als wäre es erst gestern gewesen. Die Vorbereitungen für das Weihnachtsfest begannen Anfang Dezember mit der Anfertigung einer langen Einkaufsliste durch ihre Eltern (*Orangen, Nüsse, Schinken* - kurz vor Weihnachten gab es das alles gelegentlich in kleinen Mengen und nach langem Anstehen zu kaufen!). Und das Teppichausklopfen mit dem Vater war fast so faszinierend wie das Wäschepaddeln im Keller. Dazu nahmen sie wohl keinen Proviant mit, wegen des vielen Staubs, aber *Oranżada* ohne Frage. Gebannt schauten sie zu, wie Waldek in der Dunkelheit, den Rücken zu ihnen gewandt, so wie in der Waschküche, den roten, gemusterten Teppich mit rhythmischen Schlägen bearbeitete. Manchmal erlaubte er ihnen, den Ausklopfer zu nehmen und selbst ein bisschen draufzuhauen.

*

Erster-Mai-Feiertage, an denen man früh am Morgen aufstand, um sich die Berichterstattung aus Moskau und nach zwei Stunden die aus Warschau anzuschauen. Sich küssende alte Männer, von Tribünen winkende alte Männer, entlang der Straßen marschierende alte Männer (und andere Leute). Und dann die Mai-Demonstrationen, bei denen sie sogar selbst als Siebenjährige mit dem Betrieb ihres Vaters mitlief.

Mit einem anderen kleinen Mädchen stolzierte sie an der Spitze der Brigade. Eifrig winkten sie mit kleinen Fähnchen, das machte einen Riesenspaß. Immer in weißen Kniestrümpfen. Rund um die Parade waren Verkaufsstände aufgebaut. Man konnte dort kleine, mit Sägemehl ausgestopfte Bälle an einem Gummiband kaufen.

Nicht zu vergessen die Ausflüge. Die Reisen mit dem Trabant in die DDR, nach Pasewalk, um Federmäppchen, Filzstifte, Salami, Zitronen und was weiß ich für Krams zu kaufen. Denn Waldek brachte es recht schnell zu einem Trabi als noch niemand im Block von einem Auto zu träumen wagte. Oder die Reisen nach Łobez, zum geliebten Großvater! Um Kohlweißlinge zu jagen, Kartoffelkäfer zu sammeln, vor bösen Hunden wegzulaufen! Um auf der Couch des Großvaters zu schlafen und die bunten Muster des Wandteppichs darüber anzustarren. Um Mücken zu jagen. Nach Łobez, nach Łobez, um mit den Cousins und Cousinen Karten zu spielen, die Hühner aufzuscheuchen, die Kaninchen zu streicheln, unter dem heiligen Bild des Jesus mit den langen Haaren und erhobenem Finger zu schlafen, dem Pferd vorsichtig übers längliche Gesicht zu streicheln, mit Großvaters Fuhrwerk auf den Markt zu zuckeln, nachts draußen pinkeln zu gehen, sich frühmorgens auf einen Stapel von Blini zu stürzen, sich über den Küchenherd mit dem darin lodernden Feuer zu wundern, heimlich in Großvaters Kommode zu schmulen, in der neben den Tarot-Karten auch einige schwarze Gebetbücher lagen. Zuzanna fragte sich immer, warum sie nicht bunt sind, warum sie zum Beispiel keine Muster mit bunten Schmetterlingen haben.

*

Ja, nach Łobez! Nach den jungen Kätzchen suchen, die die Tanten mit warmer Milch fütterten. Dem Großvater dabei zusehen, wie er der Mama die Karten legt: „Kind, du wirst dich auf eine lange Reise begeben …, Tochter, eine böse Brünette hegt Neid gegen dich …, bald, mein Kind, wirst du viel Geld bekommen.“ Wie er den Obstbrand serviert: „Trink, Tochter, trink!“, über die Politik orakelt und singt, dass man Gänsehaut bekommt. Und diese undurchdringlichen blauen Augen, dem Himmel so nah. Wie er erzählt, unter welcher Strenge er an der zaristischen Schule die Multiplikationstabellen lernte. Ach, man hätte ihn fragen müssen, man hätte ihn so viele Dinge fragen müssen! Aber Zuzanna hat nicht gefragt. Basia hat nicht gefragt. Niemand hat gefragt. Basia hat nahezu die ganze Zeit bei ihm nur geputzt. Sie kam mit in Stettin gewaschenen Vorhängen, Gardinen, frischer Bettwäsche, legte sofort los – schrubbte die Böden, putzte die Fenster, kochte.

Schwiegervater und Schwager verköstigten Waldek mit Wodka. Abends, auf der Rückfahrt nach Stettin, schoss er umso mutiger wie eine gesengte Sau über die engen Landstraßen, nahm fröhlich die Todeskurven, bis den Kindern der Atem stockte und Basia damit drohte, sofort auszusteigen.

Nach Łobez! Ab in den Trabant! Tra ta ta ta! Und was für Blicke Zuzanna und Edek vor einer solchen Reise untereinander austauschten. Das Ereignis des Jahrhunderts! Der Trabant fuhr, wenn man alles aus ihm herausholte, bis zu neunzig Stundenkilometer. Manchmal musste man ihn auch schieben. Einmal, das war im Winter, sprang er aus einer vereisten Fahrspur, und schleuderte Richtung Straßengraben und Wald. Hätte da ein Baum gestanden, wären sie hinüber gewesen. Na ja, vielleicht hätte es Basia überlebt, denn angesichts der nahenden Katastrophe griff sie instinktiv nach dem Innenspiegel und hielt sich daran fest. Aber Gott meinte es gut mit ihnen. Die Rennpappe kam wie durch ein Wunder neben dem Baum zum Stehen, schüttelte den Schock ab und rollte weiter als ob nichts gewesen wäre.

Ach, Łobez, Łobez! Sich mit ihrer Cousine Bogusia - der Tochter von Marusia - treffen, der Marusia, die Großvater nie als sein Kind anerkennen wollte. Der Marusia, deren Mama als arme Magd und mittellose Verwandte bei ihrer Geburt auf dem Dachboden ihr Leben aushauchte. In Mikulicze. Mit Bogusia in einem Bett liegen, bunte Postkarten bestaunen, die an einer Strohmatte über dem Bett angesteckt waren, mit ihr in der Badewanne baden - in einem mit Kohleofen volle Bulle eingeheizten Puppenstubenbad. Mit ihr runde Hefekringel, sogenannte »Küsschen« - »*Całuski*«, in Öl ausbacken, dann mit Puderzucker bestreuen und sich einen nach dem anderen in den Mund schieben. Mit ihr in die Kirche zur heiligen Messe gehen. Den wehmütigen Kirchenliedern lauschen und einen tiefen Schmerz im Herzen fühlen. *Hör zu, lieber Jesu, wir betteln dich an, hör zu, erhöre uns, gib uns ein Zeichen, ein Wunder ... Wandle, o Jesu, diese traurige Zeit, oh Jesu, tröste uns, gib uns Kraft!!!*

*

Ja. Irgendwie richteten sie sich ein, akklimatisierten sich in diesem Szczecin. Zuzanna wünschte sich von ihren Eltern ein Klavier, bettelte darum. Sie wollte nicht wie ihre Mutter Akkordeon spielen, sondern elegant, wie eine Dame, am Klavier sitzen. Die Inspiration dazu schöpfte sie aus dem biographischen Roman *Duet. The Story Of Clara And Robert Schuhmann* von Elisabeth Kyle, ein Geschenk, das sie während einer Krankheit von ihrer Mama bekam. Überhaupt bestimmten Bücher Zuzannas Lebensweg. Der Briefroman *Maria* von Eliza Orzeszkowa aus dem 19. Jahrhundert, über eine Frau, die auf ihr eigenes Glück zum Wohle ihrer Liebsten verzichtet; die kanadische Romanfolge *Anne auf Green Gables*, über eine mutige und phantasievolle Waise, die zur Königin des Lebens wird und aus jeder Lage das Beste macht, die jedoch später an Feuer und Herzblut einbüßt. Eine Rebellin, die sich anpasst, zur gesetzten Ehefrau des Doktor Blythe wird; *A Little Princess: The Story Of Sara Crewe* von Frances Hodgson Burnett, über ein tapferes Mädchen, das dank ihrer Vorstellungskraft Zeiten größter Demütigung übersteht.

Bücher retteten ihr Leben, sie verschlang sie Tag und Nacht, immerzu dieselben Geschichten.

Das war Zuhause. War Heimat.

*

Auch die Kirche war eine Zeit lang Heimat für Zuzanna. Dort fühlte sie sich sicher, geborgen, kam zur Ruhe. Während sie den Chorälen lauschte, kam das Gedankenkarussell zum Stehen und sie tauchte in ihre eigene Welt voller Engelsgestalten ein, tauchte unbeobachtet unter.

Noch heute erinnert sie sich gern an ihre ersten Religionsstunden in der Kirche. Basia brachte sie dorthin, setzte sich in die letzte Bank zu den anderen Müttern und schaute zu. Um den Kindern zu erklären, was die heilige Kommunion ist, stellte Pfarrer Oczkowski einmal folgende Frage: „Was essen wir jeden Tag, ihr Lieben?" Zuzanna meldete sich sofort: „Kartoffeln!" Na ja. Ein anderes Mal erklärte der Pfarrer den Schülern den Sinn der Schöpfung: „Liebe Kinder, an Land gibt es Säugetiere, Vögel fliegen in der Luft, und was schwimmt im Wasser?" „Enten!", triumphierte Zuzanna. Da hatte sie noch keine Hemmungen, sich zu Wort zu melden. Die Kinder wurden dort nie beschämt, egal was sie sagten, Pfarrer Oczkowski machte sich nie über sie lustig, er verspottete sie nicht, wie es damals in Schule, Kirche und Zuhause üblich war. Zuzannas eigenwillige Antworten erwiderte er stets mit: „Ja, ja, stimmt, gute Antwort, aber was noch, was denkst du?"

Eine Ausnahmeerscheinung, dieser Pfarrer, gutmütig, von Licht und Feuer erfüllt. Er starb viel zu früh an einem Herzinfarkt. Öffentlich beschuldigt, eine Affäre mit seiner Haushälterin zu haben, unter Beschuss genommen und in die Enge getrieben.

Von diesem Pfarrer lernte sie, wie man unterrichtet.

Ja, und die Erstkommunion! Das waren vor allem Busfahrten zur Schneiderin, viele Wochen vor dem Ereignis, um für Zuzanna ein hübsches Kleidchen nähen zu lassen. Zuzanna wollte ein langes, nostalgisches Kleid, aber die Mutter überredete sie zu einem kurzen, aus Crepeline, wie sie zu jener Zeit in Mode und passend für ein kleines Mädchen waren. Zuzanna ließ sich überzeugen, hatte keine andere

Wahl, aber innerlich erstarb da etwas in ihr, als dieser erste Traum so unvermittelt platzte. Sie wollte ihre Beine nicht zeigen, sie auf den Fotos nicht präsentieren. Fühlte sich nicht wohl damit. Obwohl sie ganz passabel waren. Das Ganze wiederholte sich bei ihrer Hochzeit. Der Traum von einem weißen, langen Kleid blieb für immer unerfüllt.

Für die Kommunion drehte ihr die Mutter schöne Locken, damit sie wie ein Engel aussah. All dies wurde von einem Fotografen in der »Parkowa«-Straße für die Ewigkeit festgehalten. Später folgten noch viele, viele Beichten und Kommunionen. Als Kind mochte Zuzanna sogar die Beichte, fühlte sich - zumindest danach - makellos und vollkommen, wie neu geboren, zumal man ihr jeden Tag eintrichterte, dass sie grundsätzlich schuldig sei. Sie liebte den Moment, nach dem Empfang der Hostie, ganz leise, mit Jesus im Herzen zur Kirchenbank zurückzukehren und zu spüren, dass man nicht allein ist, dass der heilige Gott in einem selbst wohnt. Andächtig wiederholte sie den Zauberspruch: „*Herr, ich bin nicht würdig, dass Du eingehst unter mein Dach, aber sprich nur ein Wort, so wird meine Seele gesund.*" Nur ein Wort! Zuzanna glaubte daran, dass Jesus es aussprechen, sie von der Sünde heilen und ihre Seele reinigen würde. Ja, die Kirche stillte ihren inneren Hunger. Dort, mit Jesus im Herzen, wusste sie ganz genau, dass wir unzweifelhaft von anderswo hergekommen, nicht von dieser Erde, dass wir nicht anderen Menschen gehören, nicht einmal unseren Eltern, sondern Gott. Dass unser Leben heilig ist. Und schön.

Zuzanna erinnert sich auch an Edeks Erstkommunion, sie schaute auf ihn von der Empore hinab, mit Onkel Jacek und Opa Staszek, weinte, als die Kinder an den Altar traten und der Organist sang: *Lasst die Kinder zu mir kommen, verwehrt* es *ihnen nicht ...*

Sie wusste, dass sie nur dort, im Herzen Jesu, Freiheit finden konnte. Dass Jesus, irgendwo tief in ihr drin, eine Tür, einen inneren Ort der Freiheit öffnen würde, wenn man ihr schon den äußeren vorenthielt. Einen für das bloße Auge unsichtbaren Ort, wie bei *Harry Potter*. Einen versteckten Bahnsteig, der sie in eine andere Welt führt. Dass Jesus sie als einziger verstehen, sie nicht verurteilen, nicht zu Unrecht beschuldigen, nicht verdächtigen, nicht die Hand gegen sie erheben würde.

*

Jesus und die heilige Mutter. Möge Gott mit ihnen sein!

Schnitt, politischer Kontext. Im Dezember 1970 sitzt sie mit anderen Kindern auf einer Mauer vor der Kaufhalle »Malwa«, sie schlecken Brausepulver aus der Hand, als sie plötzlich eine große Flamme erblicken. Der Sitz des »PZPR«-Komitees brennt - des Komitees der Polnischen Vereinigten Arbeiterpartei der Wojewodschaft Stettin. Die großen Arbeiter-Streiks beginnen. Ein paar Kinder rennen Richtung Feuer, doch Zuzanna packt das Brausepulver in die Tasche und geht nach Hause, schaut sich ohne jede Hektik nach der Feuersäule um. Schon bald rollen Panzer über die »Aleja Wyzwolenia«, die Allee der Befreiung, die ganze Hausgemeinschaft hängt an den Fenstern und schaut, was das noch werden wird. Und Basia spricht es aus: „Weg von den Fenstern, Kinder! Es wird wohl einen Bürgerkrieg geben."

Was ist ein Bürgerkrieg?

Ein neues, angsteinflößendes Wort. *Wojna domowa.*

Am nächsten Tag darf sie die Schule nicht allein verlassen, da Gewehrkugeln durch die Luft schwirren. Sie ruft die Mutter aus dem Sekretariat an: „Mama, hol mich bitte von der Schule ab, weil *Streijek* ist." Sie kann das Wort nicht richtig aussprechen. Ist ja auch neu. Mama lacht. Und weint.

Das Leben

Heute

Gern würde Zuzanna in die Bibliothek gehen und dort in der Stille des Lesesaals schreiben, wie in einer Klosterzelle.

Um aber in die Bibliothek gehen zu können, muss man sich erst die Zähne putzen, dann duschen, und das bedeutet, dass man zunächst ein Bein heben und dieses in die Wanne hieven muss, dann das andere, den Hahn aufdrehen, die Wassertemperatur regulieren - ein zum Scheitern verurteiltes Unterfangen wegen des bescheuerten Durchlauferhitzers. Dann doch lieber ein heißes Bad. Ins warme Wasser eintauchen. Zu den Wassern zurückkehren, aus denen unsere Population hervorgekrochen ist, zurück ins Fruchtwasser, aus dem man sie so unsanft in die Welt gezerrt hatte.

Zuzanna. Zuzanna und die Schwellen. Zuzanna, die mit angezogener Handbremse lebt. Kaum kommt sie in Schwung, schon bleibt sie wieder stecken. Schreckt vor der erfrischenden Dusche und klaren Entscheidungen zurück, besonders dann, wenn sie befürchtet, bei anderen auf Ablehnung zu stoßen. Nimmt Herausforderungen nicht an.

Dafür fühlt sie sich bei den Qigong-Übungen im Zentrum für Frauen mittleren Alters - »Raupe und Schmetterling« in Berlin Wilmersdorf - wohl. Gemeinsam mit ein paar anderen Frauen wickeln sie sich dort in warme Decken, liegen eingemummelt auf dem Boden, fühlen sich wie im Mutterleib, und die Kursleiterin flüstert ihnen mit süßer Stimme nette Worte zu.

Es tut genauso gut, wie die Narkose, die ihr vor ein paar Jahren bei der Blinddarm-OP verabreicht wurde. Der sympathische junge Arzt hatte ihr kurz vor dem Einschlafen freundlich zugezwinkert - und sie fiel wie Dornröschen in einen tiefen, seligen Schlaf.

Mit sieben dachte Zuzanna, sie würde niemals sterben, so etwas kann es nicht geben. Als sie sechzehn war, hatte der Gedanke an den Tod Angst und Panik in ihr ausgelöst. Jetzt ist er weniger bedrohlich. In Gestalt des Sandmännchens mit weißem Bart stellt sie sich ihn vor, er sieht ein bisschen aus wie Urgroßvater Anselm, der seelenruhig Körbe flocht. Irgendwann wird er kommen und ihr Sand in die Augen streuen, wird sie an einen Ort mitnehmen, wo keine Kämpfe mehr nötig sind. Die Toten ziehen sie zu sich, einer von ihnen greift nach ihr, packt sie mit seinen verknöcherten Fingern an der Hand, sie kann die Schwelle nicht überschreiten. Tatuuuuś! Aber Papi kommt nicht zu Hilfe. Es gibt niemanden, der ihr erklären könnte: „Liebes, da ist kein Toter, auch kein Untoter, das ist nur deine Jacke, die sich in der Tür verhakt hat." Oder: „Geh doch raus, die Tür ist doch offen! Du bist frei!"

Vor der Tür wartet das Leben. So viel Leben.

Gleichsam einem Grashüpfer, der sich unter einem Nachthemd verfangen hat, müht sich Zuzanna.

Zum Glück hat sie ja ihren magischen Kessel, die *Wunderwaffe*, den Laptop. Füttert ihn, rührt, würzt, gibt noch etwas hinzu, verfeinert – macht aus Gedanken Buchstaben, aus Buchstaben Worte. In die Bibliothek ist sie nicht gegangen, was soll´s, dann eben nicht, sie wird es zu Hause versuchen, am Schreibtisch, mit Blick auf ungeputzte Fenster und den Trockenständer mit – zum Glück – frisch gewaschener Wäsche. Vielleicht klappt es ja auch so.

Von unten, aus der ersten Etage, rauscht anheimelnd der Fernseher.

*

Und wie endet nun die Geschichte? Waldek verfolgte weiterhin seine Karriere, er wird Oberbauleiter, dann Produktionsleiter eines der größten sozialistischen Bauunternehmen in Stettin. Man schreibt in den Zeitungen über ihn. Immer energisch, immer hundert Prozent.

Dennoch immer weniger überzeugt von den Amtsgewalten und seinen Vorgesetzten, zunehmend zornig. Immer öfter schleudert er seinen Pantoffel Richtung Fernseher, dann knallt er irgendwann seinen Parteiausweis auf den Tisch und tritt aus dem verlogenen Verein aus, kehrt ihm den Rücken. Zu einem »Solidarność«-Kämpfer wird er nicht, aber er solidarisiert sich. Immerhin.

Ende der siebziger Jahre bietet ihm Georg noch einmal die Ausreise nach Deutschland an, aber Waldek geht das Risiko nicht ein. Als er Zuzanna zaghaft den Vorschlag unterbreitet, brüllt die Dreizehnjährige los ... Wir wissen ja was.

Am Gymnasium wählt Zuzanna Französisch. Deutsch steht für sie nicht zur Debatte.

Christina starb als Erste. Als Krystyna. Ihr Leben lang hatte sie sich mit ihrem inneren Steckbrief rumgeschlagen - eine Gesuchte, eine Schuldige, da sie nach dem verfrühten Tod ihres Mannes gegen seinen Willen ein zweites Mal geheiratet hat. Großvater Jakub fragte sich manchmal laut: „Ich möchte wissen, mit welchem Mann sie im Himmel sein wird, mit dem ersten oder dem zweiten? Wie regelt Gott solche Dinge?"

Arme Großmutter Christina, eingesperrt in einer klitzekleinen Erdgeschoss-Wohnung im Bezirk »Pogodno«! Vertrieben und verpflanzt aus dem schönen Steinfels am Ufer des Stebnik, in dem Otto Mack einst einen schönen Kurort erbauen wollte. Von vielen Kriegs- und Nachkriegstraumata gezeichnet. Sie starb, und ihre Brüder und Schwestern der freien Kirche Evangelischer Christen in Polen warten mit unerschütterlichem Glauben in der Stettiner »Bethel-Gemeinde« auf ihre Wiederauferstehung. „Wir glauben an die leibhaftige Auferstehung der Gerechten und Ungerechten, an das ewige Leben der Erlösten im Himmel in Gemeinschaft mit Gott und an das ewige Leiden der Unerlösten am Ort der Trennung von Gott, den die Bibel die *feurige Gehenna* oder den *Feuersee* nennt" - spuckt mir das Internet unter

„Grundsätze des Glaubens der evangelischen Christen in Polen“ aus. In solch einem Feuersee hat Zuzannas Großmutter Christina schon zu Lebzeiten gebadet. Und sie glaubte, nichts Besseres verdient zu haben.

*

Kurz darauf starb der Stief-Großvater Staszek. Was sollte er auch ohne Christina. Nach seinen Schichten in der Fabrik ertrank er in Tränen und Alkohol.

Großvater Jakub aus Łobez lebte am längsten. Vor ihrem Aufbruch in die Bundesrepublik - einer weniger politisch als persönlich motivierten Flucht - blickte sie noch ein letztes Mal in seine schon verblassten, aber immer noch himmelblauen Augen. Da drückte er ihr noch ein letztes Mal einen Hundert-Złoty-Schein in die Hand. Er, der zwei Weltkriege erlebt hatte, erreichte fast das neunzigste Lebensjahr. Und das ganz ohne Krankenhäuser und Ärzte.

Zuzanna sichtet das Erbe.

Ach, wenn man doch von jedem das Beste nehmen würde - Ruhe und unerschütterliche Geduld des Urgroßvaters Anselm, Würde und Erhabenheit des Urgroßvaters Walery, der das Leben hoch zu Ross meisterte, Kraft und Intuition des Großvaters Jakub, sein geheimes Wissen, die Hartnäckigkeit und Tapferkeit des Großvaters Johann … und Waldeks Ehrgeiz, Kraft, Humor und Energie! Nicht zu vergessen die Frauen - die Wärme und Liebe von Großmutter Christina und Urgroßmutter Eliza, die Tüchtigkeit, den Pragmatismus und die scharfzüngige Ironie von Urgroßmutter Katarzyna, die Bescheidenheit und Tiefsinnigkeit von Großmutter Anna, und Basias Talente, Lebensfreude, Widerstandskraft und Charme …

Nach einem harten Leben und ebenso harter Arbeit kamen Basia und Waldek in den Genuss des Vorruhestands, das war so um die Wende herum. Kurz danach wurden sie Zeugen, wie ehemals sozialististische Unternehmen von ihren Altersgenossen, einst hohen Tieren in der Volksrepublik, ausgeplündert wurden, wie sich manche daran bereicherten und in Windeseile zu erfolgreichen Geschäftsleuten aufstiegen. Das sind heute die Gewinner.

Was tun, da nun Waldeks Abzeichen nichts mehr wert sind? Wenn inzwischen bedeutungslos ist, dass er unter Einsatz seines Lebens das Land von Minen befreite?

Wie soll man weiterleben?

Hör zu, Jesus …

Zuzanna öffnet die Augen und versucht ihren Laptop zuzuklappen.
Sesam, schließe dich. Halt die Klappe.
Doch der Sesam schließt sich nicht.
Die Klappe will noch nicht fallen.

Steh auf, meine Liebe! Zeit, ordentlich auf Holz zu klopfen! Zeit, sich freizustrampeln. Dies ist keine Filmbiographie über Mozart, den sein eigenes *Requiem* tötet. Aufwachen ist angesagt. Aus dem dunklen Loch hervorkriechen und anfangen im Haus zu singen und zu pfeifen, egal was für Strafen drohen. Zeit, dem Käfig den Rücken zu kehren, die Gittertür ist ja auf, die Tore stehen offen. Zeit, die Jacke abzuwerfen, an der sich einmal ein Toter festgekrallt hat. Zeit, den knarrenden Sargdeckel zu öffnen, denn für eine Auferstehung ist es nie zu spät. Zeit, die Welt so zu gestalten, dass die Kinder gerne Mutters Bauch verlassen. Zeit, das Gebetbuch des Großvaters zu begraben, es mit Erde zuzuschütten, gut zu gießen und zu düngen. Das Akkordeon der Mutter vom Dachboden hervorzuholen und dafür den Abakus dort liegenzulassen. Waldeks Auszeichnungen auszukramen und sie noch einmal anzuschauen. Die nicht Ausgezeichneten zu würdigen. Zeit, sich daran zu erinnern, wozu uns die heilige Stimme aufrief, als wir mit vierzehn in den Wald gingen, um Holz zu holen. Das Reisebündel packen und aufbrechen … über Berge und Täler.

Zeit für kleine Himmel.

*

Dieser Laptop ist wirklich ein Schlaumeier.

Was wohl gerade Basia und Waldek machen? Zuzanna starrt auf den Bildschirm wie ein Schwein ins Uhrwerk: *Sie haben keine neuen Nachrichten*. Was sollen die beiden schon tun? Beten, immer mehr Sachen ansammeln, Serien im Fernsehen anschauen, an den Kindern herummosern, wie ein Tiger im Käfig herumwandern?

Sie lassen sich dritte Zähne machen, die Zahnärzte liefern Pfuscharbeit ab und nehmen sie wie eine Weihnachtsgans aus. Wer soll sie zur Verantwortung ziehen? Die Ärzte haben keine Zeit, hören nicht zu, was der Patient zu sagen hat, wissen alles besser, sind überarbeitet, gehetzt, schicken einen zu überflüssigen Untersuchungen.

Was könnten die beiden noch tun? Den alten Georg anrufen?

Aber das würde ja bedeuten, dass man die Nummer wählen muss …

Steinfels und Mikulicze besuchen?

Epilog

Na, dann los!

Bei ihrem letzten Plausch im Hausflur hat Walther etwas Schräges von sich gegeben: Man kann ja sagen, was man will - Hitler sei ein furchtbarer Verbrecher gewesen, aber zu seiner Zeit hätte es eine solche Arbeitslosigkeit wie heute nicht gegeben.

Da sträuben sich doch alle Nackenhaare.

Andererseits wird es Zuzanna warm ums Herz, wenn er sie nach ihren Reisen mit einem breiten Lächeln im Treppenhaus begrüßt und freudig ruft: „Hallo, Zuzanna, bist du wieder da?"

Ja, bin ich!

Ich bin da.

Anhang

Steinfels. Anstelle eines Nachworts

Ich habe es nicht mehr geschafft zum Grab meines Großvaters Johann. Ich kam zu spät. Jemand hatte das verwucherte Stück Land mit dem alten Friedhof gekauft und dort, weit hinten am Wald, ein Häuschen gebaut. Wozu? Wollte er etwa hier wohnen, wo niemand sonst lebt? War dort vielleicht ein Schatz vergraben? Als wir die Parzelle betreten wollten, hatten wir plötzlich ein Schild vor der Nase. *Stopp! Privatgrundstück. Betreten verboten.* Bis hierhin und nicht weiter. Hätte ich mit Gewalt vordringen sollen?

Was für ein Hutzelhaus?! Ich stand da und starrte es an. Runzelte die Stirn, presste die Lippen zusammen. Allem Anschein nach liegen hinter diesem Schild die sterblichen Überreste meines Großvaters Johann, der 1936 im Alter von vierunddreißig Jahren verstarb – an einer Erkältung, einer Lungenentzündung, einer Lähmung?

Ja, *hinter* dem Schild. *Halt! Zurückbleiben!* Ich konnte es nicht fassen. Nach einer ganzen Weile verließ ich deprimiert den Ort. Kreuz-Kruzifix! Wäre ich nur vor drei Jahren hierher gekommen! Warum habe ich es nicht getan?

Im Internet las ich damals auf *bieszczady.pl*: *Der evangelische Friedhof von Steinfels wurde im 20. Jahrhundert angelegt. (...) Neben den Bewohnern der Kolonie wurden hier auch Arbeiter der Erdölindustrie beigesetzt, die an den Bohrstellen in diesen Gebieten beschäftigt waren. Hier ruht u.a. der Ingenieur Hermann Simon aus Aschersleben in Sachsen – verstorben am 24. 12. 1933. Der Friedhof war von Anbeginn sehr klein, er umfasste 2-3 Ar. Die letzte Bestattung ist auf den 24. 11. 1938 datiert. Bis zum heutigen Tag sind noch 3 Gräber in verfallenem Zustand erhalten.*

Man hätte sofort herfahren müssen. Handeln ohne viel zu überlegen. Immer diese Bedenken, verflucht noch eins! Dabei hatte ich damals ausgiebig über die Spuren der ehemaligen deutschen Kolonien im Bieszczady-Gebirge gelesen, sogar ein Buch darüber geschrieben, eine Reise aber war mir immer so unwirklich erschienen – viel zu weit weg, im äußersten Südostzipfel Polens, an der ukrainischen Grenze! Ich stamme von der gegenüberliegenden Seite der polnischen Landkarte, aus Stettin, außerdem reise ich nicht sonderlich gerne, nach Deutschland kam ich seinerzeit auch nur, weil ich musste.

Und dann war ich in Berlin gelandet, hier drehte ich mich seit Jahren um die eigene Achse, stets mit dem Gefühl, auf der Stelle zu treten, anstatt zu tun, was ich eigentlich tun wollte. Und ausgerechnet jetzt hatte ich wahrhaftig Wichtigeres zu bewältigen, als mich mit der Geschichte der Deutschen zu befassen, die Ende des 18. Jahrhunderts vom Rhein, aus Hessen und Schwaben nach Galizien gekommen waren. Ich bin keine Historikerin. Ich hatte keine Lust, meine Vorstellungen mit der Realität abzugleichen. Ich wollte mich nicht für zwei Tage hinters Steuer setzen, um über polnische Straßen zu brausen, auf denen so viele Waghalsige unterwegs waren. Schon gar nicht stand mir der Sinn danach, mit Bus oder Bahn zu reisen, ich mag es nicht, wenn ich mit Fremden auf Tuchfühlung bin. Ich hatte keine Lust, mir eine Unterkunft zu organisieren. Und weder reizte es mich, durch schulterhohes Wiesengras zu staksen, wie es die Online-Reiseführer in Aussicht stellten, noch wollte ich mich Auge in Auge mit weidenden Kühen und Pferden wiederfinden. Ich hatte schon einmal vor einer Herde Hornvieh querfeldein das Weite gesucht. Danke, ich verzichte.

Doch als sich dann herausstellte, dass meine Berliner Freundin Lena aus eben jener Gegend stammte, die bis zum Beginn des Zweiten Weltkrieges die Heimat meiner deutschen Ahnen gewesen war, und dass ihre Eltern dort noch lebten, bewegte sich etwas in mir, und die rostige Entscheidungsmaschine setzte sich in Gang. Lena bot mir ihre Hilfe in allen erdenklichen Angelegenheiten an, ihr Vater würde mein Reiseführer in dem verschlafenen Wunderreich sein. Sie schwärmte von malerischen Landschaften, sternklaren Nächten, allabendlichem Lagerfeuer, hausgemachten Köstlichkeiten.

Doch wie sollte ich jetzt verreisen? Inmitten einer ganz anderen Erzählung? Mein Roman über Galiziendeutsche – *Niebko*, „Kleine Himmel“ – war längst geschrieben und in Polen publiziert, die einen hatten es verstanden, andere nicht. Die einen befanden: „Der siebte Himmel“, „ein Buch über Liebe und Empathie“ – andere meinten: „Was soll denn spannend daran sein, dass irgendein Vater irgendwelche Äpfel von irgendeinem Baum irgendeiner Ukrainerin mopst?“ Wie auch immer – dieses Kapitel war abgeschlossen, ich war an einem völlig anderen Punkt angelangt, schrieb eine andere Erzählung über jemand völlig anderen, der Verlag machte Druck, ich fühlte schier die Pistole auf meiner Brust. Ich hatte keine Zeit für eine solche Unternehmung. Doch ständig versuchten alle möglichen Leute, mich zu überreden. Schließlich bekam ich über Facebook eine rätselhafte Nachricht von einem langjährigen Bekannten:

Der Ort der Herkunft ist immer auch ein untergegangenes Atlantis. Es versinkt, der Mythos aber bleibt. Die Wiederentdeckung von Atlantis ist eine faust´sche Domäne. Wo die Geister rufen, warten Lohn und Sühne. Ganz der Faust, hm … die Faustine von Steinfels.

Hugs, Wojtek.

Witzbold. Doch im selben Augenblick wusste ich bereits, dass ich schleunigst aufbrechen musste.

Nie zuvor war ich in diesen verwunschenen Bieszczady-Bergen gewesen. Alle anderen waren anscheinend längst vor mir dort angekommen, sei es mit einem Pfadfinderlager oder auf der Flucht vor der Großstadt, auf der Flucht vor Unterhaltszahlungen oder politischer Verfolgung. Ich belud das Auto, nahm meinen V. mit, setzte mich hinters Steuer, drehte Rockmusik auf und trat beherzt aufs Gaspedal. Innerhalb von wenigen Stunden erreichten wir Breslau, kamen nach Krakau. Als das Städtchen Dukla auftauchte, postete ich ein Foto mit uns vor dem Ortsschild – ein Fingerzeig auf das bekannte Buch von Andrzej Stasiuk.

In Cisna, wo uns ein gewisser Krzysztof Antoniszak, Kenner der Gegend und Autor zahlreicher Bücher über die regionale Küche und Legenden der Region, einige Hinweise geben sollte, brachte ich meinen Škoda zum Stehen. „Nach Steinfels fahrt ihr nicht über Krościenko, sondern über Bandrów", schärfte er uns ein. „Von da aus geht es über einen Feldweg weiter, dann müsst ihr am Bach die Brücken zählen, der Friedhof liegt hinter der dritten Brücke, auf der linken Seite." Eins noch: „Es ist möglich, dass dort nach dem Krieg Griechen beigesetzt wurden, die sich hier Anfang der fünfziger Jahre angesiedelt hatten – kommunistische Flüchtlinge aus dem Griechischen Bürgerkrieg. Es kann sein, dass die Grabschriften griechisch sind." Und eine schlechte Nachricht noch: „Ich wurde da mal von einer Kreuzotter gebissen!"

Nun gut. Wir brachen unverzüglich wieder auf, fuhren weiter nach Huwniki, wo Lenas Eltern uns erwarteten. Was für eine Aussicht! Warum hat Vater nie erwähnt, dass er aus den Bergen kam? Auf dem Weg lag Arłamów. So ein riesiges Hotel? Mitten im Nirgendwo? Für wen? Wozu?

Lenas Eltern führten uns zu einer abgelegenen Sommerhütte. Am liebsten hätte ich auf dem Absatz kehrt gemacht. Schwärzeste Finsternis. Meine Vorstellungskraft arbeitete gegen mich. Jetzt aber gab es kein Zurück mehr. Lenas Vater beschwichtigte, so gut er konnte: „Sie brauchen wirklich keine Angst zu haben, ich bin hier geboren, und nie ist mir irgendetwas Schlimmes widerfahren. Ich hatte hier noch nie im Leben Angst. Ich garantiere es Ihnen hundertprozentig, hier passiert nichts!" Hm, hundertprozentig … Und er fügte hinzu: „Wenn hier jemand auftauchen sollte, dann allerhöchstens Putin." Er erzählte noch, dass es bis zur ukrainischen Grenze nur wenige Kilometer seien, dass die Polen täglich zum Handeln rüberführen und dann ukrainisches Bier in die polnischen Altenheime schmuggelten, mit dem die Alten ruhig gestellt würden. Und die Ukrainer, vielmehr die Ukrainerinnen, kämen nach Ustrzyki Dolne, wo sie dann vor dem Biedronka-Supermarkt *piwo*, *cukierki* und *koniak* verkaufen. Sonst sei es hier aber völlig ruhig. Hin und wieder würden Hubschrauber über der Grenze kreisen, neulich habe man Schüsse gehört, doch wirklich passiert sei hier noch nie etwas.

Lenas Eltern ließen einen großen Teller mit ukrainischen Süßigkeiten in unserer Hütte stehen. Lenas Mutter bemerkte meine unsichere Miene, nach wenigen Minuten kam sie zurück, brachte uns noch einen lieblichen Wein. „Das Licht können Sie brennen lassen!" sagte sie. Dann waren wir allein.

„Und wenn Leute von jenseits der Grenze bei uns klopfen?", fragte V. nervös, der sich noch nie so weit in den Osten vorgewagt hatte. Lange noch saßen wir auf den Stufen vor der Hütte, tranken den Wein. Ich hätte mich gerne aus dem Staub gemacht, wusste nur nicht, wohin. „Schmeiß bloß keinen Müll in die Tonne vor der Hütte", warnte mich V. „Der könnte Bären anlocken, du hast gehört, dass hier manchmal einer die Gegend unsicher macht, Herr Antoni hat davon gesprochen."

Tapfer trank ich den Wein, verschlang ein Bonbon nach dem anderen. Das Türschloss war kaum der Rede wert. Nun ja … ich gebe es zu, es kam der Moment, dass ich die Tränen nicht mehr zurückhalten konnte. Da tauchte wie aus dem Nichts ein kleiner, verwahrloster Straßenköter auf. Seit langem habe ich niemanden mehr mit so viel Zuneigung betrachtet. Ich schob ihm eine Schüssel Wasser zu, legte ihm ein Stück ukrainische Wurst hin. Dankbar beschnüffelte er sie, wollte aber verzichten. Wenig später legte er sich vertrauensvoll auf die Schwelle und schlief ein. Er hatte wohl vor, hier zu bleiben.

Zur Begrüßung – ein Donnerwetter. In dieser von Wein und Zucker berauschten Nacht weckte uns ein Gewitter, wie es die Welt noch nicht gehört hatte. Es rüttelte an der Tür, als versuche jemand, sie aus den Angeln zu reißen … „Aufmachen!" … „Hände hoch!" ... Ich war in heller Panik. Ukrainer! Oder der Bär! … Mit Sicherheit stand jetzt eine finstere, muskelbepackte Gestalt vor der Tür. *Warum bist du hergekommen? Dachtest du, das ist ein Spiel?* Wir löschten die Lichter. Verkrochen uns unter den Tisch, verängstigt wie Hänsel und Gretel, hoffend, dass uns wenigstens der Blitz verschone.

Nach Stunden kehrte Ruhe ein. Unser Hund war verschwunden. Ich schmiedete heimliche Fluchtpläne, um so schnell wie möglich nach Berlin zu kommen. Ich wusste nur noch nicht, wie ich es dem Rest der Welt beibringen sollte. Ich stoße Menschen nicht gern vor den Kopf.

Als ich klein war, erzählte mir mein Vater viel von diesem Fleckchen Erde. Seine Geschichten waren wie ein Zelt über mir – aufgeschlagen auf Abwegen. Er erzählte von Wölfen, die an den Fenstern der Häuser heulten, von Kartoffeldieben, die einen langen, angespitzten Stock durch die Kellerfenster schoben, um die dort lagernden Erdäpfel aufzuspießen, von Eierschlachten zum Osterfest, von den tiefen Taschen an Omas Schürze, aus denen sie ab und an einen Groschen für ihn zauberte, von der eingeschlagenen Fensterscheibe der Ukrainerin und dem Stein in ihrer Suppe. Er sprach vom frühen Tod seines Vaters und davon, wie er als kleiner Junge durchs ganze Dorf zu dem kleinen jüdischen Lädchen gelaufen war, um ihm seine letzte Zigarette zu holen. Dieses Bild wirkte am stärksten auf mich. Großvater Johann auf dem Totenbett, mein Vater, der durchs Dorf rennt, eben sechs Jahre alt, meine Großmutter und ihr *Vater unser*. Eine Welt von höchster Intensität. Eine Welt in einer Nussschale, vorhersehbar und geborgen trotz aller Gefahren, mit klaren Grenzen und zugewiesenen Rollen. Wie in einem Puppentheater.

Gleich im Morgengrauen brachen wir auf in Richtung der verschwundenen deutschen Kolonie Steinfels bei Stebnik, die die Galiziendeutschen im September 1939 auf Befehl Hitlers hatten verlassen müssen – die während des Krieges zerstört wurde und deren Überreste nach dem Krieg verfielen. Je schneller wir es hinter uns brachten, desto besser. Tapfer kämpfte sich der alte Škoda durch Makowa, Krościenko, Ustrzyki Dolne, schließlich bis nach Bandrów. Wir bogen in den Feldweg ein, mitten ins Dickicht. Wenn wir die Fenster herunterließen, schwirrten massenhaft Bremsen in den Wagen. Wir fühlten uns wie unerschrockene Reporter im Urwald. Auf einer richtigen Safari.

Aber zum Teufel mit dem Wagen, wir ließen ihn zurück, bewaffneten uns mit Fotoapparaten, das war unsere einzige Ausrüstung, nicht mal an ein Taschenmesser hatten wir gedacht. Wir zählten die Brücken über den malerischen Bächen *Nanówka* und *Królówka.* Waren das nicht Namen wie aus einem Märchen? Aber – hol's der Kuckuck – hinter der dritten Brücke war nichts zu sehen! V. zuckte mit den Schultern. „Schwer zu glauben, dass da ein evangelischer Friedhof liegen soll", sagte er mit einer Spur von Stolz in der Stimme. „Die Deutschen haben ihre Friedhöfe nie so nah am Wasser gebaut. Das muss ein Irrtum sein."

Keine Menschenseele weit und breit. Nur ein unmotiviert lächelnder Radfahrer blickte uns eine Weile hinterher. Egal, man stirbt nur einmal. Ich stieg ins hohe Gras, kämpfte mich durch Brennnesselstauden, ich drohte im Unkraut zu ertrinken. Ein verrostetes, von Spinnennetzen umwobenes Metallkreuz mit Christusfigur ragte aus dem Gras, Plastikblumen steckten darin und Schnecken zogen ihre Schleimspur darüber. *Eheleute Wójcik, gest. 1942.* Sollte das der evangelische Friedhof sein? Lange erkundeten wir das Gelände. Zu unserem Erstaunen entdeckten wir weit mehr als die drei Grabstellen, die im Internet beschrieben waren. Und die Grabschriften? Die waren lesbar und – verflixt noch eins – kyrillisch. Hatten etwa die Griechen, von denen Krzysztof Antoniszak erzählte, die Steintafeln mit ihren Namen versehen und so die deutschen überdeckt? Ein Palimpsest also? Vorsichtshalber sprach ich ein hastiges Totengebet, doch meine Beine trugen mich schon wieder auf den Pfad. „V., hör auf zu knipsen", rief ich, „wir gehen!" Er aber fand kein Ende, entdeckte hier noch ein Grab und dort noch einen zerbröselnden Stein und freute sich wie ein Kind. „Schau mal … was ist das?" Erschrocken fuhr er zusammen, als ich ihn auf die Kleidungsstücke aufmerksam machte – sie hingen einige Meter weiter, auf einen dicken Ast gereiht. „Da haust ja jemand! …"

Zurück im Wagen, bahnten wir uns weiter unseren Weg – trotz des gelben Verbotsschildes: „ACHTUNG! Straße nach Krościenko gesperrt." Zu unserer Linken weideten Pferde in einer Aue. Sie taten, als würden sie uns nicht bemerken, doch spürte ich, dass sie unsere Bewegung registrierten. Zu unserer Rechten hatte einst die Kolonie gelegen – mit ihren aneinander gereihten Bauerngehöften auf nur einer Straßenseite, den sogenannten *Kettenhäusern*. Dort standen noch immer einige verwaiste Obstbäume. Mich berührten diese wilden, von niemandem mehr gewollten und vergessenen Äpfel. Liebend gerne hätte ich einen davon gepflückt und meine Zähne in das säuerliche Fruchtfleisch gegraben. Da waren also die Äpfel und die Kreuzottern, da waren auch wir, und als ob das nicht genügte, stand an der Kreuzung auch so etwas wie der Baum der Erkenntnis. Reinbeißen oder nicht – das war hier die Frage. Das Brummen eines Motors unterbrach meine Gedanken. Hinter uns tauchte ein zweiter Wagen auf, ein Paar stieg aus, blickte sich ratlos um, blickte in eine Landkarte. Sie hatten sich genauso vor uns erschreckt wie wir uns vor ihnen. Sie suchten in den Bergen nach längst vergessenen Dörfern, in Cisna waren sie bereits gewesen, hatten – genau wie wir – in der Kneipe *Siekierezada* (benannt nach dem Kultbuch von Edward Stachura) den Geschichten des berühmt-berüchtigten Naturburschen und Aussteiger-Poeten gelauscht, und genau wie wir hatten sie im Souvenirladen Andrzej Potockis *Verlorene Welten im Bieszczady-Gebirge* ausgegraben und daraufhin beschlossen, diese Welten zu erkunden. Wir vier waren Verlorene, Kinder bei Nacht im Wald.

Ein Militärjeep schnitt uns den Weg ab. Entschlossen sprangen Soldaten aus dem Wagen, unsere Herzen blieben fast stehen. Was für einen Befehl wir wohl gleich hören würden? *Stopp – Kontrolle – Grenzschutz!* Einer der Soldaten war eine junge zierliche Frau, südländisch anmutend, mit dunklem Teint, schwarzen Haaren. Vielleicht eine Nachfahrin der Griechen, von denen einige in gemischten Ehen in der Gegend geblieben waren und in den Häusern der ausgewanderten

Deutschen oder der ausgesiedelten Ukrainer lebten. Die meisten gingen allerdings irgendwann wieder nach Griechenland oder wanderten nach Deutschland aus. Jemand sagte uns, dass sie alles hier zerstört hätten, die Geschenke der polnischen Kommunisten wussten sie nicht zu schätzen. Nun ja, Menschen sagen so vieles, die Historiker stellen das wiederum in Frage, wer weiß.

Werden uns die Soldaten lange aufhalten? Die haben an dieser Grenze anscheinend nichts zu tun, verfolgen unschuldige Leute, harmlose Touristen, während die Außengrenzen der EU fast ungeschützt bleiben, Putin könnte einfach herüberspazieren, da ist ja nicht mal ein Zaun. Gibt V. zu bedenken.

Die Grenzschützer waren gewissenhaft. Zwei Stunden lang standen wir in der Julihitze. Angeblich konnten sie keinen Funkkontakt zu ihren Vorgesetzten herstellen, um zu melden, dass wir bloß auf der Suche nach unseren Wurzeln waren. Gut, dass wir wenigstens einen gemeinsamen Feind hatten – die Bremsen. Die Grenzsoldaten schlugen genauso wie wir nach ihnen. Die Geschichte von der Suche nach dem Grab meines Großvaters rührte offenbar die Staatsdiener, denn irgendwann ließen sie uns gehen. Zum Abschied gab mir einer von ihnen noch die Telefonnummer eines gewissen Herrn Wójcik (den Namen kannten wir schon von der Friedhofstafel), eines alten Mannes aus Stefkowa, der aus Stebnik stammte. Der freundliche Soldat musterte mich, ich erwiderte standhaft seinen Blick. „Der Herr Wójcik wird Ihnen alles zeigen! Wir waren mal zusammen zur Kur."

Als wir wieder in Huwniki waren, brach die Dämmerung herein. Pani Zdzisława hatte Kartoffel-Krautrouladen gemacht, genau so, wie mein Vater sie zubereitete und wie niemand sonst auf der Welt – davon war ich bislang überzeugt gewesen – es verstand. Beim Abendspaziergang begleitete uns wieder unser Freund, der struppige Streuner, ein Stück des Weges. Schwanzwedelnd tat er, als gehöre er zu uns.

Um meine Angst zu bändigen, beschäftigte ich mich vor dem Schlaf mit den Büchern und Landkarten, die mir die Galiziendeutschen, die heute in der Gegend von Wolfsburg leben, mitgegeben hatten. Irgendetwas stimmte hier nicht. Stebnik – der ukrainische Nachbarort von Steinfels lag nicht dort, wo er meiner Meinung nach liegen sollte, der Weg nach Krościenko verlief woanders, auch der Friedhof, den wir heute erkundet hatten, befand sich nicht dort, wo er hätte sein sollen. „Ich fürchte, wir waren tatsächlich nicht auf dem evangelischen Friedhof", seufzte ich und schlief beunruhigt von der Niederlage ein, auf mir noch ein Haufen Papiere, die nach einer Weile vom Bett rutschten.

Ich wurde von stechenden Kopfschmerzen geweckt, gegen die kein Paracetamol und Ibuprofen der Welt helfen konnten. Die Tabletten verstärkten nur meine Übelkeit. Mit Psychosomatik kenne ich mich aus, aber es fehlte einfach die Zeit, sich hinzusetzen und den Schmerz nach seinem Anliegen zu fragen. Ich war mit Lenas Vater zu einem Gespräch mit Herrn Stefaniak verabredet, dem Dorfältesten von Huwniki. Und zum Besuch der Makowa-Kolonie, des Nachbarortes von Huwniki, in dem meine Urgroßeltern gelebt hatten, bevor sie nach Steinfels kamen. Jemandem wie Pan Antoni – das war mir völlig klar – sagt man nicht einfach ab. Aber was wusste ich schon über ihn?! Kinder, Katzen und Hunde hingen an ihm, stiegen ihm auf den Schoß und in den Arm. Er erwartete uns schon, bereit zum Aufbruch.

Der Wagen bahnte sich seinen Weg hinauf ans ältere und ärmere Ende des Dorfes. Der alte Stefaniak bat uns in eine mit Ikonenbildern behangene Stube. Lenas Vater stellte dem Hundertjährigen unseren Begleiter Christoph vor.

„Das ist mein Schwiegersohn. Er ist Deutscher."

„Das macht nichts", erwiderte der Alte nachsichtig.

In meinem Kopf hämmerte es, ich war bleich wie ein Leintuch. Hatte ich überhaupt das Recht, hier einzudringen, die Ruhe eines Hundertjährigen zu stören? Er war nicht in bester Verfassung, aber er erzählte. Von der Ukrainischen Aufstandsarmee und davon, dass man für ein Stück Speck, aber ebenso gut für nichts und wieder nichts verprügelt, verstümmelt oder nach Sibirien geschickt werden konnte. Er berichtete von lebendig verbrannten Polen und sowjetischen Offizieren. Davon, dass hier zuerst die Deutschen das Regiment geführt hätten, danach die Russen, dann wieder Deutsche, dann Russen, Ukrainer und später Polen. Vor dem Krieg, sagte er, lebten die Menschen in Frieden zusammen, die Herkunft der Leute habe keine Rolle gespielt.

Selbstverständlich, die Emotionen wurden von oben angeheizt, und bezahlen mussten die Zeche, wie so oft, die Ärmsten. Auf Wiedersehen, Herr Stefaniak. Vergelt's Gott. Ich bereute es ein wenig, dass wir ihm auf die Pelle gerückt waren. Kommt da so eine Tante aus Berlin angereist ...

Wir fuhren nach Makowa. Pan Antoni chauffierte uns wacker, volle Kraft voraus. „Auf diesem Hügel haben die Deutschen gewohnt", erklärt er, „die Häuser sind noch erhalten, heute nennt man den Ort ‚Kolonie'. Und hier ist der evangelische Friedhof, das ist ganz sicher der richtige." Weder trug ich einen Sonnenhut noch hatte ich Sportschuhe an, und schon wieder hüfthohes Gras. „Wenn dich eine Kreuzotter beißt", sagte V., „brauchst du bloß das Gift auszusaugen. Kein Problem!" Unsicher blieb ich stehen. V. ermutigte mich, riet mir, fest und hörbar aufzutreten, das würde die Reptilien vertreiben. Pan Antoni in seinen kurzen Hosen schien keine Bedenken zu haben. Er war schon mitten in der Wildnis. Ich weiß, man sollte nicht zu lange an der Schwelle zögern.

In der sengenden Hitze stieg ich ins Gestrüpp, die Kreuzottern verkrochen sich bei meinem Anblick. Achtung, da kommt ein entschlossener Mensch, der weiß, was er will!

Sieh an, das waren deutsche Grabsteine, hier lagen meine Urgroßväter und -mütter. Auf einem der Steine war mit Mühe die Aufschrift JOHANN zu lesen und etwas, das aussah wie mein Nachname. V. schoss wie besessen Bilder. Ich hielt inne, wollte etwas aufsagen, weiter die Inschriften entziffern, doch die Übelkeit wurde schlimmer, der dumpfe Schmerz in meinem Kopf bohrte sich immer tiefer, wütend, dass er ignoriert wurde, er war nicht mehr zu bändigen. Dazu, bitteschön, eine neue Überraschung: Eine Armee von Ameisen krabbelte meine Beine hinauf. Nicht stehenbleiben jetzt, nur weiter! Überall Wächter der Grabruhe, die uns Störenfriede in die Flucht jagen wollten.

Mit schwerer Migräne und Erbrechen kam ich zurück, zum ersten Mal in meinem Leben stieg mein Blutdruck so hoch, dass ich Sorge hatte, ich könne ihn nicht mehr unter Kontrolle bringen und würde just hier mein klägliches Dasein beenden. Niemand hatte Tabletten dabei, kein Arzt weit und breit. Sollte ich nach Ustrzyki ins Krankenhaus fahren? Pani Zdzisława und Pan Antoni standen kopfschüttelnd vor mir, konnten nicht verstehen, was mir fehlte. „Was läuft sie auch zwischen den Gräbern rum, statt sich am Leben zu erfreuen? Was sucht sie da?"

Abends fuhr mich Antoni über die Serpentinen zum Sanktuarium Kalwaria Pacławska hinauf, dort war ein großes Jugendtreffen, da müsste es auch eine Sanitätsstation geben. Wir hatten Glück, ich bekam Medikamente und eine Spritze. Wieder hätte ich weinen können, jetzt rührte mich die Gutherzigkeit des Sanitäters. Seit langem hatte ich nicht mehr so viele Tränen vergossen wie in diesen Bieszczady-Bergen. Keine Frage, meine Nerven lagen blank. Es wäre wohl Zeit für die Heimkehr. Doch allein der Gedanke daran, was ich Lenas Eltern sagen sollte, verschlug mir die Sprache.

Außerdem hatten wir noch eine Sache zu erledigen – wir mussten Herrn Wójcik aus Stebnik finden. So blieben wir. Diesmal nahm ich meinen Sonnenhut mit auf unseren Ausflug. Herrn Wójcik konnten wir im nahegelegenen Dorf ausfindig machen, er lebte im Geburtshaus seiner Ehefrau, in dem sie sicher auch sterben würde. Weit über achtzig war er und hatte lebhafte Augen. Seine Frau brachte uns Kompottsaft aus roten Johannisbeeren auf die Veranda, wir tranken ein Meer davon. Dann tauschten wir wissende Blicke. „Würden Sie mit uns nach Steinfels fahren?" Wójcik sah fragend zu seiner Frau. „Ach, soll er doch fahren!" winkte sie ab. „Ihr könnt ihn sogar mit nach Deutschland nehmen!" Nur ein frisches Hemd solle er anziehen. Er stieg mit uns ins Auto und vor Begeisterung erzählte er die ganze Fahrt über ohne Pause.

Einige der aus dieser Gegend stammenden Galiziendeutschen, die auf Befehl Hitlers im Herbst 1939 in den so genannten Warthegau zwangsumgesiedelt worden waren, kamen in den 60er und 70er Jahren aus der Bundesrepublik Deutschland zu Besuch. Sie waren in Steinfels und Bandrów geboren, kannten Herrn Wójcik aus früheren Zeiten und wollten mit ihm ihre Heimatorte erkunden. Unter ihnen der unvergessene Heinrich Wolf, der hervorragend Polnisch sprach. Aus seinen Erinnerungen schöpfte ich, als ich meine „Kleinen Himmel" schrieb, den Roman, in dem es auch um Steinfels und die Lebensgeschichte meines Vaters ging. In den 60er Jahren kam Heinrich Wolf mit seiner Frau hierher, in Begleitung eines weiteren Ehepaars. Sie wurden von Spezialeinheiten der Staatssicherheit verfolgt und auch zur Polizei bestellt. Die beiden Frauen weinten auf der Wache. Sie waren so weit gereist! Es war nicht leicht, die Herzen der Funktionäre zu erweichen. Zynisch fragten sie, was Heinrich Wolf während des Krieges so getrieben, wie viele Polen er wohl erschossen habe. Was sie, die verfluchten „Schwaben", hier überhaupt zu suchen hätten? „Szwaby" steht in Polen für Deutsche und hat einen ähnlichen Beigeschmack wie in Deutschland das Wort „Polacken".

Am Ende durften die Besucher aus dem Westen ihr verlorenes Paradies wiedersehen, sie durften aber keine Fotos machen, und die Beamten blieben ihnen im Nacken. Das erzählte uns Herr Wójcik im Auto, auf dem Weg nach Steinfels. Er war bereit, die ehemalige Kolonie mit uns zusammen zu besuchen. Als wir dort (nun zum zweiten Mal) ankamen, machte er einen Satz aus dem Wagen, ohne die Pfützen zu beachten – als wäre er ein Jugendlicher. Er offenbarte uns, dass der Friedhof, den wir vorgestern gesehen hatten, selbstverständlich ein griechisch-katholischer Friedhof war und kein evangelischer! Und er zeigte uns, wo der eigentliche evangelische Friedhof lag, auf dem mein Großvater ruhte – falls er ruhte.

Das war der Augenblick der Desillusionierung. Das Eingeständnis der Niederlage, der sträflichen Verspätung. Da stand ich also vor der Schranke und blickte nachdenklich auf das private Anwesen. *Der Friedhof war von Anbeginn sehr klein, er umfasste 2-3 Ar. Die letzte Bestattung ist auf den 24.11.1938 datiert. Bis zum heutigen Tag sind noch 3 Gräber, allerdings in verfallenem Zustand erhalten.* Erst gestern habe ich diese Einträge von vor drei Jahren im Internet noch einmal gelesen. Von Gräbern konnte hier aber keine Rede mehr sein! Entweder kommt man zur richtigen Zeit, oder man verpasst den Augenblick. Dabei hatte ich mir schon ausgemalt, wie ich mit dem Bürgermeister von Ustrzyki Dolne spreche, wie ich die Sanierung des Friedhofs und eine Erinnerungstafel organisiere.

Vor kurzem habe jemand die Parzelle gekauft, erzählt Herr Wójcik unbefangen. Um Fördergelder von der EU zu bekommen, würde es nämlich ausreichen, ab und an die Wiesen hier zu mähen. Das muss der Hintergedanke bei dem Kauf gewesen sein. Bei der Gelegenheit muss der Eigentümer dieser Parzelle gleich den ganzen Friedhof abgemäht haben, was stört's ihn schon? Auf diesem Friedhof liegt auch der ehemalige Besitzer der Ölraffinerie aus Sachsen-Anhalt, hier gab es ja Erdöl, vielleicht gibt es auch immer noch welches! Sie verstehen?

Hallo und auf Wiedersehen, lieber Großvater! Den über Jahrzehnte niemand besucht hat. Dessen deutsche Frau, meine Großmutter Anna Christina, mit den gemeinsamen Söhnen im Herbst 1939 in den polnischen Westen umgesiedelt wurde, in den Warthegau, und die später einen Polen heiratete. Er, mein Großvater, musste in der Blüte seines Lebens abtreten. Auf dem Sterbebett konnte er seine junge Frau nicht freigeben. *Er* sollte sterben, und *sie* sollte leben und vielleicht glücklich sein? Mit *seinen* Kindern und einem *anderen* Mann? Nur weil er krank wurde beim nächtlichen Hüten der Äcker, und weil kein Geld für Medikamente da war? Er wollte nicht gehen, sie nicht alleine lassen, er konnte Gott nicht vergeben, dass er ihn so früh zu sich holte, warum gerade ihn? Er hatte doch gerade mit so viel Mühe ein Häuschen für die Familie gebaut, mit einer schönen Veranda, so modern!

Augenblick ... Ich ging ein paar Schritte zur Seite, um die Nachricht zu lesen, die mein Telefon gerade meldete: *Der Schriftsteller (oder die Schriftstellerin) hat die Gabe, vergangene Zeiten und Räume wieder zu erwecken. Wenn das Schreiben ein geistiger Akt ist, kann es auch eine Begegnung mit den „Ortsgeistern" heraufbeschwören, kann helfen, sie zu besänftigen, dass sie in Frieden ruhen.* Was sind nun diese „Ortsgeister"? Soll Wikipedia etwas dazu sagen: *Ein Ortsgeist kann die verirrte Seele einer Person sein, die durch einen plötzlichen Tod versäumt hat, ihren Frieden mit dem Leben zu schließen.*

V. ruft: „Was machst du wieder mit dem Handy?" Wójcik erzählt vom Krieg. Sechs Wochen lang stand hier 1944 die Front. Die Galiziendeutschen waren längst schon im Warthegau. Wójcik war zwölf Jahre alt. Er musste sich mit seiner Familie im Wald verstecken, sie hungerten, bis jemand ihm unverblümt sagte: „Wenn du überleben willst, musst du ins Dorf gehen und Essen suchen. Dort können sie dich aber umbringen." Er hatte nichts mehr zu verlieren. Er nahm seine jüngere Schwester an die Hand, die Eltern blieben mit einem Säugling im Wald. Auf ein *Halt!* und *Hände hoch!* mussten die Geschwister nicht lange warten. Sie blieben wie versteinert stehen, warteten auf die Schüsse, der Deutsche aber ging weiter. Lange noch blieben sie so erstarrt, bis sie Schritt für Schritt, erst langsam, dann immer schneller, zurück in den Wald liefen. Sie hatten überlebt, also versuchten sie es in den nächsten Tagen erneut. Irgendwann trafen sie denselben Deutschen wieder, er wollte wissen, was sie hier zu suchen hätten, und der Junge gab Antwort mit einer Geste, als würde er ein Baby in seinen Armen wiegen. Da schnitt der Deutsche ihnen einen halben Brotlaib ab und gab ihnen noch Kaffee in einem Becher mit. „Kommt morgen wieder", sagte er. Von da an bekamen sie täglich Kaffee und Brot.

Der Mut zahlte sich aus. Doch einmal wurde der kleine Wójcik übermütig. An einem liegen gebliebenen deutschen Panzer entzündete er auslaufendes Benzin und steckte so den ganzen Panzer in Brand. Das hätte ihn fast das Leben gekostet.

Vor Kurzem haben ihn Franzosen besucht, die einen Film über den Holocaust drehten. Er sollte ihnen von der Ermordung der Juden in Krościenko erzählen, die er als Kind gesehen hatte. Und er erzählte auch uns von Details, die ich lieber verschweige.

Nach dem Krieg war hier noch sowjetisches Territorium. Bis die Grenze 1951 verschoben wurde und das Gebiet zurück an Polen ging. Deshalb lebte Wójcik eine Zeit lang in den westlichen Gebieten Polens, bis er zurück durfte.

Was ist auf diesem Gebiet nicht alles passiert! Während des Kriegs und danach, sagte er immer wieder. Er meinte die Bluttaten der Nazis, der Sowjets, der Ukrainischen Aufstandsarmee, nicht zuletzt der Polen. Zum Schluss zeigte er mir, hinter welcher Brücke meine Urgroßeltern gelebt haben könnten. Er zeigte mir, wo der Dorfladen gestanden hatte, wo die Schule. Hier ein Freilichtmuseum bauen, das wäre was! Diese kleine Welt verewigen, die so unwiederbringlich verschwinden musste. Aber brauchte es wirklich ein Freilichtmuseum? Vielleicht könnte ich wenigstens einen Wandteppich machen oder ein Bild malen? Hier wohnten die Großeltern, da Onkel und Tanten, hier war der Friedhof, da die Gärten, hier die Felder, dort drüben lauerte der Wolf.

Alles, was jäh verschwindet, sich allzu rasch verändert, kehrt später mit doppelter Kraft zurück. Als Verlangen, als Sehnsucht, als Mythos?

Wir fuhren noch nach Bandrów, wo die Steinfelser getauft, konfirmiert und lange Zeit beigesetzt wurden. Und siehe da, auf dem Friedhof stand eine Gedenktafel. Jemand aus Deutschland hatte sich vor mir die Mühe gemacht, hierher zu kommen.

Neben dem Friedhof steht ein Haus, Herr Wójcik ist voller Tatendrang, will mit dem Besitzer über die evangelische Kirche sprechen, die hier einmal gewesen war, also schließe ich mich ihm an. V. warnt uns indessen: „Passt auf! In der Hütte ist ein Hund."

„Was kann der Hund uns schon", ruft Wójcik unbesorgt zurück. „Bis jetzt hat er sich nicht gezeigt, dann wird er auch nicht mehr kommen." „Pass auf!" wiederholt V. und schaut mich eindringlich an. „Seine Kette ist lang, geh nicht weiter!" Ich weiß nicht, auf wen ich hören soll. Ich folge Wójcik, aber mit reichlich Abstand zur Hundehütte. So eine Art Kompromiss.

Mit voller Kraft sprang er mich an, ich galoppierte, wie noch nie in meinem Leben, nur die Kette rettete mich. In der Hast verlor ich meinen Strohhut, der mich zum wiederholten Mal vor einem Hitzschlag bewahren sollte. Offenbar war es nun wirklich an der Zeit, zurück zu kehren. Genug. Keinen Schritt mehr weiter.

Herr Wójcik aber war nicht zu bremsen. Er wollte mit uns noch nach Krościenko, doch schließlich brachten wir ihn nach Hause, bedankten uns von Herzen. Zum Schluss erwähnte er seinen arbeitslosen Sohn. Wir waren ratlos.

Abends saßen wir noch lange mit Lena und ihrem Mann am Lagerfeuer. Lenas Eltern wollten, dass wir länger blieben, doch am nächsten Morgen machten wir uns auf den Weg.

In Berlin versuchte ich, das Erlebte zu verdauen, meine Gedanken zu ordnen. Was hatte ich eigentlich erlebt, was davon verstanden? Was würde sich jetzt ändern? Nach einigen Wochen postete ich ein Foto. Daraufhin meldete sich der mysteriöse Wojtek wieder:

Was seit Generationen physisch verschwunden ist, wird im Geiste immer wieder aufgerufen. Es kann zur Bombe werden, die alles Neue zerstört. Das System braucht Gleichgewicht – es will, dass die geweckten oder niemals eingeschlafenen Dämonen in den Schlaf gewiegt werden. Ist aber derjenige, der sie in den Schlaf wiegen will, bloß ein Eindringling, begegnet ihm das System mit Vergeltung. Ist er hingegen ein Arbeiter des Geistes, wird das System ins Gleichgewicht gebracht. Die Dämonen der

Geschichte müssen sorgsam in den Schlaf gewiegt werden. Manchmal wird man deshalb Schriftsteller.

Täglich kamen Tausende Syrer nach Deutschland. Die Welt war in Bewegung.

Aus dem Polnischen von Joanna Lipniewicz und Lothar Quinkenstein

Danksagung

Mein herzlichster Dank geht an Familienmitglieder, die zur Entstehung dieses Buches mit ihren Erinnerungen beigetragen haben, die bereit waren, mir ihre Geschichte zu erzählen und anzuvertrauen: Bernarda und Roman (Rudolf) Helbig, Wilhelm und Christa Keller und Janina Ciechanowicz. Von Herzen danke ich Justina Mischewski, die mich kraft- und liebevoll unterstützt und mit ihren Erzählungen und Ideen, unter anderem zum Romantitel, inspiriert hat. Herzlich danke ich auch Veiko Boden für die Unterstützung, die gemeinsame Galizien-Reise und das unermüdliche Korrektur-Lesen. Unendlich dankbar bin ich Heinrich Wolf für seine unveröffentlichten Erinnerungen *Steinfels. Ein deutsches Dorf in Galizien*, aus denen ich geschöpft habe, meiner Tante Wiktoria Wilkocka für ihre Erinnerungen *W stepach Kazachstanu* (*In der Steppe Kasachstans*), Harald Mack für seine Geschichten-Sammlung auf „Schwäwisch" *Verzählten un Anneres* sowie für seine wunderbaren Dialekt-„Übersetzungen" für meinen Roman. Sabine Lefèvre danke ich von Herzen für das engagierte und kreative Lektorat, Mark Schünemann für seine wertvollen Korrekturen und Hinweise, Joanna Lipniewicz und Lothar Quinkenstein für die spontane Übersetzung des Nachwortes, Wojciech Jaron für die „magische» Korrespondenz, die in mein Nachwort Eingang fand. Ganz herzlich danke ich Manfred Mack für sein Engagement für das Buch und seinen Beitrag für die Lösung der Dialekt-Fragen, Lothar Quinkenstein, Krzysztof und Beata Lipowicz, Christian Trepte, Lisa Palmes, Inga Iwasiów, Gabriela Matuszek, Małgorzata Zduniak-Wiktorowicz, Jola Jarecka, Agata Lewandowska und Romuald Mieczkowski für die tatkräftige Unterstützung. Ich danke Szymon und Filip Modrzejewski für Erinnerungsstücke aus Steinfels, Józef Wójcik für seine Erzählungen über die Gegend, Beata und Artur Wasser für hilfreiche Hinweise und die Führung durch „Bieszczady“, Iwona Meier und ihren Eltern Władysława und Józef Kowal, für die Gastfreundschaft in Huwniki, Katrin Boeckh und Günter Hönig für den Austausch zu Galiziendeutschen und das meinem Roman entgegengebrachte Interesse. Und nicht zuletzt danke ich meiner Übersetzerin Natalie Buschhorn für ihr Einfühlungsvermögen, ihren Humor, ihre wunderbaren Einfälle, ihr Engagement für das Buch und die einmalige Atmosphäre unserer Zusammenarbeit.

Nachweise

Folgende Quellen wurden genutzt bzw. zitiert:

„Steinfels. Ein deutsches Dorf in Galizien"; Erinnerungen von Heinrich Wolf, unveröffentlichtes Manuskript, Tappenbeck 1969/70.
Verzähltes un Anneres – nicht nur für Galizianer. Eine Sammlung von Geschichten und Erinnertem auf Schwäwisch; erstellt von Harald Mack, unveröffentlichtes Manuskript, Wolfsburg 2013.
W stepach Kazachstanu (dt. *In der Steppe Kasachstans*); Wiktoria Wilkocka, in: „Gazeta Goleniowska" 18/1990.
Kartki z pamiętnika Zesłańca (dt. *Tagebuch eines Verbannten*); Autor unbekannt, aus dem Archiv von Wiktoria Wilkocka.
Piosenki o Syberii (dt. *Lieder über Sibirien*); Ryszard Krajewski, aus dem Archiv von Bernarda Helbig.
Ballada zesłańców (dt. *Ballade der Verbannten*); Verfasser unbekannt, Sibirien 1940.
Oda do młodości (dt. *Ode an die Jugend*); Adam Mickiewicz, 1820.
Lokomotywa (dt. *Lokomotive*); Julian Tuwim, 1938.
Jarzębino czerwona (dt. *Oh du roter Vogelbeerbaum*); Anna Jakowska und Jewgienij Rodygin, 1959.
Gęsi za wodą. Czerwone jabułszko (dt. *Der rote Apfel*), 1935.
Kukułeczka kuka (dt. *Der Kuckuck ruft „Kuckuck"*); Mira Zimińska-Sygietyńska und Tadeusz Sygietyński, aus dem Repertoire des Mazowsze Ensembles.
Cicha woda brzegi rwie (dt. *Stille Wasser sind tief und stürmisch*); Adolf Rosner und Ludwik Jerzy Kern, 1954.
Złoty pierścionek, na szczęście (dt. *Ein Goldring fürs Glück*); Roman Sadowski und Jerzy Wasowski, 1959.
Pierwszy siwy włos na twojej skroni (dt. *Das erste graue Haar an deiner*

Schläfe); Henryk Jabłoński und Kazimierz Winkler, 1954.
Dziwny jest ten świat (dt. *Seltsam ist die Welt*); Czesław Niemen, 1967.
Wszystkiego najlepszego (dt. *Alles Gute*); Janusz Odrowąż und Romuald Żyliński, 1969.
Karuzela (dt. *Karussell*); Ludwik Starski und Witold Krzemieński, aus dem Film „Irena do domu!", 1955.
Liedtext: *Budujemy nowy dom* (dt. *Wir bauen ein neues Haus*); Wacław Stępień und Zdzisława Gozdawa.
Liedtext: *Das Lourdes-Lied*; ältester Beleg für den deutschsprachigen Text bei Arthur Schott: „Die Wunder von Lourdes", Stuttgart 1886.
Liedtext: *Autobahn*; Gruppe Kraftwerk, 1974.
Liedtext: *Vater und Sohn*; Gruppe Truck Stop, 1983.
Liedtext: *Oka*; Leon Pasternak, Stefan Turski, 1943.
Alles hat ein Ende, nur die Wurst hat zwei; Stephan Remmler, 1986.
Fuchs du hast die Gans gestohlen; Ernst Anschütz, 1824.
Meine Oma fährt im Hühnerstall Motorrad; Entstehungszeit der Mischfassung unbekannt, Erstes Textincipit in einer Zeitschrift 1935/36.
Kuckuck, Kuckuck, ruft's aus dem Wald; Hoffmann von Fallersleben, 1837.
Schwarzbraun ist die Haselnuss; deutsches Volkslied, Ende des 18. Jahrhunderts.
Fragmente der Korrespondenz mit dem Schriftsteller Wojciech Jaron (im Nachwort).

Inhalt

Diese Übersetzung basiert auf der Originalausgabe des Romans *Niebko* von Brygida Helbig, erschienen im Verlag W.A.B., 2013.

Mit finanzieller Unterstützung durch das polnische Buch-Institut/ Instytut Książki, Kraków.

Impressum

Cover: Jolanta Johnsson
Satz/ Layout: Jolanta Johnsson
Druck: BookPress, Olsztyn

ISBN 978-3-948156-07-7